(Foto: Copyright © Jerry Bauer)

Luanne Rice, geb. 1956 in New Britain, Connecticut. Sie studierte Meereskunde und arbeitete anschließend auf einem Forschungsschiff in der Karibik.
Heute lebt sie mit ihrem Mann, einem Anwalt, in New York und in Niantic, Connecticut.

LUANNE RICE

EIN LEBEN FÜR NICK

Roman

Deutsch von Elke vom Scheidt

ROWOHLT

Die Originalausgabe erschien 1988 unter dem
Titel «Crazy in Love» bei Viking Penguin, Inc.,
New York

Deutsche Erstausgabe
Veröffentlicht im Rowohlt Taschenbuch Verlag GmbH,
Reinbek bei Hamburg, Februar 1990

Umschlagillustration Ingrid Quade
Umschlagtypographie Nina Rothfos
Satz Sabon und Futura (Linotronic 500)
Gesamtherstellung Clausen & Bosse, Leck
Printed in Germany
980-ISBN 3 499 12632 X

Für meine Mutter,
Lucille Arrigan Rice

KAPITEL EINS

M*ein Mann,* Nick Symonds, flog jeden Tag mit einem Wasserflugzeug zur Arbeit. Das war ungewöhnlich und höchst interessant für die Leute, die in unserer kleinen Stadt an der Küste von Connecticut lebten, und auch für die Leute, die wir auf Parties in New York trafen. Sie ließen sich gern erzählen, wie er und drei andere Wall Street-Anwälte, die alle einen Pilotenschein hatten und in Black Hall wohnten, aus dritter Hand ein Wasserflugzeug erworben und instand gesetzt hatten. Das hatte sie weniger gekostet, als sie für einen neuen Kombi hätten ausgeben müssen. Nur bei schlechtem Wetter und wenn die Bucht vereist war, fuhren sie mit dem Wagen in die Stadt. Für mich war das Wasserflugzeug allerdings ein böses Omen und symbolisierte die Extreme, die Nick für die Wall Street auf sich nahm. Das Problem war, daß wir uns wahnsinnig liebten und Wall Street ihn mir vorenthielt.

Es war Anfang Mai, und die Bäume hatten schon grüne Blätter. Ich stand auf der weinberankten Veranda und beobachtete, wie Nick seine Aktenmappe durchsah. Jeden Morgen überprüfte er sie. Ich starrte auf sein lockiges Haar, das vom Wind zerzaust wurde. Ich sah die Szene als Bild, wie ein Außenstehender es beobachten würde. Mein schwarzes Haar und mein weißes Nachthemd umwehten mich, als sei ich eine Romanheldin, die gerade verlassen wird. Ich wollte Nick ins Haus ziehen, ihm seinen dunklen Mantel abnehmen und ihn den ganzen Tag bei mir behalten. Wir könnten noch für eine Stunde ins Bett gehen, ausgiebig frühstücken, nach Schnappbarschen angeln und auf der Küstenstraße Fahrrad fahren.

«Mein Schatz, geh nicht», sagte ich. Ich nannte ihn immer «Mein Schatz», wenn ich ein intensives Gefühl mit leichtem Ton überspielen wollte.

Er drückte mich an sich; ich lehnte mich zurück, damit ich seine Augen sehen konnte. Sie waren dunkel, fast schwarz. Sie hielten meinen Blick für eine Weile fest, aber dann hörte ich schon das Flugzeug über der Bucht kreisen.

«Warum fährst du heute nicht mit dem Wagen?» fragte ich. «Es ist zu windig zum Fliegen.»

«Keine Zeit mehr, Georgie», sagte er. Er klang ein bißchen traurig; in letzter Zeit war ich wegen seiner Fliegerei ängstlicher geworden. Ich konnte die Stimme eines Offiziers von der Küstenwache hören: «Tut uns leid, Madam, die Maschine und alle Passagiere sind verloren.»

«Ich muß los», sagte er. Er küßte mich und rannte mit langen Schritten auf das Flugzeug zu. Sein schwarzer Mantel flatterte im Wind. Einige Meter lief er rückwärts und winkte mir zu. Ich beobachtete, wie er auf den Rücksitz hinter meinen Schwager Donald Macken kletterte. Was für ein Kontrast das war, das schäbige gelbe Flugzeug, besetzt mit hochkarätigen Anwälten! Ich konnte sie nur von der Brust an aufwärts sehen, bekleidet mit den gleichen dunklen Mänteln, weißen Hemden, dunklen Krawatten. Nick war anders als alle anderen; er kleidete sich nur wie sie. Das Flugzeug bog in den Sund ein, gewann Tempo, während es über die Wellen hüpfte, und hob dann ab. Es kreiste einmal über den Pinien und warf einen schwarzen Schatten auf die Bucht. Dann tat ich das, was ich immer tat, wenn Nick bei windigem Wetter flog: Ich ging ins Nachbarhaus, um meine Mutter zu besuchen.

Pem, meine Großmutter, stand an der Küchentür. «Du solltest dir etwas überziehen», sagte sie und befühlte den Stoff meines Nachthemdes zwischen Daumen und Zeigefinger. Ich küßte sie auf den Scheitel. Früher einmal war sie einssiebenundsechzig groß gewesen, genau wie ich, doch nun war sie auf einen Meter sechzig geschrumpft und hatte einen Buckel bekommen. Sie war sechsundachtzig. Ihr weißes Haar war dünn und ungekämmt, ihre Nase ragte weit vor. Sie sah aus wie Einstein.

«Niemand hat mich gesehen», sagte ich.

«Doch, diese Burschen in dem Flugzeug.»

«Stimmt, aber einer davon ist Nick, und einer ist Donald.»

«Wer sind sie?»

«Die Männer deiner Enkelinnen.»

«Meine Enkelinnen sind verheiratet?»

Seit acht Jahren, wollte ich gerade sagen, aber da rief meine Mutter aus dem Wohnzimmer. Sie saß in einem Korbstuhl, in eine rote

Wolldecke gewickelt, ein winziges Kofferradio auf dem Tisch neben sich. Ihr Lächeln war berühmt, breit und strahlend, aber an diesem Morgen sah sie bedrückt aus. Sie strich mit einer Hand über ihr dickes, schulterlanges kastanienbraunes Haar. «Winterlicher Seegang im Mai», sagte sie.

«So schlimm ist es nicht», sagte ich, leicht verärgert, weil sie das Thema so direkt anschnitt, als machte ich mir nicht selbst schon Sorgen.

«Ich finde, die Jungen hätten überhaupt nicht fliegen sollen», sagte sie. «Kein Job ist es wert, daß sie in diesem Flugzeug ihr Leben riskieren. Ich muß sagen, Georgie, daß du und Clare mal ein ernstes Wort mit ihnen reden solltet. Die Maschine ist ein Schrotthaufen, der Wind über der Bucht ist tückisch...»

«Du bist nicht gerade hilfreich, Mutter.»

«Noch was – denk daran, daß im Juni die Hurrikan-Saison anfängt.»

Nicht zum erstenmal dachte ich, wie ungläubig ihr Publikum gewesen wäre, wenn es das gewußt hätte: Honora Swift, die Frau, die sie jeden Abend bei der Wettervorhersage von Channel 6 und jeden Samstagmorgen als Wetterfrau gesehen hatten, stellte das Wetter an die Spitze ihrer ständig wechselnden Liste der «Hundert Am Meisten Zu Fürchtenden Dinge». Diese Liste umfaßte auch die Gefahren des Barfußgehens am nächtlichen Strand, die Gefährlichkeit von Tauben und die Risiken von Dosen, die zu lange im Kühlschrank gestanden hatten.

Clare kam herein, gefolgt von ihren beiden Söhnen und Pem. «Weißt du, was Mutter gemacht hat?» fragte Clare, während sie meine Mutter und dann mich küßte. «Sie rief vor Tagesanbruch an, um uns Windgeschwindigkeit und Höhe des Wellengangs mitzuteilen.»

«Ich wünschte, sie wären nicht geflogen», sagte ich, obwohl ich das vor Honora nur sehr ungern zugab. Clare grinste und zog ihren Daunenanorak aus. Casey kam zu mir und setzte sich auf meinen Schoß, Eugene kniff mir in die Nase. «Autsch», sagte ich.

«He, he», sagte Pem lachend.

«Ich will nicht sagen, daß der Wind heute wirklich gefährlich ist, aber man muß ihn berücksichtigen. Gerade ihr Mädchen solltet doch wissen, wie gefährlich das Wetter sein kann.» Sie spielte auf unseren Vater an, der auf einer Ölbohrinsel in der Nordsee bei Windstärke 10 umgekommen war.

«Ich finde es ziemlich gemein, daß du jetzt davon redest», sagte Clare.

«Euer Vater war ein Wissenschaftler und kannte die Gefahren. Mein Gott, er hatte diesen Sturm schon die ganze Woche vorhergesehen. Aber diese kostbaren Bodenproben waren so wichtig, so ungeheuer wichtig für ihn. Genau wie Wall Street für Nick und Don.»

«Sei still, Mama, und iß deine Erdnüsse», sagte Pem mit ausdruckslosem Gesicht.

Honora warf ihr einen gekränkten Blick zu, während Clare und ich uns das Lachen verbissen. «Das ist eine sehr unhöfliche Redensart», sagte Honora.

Pem ging darauf nicht ein und sagte zu Eugene: «Das ist ein alter irischer Spruch. Meine Mutter pflegte ihn zu ihrer Mutter zu sagen.»

«Deine Mutter war Engländerin, und sie war entzückend», sagte Honora. «Meine Großmutter hätte so etwas nie gesagt. Mrs. Dawkins hat uns diese Geschichte erzählt. Es ging um eine Hochzeitsfeier, bei der die Mutter dauernd von einer früheren Liebschaft des Mädchens redete, immer wieder von neuem, bis das Mädchen schließlich sagte: ‹Sei still, Mama, und iß deine Erdnüsse.›»

Gereizt sah Pem Honora über die Köpfe ihrer Urenkel hinweg an. Sie streckte die Zunge heraus. Noch immer verletzt wegen der Bemerkung wandte meine Mutter den Blick ab. «Ist es zu glauben, daß meine Mutter mir Gesichter schneidet? Wer würde glauben, daß die würdige Ahnfrau ihrer Tochter Gesichter schneidet? Erst vor zwei Tagen hat die Bibliothekarin sie als die ‹grande dame› von Bennison Point bezeichnet.»

Unsere Großtanten hatten uns erzählt, daß Pem als Kind ein Wildfang gewesen war, aber keiner von uns hatte das geglaubt, bis sie vor neun Jahren senil wurde. Die weißhaarige Familienmutter verwandelte sich in ein ungezogenes Mädchen. Sie zettelte Boxkämpfe an und drohte: «Oh, ich schlage dich zusammen», und sie meinte es ernst, wenn sie ihren Willen nicht bekam. Sie hatte die Farbe Rosa immer geliebt, und eines Tages färbte sie die eierschalenfarbenen Chintzvorhänge und die Möbelbezüge des Wohnzimmers rosarot ein. Dann tauchte sie den Mop in einen Eimer mit übriggebliebener Farbe und färbte die weißen Stellen der Häkelteppiche rosa. Sie hatte unsere Familie immer geliebt, aber jetzt liebte sie uns mit besonderem Anspruch. In der Öffentlichkeit benahm sie sich übertrieben höflich, als wüßte sie, daß die Narreteien beginnen würden, sobald sie in ihrer Wachsamkeit nachließ. Sie wollte eigentlich gar nicht mehr ausgehen. Sie war am glücklichsten, wenn wir alle zusammen in ihrem Haus waren. «Kommt die Familie heute abend nach Hause?» fragte sie Honora jeden Abend, wobei es keine Rolle spielte, daß Clare und ich eigene Familien hatten und in eigenen Häusern wohnten; unser Großvater hatte sie damals, als Clare und ich geboren wurden, auf seinem Grundstück gebaut. Unsere Nähe gab ihr keinen Trost; wir mußten unter ihrem Dach sein, und das schloß Nick, Donald, Eugene und Casey ebenfalls ein, auch wenn sie deren Namen nie behalten konnte. Obwohl Pem uns stets um sich haben wollte, wäre niemand außer meiner Mutter überrascht gewesen, wenn es Pem in den Sinn gekommen wäre, alle Sherrygläser zu zerschlagen oder uns brennende Streichhölzer zwischen die Zehen zu stecken. Meine Mutter behandelte sie weiterhin wie einen normalen Menschen, wie ihre Mutter; anscheinend hoffte sie, der Zustand würde vergehen, und sie könnten ihre regelmäßigen Einkaufs- und Lunchtage wiederaufnehmen.

«Ich sollte nach Hause gehen und mich umziehen», sagte ich.

«Wartest du darauf, daß Nick anruft?» fragte Clare in scherzendem Ton, als wolle sie mich damit aufziehen, daß ich in ihn vernarrt war.

«Ruft Donald nicht an, wenn er in sein Büro kommt?» fragte unsere Mutter und ließ keinen Zweifel daran, daß sie das für angebracht hielt.

«Das ist die schlimmste Falle, in die man als Frau geraten kann», sagte Clare. «Du verbringst deine Zeit damit, auf das Läuten des Telefons zu warten, und wenn es nicht ertönt, bist du sicher, daß er tot ist. Oder eine andere küßt. Das ist sowieso das gleiche – Donald küßt eine andere, und er ist tot.»

Clare und ich lachten; Honora kniff die Lippen zusammen und schüttelte den Kopf.

Ich ging nach Hause und wartete auf Nicks Anruf.

Nick und ich hatten eine herrliche Telefonromanze miteinander. Das war ein Glück in Anbetracht der zwolf oder mehr Stunden, die er jeden Tag im Büro zubrachte. Seit sechseinhalb Jahren arbeitete er für eine Anwaltsfirma, die sich mit Effekten beschäftigte, und hatte sich dort auf heikle Angebote spezialisiert, sogenannte «Tender Offers», streng geheime Transaktionen, bei denen eine Gesellschaft die Kontrolle über eine andere übernahm. Jeder Handel hatte einen Codenamen: Projekt Hamlet, Projekt Breitschwert, Projekt Blauer Blitz. Es war verboten, irgend jemandem von den Transaktionen zu erzählen. Ehe Nick in die Abteilung für «Tender Offers» eintrat, mußte er auf die Bibel schwören, niemals mit jemandem außerhalb der Firma über die Geschäfte zu reden, nicht einmal unter den Codenamen. Insbesondere mußte er schwören, mir nichts zu sagen. Der Seniorpartner, der ihm den Eid abnahm, sagte ihm, die Ehefrauen seien am schlimmsten: ständig gäben sie Insider-Informationen an Taxifahrer, Friseure und Park Avenue-Portiers weiter. Der Seniorpartner hatte Nick die Bibel vorgehalten und feierlich gesagt: «Sie müssen schwören, mein Sohn, Mrs. Symonds niemals von Ihrer Arbeit zu erzählen, wie neugierig sie auch werden mag.» Nick hatte geschworen, aber der Eid war ungültig; Nick hatte nämlich gelobt, Mrs. Symonds nichts zu sagen, und ich hatte nach unserer Heirat meinen Mädchennamen Swift beibehalten. Außerdem sagten wir einander immer alles.

Das Telefon läutete. Ich wußte, daß es Nick war, ehe er sich meldete. «Hallo», sagte ich.

«Heil und gesund», sagte er rasch.

«Es ist unglaublich stürmisch hier, Nick», sagte ich.

«Aber wenn ich nicht geflogen wäre, hätte ich zwei Stunden früher aufstehen müssen. Denk daran, was wir in dieser Zeit gemacht haben.»

Wir hatten uns geliebt und waren dann wieder eingeschlafen. Aber die Erinnerung ließ mich nicht lächeln. «Hast du heute viel zu tun?»

«Ja, und es geht schon los. Die Klienten vom Projekt Breitschwert sind hier. Sie gehen jetzt in den Konferenzraum, aber ich habe noch ein paar Minuten.»

Wir saßen da, schweigend, durch die Telefonleitung miteinander verbunden. Nick legte meine Gespräche nie auf den Lautsprecher. Er sagte, er rede lieber durch den Hörer mit mir, weil er den festhalten konnte.

«Ist es eine große Sache?»

«Sehr groß. Vier Milliarden Dollar werden getauscht.» Er lachte. «So nennen wir das – ‹getauscht›. Hört sich an, als hätte es überhaupt nichts mit Geld zu tun, nicht? Wie Muschelperlenschnüre oder Hühner, mit denen spanische Bauern den Arzt bezahlen.»

«Ja, genau.» Ich lächelte, aber er hatte mich nicht verstanden.

Mir geht es nicht um das Geld, um das sich seine Geschäfte drehten; die Summe, die er nannte, gab mir nur eine Vorstellung davon, wie spät am Abend ich ihn zurückerwarten konnte. Vier Milliarden Dollar waren sehr, sehr spät.

Ich hörte jemanden im Hintergrund von Nicks Büro. Eine männliche Stimme sagte ihm, man sei soweit, in die Konferenz zu gehen.

«Hast du heute irgendein Interview?» fragte Nick.

«Ja, vielleicht, aber mach dir keine Sorgen.»

«Ich mache mir keine Sorgen, dich beschäftigt zu halten, Georgie.» Er hielt inne. «Ich liebe dich», sagte er, obwohl jemand neben ihm stand.

Ich legte auf und war wütend; ich war häufig wütend, nachdem ich mit Nick gesprochen hatte. Das war ein Geheimnis, das ich vor ihm hatte. Er wußte, daß mir die Situation nicht paßte, aber er wußte nicht, in welchem Ausmaß. Ich kannte mich selbst kaum. Zu Anfang war sein Job ein Abenteuer gewesen, ganz zu schweigen davon, daß es die Art von Arbeit war, von der jeder Jurastudent träumt. Alles daran wirkte außergewöhnlich: die Klienten, die er vertrat, die Geldsummen, um die es ging, unser Haus direkt an der Bucht von Long Island, das Wasserflugzeug, die exotischen Plätze, die er auf Geschäftsreisen kennenlernte. Doch nach und nach war der Preis dafür höher geworden. Er war seit nahezu sieben Jahren in der Firma und dachte über eine Partnerschaft nach. Das bedeutete mehr Arbeitsstunden und größeren Druck. Ein winziger Fehler konnte einen Klienten Millionen und Nick seine Chance kosten.

Gelegentlich dachten wir darüber nach, nach New York zurückzukehren, wo die Fahrtzeit zwanzig Minuten mit der Untergrundbahn statt eine Stunde mit dem Wasserflugzeug sein würde, doch ich liebte es, auf dem Land zu leben. Unser schindelgedecktes Haus stand auf einer felsigen Anhöhe über der Bucht. Meine Großeltern, Penitence (Pem) und Damon Bennison, hatten Häuser für Honora, Clare und mich gebaut und sich gewünscht, wir möchten den Ort immer lieben. Wir hatten Blumen- und Gemüsegärten und einen ganzen Hügelabhang voller Heidekraut. Jedes Jahr im März und im September kamen Zugvögel vorbei. Jeden Winter schwammen Seehunde von Maine herunter, um in der Bucht zu planschen. Jahrelang hatte ich an einem Profil der Bucht gearbeitet, von ihrem felsigen Grund bis zur eigentlichen Wasseroberfläche, doch jetzt hatte ich einen anderen Job. Ich hatte das Swift-Observatorium gegründet, eine Institution, die weder Galaxien noch Sternbilder beobachtete, sondern die menschliche Natur.

Es begann mit einer Lüge. Ich log Nick an. Oder vielmehr, ich erzählte ihm nicht die ganze Wahrheit. Sechs Monate zuvor hatte ich auf eine Annonce geantwortet und begonnen, als Hausgehilfin zu arbeiten. Ich sagte Nick nichts davon. Später betrachtete ich das als reine Trotzhandlung, als Protest gegen seine Arbeitsstunden bis spät in die Nacht, aber damals fühlte ich mich nahe daran, die Beherrschung zu verlieren. Ich brauchte ein Geheimnis. Wenn Nick am späten Nachmittag anrief und mich fragte, wo ich gewesen sei, dann sagte ich: «In der Fischhandlung.» Die Tatsache, daß er nie Verdacht schöpfte, erstaunte mich. Ich versteckte meinen Lohn in einem Umschlag in meiner Schreibtischschublade. Ich stellte mir vor, das Geld eines Tages hervorzuholen, es Nick zu geben und zu sagen: «Pack deine Koffer, Schatz, wir fliegen auf die Bahamas.» Manchmal dachte ich daran, ihm ein extravagantes Geburtstagsgeschenk zu kaufen. Hauptsächlich sparte ich das Geld für unsere Zukunft.

Bei der Arbeit als Haushaltshilfe lernte ich das Prickeln des Beobachtens kennen. Mein erster Arbeitgeber war Abel Darty, ein Bankier, der nie zu Hause war. Das Haus war für mich ein Museum seines Lebens. Aschenbecher, schmutzige Socken, die Galerie der Familienfotos, die auf dem großen Flügel standen, die Geschichts- und Naturkundebücher in der Bibliothek: all das waren Artefakte.

Ich arbeitete noch für andere Leute. Mrs. Burns, deren Vater im Sterben lag; die Corellis, ein Ehepaar mit Zwillingstöchtern im Teenageralter; Liza Jordan, deren Ehe gegen ihren Willen zerbrach. Die einfachen Tatsachen aus dem Leben meiner Auftraggeber weckten mein Interesse. Ihre verschiedenen Arten, die Küchen einzurichten, faszinierten mich. Ich begann, mir darüber Notizen zu machen, statt am Profil der Bucht zu arbeiten. Wie Mrs. Burns ganze Vormittage damit zubrachte, köstliche, klare, konzentrierte Brühen zuzubereiten, die sie ihrem Vater ins Krankenhaus brachte. Die geheimen Dinge, die ich in Gabrielle und Cecilia Corellis Zimmer versteckt fand: einen Voodoo-Kasten zum Selberbauen, drei fehlgeschlagene Biologiearbeiten unter Cecilias Schreibunterlage, eine Tube wasserlöslicher grüner Haarfarbe in Gabrielles Sporttasche. Eines Tages hatte Liza angefangen, von der Trennung zu reden, und zwei Stunden vergingen, ehe wir merkten, daß ich das obere Stockwerk nicht geputzt hatte. Obwohl die allmähliche Verwandlung meiner glatten in rauhe Hände mich auf eine Weise befriedigte, die ich nicht definieren konnte, fing die Arbeit an, mich zu langweilen, und ich beschloß zu kündigen. Doch inzwischen war mein Interesse am Leben anderer Leute so groß geworden, daß ich Nick davon erzählen mußte.

Zuerst war er entsetzt über meine heimliche Karriere als Hausgehilfin. Er konnte überhaupt nicht verstehen, warum ich ihm nichts davon erzählt hatte. Zwei Abende hintereinander kam er von der Arbeit heim und versuchte, irgendeiner schrecklichen Wahrheit auf den Grund zu gehen. Zuerst fürchtete er, ich sei in Abel Darty verliebt. Wenn ich mich an diese Gespräche erinnere, kommen sie mir verzerrt und fremd vor. Boshaft genoß ich seine Eifersucht. Ich gewöhnte mir an, ihn mit geschminkten Lippen an der Tür zu begrüßen – ein sicherer Beweis für eine tiefgreifende Verwandlung.

Endlich, an einem Donnerstag, redeten wir bis zum Morgengrauen. Ich hatte vorgehabt, ihm von meinem großen Interesse am Leben anderer Menschen zu erzählen, doch statt dessen redeten wir über seine Arbeitsüberlastung. Daß er immer weg zu sein schien. Daß wir beide zu müde waren, um uns noch zu amüsieren, wenn er in Black Hall landete. Wir klagten an, verneinten, verleugneten, und schließlich stimmten wir überein, denn die Wahrheit lag auf der Hand: Wir hatten schreckliche Sehnsucht nacheinander, und all das wegen seiner Arbeit. Für den Augenblick wollten wir nichts ändern, aber zumindest hatten wir das Problem auf den Tisch gelegt. Wie bei einer noch scharfen Unterseemine, die Taucher an die Oberfläche gebracht haben, blieb die Gefahr bestehen, aber zumindest konnte man sie deutlich sehen.

Nick trat nahe zu mir und verjagte die dramatischen Vorstellungen. Im Badezimmerspiegel erhaschte ich einen Blick auf uns: Nick, so groß, mit weich gelocktem schwarzem Haar, mich, mit ebenso schwarzem Haar wie Nick, aber hellen statt dunklen Augen.

«Machst du wirklich gerne Badezimmer sauber?» flüsterte er in mein Haar.

«Nein, aber ich stöbere gern in Medizinschränken.»

«Das ist dein Katalogisierungsinstinkt», sagte Nick. «Für mich hört sich das an wie eine menschliche Version deines Profils von der Bucht.»

«Ich möchte Profile von Menschen machen, Nick. Die gewöhnlichsten Leute studieren, die ich finden kann. Ich lerne die erstaunlichsten Sachen über Mädchen in der High School –»

«Deine Eltern hatten recht, dich Agassiz zu nennen.»

Meine Mutter, die mich während ihrer Studienjahre am Ozeanographischen Institut von Woods Hole auf die Welt brachte, hatte meinem Vater gestattet, mich Georgiana zu nennen, aber nur unter der Bedingung, daß mein mittlerer Name «Agassiz» lauten sollte nach Louis Agassiz, dem großen Naturforscher. Sein Motto war gewesen: «Studiert die Natur, nicht Bücher.» Zu Honoras großem Leidwesen hatte ich mich daran gehalten und war nicht aufs College gegangen.

«Honora wird die Idee gefallen», sagte Nick. «Vielleicht können sie und ich für eine Weile deine Mäzene sein. Du kannst einen Nachrichtenbrief für die Familie herausgeben, bis du an etwas Größeres denkst.»

«Habe ich schon getan. Ich habe eine Bewerbung für ein Stipendium geschrieben und werde es der Avery-Stiftung vorlegen. Ich möchte, daß sie mein Swift-Observatorium finanzieren.»

«Tatsächlich? Vielleicht lenkt dich das von meiner Arbeit ab», sagte Nick.

«Vielleicht», sagte ich, aber ich bezweifelte es ebenso wie Nick.

Als wir uns in unseren Pyjamas und mit unseren Brillen den Gutenachtkuß gaben, erinnerte mich das an die Paare in den alten Schwarzweißfilmen: steif, ungelenk, die Frau in einer Hemdbluse, der Ehemann in weißem Hemd und Krawatte, stoßen sie beim Küssen mit ihren Nasen und Brillen zusammen und lächeln in die Kamera. Harmlos. Altmodisch. Ein richtiges Ehepaar.

Im März bekam ich das Geld und konnte es kaum glauben.

Zweitausend Dollar, bezahlt von der Avery-Stiftung an das Swift-Observatorium für das Studium der menschlichen Natur, und alles, was sie dafür erwarteten, waren vierteljährliche Berichte über meine Fortschritte.

Das Studium der menschlichen Natur verlangte mehr als ein paar Vierteljahresberichte; ich beschloß also, mein Interessengebiet enger zu fassen. An diesem windigen Maimorgen hatte ich bereits begonnen, mich auf Familien zu spezialisieren. Meine ersten Berichte befaßten sich mit drei Schwestern, die zusammen um die Welt gereist waren, einem Ehepaar, dessen Weihnachtsbaumfarm soeben gepfändet worden war, einem Mann, dessen junge Braut bei einem

Unfall mit einem Wildwasserkajak ertrunken war, und einer Frau, die angeklagt war, weil sie ihrem unheilbar kranken Mann geholfen hatte, sich selbst zu töten.

Ich trat durch die Vordertür in mein Haus, zog Jeans und einen Pullover an und ging in mein Arbeitszimmer. Abgenutzte Korbmöbel, mit verblichenen Sommerstoffen bezogen, standen in dem kleinen Raum. Alle Tischplatten waren mit Muscheln, Haifischzähnen, getrockneten Algen und gerahmten Schnappschüssen von uns und unseren Familien bedeckt. Auf meinem Schreibtisch, einem französischen Arbeitstisch aus dem achtzehnten Jahrhundert, lagen Stapel von Notizen über Familien neben alten Aufzeichnungen und Skizzen vom Meeresleben in der Bucht. Durch zwei Fenster sah ich die Bucht, die felsigen Hügel, die sie vor dem offenen Sund schützten, Clares Haus weiter draußen auf dem westlichen Hügel. Das Haus meiner Mutter, das ich nicht sehen konnte, lag versteckt in einem Pinienhain. Pems Haus, groß und dunkel und jetzt leer, thronte über der gesamten Anlage.

Die Zeitungen von gestern lagen auf meinem Stuhl. Ich sah sie nach Geschichten über Familien durch. Seit ich meine Arbeit als Hausgehilfin aufgegeben hatte, mußte ich meine Ideen den Medien entnehmen. Die Beziehung zwischen Senator Hearne und seinem gestörten Sohn interessierte mich, aber natürlich interessierte sie jeden im Staat. Die Umstände eines Lebens im Kinderheim, wo Brüder und Schwestern zusammenbleiben durften, schienen faszinierend, aber zu öffentlich. Solche Anstalten wurden täglich von Sozialarbeitern studiert. Die Druckerschwärze hatte meine Hände schon dunkel gefärbt, als ich zu der Geschichte über Mona Tuchman kam.

Mona Tuchman hatte versucht, die Geliebte ihres Mannes umzubringen. Sie hatte mit einem Buttermesser auf die Frau eingestochen. Obwohl das Messer stumpf war, hatte Mona Tuchman der Frau eine Rippe gebrochen und sie blutend zurückgelassen. Das Ganze war in der eigenen Küche der Frau passiert. Sie lag im Krankenhaus; Mona Tuchman war im Gefängnis gewesen, doch nun war sie auf Kaution frei. Sie war in meinem Alter. Die andere Frau, die Celeste Stone hieß, war eine enge Freundin. In einem Zeitungsartikel stand, Mrs. Tuchman sei so schockiert gewesen, als sie von dem Verhältnis ihres Mannes erfuhr, daß sie schnurstracks in die Wohnung der Freundin gegangen war, die nur vier Blocks entfernt am Central Park West lag, und sie zur Rede gestellt hatte. Eines führte zum anderen, und Mona Tuchman griff nach der nächstbesten Waffe.

Ich saß da, hielt die Zeitung, lauschte auf die Wellen, die gegen die Felsen schlugen, und dachte über die verzweifelte Mona Tuchman nach. Am Morgen hatte sie noch geglaubt, sie sei glücklich verheiratet, und am gleichen Abend hatte sie einen Mordversuch unternommen. Ihr Mann bekam das Sorgerecht für die Kinder. Sie waren sechs Jahre verheiratet gewesen; er war Augenchirurg, und sie hatte einen Versandhandel mit Patchworkdecken. Ich stellte mir vor, daß sie sich für diese Arbeit entschieden hatte, weil sie so zu Hause bei ihren Kindern bleiben konnte. Ich stellte sie mir in diesem Augenblick vor: allein in dem Apartment auf der West Side, das sie bis vor zwei Tagen mit ihrer Familie geteilt hatte. Nun waren sie fort. Ich beschwor dieses Bild von ihr herauf: in einem Sessel am Fenster kauernd, die Knie bis zum Kinn hochgezogen, das dunkle Haar fettig, weil sie nicht die Kraft hatte, es zu waschen. Eine Frau namens Mona Tuchman mußte dunkle Haare haben; vielleicht dachte ich auch nur an die Mona Lisa.

Ich habe immer geglaubt, daß jeder eines Mordes fähig ist, wenn man ihn nur genügend provoziert. Clare und ich hatten früher einmal geplant, jemanden zu ermorden. Als wir dreizehn und fünfzehn Jahre alt waren, hätte unsere Mutter beinahe einen Mann namens Carson Bleyle geheiratet. Wir haßten ihn. Er machte es sich in unserem Haus zu schnell zu bequem. Gleichzeitig besaß er ein Haus in New Haven und wollte, daß wir dorthin zögen. Er konnte seine Hände nicht von Honora lassen, und wenn ich daran zurückdenke, dann waren Clare und ich uns darüber einig, daß er auch uns etwas zu häufig anfaßte. «Bring mir doch ein paar Papiertaschentücher, Süßes», rief er gern durch die Badezimmertür. Immer, wenn er uns besuchte, unternahm er allein einen Spaziergang zum Ende von Pems Anlegesteg. Er rauchte eine Zigarre und spazierte dann wieder zurück. Clare und ich beschlossen, daß ihn sein Schicksal bei einem dieser Spaziergänge im Mondlicht ereilen sollte. Wir kauften bei Malloys Murmeln, füllten sie in ein altes Zwiebelnetz und banden sie unter Wasser an einen Pfahl. Binnen Tagen waren die hellen Glaskugeln von einer Algenschicht überzogen. Nach einer Woche sahen sie so aus, als hätten sie ein Jahr lang in Salzwasser gelegen. Unser Plan war folgender: Wir wollten sie wieder herausholen, sie auf dem Steg verstreuen und auf Carson warten. Er würde darauf ausrutschen. Wenn er ins Wasser fiel, wollten wir ihn mit einem Stein erschlagen. Bei der Untersuchung würde die Polizei die Murmeln entdecken, aber Clare würde schwören, daß sie sie verloren hatte, als sie neun Jahre alt war. Obwohl Honora sich von ihm trennte, ehe wir zur Tat schritten, hatten wir viel Spaß daran, Carsons Ende zu planen.

Mona Tuchman hatte gehandelt, nicht geplant. Ihr Verbrechen war ein Verbrechen aus Leidenschaft, das binnen Sekunden passierte. Die Quellen sagten, man bezweifle einen Vorsatz. In der Hitze des Augenblicks hatte sie nach einem Buttermesser gegriffen und es ihrer Freundin zwischen die Rippen gestoßen. Warum gab ich nichts auf Celeste Stone, die andere Frau? Allein in meinem Zimmer, hätte ich um Mona Tuchman weinen können, aber in bezug auf die andere Frau, die verletzt in ihrem Krankenhausbett lag, dachte ich nur: «Sie hat eine Familie zerstört.»

Ich griff nach dem Telefonbuch von Manhattan. Es gab Einträge für Dr. med. Richard Tuchman und Tuchman Patchworkdecken unter der Adresse der Westlichen Vierundsiebzigsten Straße. Ich überlegte mir, daß heute der richtige Moment war, um sie anzurufen. In einer Woche würde sie herausgefunden haben, wie man die Interviewer abschüttelt: die Telefonnummer wechseln, die Stadt verlassen, jeden Kommentar verweigern. Im Augenblick aber würde sie gehorsam antworten, als könne Kooperation ihr Schicksal verbessern. Ich wählte die Geschäftsnummer.

«Tuchman Patchworkdecken», sagte die Stimme.

«Kann ich bitte mit Mona Tuchman sprechen?» fragte ich in meinem respektvollsten Ton.

«Am Apparat.»

«Mrs. Tuchman, hier spricht Georgiana Swift vom Swift-Observatorium –»

Lange Pause. «Dies ist meine Geschäftsnummer. Rufen Sie an, um eine Decke zu bestellen?»

«Nein, ich würde Sie gern interviewen.»

«Ich weiß, ich höre das am Ton Ihrer Stimme. Ehrfurchtsvoll, verstehen Sie? So, wie man mit jemandem beim Begräbnis seiner Mutter redet. Ich wette, Sie schreiben für eine Frauenzeitschrift und sind auf die schwesterliche Sichtweise aus. Sie haben die richtig sensible Masche.»

«Ich schreibe nicht für eine Zeitschrift. Ich mache eine Studie.»

«Gut, dann gehen Sie aus meiner verdammten Geschäftsleitung. Ich nehme heute Aufträge entgegen.» Ihre Stimme brach mit einem Schluchzen, und der Hörer wurde aufgelegt.

Ich saß still, hielt den Hörer in der Hand und zitterte. Was für eine miese Person war ich eigentlich? Ich fühlte mich wie die Paparazzi, die der englischen Königsfamilie über die Skihänge von Klosters folgen und die Familien von Mordopfern jagen. Wer war ich, um mir Mona Tuchman vorzustellen, zusammengekauert zu einem mitleiderregenden Häufchen Elend, sich vor der Welt versteckend? Sie versuchte, ihr Leben zusammenzuhalten. Sie hatte ein Geschäft. Sie war eine ganz normale Frau. Sie hatte nur versucht, jemanden umzubringen.

Aus Liebe zum Ehemann zum Mord getrieben
Liebt sie so intensiv, dass sie dafür töten würde?
Was wird aus ihren Kindern, wenn sie ins Gefängnis geht?
Was empfindet ihr Mann jetzt für sie? Ihre Kinder?
Familie um jeden Preis
Bruch undenkbar
Tapfere Frau, aber verrückt

Ich saß da und schrieb Notizen über Mona Tuchman, lauschte auf den Sturm draußen. Ich konnte nicht aufhören, an sie zu denken, über sie zu schreiben. Ich versetzte mich an ihre Stelle: Wenn Nick ein Verhältnis hätte, würde ich nicht auf seine Geliebte losgehen wollen? Das ließ mich für einen Augenblick innehalten, denn natürlich lautete die Antwort nein. *Ihn* würde ich angreifen wollen.

Dann erinnerte ich mich daran, daß Celeste Stone eine enge Freundin von Mona gewesen war. Sie hatten sich im Kindergarten ihrer Töchter kennengelernt. Wie gemein die Sache dadurch wirkte, die Vorstellung von Ehebruch in Verbindung mit den Bildern von Buntpapier, Fingerfarben und Schaukelpferden. Nach dem Tod unseres Vaters hatte Honora Clare und mir erzählt, daß er sie mit der Mutter einer unserer Freundinnen betrogen hatte. Sie hatte uns aber nicht sagen wollen, welche Freundin es gewesen war. Sie hatte sich auch geweigert zu erzählen, was sie dabei empfunden hatte, und nur durchblicken lassen, Männer, selbst gute Männer, müßten sorgfältig überwacht werden und seien nie ganz vertrauenswürdig. Die Tatsache, daß sie mit ihm verheiratet geblieben war und nicht versucht hatte, jemanden mit einem Buttermesser zu erstechen, sagte etwas aus. Warum dachte ich, ein Interview mit Mona Tuchman könne mir verraten, was das war?

Ich kann mich kaum an meinen Vater erinnern, aber ich weiß, daß ich ihn geliebt habe. Als er noch am Leben war, wohnten wir in Woods Hole. Timothy Swift war ein Spitzengeologe und Geophysiker am Biologischen Laboratorium der Marine, und Honora war das «Wettermädchen» mit einer blauroten Uniform und einem Künstlernamen – Wendy Swift. Sie spielte auch die Hauptrolle in einer Serie mit dem Titel «Wetterfrau», die heute schon ein Klassiker ist. Aufgrund ihrer Schönheit und Ausstrahlung wurde sie in Talk-Shows eingeladen. Jedesmal, wenn sie im Fernsehen erschien, sahen mein Vater, Clare und ich zu. Wir waren Zeugen, wie sie Hurrikans und Wetterbesserungen vorhersagte, sahen, wie sie die Prinzessin der Hitzewellen nach Lappland verbannte, beobachteten sie in «Leben um fünf», «Mittagsgespräch» und, auf der Höhe ihres Ruhms, in der Dick Cavett-Show. «Das ist meine Frau», pflegte mein Vater laut und mit erstaunter Stimme zu sagen, aber wir wußten, daß er stolz war. Er kümmerte sich immer um uns, wenn sie auf Reisen war. Wenn sie fort war, durften wir lange aufbleiben, und manchmal durfte ich in seinem Büro bleiben, statt zur Schule zu gehen.

Das Büro meines Vaters lag genau gegenüber meiner Schule auf der anderen Seite des Eel Pond, und ich weiß noch, wie wir uns jeden Morgen um elf zuwinkten. Wenn er es einmal vergaß, fühlte ich mich schrecklich. Meine Lehrerin sagte mir dann, er hätte es vergessen, weil er ein «hingebungsvoller Wissenschaftler» sei. Sie alle akzeptierten, daß mein Vater mit seinen Büchern und gelben Bleistiften diesen Namen verdiente, doch die meisten fanden, Honora mit ihrem glamourösen Job und ihrem Künstlernamen verdiene ihn nicht. Clare und ich nahmen an, sie seien eifersüchtig, weil eine hingebungsvolle Wissenschaftlerin wie unsere Mutter so viel mehr Geld verdienen konnte als sie selbst, in einem schwarzen Sedan abgeholt wurde und im Cape Cod-Einkaufszentrum in Hyannis erkannt wurde. Selbst heute, als Erwachsene, können wir nicht verstehen, wie unser Vater irgendeine Frau in Woods Hole attraktiver finden konnte als sie. Aber darum geht es natürlich bei Ehebruch gar nicht. Bei Ehebruch geht es um Bedürfnisse. So lange habe ich gebraucht, um das herauszufinden.

Mein Vater war groß und kräftig. Er ruderte jeden Morgen in aller Frühe auf dem Eel Pond, um nicht dick zu werden. Manchmal nahm er Clare und mich im Boot mit. Ich erinnere mich, wie die Ruder die glatte Oberfläche des Wassers durchbrachen und viel zuviel Lärm machten. Es war uns entsetzlich peinlich, daß er vielleicht die ganze Stadt aufweckte. Er hatte einen wundervollen schwarzen Schnurrbart, der an den Enden hochstand; daher sah er immer aus, als ob er lächelte. Honora nannte ihn «Timmy». Pem nannte ihn «Tim» oder «lieber Tim», aber wir alle wußten, sie nahm ihm übel, daß er uns in Woods Hole festhielt statt auf Bennison Point in Black Hall.

Ich muß irgendwelche Probleme zwischen meinen Eltern gespürt haben, denn ich betete immer, sie möchten sich nicht scheiden lassen. Ich betete und fand Trost in katholischen Riten und Symbolen, den Geheimnissen und Mysterien, der Geschichte von Maria, der Vorstellung von einem alliebenden Gott, der die Familien zusammenhielt, den schönen Erzählungen von Lourdes und Fatima. Die Kirche in Woods Hole hatte einen Mariengarten, ein friedliches Plätzchen, bepflanzt mit Blumen, deren Namen mit Maria verbunden waren. Madonnenlilie, Marienbaum (Rosmarin), Muttergottesbecher, Mariendistel, Engelsüß, Christrose. Mir war ganz schwindlig in diesem Garten. Vorsichtig ging ich darin umher und wünschte, Maria möge mir erscheinen wie den Kindern in Fatima, und betete, damit alles «gut würde». Dieses «gut werden» definierte ich nie, aber ich wußte, daß es etwas mit dem glücklichen Zusammenbleiben meiner Eltern zu tun hatte. Oder wenigstens mit dem Zusammenbleiben.

Dann übernahm mein Vater die Stelle bei Ordaco. Die Forschung für einen hochbezahlten Job bei einer Ölgesellschaft zu verlassen wurde in Woods Hole als Ausverkauf betrachtet. Honora sagte uns eines Tages: «Eure Freunde reden vielleicht davon, euer Vater habe sich ‹verkauft›, aber das ist nur, weil ihre Eltern neidisch auf ihn sind. So wie auf mich. Also tragt die Köpfe hoch.» Er verbrachte viel Zeit in Texas und Schottland. Aus irgendeinem Grund war seine Abwesenheit erleichternd für mich. Sie schien nur beruflich bedingt und hatte nichts mit der emotionalen Trennung zu tun, vor der ich Angst gehabt hatte. In der Nordsee wurden immer mehr Ölquellen aufgespürt; daß er daran beteiligt war, war für Honora, Clare und mich sehr aufregend. Wir konnten seine Briefe, seine Anrufe gar nicht erwarten. Das Öl sprudelte mit atemberaubender Schnelligkeit. Er studierte neue Lagen, neue Sedimentproben und entschied, ob die Gesellschaft bohren sollte. Honora sagte uns, er sei «verantwortlich».

Vor der schottischen Küste lebte er auf einer Ölbohrinsel, auf der es sogar Kinos, Restaurants und eine Turnhalle gab. Er schrieb, die Männer könnten alles bestellen, was sie wollten, auch nordamerikanischen Hummer, und der Koch würde es zubereiten. Er schrieb, er werde ein bißchen fett ohne das Rudern auf dem Eel Pond. Obwohl Clare und ich noch jung waren, merkten wir, daß Honora ihn mehr liebte, seit er diesen glanzvollen Job hatte. Er kam aus Texas zurück mit Cowboyhüten und indianischem Schmuck, aus Schottland mit Tweed und Butterkuchen. Honora war ihm gegenüber aufmerksamer als zu seiner Zeit als Forscher, doch noch immer spürte ich Probleme. Sie gingen von ihm aus. Er schien in unserem Haus nie Frieden zu finden. Seine Briefe waren wunderbar, voller Liebe, aber zu Hause verrieten seine Augen, daß er sich wünschte, anderswo zu sein.

Dann hatte ein Sturm mit Windstärke zehn in der Nordsee die Ölbohrinsel und alle Männer, die darauf waren, fortgeschwemmt. Jahrelang hatte ich Alpträume von Flutwellen, von großen Strudeln, die die Männer unter Wasser zogen, trüben schwarzen Fluten, die kein Sonnen- oder Sternenlicht spiegelten. Ich sah meinen Vater vor mir, wie er im Wasser trieb, auf seine Rettung wartete, während der Sturm ihm in den Ohren pfiff. Manchmal dachte ich, wenn er sich mehr als alles andere gewünscht hätte, zu uns nach Hause zu kommen, wäre er gerettet worden. Er ertrank. Wenn ich in manchen Nächten wach lag, dachte ich an seine Augen, die sich auf das Fenster, die Tür, den Kamin richteten. Bei diesen Besuchen zu Hause hatte nur sein Schnurrbart gelächelt. Ich dachte an die Lücke, die er in unserer Familie hinterlassen hatte. Vielleicht war das der Grund, warum ich Mona Tuchman nicht vergessen konnte. Sie konnte es nicht ertragen, daß ihr Mann sie verließ und eine Lücke in ihre Familie riß. Sie wollte lieber jemanden töten, als das zuzulassen.

KAPITEL ZWEI

Am folgenden Freitag war ich mit der Vorbereitung des Familiendinners an der Reihe. Ich war glücklich an diesem Abend. Alle waren unter meinem Dach versammelt. Nick ging umher und bot Nüsse an. Honora und Pem saßen an beiden Enden des Sofas, Eugene und Casey zwischen ihnen. Die Jungen zappelten vor Verlegenheit, während ihre Eltern zu «Strangers in the Night» synchron die Lippen bewegten. Nick kam zu mir und setzte sich neben mich auf den Boden. Ein großes Kissen, mit verblichenem Baumwollstoff in Paisley-Mustern bezogen, lehnte an den Fenstertüren, und wir lehnten die Köpfe dagegen. Es war ein intimes Gefühl, außerhalb des direkten Lichtkreises zu sitzen, und ich drückte mich enger an ihn.

«Wir sollten alle zu Hause sein, wo wir hingehören», sagte Pem entschieden. Natürlich meinte sie, wir sollten alle in ihrem Haus sein.

«Die Familie ist zusammen, Mutter», sagte Honora. «Georgie hat ein herrliches Essen gekocht. Riechst du nicht das Lammfleisch?»

«Ich bin froh, daß ich heute gut davongekommen bin», sagte Donald. «Um ein Haar hätte ich nach Zürich fliegen müssen.»

«Ihr Jungen seid lächerlich eifrig», sagte Honora. «Ich weiß, das muß man sein, um es in der Wall Street zu schaffen, aber trotzdem. Bin ich eine langweilige Schwiegermutter?»

«Ja», sagten Donald, Clare, Nick und ich gleichzeitig.

«Es ist kalt hier drin», sagte Pem.

Nick ging zu ihr hinüber, schüttelte das schwarze Umschlagtuch aus, das ich gefaltet auf dem Treppengeländer liegen hatte, und legte es ihr um die Schultern. Sie nickte, wollte aber trotzdem aufstehen. Nick, der schon wußte, was sie vorhatte, drückte sie wieder auf das Sofa. «Bleib sitzen, Pem», sagte er. «Ich hole dir noch einen Martini.»

«Noch einen? Es ist mein erster», sagte sie entrüstet.

«Es ist dein zweiter», sagte Eugene. Es machte nichts, da Pems Martinis inzwischen aus einem Eßlöffel Gin in einem großen Glas Tonicwasser bestanden.

«Ich hole ihn», sagte Nick. Pem begann einen kleinen Boxkampf, aber Nick machte einen Walzer daraus. Sie legte den Kopf auf seine Schulter und rollte die Augen, als wolle sie uns zeigen, daß sie alles für einen großen Spaß hielt, aber jeder wußte, daß sie den Tanz genoß.

«Mach mir einen guten», sagte sie, als Nick auf die Küche zusteuerte, um ihren Drink zu holen.

«Habt ihr von Mona Tuchman gelesen?» fragte ich.

«Die Frau, die versucht hat, ihren Mann umzubringen?» fragte Honora.

«Nein, sie hat versucht, seine Geliebte umzubringen», sagte Clare, «obwohl ich mich frage, wie ernst es ihr damit war. Sie hat ein Buttermesser benutzt.»

«Ziemlich energische Dame», sagte Donald. «Ist sie das Thema deiner neuesten Studie?»

«Ja, ich interessiere mich für sie. Was glaubt ihr, wie sie sich am Telefon anhörte?»

«Weinerlich», sagte Honora.

«Nein, recht stark. Ich war ein bißchen überrascht.»

«Frauen, deren Männer sie betrügen, können erstaunliche Kraftreserven in sich entdecken», sagte Clare. «Du solltest es nicht als Weltuntergang ansehen, Georgie.»

Ich beobachtete Honora, um zu sehen, wie sie reagierte, aber sie reagierte nicht. Ihre Hände lagen mit den Handflächen nach oben in ihrem Schoß. Sie schien höchst interessiert zuzusehen, wie Eugene zwei Eiswürfel in seinem Limonadenglas schüttelte.

«Glaubst du nicht, daß sie ins Gefängnis kommt?» fragte Clare.

«Zweifelhaft», sagte Donald. «Ihre Anwälte werden mit der klassischen Affekthandlung argumentieren. Sie wird davonkommen.» Donald hatte eine steife Art, sich auszudrücken. Er hörte sich immer wie ein Rechtsanwalt an, selbst im Familienkreis, aber nach Nick war er der beste Mann, den ich kannte.

«Wieso weißt du das noch?» fragte Nick, der mit Pems Drink ins Zimmer kam. «Ich habe seit dem Studium von keinem Kriminalfall mehr gelesen.»

«Ich weiß überhaupt nichts – ich bluffe nur. Versuche, wie ein weiser Anwalt zu klingen.»

«Sie werden zu ihrer Verteidigung extreme emotionale Verzweiflung anführen, glaubt ihr nicht?» fragte ich. Nick und ich hatten zwischen seinem ersten und zweiten Studienjahr geheiratet, und Strafrecht und Beweisführung hatten mir von all seinen Kursen am besten gefallen.

«Du solltest ein Anwaltsschild an deine Tür hängen», sagte Honora mit funkelnden Augen.

«Dazu fehlt mir bloß das Examen», sagte ich. «Kein Jura-Examen, kein College-Examen – gottlob habe ich erst nach dem High School-Abschluß beschlossen, die Weiterbildung aufzugeben.»

«Warum sagst du das?» fragte Honora stirnrunzelnd. «Wozu hast du die High School gebraucht? Du hast immer die Augen offengehalten, Liebes.» Sie wandte sich an Eugene und Casey. «Als eure Tante in eurem Alter war, wußte sie mehr über Fische als alle anderen Kinder in Woods Hole. Ganz zu schweigen von Vögeln, Algen, Felsen und Elektrizität. Sie könnte euch auf der Stelle eine Batterie bauen – aus lauter Material, das in diesem Raum zu finden ist.»

«Heute morgen haben wir eine Prachtmeise gesehen», sagte Casey.

«Eure Mutter dagegen», fuhr Honora fort, während sie Clare zulächelte, «war ganz anders. Sie hatte lauter Einser in Mathematik, Englisch, Geschichte, in allem. Außerdem war sie eine sehr gute Malerin und Bildhauerin. Aber sie interessierte sich nicht so für die Natur.»

«Deshalb hatte sie Zeit, zweimal den Doktor zu machen», sagte ich. Alle lachten, und Clare lächelte mir verstohlen zu. Trotz ihrer akademischen Grade wußte ich, daß sie Wissen und die Aufgabe des Lernens höher schätzte als Diplome. Sie hatte ihre Doktortitel in Kunst und Biochemie niemals beruflich genutzt. In einer anderen Familie wäre das vielleicht als Vergeudung von Zeit und Talent betrachtet worden, aber Honora hatte Clares Entscheidung verstanden, Hausfrau und Mutter zu sein. Man hatte uns beigebracht, daß das Lernen zählte; das war wesentlich; ob wir unser angesammeltes Wissen aber in einem Beruf oder auf ganz private Weise nutzen wollten, war uns überlassen.

Trotzdem, ganz gleich, was Honora jetzt sagte, hatte sie geschimpft und mit den Zähnen geknirscht, als ich mich geweigert hatte, aufs College zu gehen. Mein Entschluß machte ihr angst. Vielleicht hatte sie bezweifelt, daß man ohne die Struktur einer Universität etwas lernen kann.

Auf Bennison Point repräsentierten Pem und ich die Nichtakademiker. Ich versuchte, ihre Aufmerksamkeit zu erregen, aber sie war mit ihrem dünnen Martini beschäftigt.

«Weißt du, Mutter», sagte Clare, «ich habe mich schon für die Natur interessiert, aber das war immer Georgies Revier. Georgie war die Naturliebhaberin, und ich war der Bücherwurm. Merkwürdig, wie wir jedem Kind verschiedene Merkmale zuteilen. Selbst hier», sagte sie und warf einen bedeutungsvollen Blick auf ihre beiden Söhne, die mit Glasuntersetzern spielten. «Der eine ist der Rüpel und der andere der Gentleman.» Ich glaubte Eugene, den Rüpel, bei diesen Worten aufhorchen zu sehen, aber er spielte weiter.

«Ich glaube, Georgie würde eine gute Anwältin abgeben», sagte Nick. «Sie weiß viel über Jura. Sie hat mit mir fürs Examen gepaukt, und ich weiß, daß sie die Prüfung hätte bestehen können. In einigen Staaten braucht man kein juristisches Examen – man absolviert eine Lehrzeit und kann dann zugelassen werden.»

Grinsend beugte Honora sich vor. «Ich warte bloß darauf, was mit dem Observatorium passiert. Ich könnte mir vorstellen, daß es den Namen Swift berühmt macht.»

«Danke, Mutter», sagte ich. Ganz gleich, wie sehr ich Honora durchschaute, sie war immer noch meine Mutter, und ich wollte, daß sie stolz auf mich war.

Eine Woche später war das Wetter klar und schön. Ich lag auf dem Fußboden meines Arbeitszimmers und las alte Zeitungen. Die Sonne war um die Landspitze gekommen und schien durch die hohen Fenster. Die Bucht glitzerte. Küstenvögel hoben sich scharf umrissen von der Helligkeit ab. An ihren Silhouetten erkannte ich Stockenten, Gänsesäger, Büffelkopfenten, Wildgänse, Seetaucher und Kormorane. Auf dem Steg hockte ein Eisvogel. Ich fand nichts Neues über Mona Tuchman. Das Telefon läutete.

«Ich bin's», sagte Nick.

«Was gibt's?»

«Heute abend wird es sehr spät. Ich werde es wohl nicht schaffen, nach Hause zu kommen.»

«Ich reserviere ein Zimmer», sagte ich. Immer, wenn Nick so lange arbeiten mußte, daß er seinen Flug verpaßte, mietete ich ein Zimmer im Gregory und nahm den Zug in die Stadt.

«Georgie, bist du sicher, daß du das willst? Es wird spät werden, und zwar ziemlich spät.»

«Stell keine so lächerliche Frage», sagte ich.

«Na, gut.» Er hielt inne und sagte dann: «Projekt Breitschwert geht los. Eine Körperschaft startet den Angriff.»

Eine Körperschaft greift an. Ich dachte an den Jargon der heiklen Angebote: weißer Ritter, goldener Fallschirm, Haifischabwehr, verbrannte Erde, Verkauf der Kronjuwelen. Darin steckte eine «Poesie», die die Verbissenheit der Beteiligten Lügen strafte. «Erzähl mir keine Einzelheiten. Diskretion ist wichtig. Jemand könnte dein Telefon abhören.»

«Welchen Zug wirst du nehmen?» fragte Nick, der meinen Sarkasmus überhörte. Ich konnte die Art nicht ausstehen, wie er diese Ausdrücke benutzte, wie ein Junge, der König Artus oder Arabische Nächte spielt, spielerische kleine Ausdrücke, die seine Arbeit trivialisierten und den Bruch verniedlichten, den sie in unserem Leben verursachte.

«Den nächstmöglichen. Den, der um zwei Uhr dreißig ankommt.»

«Es tut mir wirklich leid. Aber ich habe den ganzen Tag Termine, und dann muß ich noch die vertraglichen Vereinbarungen bearbeiten. Sie brauchen die endgültige Version morgen früh.»

«Schon in Ordnung», sagte ich. «Wir können heute abend zu einem späten Dinner gehen. Clare hat mir ein Buch geschenkt, in dem die New Yorker Restaurants stehen, die nach Mitternacht noch geöffnet sind. Es sind mehr, als man meinen sollte.» Nick lachte. Ich stellte mir vor, wie er sich in seinem braunen Ledersessel zurücklehnte, mit dem Rücken zum Fenster, das auf den dunklen Turm der Trinity Church hinausging. Ich wußte genau, welchen Glencheckanzug er heute morgen angezogen hatte, welche marineblaue Seidenkrawatte, welche Socken. Seine weißen Hemden waren austauschbar. Nicht einmal ich konnte sie voneinander unterscheiden. Sobald sie Abnutzungserscheinungen zeigten, gab er sie mir, damit ich sie am Strand trug. Ich fand seine Abneigung gegen abgetragene Hemden rührend.

«Soll ich dich anrufen, wenn ich ankomme?» fragte ich.

«Natürlich. Hinterlaß eine Nachricht bei Denise, wenn ich nicht an den Apparat kommen kann.»

«Mach ich. Ich liebe dich.»

«Ich liebe dich.»

Ich liebe dich: Wir sagten das so oft, daß ich manchmal fürchtete, die Worte würden ihre Bedeutung verlieren, doch sie taten es nie.

Wir hatten immer das gleiche Zimmer im Gregory, einem kleinen Hotel in der Westlichen Zwanzigsten Straße, das nach Yeats' Lady Gregory benannt war. Ehe die Sümpfe der West Side aufgefüllt worden waren, hatte das Hotel am Rande des Hudson River gestanden. Jetzt konnte man von unserem Zimmer im obersten Stockwerk aus nicht einmal mehr das Wasser sehen. Ein zehnminütiger Spaziergang vom Fluß weg, und ich fühlte mich vom Land umschlossen. Das Hotel hatte eine vornehme Schäbigkeit: verblichene Brokatdraperien, Mahagonitäfelungen und -möbel, polierte Messinglampen, Ledersessel an den Schreibtischen, traurig dreinblickende Portraits von Lady Gregory. Nick schlug manchmal vor, ein schickes Hotel am Central Park zu nehmen, aber mir gefiel es hier. Ich fühlte mich vollkommen anonym. Der Portier grüßte mich kaum; ich trug meinen Koffer selbst nach oben. In den dunklen Schatten Manhattans versuchte ich, mich nicht darüber zu ärgern, daß ich das helle, funkelnde Black Hall verlassen hatte. Hatte ich mich nicht selbst dafür entschieden, zu Nick zu fahren? Er hatte nie darauf bestanden, daß ich in die Stadt kommen sollte; tatsächlich konnte ich mich nicht einmal erinnern, daß er es vorgeschlagen hätte. Er war froh, daß ich es wollte, aber die Idee war von mir.

Einige Minuten lang ging ich im Zimmer auf und ab. Der Schreibtisch war antik und hätte neue Messinggriffe nötig gehabt. Ich benutzte die Hülle eines Plastikkugelschreibers, um eine der Schubladen zu öffnen und nachzusehen, ob der vorige Bewohner etwas zurückgelassen hatte. Einmal hatte ich in genau dieser Schublade vier Skizzen über das Leben im Meer vergessen, aber heute war sie leer. Ich breitete meine Papiere auf dem Schreibtisch aus. Mein erster Vierteljahresbericht war in einem Monat fällig.

Ich rief in Nicks Büro an und hinterließ eine Nachricht bei Denise. Dann nahm ich mir das Telefonbuch von Manhattan vor. Ich wählte Mona Tuchmans Nummer. Sie meldete sich.

«Hallo, hier spricht Georgiana Swift vom Swift-Observatorium», sagte ich und rechnete damit, daß sie auflegen würde.

«Hmmm.»

«Ich würde gern ein Interview mit Ihnen machen.»

«Ich weiß nicht. Vielleicht. Was will das Swift-Observatorium von mir?»

«Ihnen ein paar Fragen stellen. Eine Weile mit Ihnen reden.»

«Zu Schnellschüssen neigen Sie wohl nicht. Sie hätten mir schon ein paar Fragen stellen können.»

«Ich dachte, wir könnten uns treffen. Sie könnten in mein Hotel kommen, oder ich könnte zu Ihnen kommen. Was Ihnen lieber ist.» Ich konnte kaum glauben, daß ich im Begriff war, mich mit Mona Tuchman zu verabreden. Nach unserem letzten Gespräch hatte ich mich auf eine Abfuhr gefaßt gemacht.

«Sie können ebensogut herkommen», sagte sie. «Okay?»

«Okay», sagte ich und überlegte schon, welchen Zug der Untergrundbahn ich nehmen müßte.

Sie wohnte in einem großen Gebäude der Upper West Side, wo steinerne Wasserspeier, Engel und Widder Dachrinnen und Fensterstürze schmückten. Um die Ecke war ein strahlend grünes Stück vom Central Park zu sehen. Ein Terrakottagefäß mit Begonien stand vor dem Eingang. Der Portier wies mich in den siebten Stock.

Sie stand in der Halle und wartete. Mit dem dunklen Haar hatte ich recht gehabt; kurz und lockig umrahmte es ihr rundes Gesicht. Sie trug eine Schildpattbrille. Feine Linien zeigten, daß ihr Gesicht zu lächeln gewohnt war, doch in diesem Augenblick war es ausdruckslos. Sie trug einen weiten grünen Trägerrock aus Cordsamt über einem Nylonpulli. Ich fragte mich, ob sie schwanger sei.

«*Entrez*», sagte sie und ging mir voraus in die Wohnung.

«Was ist das Swift-Observatorium?» fragte sie und wies auf einen ziegelroten Schaukelstuhl. Ich setzte mich und sah zu, wie sie auf einem Schreibtischstuhl mit gerader Lehne Platz nahm. Der Raum war im Kolonialstil eingerichtet. Patchworkdecken hingen an zwei Wänden.

«Eine Organisation, die die menschliche Natur studiert.»

«Aha. Und nach welcher Art von menschlicher Natur suchen Sie hier? Menschliche Natur! Ich weiß nicht, ich dachte, dies würde ein ganz normales Interview werden.»

«Das ist es auch. Ich möchte Sie nicht einschüchtern», stammelte ich. Ich fühlte mich selbst eingeschüchtert und gleichzeitig wichtigtuerisch. «Das Swift-Observatorium – das bin eigentlich ich – es gibt da nur mich. Ich brauchte einen Namen für meine Arbeit, weil sie finanziert wird, verstehen Sie?» Wie Clare gesagt hatte, würde die Stiftung eher das Swift-Observatorium finanzieren als «Georgie Swift, Neugierige Person».

«Ich hatte nie vor, Celeste Stone umzubringen. Meine Hand stach nach ihr, und dann merkte ich plötzlich, was ich da tat, und hörte auf. In einem Augenblick habe ich mein Leben ruiniert. Nun ja, nicht wirklich in einem Augenblick. Ich stach etwa dreißig Sekunden lang auf sie ein, denken wir.»

«Wir?»

«Celeste und ich. Wir haben nicht miteinander geredet, aber wir stehen über unsere Rechtsanwälte in Verbindung. Man hat mir schon gesagt, daß ich vermutlich nicht ins Gefängnis muß, aber ich bleibe auf Bewährung frei und verliere das Sorgerecht für meine Kinder. Celeste sagt, sie wolle nicht, daß ich ins Gefängnis komme. Da war sie sehr großzügig. Sie liegt noch im Krankenhaus. Morgen wird sie entlassen.» Mona schaute aus dem Fenster, während sie sprach. Ihre Stimme klang beinahe fröhlich und verriet keine emotionale Anteilnahme.

«Haben Sie sie gut gekannt?»

«Sehr gut. Wir haben uns im Kindergarten kennengelernt. Die Mütter arbeiten dort turnusmäßig ehrenamtlich mit, und sie und ich hatten gewöhnlich am gleichen Tag Dienst. Ihr Mann ist auch Arzt. Dermatologe. Dick ist Augenchirurg.»

«Und die Ehepaare freundeten sich an.»

«Stimmt. Wir fuhren zusammen zum Skilaufen.» Zum erstenmal sah sie mich an. «Über das Verhältnis möchte ich nicht reden.»

«In Ordnung.»

«Ich sage nur, daß ich es wußte; in Wirklichkeit wußte ich es nicht. Mit anderen Worten, mir wird jetzt klar, daß ich unbewußt ahnte, daß etwas im Gange war, es aber nicht sehen wollte. Dann erzählte mir jemand davon – das war übrigens meine Mutter –, und ich drehte durch.»

«Ihre Mutter hat Ihnen gesagt, daß Ihr Mann ein Verhältnis hatte?»

«Ja. Ist das nicht unglaublich? Ich schäme mich, daß sie überhaupt davon weiß. Sie hat sie gesehen, wie sie sich küßten – vor einem Restaurant. Sie sagte es mir, und da wurde mir alles klar. Alles, was ich gewußt und doch nicht gewußt hatte. Dick war gerade zu einer Konferenz gereist, also konnte ich ihn nicht zur Rede stellen. Ich drehte durch und rannte zu Celeste. Ich glaube sehr an das Unbewußte. Ich denke, ich nahm ein Buttermesser, weil ich sie nicht wirklich töten wollte. Das ist das Lächerlichste überhaupt. Ich kann kaum glauben, daß ich es getan habe – ich weiß, daß ich es getan habe, aber ich kann es noch immer nicht glauben. Ich bin nicht der Typ, jemanden zu erstechen.»

«Sind Sie schwanger?»

Wieder wandte sie den Blick ab. «Darüber möchte ich nicht reden», sagte sie.

Ich hatte das Gefühl, daß sie nicht ganz aufrichtig war und daß sie mich in gewisser Weise benutzte. Ich konnte ihr keinen Vorwurf daraus machen. Mitfühlende neue Geschichten würden ihr nützen.

«Entschuldigen Sie, Mrs. Tuchman», sagte ich. «Ich sollte Ihnen wohl sagen, daß mein Bericht über Ihre Geschichte vermutlich nie veröffentlicht wird.»

«Wirklich? Das habe ich nicht gewußt.» Sie klang empört.

«Hat Ihr Anwalt Ihnen geraten, Interviews zu geben?»

«Ja, aber kaum jemand scheint sich mehr dafür zu interessieren. Letzte Woche schon noch, aber da war ich nicht bereit. Zuviel Zeit ist vergangen, und sie sind schon hinter neuen Geschichten her.» Ihre Stimme zitterte, und Tränen glänzten in ihren Augen. «Er dachte, meine Chancen stünden besser, wenn die Öffentlichkeit mich mag. Er sagte, wenn sie sich mit mir identifizierten statt mit Celeste, dann würde ich besser davonkommen und vielleicht meine Kinder behalten können. O Gott, das ist das Schlimmste», sagte sie, jetzt wirklich schluchzend. «Was werden sie von mir denken?»

«Sie werden es verstehen», sagte ich ruhig. «Sie werden verstehen, daß Sie die Familie zusammenhalten wollten.»

«Genau das ist es», sagte sie, und sie klang verblüfft.

«Erzählen Sie mir davon», sagte ich.

«Es ist so einfach. Ich liebe Dick. Wir haben eine wunderbare Familie – zwei Mädchen und einen Jungen. Ich bin seine Frau, er ist ihr Vater, sie sind unsere Kinder, wir sind Eltern, sie sind zwei Schwestern und ein Bruder. Wir sind eine Familie. Genau das ist es», sagte sie, als sei ihr der Gedanke zum erstenmal gekommen. «Wir gehören zusammen.»

«Mir war das in dem Moment klar, in dem ich diesen Artikel über Sie las.»

«Warum interessieren Sie sich so für meine Geschichte?» fragte Mona mich stirnrunzelnd und putzte mit dem Saum ihres Kleides ihre Brille.

«Weil ich glaube, daß ich genau verstehe, wie Sie sich fühlten», sagte ich.

«Das hat noch keiner zu mir gesagt. Ich weiß, daß die meisten Leute so was wahrscheinlich nicht getan hätten, aber ich dachte, sie könnten verstehen, wie ich mich fühlte. Meiner Nachbarin schauderte, als sie mich sah. Selbst die Leute, die uns wirklich kennen, die wissen, wie eng Dick und ich verbunden sind, können nicht verstehen, wie das passiert ist. Ich habe meine Kinder noch nicht gesehen, aber ich habe Dick gesehen. Er sieht aus, als stünde er unter Schock. Er sagt, zwischen uns hätte es schon lange ein Problem gegeben, aber er liebe Celeste nicht.»

«Warum haben Sie beschlossen, sie zur Rede zu stellen?»

«Gute Frage. Ich habe keine Ahnung. Ich stand in meiner Küche und sprach mit meiner Mutter. Sie erzählte mir, daß sie sie gesehen hatte. Nachdem sie gegangen war, saß ich da und dachte nach. Ich war eigentlich nicht traurig oder verletzt. Nur wütend – ich fühlte mich, als hätte ich einen Zyklon in mir, der mich hinüber in Celestes Wohnung wirbelte. Ich sehe mich noch am Park entlanglaufen, flatternd wie eine Stoffpuppe.»

«Und was passierte dann?» fragte ich. Ich konnte sie genau vor mir sehen, vor Wut zitternd.

«Sie war in der Küche. Sie trug eine karierte Schürze, stand am Hackbrett in ihrer Küche und häutete Rebhuhnbrüste ab. Sie ist eine fabelhafte Köchin.» Mona seufzte.

«Woran denken Sie?»

«Ach, ich erinnere mich nur an einige der Essen in ihrer Wohnung. Jedenfalls sagte ich: ‹Ich habe es gerade erfahren› oder etwas in der Art. Sie sagte: ‹Was?›, mit einem schrecklich fröhlichen Ausdruck und glücklicher Stimme, als wollte ich ihr sagen, daß das Bolschoi-Ballett in der Stadt gastieren würde. Ich meine, um was sonst konnte es sich handeln? Das machte mich noch wütender. Ich glaube, ich schrie etwas über sie und Dick, und dann nahm ich einfach das Buttermesser aus der Butterdose und begann sie damit zu schlagen. So denke ich daran – ich schlug sie. Ich hasse den Gedanken an Stechen. Ich hasse ihn.»

«Aber in den Zeitungen stand, sie hätte geblutet.»

«Ich habe ihr eine blutige Nase verpaßt.» Sie hielt inne. «Ich habe sie allerdings mit dem Buttermesser wirklich verletzt. Ich hörte, wie ihre Rippe brach. Sie beugte sich vor, und sie sah aus wie Lee Harvey Oswald, als er von Ruby erschossen wird. Es war entsetzlich. Sehen Sie, wenn ich darüber nachdenke, erinnere ich mich an vieles. Ich werde diesen Ausdruck auf ihrem Gesicht nie vergessen.»

«Als ich Sie neulich anrief, sagten Sie, Sie versuchten, Ihr Geschäft weiterzuführen.»

«Stimmt. Ich glaube, das ist wichtig. Ich habe mir selbst eine Art

Verpflichtung auferlegt: aufstehen, Kaffee machen, meine Arbeit tun. Das ist die einzige Art, es durchzustehen.»

Ich hätte sie gern gefragt, wie sie sich ihre Zukunft vorstellte, aber die Frage war zu grausam. Hier saß sie und sprach darüber, wie sie jeden Tag einen guten Anfang machte.

«Ich hatte erwartet, daß dieses Interview anders ablaufen würde», sagte sie. «Ich dachte, ich könnte mich auf eine bestimmte Weise darstellen, und Sie würden das drucken. Statt dessen haben wir einfach geredet. Es hat mir gefallen.»

«Mir auch. Ich wünschte, ich könnte Ihnen helfen. Ich muß jetzt gehen, aber ich lasse Ihnen meine Telefonnummer da, für alle Fälle –» Ich schrieb meine Nummern im Gregory und in Black Hall auf. Dann stand ich auf, um zu gehen, und wir reichten uns die Hände. Sie folgte mir zum Aufzug. Sie wies auf eine geschlossene Tür.

«Das ist Dicks Praxis. Er ist jetzt gerade dort und untersucht Patienten. Wenn er nicht im Krankenhaus ist», sagte sie stirnrunzelnd, als sei sie nicht gewohnt, nicht zu wissen, wo er sich aufhielt. «Einer von uns wird natürlich umziehen müssen. Gott, bevor das passierte, konnte ich eine meiner Freundinnen anrufen, um zu reden. Sie haben mich in die Stimmung gebracht, in der man reden will, aber ich weiß nicht, wen ich anrufen soll. Alle haben Angst, ich würde das Drama zur Sprache bringen. Sie wissen nicht, wie sie reagieren sollen – haben Angst, sie könnten zu mitfühlend oder zustimmend klingen.» Plötzlich konnte ich nicht erwarten, daß sich die Türen des Aufzugs schlossen. Wie schrecklich schien es, daß eine Frau, die an die Gesellschaft von Freunden und vor allem ihres Mannes und ihrer Kinder gewöhnt war, plötzlich allein zurückblieb. Sie fühlte sich nicht einmal frei, jemanden anzurufen. Es schien wie die schlimmste Strafe auf Erden.

Die Luft im Freien war frisch, und ich ging auf die sonnige Straßenseite hinüber. Ich hörte Spatzen zwitschern; ich sah auf und entdeckte ein in der Höhlung einer Ampel nistendes Pärchen. Ich beschloß, durch den Park zu gehen, um mich von Mona Tuchman abzulenken. In der Nähe des Central Park West beobachtete ich zwei Tauben beim Paarungstanz. An der nächsten Ecke ein junges Mädchen, das sich auf die Zehenspitzen stellte, um seinen Freund zu küssen. Das Mädchen trug ein rosa Kleid. Ich hörte Vögel singen, Hupen dröhnen, Kinder spielen, und ich wußte plötzlich, daß ich mit Nick reden mußte.

So hatte ich schon früher reagiert, wenn das Gespenst der Untreue mich ängstigte. Ich mußte wissen, daß Nick das nicht tun würde, mir das niemals antun würde. Mich betrügen. Eine andere küssen. Da war Honora mit ihrer Botschaft: Paß auf deinen Mann auf. Ich begann, mich nach einem Taxi umzusehen.

Im Gregory wartete ich mit mühsamer Gelassenheit auf den Lift und eilte dann an das Telefon in meinem Zimmer. Ich würde Nick anrufen, mir versichern lassen, daß er mich liebte und mir immer treu bleiben würde, und mir beim Auflegen wie eine Närrin vorkommen. Ich konnte das objektiv vor mir sehen, wie ein Labortechniker eine Probe betrachtet, aber ich wollte es trotzdem tun.

Denise sagte mir, er sei in einer Besprechung.

«Hat er gesagt, er wolle nicht gestört werden?» fragte ich. «Es ist nämlich ziemlich wichtig, Denise.» Ich störte Nick selten, wenn er in einer Konferenz war, aber plötzlich hatte ich das Gefühl, wenn ich ihn nicht sprechen könnte, bekäme ich keine Luft mehr.

«Er ist gar nicht hier, Georgie. Die Konferenz ist in der Stadt, im Büro des Kunden.»

«Dann ist es in Ordnung», sagte ich und legte auf.

Ab und zu, wenn Denise nur vage erklärte, wohin Nick gegangen war, begann ich über die Frauen an der Wall Street nachzudenken. Sie waren schlank, schön, tüchtig. Sie kleideten sich gut. Einige von ihnen verbrachten häufiger lange Abende mit Nick als ich. Ich haßte die Vorstellung, wie sie sich über Dokumente beugten, fast Kopf an Kopf. Ich rief Clare an.

«Wo bist du?» fragte sie. «Eugene und Casey wollten dich gerade besuchen, aber sie sagten, du seist nicht zu Hause.»

«In New York. Ich bin im Gregory.»

«Georgie, du spinnst. Nick muß also heute abend lange arbeiten. Wieso ist es so schlimm, allein zu schlafen?»

«Du kannst Gedanken lesen. Ich habe schon wieder diesen Verfolgungswahn, betrogen zu werden.»

«Soll ich dir den üblichen Vortrag halten?» fragte Clare.

«Wenn es dir nichts ausmacht.»

«Also gut. Du und Nick, ihr liebt euch. Das ist offenkundig für jeden, der euch sieht. Ihr seid aufrichtig miteinander. Du mußt ihm mehr vertrauen. Er wäre sehr verletzt, wenn er wüßte, daß du solche Zweifel hast.»

Ich lachte über ihren ausdruckslosen Ton. «Danke. Jetzt geht es mir besser. Es hat nur angefangen, weil ich Mona Tuchman besucht habe. Sie tut mir so leid, Clare.»

«Ich weiß. Ihre Situation hört sich scheußlich an. Hat sie ihre Kinder gesehen?»

«Nein.»

«Himmel, ich würde sterben, wenn ich je die Jungen verlöre. Ist dir schon mal aufgefallen, daß du mich häufiger von New York als von zu Hause aus anrufst?»

«Ja, allerdings. Eigenartig.»

«Das liegt daran, daß du in Black Hall weißt, daß ich da bin. Wenn du aus dem Fenster schaust, siehst du mein Haus. Wenn du fortgehst, denkst du, ich wäre vielleicht verschwunden. Du bist wirklich eine unsichere Reisende. Honora ist genauso – immer, wenn sie den Point verläßt, ruft sie dauernd an. Ihr müßt ganz nette Telefonrechnungen haben.»

«Das ist noch milde ausgedrückt.»

«Hör auf, dir über Nick Gedanken zu machen, ja? Das ist wirklich unwürdig. Und ganz unnötig. Wenn du etwas hast, was es wert ist, sich Sorgen zu machen, dann wirst du es schon merken.»

«Du hast vollkommen recht.»

«Aber es geht dir nicht in den Kopf, was?»

«Nicht ganz. Aber ich werde an meinem Bericht arbeiten und versuchen, nicht daran zu denken.»

«Ich staune über die Tatsache, daß der Mann meiner Schwester nicht eine Nacht ohne sie verbringen kann, daß sie blitzschnell an seine Seite eilt und dann ihre Zeit damit zubringt, auf seinem Kragen nach Lippenstiftflecken zu suchen.»

«Soll das eine kleine Anspielung auf mich sein?»

«Du bist die einzige Schwester, die ich habe, Schätzchen.»

Wir verabschiedeten uns. Clare hatte vollkommen recht: Wenn ich nicht mit Nick zusammen war, konnte ihm alles mögliche passieren. In dem Moment, in dem ich ihn jeden Morgen aus den Augen verlor, konnte er eine Bruchlandung machen, in die Fänge schamloser Flittchen geraten, mich vergessen. Honora hatte meine Phantasie gut trainiert. Ich griff nach meinen Notizbüchern und breitete sie auf der Schreibtischplatte aus. Ich hielt meinen Stift sehr fest und konzentrierte mich auf jedes Wort. Ich schrieb Berichte über alle meine Fälle aus jüngster Zeit, zum Schluß den über Mona Tuchman. Stunden vergingen, aber ich merkte es kaum. Gegen elf Uhr wurde es schließlich Zeit, Nick zum Dinner zu treffen.

«Glaubst du, wir sollten ein Baby bekommen?» fragte ich Nick über den Tisch im Vinnie's hinweg. Kerzen brannten in den schmiedeeisernen Leuchtern und tauchten sein Gesicht in romantisches Licht. Das Restaurant war angesichts der späten Stunde noch ziemlich voll. Ich mußte lauter sprechen, als mir lieb war. Nick hörte auf, seine Tagliatelle aufzurollen. Er grinste.

«Das ist eine schöne Frage», sagte er.

«Also?»

«Du weißt, daß ich das gern hätte, aber ich fürchte, meine Arbeitszeiten würden sich auf die Erziehung eines Kindes auswirken. Du müßtest sehr viel mehr übernehmen als deinen gerechten Anteil.»

«Was ist ein gerechter Anteil, wenn es sich um ein Kind handelt?» fragte ich spöttisch. Ich schlürfte meinen Barolo. «Jeder von uns würde alles tun, was er kann.»

«Überleg mal, ob du heute in die Stadt gekommen wärst, wenn wir ein Baby hätten. Ich bin nicht sicher, daß das möglich wäre. Tatsächlich», sagte er entschieden, «habe ich darüber nachgedacht – darüber, daß du immer kommst, wenn ich lange zu arbeiten habe.»

«Soll das heißen, daß es dir nicht recht ist?» fragte ich schärfer als beabsichtigt.

«Georgie, wir führen einfach ein Gespräch. Ich möchte ein schönes Dinner –» Seine Lippen wurden schmal und entspannten sich dann zu einem Lächeln. «Wir stellen ja keine ehernen Regeln auf. Ich finde einfach, daß du nicht jedesmal nach New York kommen solltest, wenn ich lange arbeite. Andere Anwälte schaffen das. Jean und ihr Mann verbringen zwei Tage in der Woche getrennt, und sie scheinen glücklich zu sein», sagte Nick. Jean war eine dieser Wall Street-Frauen, die ich mir am wenigsten gern mit Nick über einen Konferenztisch gebeugt vorstellte.

«Heute ist wahrscheinlich nicht der richtige Moment, um über ein Baby zu reden», sagte ich, denn wenn ich weitergesprochen hätte, hätte er gemerkt, wie wütend ich war.

«Georgie.» Tiefer Seufzer. «Scheiße. Vergiß es. Willst du, daß ich meine Stellung aufgebe?»

Schuldgefühle fanden fruchtbaren Boden. «Ich will nicht dafür verantwortlich sein, daß du Hubbard und Starr verläßt.»

«Hab ein bißchen Vertrauen, okay? Glaubst du, ich stelle die Art, wie wir leben, nicht in Frage? Es ist verrückt, daß ich von und nach Black Hall fliege, daß ich jedes Wochenende Arbeit mit nach Hause nehme, so viel Zeit von dir getrennt verbringe. Daß du nach New

York kommst, nur damit wir ein schnelles Abendessen zusammen haben. Es wäre viel einfacher, wenn wir in der Stadt wohnten, aber wir hängen beide so sehr am Point.»

«Ich weiß», sagte ich. Es war typisch für Nick, daß er mich bei einer solchen Auseinandersetzung nicht mit unfairen Argumenten in die Enge drängte. Er hätte sagen können: «Aber du hängst so sehr am Point.» Er wußte, wie sehr ich meine Familie liebte. Ein anderer Mann hätte das vielleicht übelgenommen und unsere Schwierigkeiten darauf zurückgeführt, daß ich sie nicht verlassen wollte, aber er liebte sie ebenfalls.

«Es wird einfacher für uns sein, wenn du aufhörst, jedesmal ins Gregory zu kommen – wenn wir nicht immer damit rechnen, zusammen zu Abend zu essen», sagte Nick. «Im Augenblick bin ich so müde, daß ich nicht mehr schmecke, was ich esse. Und ich muß morgen früh um sieben im Büro sein.»

«Du warst wohl schon ungeduldig, das Thema anzusprechen», sagte ich. «Hast darauf gewartet.»

«Es hat mich beschäftigt», sagte er.

Kann man den Moment aufzeigen, in dem eine Ehe anfängt, sich zu verändern? Es kann einen Augenblick dauern oder auch länger, ein Einschnitt, der das Ende der Beziehung bedeutet, wie man sie gekannt hat, und den Anfang von etwas Neuem, etwas, das sich als schön oder als gefährlich herausstellen kann. Einem Beobachter, selbst jemandem, der uns gut kannte, wäre dieser Abend im Vinnie's vielleicht ganz normal vorgekommen. Aber er war es nicht. Während ich Nick an diesem gemütlichen Bistrotisch gegenübersaß, fühlte ich Zorn, aber auch Kummer. Ich verlor etwas, was ich liebte.

Zusammen zu essen, ganz gleich, welche Organisation das erforderte, war uns immer wichtig gewesen. Es disziplinierte uns. Auch wenn andere Paare sich damit abfanden, zuerst einmal, dann zweimal, dann dreimal in der Woche getrennt zu essen, hatten wir eine unausgesprochene Vereinbarung, die Abendmahlzeit miteinander zu teilen.

Nick bezahlte die Rechnung, und wir verließen Vinnie's schweigend. Ich fühlte mich traurig und besorgt. Ich wollte ihn fragen, was er gemeint hatte, als er vorschlug, wir sollten nicht planen, jeden Abend zusammen zu essen: Was genau hatte er gemeint? Ich kannte die Antwort, die er geben würde: Er war bloß vernünftig. Für uns, für Nicholas Symonds und Georgiana Swift, war die Zeit gekommen, dem nachzugeben, was andere Paare, die sich vermutlich nicht weniger liebten als wir, schon viel früher akzeptiert hatten. Manchmal mußten Leute sich wegen der Anforderungen des Lebens trennen. So einfach war das.

Aber nicht für mich. Im Taxi stellte ich mir Motive vor: dunkel, schwül wie Sex, verschlagen. Ich dachte an den jungen Goodman Brown, der seine Frau Faith für rein gehalten und dann entdeckt hatte, daß sie sich mit den anderen Sünderinnen aus der Nachbarschaft dem Hexensabbat angeschlossen hatte. Waren wir etwas Besonderes gewesen, Nick und ich? Wir sprachen nicht, aber wir saßen dicht nebeneinander und fuhren Schulter an Schulter durch die Stadt.

«Ich weiß, daß ich dich verletzt habe», sagte Nick, als wir in unserem Hotelzimmer waren.

Jetzt hörte er sich an wie der Nick, den ich wollte, und ich begann zu weinen. «Erklär es mir», sagte ich, was wirklich dumm war, weil ich wußte, was er sagen würde, und ich wußte, daß es vernünftig sein würde.

Er sagte nichts. Er schaltete die Nachttischlampe aus und kam zu mir. Lange hielt er mich umarmt. Als er begann, langsam und zart meine Arme zu streicheln, wurde ich verrückt vor Verlangen oder vielleicht Gewalttätigkeit. Energie durchpulste meine Adern.

«Nick», sagte ich und zog mich zurück, weil ich Angst hatte. Ich hielt den Kopf gesenkt.

Er knöpfte mein Kleid auf. Ich spürte, wie seine großen Finger mühelos die zarten Knöpfe öffneten. Mit der anderen Hand umfaßte er meine Schulter und zog dann das Kleid weg. Ich sah, wie es auf den Boden fiel, ein Häufchen blauweißer Baumwolle rund um meine Füße. Ich trug keinen Büstenhalter. Ich kreuzte die Arme vor den Brüsten, aber Nick nahm meine Hände und zog sie weg.

«Bin ich schuld, daß du dich vor mir verstecken willst?» flüsterte er.

«Nein. Ich weiß nicht», sagte ich, stand steif da und hörte meinen verdrießlichen Ton. Ich fragte mich, was passieren würde, wenn ich ihn schlüge. Ich küßte ihn. Ich stand nackt an ihn gelehnt, und er war vollkommen bekleidet. Durch die Hose fühlte ich seine Erektion. Er senkte den Kopf und küßte meine Brustwarzen. Manchmal, wenn ich mit Nick zusammen war, dachte ich an nichts und fühlte mich wirklich eins mit ihm, geistig eins, aber nicht in dieser Nacht. In dieser Nacht zog er mich und dann sich aus, und jede Stelle, an der er mich berührte, brannte, und ich war aufmerksam, als müsse ich mir jede Empfindung einprägen.

«Ich habe dich immer geliebt», sagte er später, unmittelbar vor dem Einschlafen.

Während ich ihn im Schlaf beobachtete, dachte ich an vergangene und zukünftige Abendessen. Geräucherter Truthahn und Käsesandwiches in der Kongreßbibliothek. In Nicks drittem Studienjahr wohnten wir in Capitol Hill. Wenn er abends lange lernte oder einen Zeitungsartikel vorbereitete, sagte er oft, er habe zu viel zu tun, um eine Essenspause zu machen. Ich holte ihm dann Sandwiches. Wenn ich am Senatsgebäude, dem Obersten Gerichtshof und dem Capitol vorbeiging, alle von gleißend weißem Flutlicht erhellt, schien meine Mission bedeutender zu sein als das bloße Einholen von Abendessen. Der Wachmann der Kongreßbibliothek ließ mich ein, ohne mehr als einen flüchtigen Blick in meine Büchertasche zu werfen. Ich durchquerte die Rotunde und ging zur juristischen Bibliothek, wo ich Nick an seinem Lieblingsplatz neben der schmiedeeisernen Balustrade des Zwischenstocks fand. Wir zogen uns zwischen die Regale zurück, um zu essen und uns zu unterhalten.

Kaltes Huhn mit Zitrone während des Kurses für die New Yorker Anwaltsprüfung. Damals arbeitete Nick bis Mitternacht für die Firma und hatte abends nur vier Stunden für den Kurs frei. Die Ringe unter seinen Augen vertieften sich, er konnte nachts vor Erschöpfung nicht schlafen und machte sich Sorgen über die Regeln der Beweisführung, während er gleichzeitig darüber nachgrübelte, was es bedeutete, daß der Chef der Abteilung Jean Snizort zum Lunch im Broad Street-Club eingeladen hatte, aber nicht ihn. Wir wohnten damals in New York, nicht weit von dem Hörsaal entfernt, in dem der Kurs abgehalten wurde. Ich liebte diese Zeit. Nick nahm von Wall Street aus die Untergrundbahn, ich ging zum Times Square zu Fuß. Ich brachte das Abendessen mit, etwas, was wir lauwarm oder kalt essen konnten, und saß mit ihm im Hörsaal. Nick machte sich rasche Notizen, während er sein Abendessen verschlang; ich achtete nicht auf den Vortrag, sondern dachte über unser Leben nach. Trotz Nicks Arbeitsüberlastung schafften wir es, jeden Abend zusammen zu essen. Dazu waren nur etwas Erfindungsgeist und Flexibilität erforderlich. Wie selbstgefällig ich gewesen war! Ich hatte dagesessen und mich gefragt, wie viele andere Ehefrauen solche tragbaren Mahlzeiten planen würden, so köstlich, daß ihre Männer nicht einmal merkten, daß das ganze Abendessen in zwei kleine Plastikbehälter gepaßt hatte.

Ich beschwor die Geschäftsreisen herauf, die ich mit Nick zusammen gemacht hatte, und erinnerte mich an Sirloin Steak in Chicago (der unfreundliche Aufkauf von Frankenthaler und Weiss), an *tandoor*-Huhn in der Bombay-Brasserie in London (Verhandlungen mit einem vorgesehenen Weißen Ritter für die lahmende Rosco-Corporation); an *turbot grillé* im Hôtel des Indes in Den Haag (Konferenzen über die An- und Verkaufsvereinbarungen einer Transaktion, die vier Milliarden Dollar und sechzehn Länder betraf); an Hummer *Savannah* im Locke-Ober's (ein feindseliges Übernahmeangebot für Anteile an Boston Chemical); an Ravioli mit *ris de veau* im Jamin in Paris (Konferenzen, um die allgemeine Panik zu dämpfen, die die Klienten der Firma erfaßt hatte, nachdem die Sozialisten an die Macht gekommen waren).

Ich kann mich an Ferien erinnern, an Perioden, in denen wir unbegrenzt Zeit füreinander hatten, ohne an eine einzige Mahlzeit zu denken. Wenn ich an unsere freie Zeit denke, dann sehe ich die Klarheit jedes Tages vor mir, die Vogelarten, die wir zählten, die Rembrandts, die wir betrachteten, die Hügel, die wir erkletterten. Doch für die laufende Buchhaltung unserer Ehe denke ich an die Abendmahlzeiten.

Ich lag im Bett neben Nick und hörte einen Fernsehfilm, der im Nebenzimmer lief. Ich konnte die Stimmen genau verstehen. Die Geschichte handelte von einer Farmersfamilie in Nebraska in den dreißiger Jahren. Der Vater war soeben von Banditen erschossen worden. Ich lag wach und weinte um die Mutter und die Kinder. Dann wurde mir klar, daß ich mich fühlte, als hätte Nick mich verlassen. Er ließ mich ganz allein Wache halten. Wache über unsere gute Ehe.

KAPITEL DREI

In den folgenden Wochen nahm mich keine Geschichte so gefangen wie die von Mona Tuchman. Ich dachte oft an sie. Ich stand in einer Beziehung zu ihr: als verliebte Frau, die ihre eigene Ehe sabotiert hatte. Der Unterschied war nur graduell. Mona hatte sich Dick und ihren Kindern durch einen Mordversuch entfremdet. Gewiß hatten sie das Gefühl, sie nicht mehr zu kennen. Aber Nick: er kannte mich. Wann hatte ich etwas anderes gewollt als bloße Nähe? Wenn ich bereit war, nach New York zu fahren, nur um mit ihm zu essen, warum sollte ihn das stören? Ich hatte das Gefühl, als drängte ich zu sehr und als sei diese köstliche Nähe, die ich mit Nick gehabt hatte, von der ich seit unserer Heirat gelebt hatte, in großer Gefahr.

Eines Morgens stand ich in meinem Vorgarten und winkte ihm zum Abschied, als er abflog. Obwohl das Wetter klar und hell war, ging ich nach nebenan, um meine Mutter zu besuchen. Ich fühlte mich traurig und wollte Ablenkung. Honora stand in ihrer Einfahrt und schnitt mit einer Gartenschere gelbe Taglilien. Sie trug leichte weiße Hosen, eine marineblaue Bluse und, obwohl die Sonne noch nicht hoch genug stand, um den Tau von den Blättern und Blüten zu trocknen, einen Strohhut.

«Morgen, Schätzchen», sagte sie und küßte mich. «Die Jungen haben einen schönen Tag zum Fliegen. Der Wind aus Nordwesten weht nur leicht, und die Sicht sollte etwa fünfzehn Meilen betragen.»

«Oh, gut», sagte ich.

«Deine Großmutter schläft noch.»

«Du machst Witze!» sagte ich alarmiert. Ich hatte nie erlebt, daß Pem länger als bis zum Morgengrauen schlief. «Bist du sicher, daß sie noch...» Ich konnte mich nicht überwinden, «lebt» zu sagen.

«Ich habe nachgesehen, vor einer halben Stunde war sie ganz in Ordnung. Sie hat in letzter Zeit häufig lange geschlafen.» Sie ging mir voran ins Haus und begann, die Lilien in einer hohen Glasvase zu arrangieren. «Ich muß zugeben, daß es angenehm ist, eine Weile ohne sie zu sein.»

«Sicher», sagte ich. Im Vorjahr hatten Clare und ich versuchsweise vorgeschlagen, Pem solle vielleicht in ein Seniorenheim gehen, und wir waren erleichtert gewesen, als Honora das kategorisch ablehnte. Da ich wußte, daß es keine Alternative war, hatte ich keine Angst, das Thema noch einmal anzuschneiden. «Meinst du, es wäre besser für sie, wenn sie in einem Heim wäre?»

«Nein, natürlich nicht. Aber sie beschäftigt einen den ganzen Tag, Georgie. So alt bin ich noch nicht. Wenn ich mich nicht um Pem kümmern müßte, könnte ich vielleicht reisen oder unterrichten oder so was.»

«Mutter, du weißt doch, daß Clare und ich einspringen würden.»

«Nein, sie ist meine Mutter. Das ist meine Verantwortung.»

«Sie ist meine Großmutter.»

Honora sah mich an. «Sie näßt ihr Bett.»

Das war ein ungeheurer Schock. «Das ist nicht dein Ernst.»

«Doch. Diese Woche hat sie es zweimal getan. Sie kann nicht allein baden, also muß ich sie baden. Wir haben Mäuse im Haus, weil sie sich ein Sandwich macht und es dann versteckt, wenn sie mich kommen hört – anscheinend haben alte Leute Schuldgefühle, wenn sie essen. Dann vergißt sie, wo sie es versteckt hat. Ich finde die vertrockneten Krusten überall im Haus.»

«Das mit den Sandwiches weiß ich – ich finde sie jedesmal in meinem Haus, wenn sie mich besucht hat.»

Wir hörten Pems Bettfedern knarren. Dann ihre Füße, die nach den Pantoffeln angelten, dann das Öffnen des Fensters.

«Wie kommst du mit deinem Bericht voran?» fragte Honora. «Er muß doch bald fällig sein.»

«Ich habe noch eine Woche. Ich tippe ihn gerade ab.»

«Ich kann es gar nicht erwarten, ihn zu sehen. Hast du gelesen, daß Dr. Tuchman das Sorgerecht für die Kinder bekommen hat?»

«Ja», sagte ich und dachte daran, wie Mona sich fühlen mußte. Wenn er das Sorgerecht beanspruchte, bedeutete das, daß er sie verlassen wollte. Ich erinnerte mich an diesen Tag in ihrer Wohnung, an die kleine Hoffnung, die sie behalten hatte, weil ihr Mann seine Freundin nicht liebte. Aber das bedeutete noch nicht, daß er Mona liebte. Ich beobachtete, wie meine Mutter Pems

Frühstück herrichtete. «Was hältst du von ihrer Geschichte? Kannst du verstehen, wie sie auf Celeste Stone einstechen konnte?»

«Hmm, wahrscheinlich», sagte sie und schenkte Orangensaft in ein Glas.

«Ich meine, wie hast du dich gefühlt, als du entdecktest, daß Dad ein Verhältnis hatte?» Mein Herz schlug schneller, als ich die Frage stellte, die ich schon lange hatte stellen wollen.

«Nun, ich wollte sie nicht umbringen, wenn es das ist, was du meinst», sagte Honora mit einem kleinen Lachen. «Sie war ganz unwichtig für mich. Es hätte auch jede andere sein können. Es war dein Vater. Er hätte uns das nicht antun dürfen. Es war demütigend.»

«Du meinst, die Leute haben es gewußt?»

«Keine Ahnung. Aber sie hätten es wissen können. Dieser Gedanke machte mich wütend. Das Wichtigste war, daß Timmy mich betrogen hatte. Er wandte sich von uns ab, indem er diese Frau sah.»

«Wer war sie?»

Honora kratzte sorgfältig dünne Butterröllchen von dem kalten Block. «Alice Billings.»

Ich schnappte nach Luft. «Das ist nicht wahr! Mrs. Billings! Ich konnte sie nicht leiden.» Plötzlich erinnerte ich mich, wie Mrs. Billings Rachel und mich zum Eislaufteich gefahren hatte und mein Vater dort auf uns wartete. Ich hatte nicht damit gerechnet, ihn zu sehen. Nachdem er mir geholfen hatte, meine Schlittschuhe zuzuschnüren, hatte er gesagt, er wolle sich in Mrs. Billings Auto setzen und mir zusehen. Es war kalt gewesen, mit Schnee auf den Hügeln und auf den Zweigen der Bäume. Ich weiß noch, daß ich so kühn und schnell lief, wie ich konnte, und mir wünschte, bei meinem Vater in Mrs. Billings warmem Auto zu sein.

«Sie war eine magere kleine Maus», sagte Honora. «Sie arbeitete als Forschungsassistentin für die Fischerei. Ich fragte mich immer, wieso dein Vater sich mit einer so langweiligen Person einlassen konnte. Sie war nicht hübsch und hatte nicht einmal einen interessanten Job. Aber dann wurde mir klar, daß er jemanden wollte, der ihn anbetete. Der meinte, mit ihm einen echten Fang gemacht zu haben.»

«Das war er ja auch», sagte ich und hatte das Bedürfnis, meinen Vater zu verteidigen.

«Das mag sein, aber es ist unwichtig. Er hat sich benommen wie ein Bastard. Ich habe ihm nie wieder vertraut, nachdem ich dahintergekommen war.»

«Aber du bist bei ihm geblieben.»

«Das stimmt. Ich blieb danach noch drei Jahre bei ihm. Wahrscheinlich wäre ich noch immer bei ihm, wenn er noch lebte.»

«Warum? Wie konntest du bei einem Mann bleiben, dem du nicht vertrautest?»

Honora lächelte ihr schönes, breites Lächeln. «Ich wurde katholisch erzogen, Schätzchen. Diese Regeln bleiben einem erhalten, selbst wenn sie nicht mehr sinnvoll sind. Außerdem bin ich zur Hälfte irisch. Und du weißt ja, daß man sagt, Irland sei ein Tal der Tränen.»

«Deshalb? Ist das der Grund?» fragte ich.

Honoras Lächeln erlosch. «Und ich liebte deinen Vater. Ich liebte ihn sehr.»

«Morgen», sagte Pem liebenswürdig und schlurfte herbei, um uns zu küssen. «Es ist bitter kalt.»

«Pem, wir haben bald den Vierten Juli», sagte ich. Als sie sich zu Honora wandte, sah ich den nassen Fleck an der Rückseite ihres Nachthemdes und schaute weg.

«Kommt, laßt uns frühstücken», sagte sie.

«Ich muß sie umziehen», sagte Honora.

«Ich laufe nach oben und hole ihr ein sauberes Nachthemd», sagte ich. Als ich in die Küche zurückkam, waren sie bereits im Badezimmer. Honora machte die Tür einen Spalt auf, und ich reichte ihr das Hemd.

«Verdammt, ich will mich nicht umziehen», ertönte Pems Stimme.

«Du mußt. Dann wird dir auch wärmer sein.»

«*Aber ich will nicht!*» kreischte Pem.

«O Gott», hörte ich meine Mutter müde sagen.

Ich saß am Küchentisch, rührte in meinem Kaffee und dachte über meinen Vater und Mrs. Billings nach. Ich haßte den Gedanken, daß Honora sich so betrogen gefühlt hatte. Als Kind hatte ich sie immer für unglaublich stark gehalten. Die Leute sagen, Kinder fühlten sich verantwortlich, wenn die Ehen ihrer Eltern schiefgingen und zerbrächen. Während ich an diesem Sommermorgen an Honoras Küchentisch saß, dachte ich daran, was Clare und ich falsch gemacht hatten. Als Honora und Pem wieder erschienen, war ich ein verlassenes Kind, das Produkt eines zerbrochenen Heims.

«Schau nicht so trübe drein, Georgie», sagte meine Mutter. «Versuch deine Großmutter aufzuheitern.»

Pems Gesicht war verdrießlich. Sie wollte mich nicht ansehen.

«Sie schämt sich», gab Honora mir wortlos zu verstehen.

«Guten Morgen, Pem», sagte ich. «Ist das nicht ein herrlicher Tag?»

«Herrlich», murmelte sie. Honora stellte ein Tablett mit Toast, Saft und Kaffee vor Pem hin. Pem stach mit dem Zeigefinger in den Toast, als inspiziere sie etwas Scheußliches und Ungenießbares, und streckte dann die Zunge heraus. «Stinkt», sagte sie.

Honora deutete vielsagend auf ihre eigene Stirn.

Ich sah Pem an, deren weißes Haar an diesem Morgen wild aussah. Dann streckte ich den Kopf vor und zog die Nase kraus. Pem sah mich an, plötzlich interessiert. «Was ist?» sagte sie.

«Ich frage mich gerade, was du mit deinen Augenbrauen machst», sagte ich.

«Komisch, das fragen mich viele Leute», sagte sie, und ihre Stimme wurde fröhlich. «Ich mache gar nichts damit.»

«Aber sie sind so dunkel!»

«Nun ja, mein Haar wurde grau, als ich erst dreißig war, aber meine Brauen blieben dunkel», sagte sie und begann, in die Geschichte einzusteigen. «Die Leute sagen immer: ‹Was machen Sie mit Ihren Augenbrauen?›, aber ich mache gar nichts!»

«Sie sind also von Natur aus so dunkel?» fragte ich und bemühte mich, skeptisch zu klingen.

«Ja! Nur zu!» sagte sie und deutete an, ich solle das selbst nachprüfen, indem ich daran rieb, um zu sehen, ob ich danach Kohle oder Schuhcreme an den Fingern hätte. Ich strich über die Brauen und zeigte dann Honora meine sauberen Hände.

Pem kicherte. «So viele Leute fragen mich das, und sie meinen, ich würde lügen, wenn ich sage, daß ich nichts mache.» Sie biß von ihrem Toast ab. Meine Frage hatte ihre Wirkung getan. Honora und ich atmeten tief durch. Casey mußte zu jedem Bissen verlockt werden, indem man spielte, ein Flugzeug fliege in den Hangar, Piraten drängen in eine Höhle ein oder der Ponyexpress komme. Pem zum Essen zu bewegen wurde allmählich ein ähnliches Abenteuer.

«Sieh mal da draußen», sagte Honora. Ich trat neben sie ans Fenster. Jenseits des Rasens, am Rande der Bucht, saß Clare an ihrer Staffelei. Eugene hockte zu ihren Füßen und malte mit Kreide auf den Steinen.

«Der zukünftige Graffiti-Künstler», sagte ich.

«Ein Rabauke», sagte Honora. «Wieso ist Casey so lieb und ruhig? Eugene weicht Clare nicht von den Fersen. Er schlägt seiner Urgroßmutter nach.»

«Hast du das Portrait gesehen, das Clare von den Jungen gemalt hat?» fragte ich. «Sie will es Donald zum Hochzeitstag schenken.»

«Ein schönes Bild», sagte Honora. «Sie hat ihre Charaktere eingefangen, nicht? Und auch Eugenes Ähnlichkeit mit Donald. Hat Eugene einen Haarwirbel über der Stirn?» fragte Honora und griff nach dem Fernglas, das auf dem Regal neben dem Toaster lag.

«Komische Frage», sagte ich. «Nein, natürlich nicht.»

«Weil ich schwören könnte, daß Clare ihn mit einem Wirbel über der Stirn gemalt hat. Das ist natürlich künstlerische Freiheit, ihm diesen Tom Sawyer-Look zu geben. Sommersprossen, Haarwirbel und alles. Was für ein Kind», sagte Honora und wandte sich vom Fenster ab. Das Sonnenlicht ließ ihr kastanienbraunes Haar aufleuchten. «Ist es falsch, daß ich mir wünsche, Clare würde mehr aus ihrer Malerei machen? Ich liebe ihre Seebilder. Und ich bin sicher, daß Dina Clarke in der Galerie eine Ausstellung machen würde.»

«Clare schien das nie zu wollen», sagte ich. Clare, die als Schwester, Tochter, Ehefrau und Mutter immer mustergültig funktionierte, hatte davor zurückgeschreckt, als Künstlerin Erfolg zu haben. Als ihre Schwester war ich vermutlich nicht qualifiziert, ihre Gemälde zu beurteilen, aber ich hatte nie Seebilder gesehen, die mir besser gefielen als ihre. Eines Abends, als sie schon mit Donald verheiratet gewesen war, hatte sie mir gestanden, daß man ihr während ihrer College-Zeit eine Einzelausstellung in der Bostoner Drake Gallery angeboten hatte. Ich war klug genug gewesen, Honora nie davon zu erzählen. Sie wäre verrückt geworden bei dem Gedanken, daß ihre Tochter eine solche Chance ausgeschlagen hatte. Clare zog mich gern mit meiner Paranoia in bezug auf Nicks Treue auf, aber meine eigene Theorie lautete, daß sie selbst auch unter den Nachwirkungen der Probleme unserer Eltern litt und sich darum nicht von ihrem Heim trennen wollte.

«Sie ist wirklich eine großartige Künstlerin», sagte Honora. «Im Grunde ist es nicht sehr großzügig, daß sie ihre Arbeit versteckt. Wo doch so viele Leute sich daran freuen könnten. Aber du bist auf dem richtigen Weg, Schatzchen. Mein kleines Mädchen, das Swift-Observatorium.»

«Mutter, glaubst du wirklich, daß es sinnvoll ist? Ich meine, ich habe mich auf die Beobachtung von Familien konzentriert. Ich mache das natürlich gern, aber ich will mir keine Autorität anmaßen.»

Honora sah mich nachdenklich an. «Natürlich ist es sinnvoll», sagte sie dann, «aber du scheinst Mona Tuchman ungebührlich viel Zeit zu widmen. Ich meine, ich frage mich, wie Nick darüber denkt.»

«Wie Nick darüber denkt?» fragte ich, und mein Rücken versteifte sich.

«Na ja, über die Tatsache, daß du von einer Ehebruchsgeschichte so fasziniert bist. Ist das nicht geradezu eine Einladung für Probleme?»

Mir blieb die Luft weg. Ich verschluckte mich und lachte so heftig, daß Honora, die jetzt die Stirn runzelte, mir ein Glas Wasser geben mußte.

Typisch Honora – sie sagte, was ihr auf der Seele lag. Sie maßte sich an, Clare zu sagen, sie solle ihre Bilder in einer Galerie zeigen, und mir zu sagen, meine Themenwahl könne sich zwischen Nick und mich stellen. Gott, wie sie mir auf die Nerven ging! Aber wollte ich denn die perfekte Mutter, die immer das Richtige sagte, ohne Risiken einzugehen, ohne die unbequeme Leidenschaft, die für mich ein Teil der Liebe war? Selbst der familiären Liebe, der Art, die angeblich am ungefährlichsten war?

«Findest du das so komisch?» fragte Honora düster.

«Nein. Ich finde es ekelhaft, aber ich muß lachen», sagte ich. «Daddy hat dich verletzt. Das bedeutet noch nicht, daß Nick mir dasselbe antun wird.»

«Hoffentlich nicht. Bestimmt nicht, aber es tut nicht weh, auf der Hut zu sein, mein Schatz.»

«Okay. Danke. Komm – sehen wir uns Clares Bild an.»

«Geh nur. Ich muß deine Großmutter anziehen.»

Ich hielt inne. Fast hätte ich angeboten, ihr zu helfen, doch statt dessen küßte ich sie auf die Wange und ging hinaus in die frische Luft.

«Na, du», sagte Clare, ohne von ihrem Aquarell aufzublicken. Ich stellte mich neben sie und sah, daß sie die felsige Inselgruppe malte, die von der Bucht in den Sund führte.

«Sieht Mamis Bild nicht wie lauter Schildkrötenpanzer aus?» fragte Casey.

«Tja», sagte ich, «wenn man es so betrachtet, sehen die Felsen tatsächlich ein bißchen wie Schildkrötenpanzer aus. Sie glänzen in der Sonne.»

«Ich hab's dir doch gesagt, ich hab's dir doch gesagt, Mami», sagte Casey.

«Mmm», sagte Clare. «Dosenschildkröten? Seeschildkröten? Irgendeine bestimmte Art?»

«Es gibt Seeschildkröten auf den Galapagos-Inseln», sagte Eugene. Er griff nach meiner Hand und zog mich zu den Steinen, die er mit Kreide bemalt hatte. Einer zeigte einen Hund mit einem auffallenden Penis. Eugene grinste, als er sah, daß ich ihn bemerkte.

«Wie süß», sagte ich. «Wollt ihr heute bei mir zu Mittag essen, Clare?»

«Gern. Ich bringe Schokoladenkuchen mit.» Clare buk gerne; Schokoladenkuchen war ihre Spezialität. Ich machte mich auf den Weg; Clare konzentrierte sich ganz auf die Aussicht, die sie malte.

«Bis später», sagte sie, nachdem ich um die Ecke gebogen war. Ihre Stimme trieb zur mir herüber; sie hatte mein Fortgehen kaum bemerkt.

In meiner eigenen Küche angekommen, hantierte ich herum und wünschte, ich hätte jemanden, mit dem ich reden könnte. Ich wollte Nick anrufen, doch dann fiel mir ein, daß er in einer ganztägigen Konferenz war. Wir hatten seinen Vorschlag, ich solle nicht ins Gregory kommen, noch nicht ausprobiert; seit unserem Abendessen im Vinnie's hatte ihn die Arbeit noch nicht ferngehalten.

Ich begann, ihn mir bei der Konferenz vorzustellen. Im Laufe der Jahre hatte er mir seine Arbeit so lebendig beschrieben, daß ich meinte, mir jede Situation vorstellen zu können.

Die Konferenz: Er würde nervös sein, ein wenig jedenfalls, ehe sie begann. Er würde die Akte durchsehen und die Dokumente in der Reihenfolge anordnen, in der sie besprochen werden sollten. Er würde mit Denise überprüfen, ob sie genug Unterlagen und Papier für alle Teilnehmer bereitgelegt und Kaffee und Gebäck besorgt hatte. Er würde seine Krawatte richten. Er würde bedauern, daß er die rote mit dem winzigen Fleck umgebunden hatte. Dann würde er seine Unterlagen sammeln, durch die Halle in den großen Konferenzsaal gehen und die richtigen Papiere auf dem riesigen ovalen Tisch aus Walnußholz bereitlegen. Er würde zum Fenster treten und die Jalousetten so ausrichten, daß sie genug, aber nicht zu viel Sonnenlicht einließen.

Die Klienten würden mit John Avery hereinkommen, dem Partner, der mit der Sache beauftragt war. Da es sich um eine freundliche Zusammenkunft handelte, würden sich alle die Hände schütteln, und Leute, die sich schon kannten, würden sich nach Ehegatten und Ferienplänen erkundigen. Nick wäre noch immer nervös, aber niemand würde es merken, weil er seine Nervosität ausgezeichnet verbergen konnte. Nick würde aufgefordert werden, alle über das zu unterrichten, was seit dem letzten Treffen geschehen war. Er würde zu reden beginnen. Er würde über die Struktur des Geschäfts sprechen, die steuerlichen Aspekte, die prozentuale Beteiligung jeder Firma. Binnen weniger Sekunden würde er nicht mehr nervös sein. Die Konferenz würde bis Mittag weitergehen. Dann würde Nick jeden fragen, welche Art von Sandwiches er wünschte. Er würde den Raum verlassen, um die Bestellungen aufzugeben, aber zuerst würde er mich anrufen.

An dieser Stelle brach ich meinen Gedankengang ab. Ich begann Thunfisch für das Sandwich zu zerdrücken, das ich Clare servieren würde. Genauso klar konnte ich mir Verhandlungen vorstellen, kleinere Besprechungen zwischen Nick und einem Partner oder einem Kunden, Flüge nach Washington mit der Eastern Shuttle, Mittagessen im Downtown-Club oder im Broad Street-Club, Orte, an die ich nie einen Fuß gesetzt hatte, die ich mir aber aufgrund von Nicks Beschreibungen genau ausmalen konnte. Ihm in meiner Vorstellung durch den Tag zu folgen hatte mir einmal Freude gemacht, doch nun schämte ich mich dafür. Es schien wie ein geheimes Laster, ähnlich wie meine Besuche in der Stadt an den Abenden, an denen er lange arbeiten mußte. Ich hatte das Gefühl, gegenüber Nick, der großen Liebe meines Lebens und mein Mann seit acht Jahren, allzu offenherzig zu sein.

Ich wollte mit Clare reden. Ich konnte nicht bis zum Mittagessen warten. Doch das Telefon läutete, und Clare sagte mir, ihr Babysitter habe einen bösen Bienenstich und könne nicht kommen, so daß sie selbst die Jungen zum Schwimmunterricht bringen müsse. Sie könne also nicht zum Lunch kommen.

Ich machte mir ein Thunfischsandwich und wandte mich der Zeitung zu. Ich hörte auf, an Nick zu denken, und wurde zum Swift-Observatorium. Ich fand den Einblick in das Leben anderer Menschen recht tröstlich.

KAPITEL VIER

An einem Abend dieser Woche stellte ich meinen Bericht fertig. In meinem letzten Fall ging es um siebzigjährige eineiige Zwillinge, die bei der Geburt getrennt worden waren und dreißig Jahre lang im gleichen Apartment-Komplex in der Bronx gewohnt hatten. Sie hatten einander aber erst entdeckt, als sie zufällig eines Abends am selben Bingo-Tisch spielten. In der Zeitung stand, sie seien gleich gekleidet gewesen und hätten sogar die gleichen Schmuckstücke getragen. Ich versuchte, mir eine dreiundsiebzigjährige Frau vorzustellen, die sich wieder einmal für einen Bingo-Abend schönmacht. Vielleicht war das der einzige Abend, an dem sie mit Menschen zusammenkam. Am Bingo-Tisch hatte sie aufgeblickt und sich ihrem eigenen Spiegelbild gegenübergesehen. Über die Auskunft erfuhr ich die Telefonnummer von Doris McNaughton.

Sie kam selbst an den Apparat, und ich stellte mich vor. «Entschuldigen Sie, daß ich Sie belästige», sagte ich, «aber Ihre Geschichte ist faszinierend. Was ist es für ein Gefühl, nach so vielen Jahren Ihre Schwester kennenzulernen?» Der Gedanke daran entzückte mich.

«Es war interessant, um es gelinde auszudrücken. Ich konnte es an diesem Abend nicht glauben, und ich kann es auch jetzt noch kaum glauben. Das Telefon hörte nicht auf zu läuten. Sie können sich das nicht vorstellen.»

«Und ob ich das kann! Ich bin sicher, jeder Reporter in New York will Ihre Geschichte hören.»

«Aber nur eine von uns will sie erzählen.» Bedeutungsschwere Pause.

«Und das sind Sie, wenn ich richtig verstehe?»

«Ja. Wissen Sie, ich bin diejenige, die meine Eltern behielten, und das bedrückt meine Schwester. Sie weigert sich, überhaupt mit einem Reporter zu reden. Und Sie können mir glauben, die Angebote sind sehr viel lukrativer, wenn wir zusammen reden.»

«Ihre Eltern haben eine ihrer Zwillingstöchter weggegeben? Darf ich fragen, warum?»

«Wir wohnten auf Ellis Island. Muß ich noch mehr sagen? Tatsache ist doch, daß man mit dem Leben zurechtkommen muß. Ich lebe von einem bescheidenen Einkommen und will natürlich meine Geschichte verkaufen. Aber mit Vivian ist überhaupt nichts anzufangen. Sie weint Tag und Nacht und weigert sich, auch nur aus dem Bett aufzustehen.»

«Stellen Sie sich vor, wie glücklich Ihre Eltern gewesen wären», sagte ich.

«Allmählich zeigt sich, daß es keine reine Freude ist, um es milde auszudrücken. Wir kommen überhaupt nicht miteinander aus.»

Nachdem das Gespräch beendet war, lag ich auf dem Fußboden und sah zu, wie die untergehende Sonne das Wasser in der Bucht silbern und dann purpurn färbte. Ich fühlte mich leer und traurig, wenn ich an Vivian dachte. Ich stellte sie mir vor, wie sie tränenüberströmt auf ihrem Bett lag.

Clares Stimme ertönte von der Hintertür her, und dann trat sie ins Zimmer. «Die kleinen Jungen schlafen heute nacht bei Billy Mendillo, und die großen Jungen fliegen spät ein. Was hältst du davon, wenn ich dir Gesellschaft leiste?»

«Gute Idee», sagte ich und stand auf. Wir gingen auf die Veranda und setzten uns in die Rattan-Sessel. «Ich habe gerade mit einer Frau gesprochen, die auf Ellis Island als Baby von ihrer Zwillingsschwester getrennt wurde und ihr erst als alte Frau begegnete.»

«Wie schrecklich.» Clare schüttelte den Kopf. «Gott, man teilt sein ganzes Leben mit einer Schwester – wie du und ich. Kannst du dir vorstellen, wir hätten uns nie gekannt?»

«Ich kann's mir nicht vorstellen.»

«Warum hast du sie angerufen?»

«Weil es bei der Geschichte um Schwestern geht. Und außerdem ist sie eine Sensation.»

«Aha, du bist auf der Flucht vor dem alten Zeitschrift-für-Lipidforschung-Syndrom», sagte Clare, und wir lachten beide. Als Töchter von Wissenschaftlern hatten wir Stunden in der höhlenartigen Bibliothek neben dem Eel Pond zugebracht und waren zwischen den Regalen mit wissenschaftlichen Veröffentlichungen herumgewandert, während unser Vater forschte. Es gab ganze Jahrgänge der «Zeitschrift für Flüssigkeitschromatographie», der «Geomarinen Briefe», der «Zeitschrift für Großgewässerforschung», der «Zeitschrift für Insektenphysiologie» und der «Zeitschrift für Lipidforschung». Ich fragte mich, wie man so viele Bände mit Lipidforschung füllen konnte. Was war Lipidforschung überhaupt? Dort, in der Bibliothek des Meeresbiologischen Laboratoriums, wuchs in mir die Liebe zum Großen, zum Grandiosen, zum Extravaganten. Ich hatte an einem verkratzten Linoleumtisch in der Nordwestecke gesessen, dem Pfeifen des Windes durch die Fenster gelauscht und zugesehen, wie mein Vater an seinem neuesten Artikel für *Paläontologie heute* arbeitete. Clare machte ihre Hausaufgaben, während ich von Hollywood, New York und St. Moritz träumte. Meine Phantasien hatten Breitwandformat wie die Filme von Louis B. Mayer. In einem einzigen Tagtraum konnten Jean Claude Killy, Bob Dylan, Prinz Charles, John Lindsey, Virginia Woolf und Roger Tory Peterson vorkommen.

Clare und ich saßen auf meiner Veranda und schauten nach Westen über die Bucht. Es war angenehm, mit ihr zu schweigen. Sie summte eine Melodie, die ich nicht erkannte, etwas, was sie häufig tat, wenn sie sich entspannt fühlte.

«Mach dich auf eine Bombe gefaßt», sagte ich. «Honora hat mir den Namen von Daddys geheimnisvollem Verhältnis gesagt.»

Clare riß den Mund auf. «Wirklich? Ach, ich weiß nicht, ob ich wissen möchte, wer sie war. Wir kannten sie, nicht?»

«Ja, aber ihre Identität wird dich nicht vernichten. Das verspreche ich dir. Willst du's wissen?»

«Ich denk' schon.»

«Mrs. Billings.»

Nach einer längeren Pause verzog Clare ihr Gesicht. «Diese unscheinbare kleine Person? Gott, ich kann mich kaum an sie erinnern. Und das war sein großes, romantisches Vergehen? Kein Wunder, daß Honora es nie über sich brachte, es uns zu sagen – es ist beschämend, seinen Mann an jemanden wie sie zu verlieren. Ich weiß noch, wie ich zu Rachel rüberging und sie in dem schäbigsten Morgenrock erblickte, den ich je gesehen habe.»

«Ich erinnere mich, wie zerbrechlich sie aussah. Als könne ein Sturm sie davonblasen.»

«Das wäre vielleicht besser gewesen. Wie war Honora, als sie es dir erzählte?»

«Ganz in Ordnung. Es schien sie überhaupt nicht aufzuregen.»

«Das ist so lange her.» Sie gab mir einen Klaps auf den Unterarm. «Ich bin eifersüchtig, weil sie es dir erzählt hat und nicht mir. Sie muß deine Rolle als Swift-Observatorium sehr ernst nehmen. Sie vertraut sich nicht ihrer Tochter an, sondern einer Institution.»

«Vielleicht hast du recht. Weiß der Himmel, wir haben jahrelang versucht, es ihr zu entlocken.»

«Warum hast du mich nicht sofort angerufen?»

«Ich wollte es dir ja sagen – das war an dem Tag, an dem ich dich zum Mittagessen eingeladen habe und du mich wegen des Schwimmunterrichts versetzt hast.»

«Ich wünsche mir fast, ich hätte es nicht erfahren. Jetzt muß ich mir immer vorstellen, wie Dad die kleine Mrs. Billings küßt. In gewisser Weise ist das ein Abstieg – ich habe ihn immer mit einer Frau wie Elizabeth Taylor gesehen.»

«Ich auch. Zu wissen, wer es wirklich war, macht die Sache wahrscheinlich realer. Ich habe mehr Mitleid mit Honora.»

«Ich nicht. Es ist schlimm, daß Dad sie betrogen hat, aber das ist nicht das Schlimmste, was passieren konnte. Honora hat uns immer eingehämmert, daß Männer intrigante Sexbestien sind, die einen bei der ersten Gelegenheit verlassen. Kein Wunder, daß du in bezug auf Nick paranoid bist.»

«Nicht richtig paranoid», sagte ich und hörte das ferne Brummen des Flugzeugmotors.

«Hör zu, allein die Tatsache, daß du an ihm zweifelst, ist lächerlich. Donald sagt, Nick träume schon in der Sekunde, in der er morgens ins Flugzeug steigt, vom Heimkommen. Gönn ihm eine Ruhepause und stell dir nicht dauernd Affären vor.»

«Ich werd's versuchen.» Das Flugzeug kam in Sicht, die Lichter an den Tragflächen waren deutlich zu erkennen. «Wirkliche Sorgen mache ich mir ohnehin nicht.»

«Blödsinn», sagte Clare und lächelte mir zu. Dann faßten wir uns an den Händen und sagten im gleichen Augenblick «Glückliche Landung», ein Ritual, das wir immer einhielten, wenn wir zusammen waren und das Flugzeug sich näherte. Die Maschine ratterte über die glitzernde Bucht.

«Wann veranstaltet Nicks Firma ihr Sommerfest?» fragte sie.

Ich hatte das jährliche Sommerfest für die Anwälte und deren Frauen fast vergessen. «Irgendwann vor Ende Juni. Vermutlich nächste Woche. Und was ist mit Donalds Firma?»

«Auch nächste Woche», sagte sie und zog ein Gesicht, das mich an Pem erinnerte.

Nick und Donald traten auf die Mole, und wir gingen ihnen entgegen. Am Horizont zog die Fähre nach Orient Point entlang. Dunkle Wolken hatten sich über Plum Island zusammengeballt und verbargen die ersten Sterne. Nick umarmte mich fest. «Du fühlst dich wunderbar an», sagte er.

«Tu dir keinen Zwang an», sagte ich, und er drückte mich nach hinten und küßte mich heftig.

«Gehen wir essen. Ich bin am Verhungern», sagte ich. Wir verabschiedeten uns von Clare und Donald. In enger Umarmung gingen wir über den Plattenweg und die Veranda in unser Haus.

Die Frühsommertage vergingen rasch. Nachdem ich meinen ersten Bericht für die Avery-Stiftung abgegeben hatte, arbeitete ich nun am zweiten. Es machte mir Freude, jeden Tag zu arbeiten, ehe die Hitze kam und die Luft mit weißem Dunst füllte. An einem Tag rief ich alle Frauen an, deren Verlobungsanzeige im *New London Day* erschienen war, um ihnen Fragen über Liebe, Familie und ihre Erwartungen an das Leben zu stellen. Die Antworten waren sehr unterschiedlich. «Wir wollen einfach zusammensein», sagte Judy Delancray mit schüchternem Stolz in der Stimme. «Ich wollte unbedingt von meinen Eltern weg», sagte Marlene Arturo. «Wir wollen mit kirchlicher Erlaubnis vögeln», sagte Noreen Jackoski mit so tiefer Stimme, daß ich argwöhnte, ich hätte ihren Bruder oder Vetter erwischt, der die Gelegenheit nutzte, am Telefon Witze zu machen. Ich lachte mit ihm und erinnerte mich daran, wie Clare und ich als Kinder solche Scherzanrufe genossen hatten. Keine der Verlobten jedoch konnte mich von der mehrfach veröffentlichten Nachricht ablenken, daß Mona Tuchman eine Fehlgeburt gehabt hatte. Eines Abends stand ich am Ausguß, hackte Gemüse und stellte mir das Gespräch vor, das ich mit ihr führen würde, als ich das Wasserflugzeug hörte. Ich sah auf meine Uhr: halb zehn.

Einen Augenblick lang versuchte ich, das Dröhnen der Maschine zu überhören. Ich hatte einen schrecklichen Aberglauben, von dem ich mich zu befreien suchte, nämlich, das Flugzeug werde abstürzen, wenn ich es nicht beobachtete. Als ich noch jung war, hatte ich geglaubt, die Red Sox würden verlieren, wenn ich ihnen nicht im Fernsehen zusah, das Schiff meines Vaters würde bei seiner Fahrt auf die andere Hälfte der Erdkugel sinken, wenn ich ihm bei seiner Abreise nicht von der Water Street aus zuwinkte. Bei seiner letzten, verhängnisvollen Reise war er von Boston aus nach Schottland geflogen. Ich hatte mich in Woods Hole von ihm verabschiedet, war jedoch wegen einer Geburtstagsparty nicht mitgefahren, als Honora ihn zum Logan Airport brachte. Als mir dieses Nachlassen meiner Wachsamkeit wieder in den Sinn kam, ließ ich das Messer fallen und eilte zur Verandatür. Durch die Bäume sah ich die Lichter des Flugzeugs tiefer sinken. Sie schienen die Spitzen der Ligusterhecke zu streifen. Dann hörte ich das leise Klatschen, als die Maschine landete.

Wenige Minuten später kam Nick herein und schüttelte seine Jacke ab. Sein schmales Gesicht sah müde aus, aber er lächelte. Sonst war es in diesen Junitagen gebräunter gewesen.

«Schön, dich wieder hier zu haben», sagte ich.

«Ach, das war ein Tag», sagte er, folgte mir in die Küche und sah zu, wie ich das Abendessen zubereitete.

Während das Essen kochte, kleideten wir uns um. Nick zog seinen blaugestreiften Pyjama an, ich meinen weißen Morgenrock. Ich wusch ihn immer mit einem starken Bleichmittel, damit er beinahe bläulich aussah, eine Vorliebe, die ich in meiner Zeit als Hausmädchen von Liza Jordan übernommen hatte. Wir setzten uns aufs Sofa. Ich machte es mir bequem und legte meine Beine über Nicks Schoß. Er berührte meine Zehen. Ich betrachtete den weißen Stoff, der über meinen Knien lag und dessen Falten im matten Lampenlicht lavendelblau schimmerten. Nur eine Lampe brannte neben uns, und ich liebte die Art, wie sie Nick und mich zusammen vom Rest des dunklen Zimmers isolierte.

«Niemand kann so behaglich aussehen wie du, wenn du dich in ein Sofa kuschelst», sagte Nick.

«Ich bin eine Schlampe.»

«Nein, das ist es nicht. Erinnerst du dich noch an die Whistler-Ausstellung bei Freer?»

Während seines Studiums hatte sich Nick sonntags nachmittags am liebsten mit einem Besuch in der Freer-Gallery entspannt. Wir hatten die chinesischen Rollbilder, die lackierten Tuschdosen und den Pfauenraum geliebt, aber eine Ausstellung von Aquarellen Whistlers hatte Nick besonders gefallen. Ich wußte, was er jetzt sagen würde.

«Ich denke oft an diese Bilder», sagte er. «Die Frauen sahen aus wie du, auch wenn sie einander nicht ähnelten. Die Art, wie sie sich auf diesen Chaiselongues ausstreckten oder sich in Sessel kuschelten, um zu lesen. Sie waren schön, ganz kleine Bilder, aber lebendig. Der Ausdruck auf den Gesichtern... du betrachtest eine Frau, die ganz behaglich in einem Sessel sitzt, und sie lächelt dir mit höchst intelligenten Augen zu. Oder vielleicht weint sie auch. So erlebe ich dich auch. Dein Gesicht kann nichts verbergen. Im Augenblick siehst du so glücklich aus. Dein Gesicht ist so hübsch und froh.»

«Du bist zu Hause. Wir sind zusammen.»

«Ich weiß. Das macht dich glücklich.»

«Du weißt das, und trotzdem willst du mir die Gelegenheit nehmen, mich mit dir in New York zu treffen, wenn du lange arbeiten mußt. Es gibt Ehemänner, die das romantisch finden würden.» Wir waren zusammen, und ich hatte es leicht; ich konnte darüber spaßen, wenn Nick mich berührte.

«Ich finde es auch romantisch. Aber manchmal finde ich es ermüdend. Weißt du, es gibt Zeiten, da will ich nichts weiter als ein Sandwich vom Zimmerservice.»

«Was hast du heute gemacht?» fragte ich. «Bist du müde?»

«Nicht wirklich. Breitschwert geht seinen Gang, also habe ich über die Grundlagen einer Vereinbarung zwischen zwei Firmen verhandelt, die in Großbritannien ein Joint Venture machen wollen. War ganz schön aufregend – vor dem Mittagessen haben wir eine Absichtserklärung entworfen und unterzeichnet.»

«Du meinst, die beiden Firmen werden vereinigt?»

«Das ist nur so eine Ausdrucksweise. Die beiden Firmen tun sich auf einem Gebiet zusammen, das sie in den EG-Ländern gemeinsam haben – optische Fasern. Die Firma, die uns engagiert hat – unser Kunde – wird in Wirklichkeit mehr Anteile an der neugebildeten Gesellschaft besitzen. Das bedeutet, daß sie bei Abstimmungen die Kontrolle haben wird.»

«Die entscheidende Stimme? Wie Honora?»

Nick lachte. «Sie würde eine fabelhafte Aufsichtsratsvorsitzende abgeben. Und sie übt hier tatsächlich eine gewisse Kontrolle aus. Aber ich habe nicht den Eindruck, daß sich jemand darüber beschwert.»

«Wir lassen ihr ihren Willen. Aber erzähl weiter von deinem Tag», sagte ich und lächelte bei der Vorstellung, daß irgend jemand meinte, er könne Honora nicht ihren Willen lassen.

«Nach der Unterzeichnung gingen wir alle zum Lunch ins Windmill. Ich habe nicht viel gegessen, damit ich mir heute ein gutes Abendessen leisten kann.»

«Das war gut so. Es gibt Huhn.»

«Danach sind wir wieder ins Büro des Kunden in der Park Avenue gegangen, und er erzählte mir ein paar Anekdoten aus seiner Zeit als Schlichter in London.»

«Oh? Er ist Anwalt?» fragte ich.

«Ja – er ist Rechtsberater des Konzerns.»

«Konzernanwälte arbeiten weniger als Anwälte in Kanzleien», sagte ich und erschrak über den anklagenden Ton meiner Stimme.

«Sicher. Aber ihre Aufgaben sind nicht so groß. Nicht so aufregend.»

«Ich weiß», sagte ich. «Ich würde nicht wollen, daß du das aufgibst, was du tust. Du tust es so gern. Selbst wenn der Preis Sandwiches vom Zimmerservice sind.»

Er beugte sich über meine ausgestreckten Beine hinweg und gab mir einen langen Kuß. Seine Hände hielten meine Knie, als seien sie Brüste, und wanderten dann zu meinen Brüsten weiter. Seine Zunge teilte meine Lippen, und als unsere Lippen sich berührten, sagte er: «Im Augenblick will ich kein Sandwich.»

Eine Viertelstunde lang saßen wir auf dem Sofa und küßten uns. Genug Freizeit zum Küssen zu haben ist eines der großen Luxusgüter eines vielbeschäftigten Ehepaars. Wir wußten, daß wir uns schließlich lieben würden, aber wir wollten uns Zeit lassen. Ich lehnte mich zurück, ohne Nick mit den Händen zu berühren, und spürte, wie er meinen Mund und meine Augenlider küßte. Wir saßen nebeneinander, einander umarmend, und küßten uns erst mit geschlossenen, dann mit offenen Augen. Er küßte einen meiner Mundwinkel, dann den anderen. Er ließ seine Finger an meinem Rückgrat herunterfahren, und ich bog mich ihm entgegen.

Der Summer in der Küche ertönte und teilte uns mit, daß das Huhn fertig war.

«Ich will kein Sandwich, und ich will kein Brathuhn», sagte Nick. Und wir gingen in unser Schlafzimmer.

Klar und strahlend brach der Tag des Sommerfestes an. Ich lag wach und genoß das seltene Gefühl, daß Nick an meiner Seite noch schlief. Heute würde er nicht ins Büro gehen; das war verboten. Die Einladung, auf die cremefarbenen Karten von Hubbard und Starr gedruckt, hatte gelautet:

Unser jährliches Sommerfest findet am Donnerstag, den 25. Juni, im Bade- und Tennisclub Stoneleigh statt. Wir hoffen, daß Sie alle, zusammen mit Ihren Partnern oder Ehegatten, daran teilnehmen können. Wie immer ist die Teilnahme obligatorisch – also richten Sie bitte Ihre Pläne entsprechend ein. Diejenigen, die nicht erscheinen, werden grausamen Sanktionen unterworfen, die das Koordinationskomitee sich gegenwärtig in einer Plenarsitzung ausdenkt.

Jedermann wird die Möglichkeit haben, Golf und Tennis zu spielen; außerdem werden vom sportlichen Organisationskomitee angemessene athletische Wettbewerbe organisiert.

Darauf folgen ab 18.30 Uhr Cocktails auf der Terrasse des Clubs und Dinner um 19.30 Uhr. Der Club bittet darum, auf der Terrasse Jacketts und Krawatten zu tragen.

Mit freundlichen Grüßen
Das Organisationskomitee

Still neben Nick liegend, der noch schnarchte, dachte ich daran, daß der heutige Abend der erste Werktag seit Monaten sein würde, an dem irgendein Mitarbeiter von Hubbard und Starr schon um halb acht zu Abend aß.

Tennis- und Abendkleidung in den Taschen, machten wir uns auf den Weg. Wir nahmen einen Zug nach New York und stiegen dann in die Long Island-Bahn um.

«Siehst du das blonde Mädchen da hinten im Wagen?» fragte Nick. Ich tat, als sähe ich mich nach dem Schaffner um, und erkannte, wen er meinte. Die junge Frau war schlank, hatte blondes Haar und trug ein rosafarbenes luftiges Kleid.

«Sie arbeitet über den Sommer bei uns», sagte Nick. «Sie heißt Michele und beginnt jetzt ihr drittes Studienjahr in Harvard.»

Die Jurastudenten, die während der Sommerferien in Anwaltskanzleien arbeiteten, hofften auf dauerhafte Stellungen. Qualifizierte Jurastudenten waren wertvoll; die Wall Street-Firmen verwöhnten sie mit Ausflügen, Sommermitgliedschaften in exklusiven Clubs und Theaterkarten. Feste im Freien wie das heutige waren höchst wichtig für die Studenten, die auf die hochbegehrten dauerhaften Stellen in der Wall Street aus waren. Hier konnten sie hoffen, Eindruck auf die richtigen Leute zu machen.

«Wahrscheinlich sollten wir sie einladen, mit uns im Taxi zum Club zu fahren», sagte Nick.

«Gute Idee», sagte ich, ohne es zu meinen. Meine Zeit mit Nick war nichts Besonderes mehr, wenn wir uns den anderen anschlossen. Ich fühlte mich zu sehr verpflichtet, nett zu den Studenten und charmant zu den Partnern zu sein, um mich wirklich zu amüsieren. Doch zumindest gab es im Bade- und Tennisclub von Stoneleigh gutes Essen und ein schönes Gelände.

Als der Zug Stoneleigh erreichte, traten wir auf den Bahnsteig und warteten darauf, daß Michele auftauchte. Sie kam nicht. Langsam fuhr der Zug wieder an.

«Mist, sie muß die Station verpaßt haben», sagte Nick und schaute besorgt drein.

«Und wenn schon! Der Zug hält alle fünf Minuten. Sie kann ja im Taxi von der nächsten Station aus zurückfahren.» Ich nahm seinen Arm und führte ihn auf den Taxistand zu. Der Zug glitt langsam vorbei.

Plötzlich sprang Michele aus der offenen Tür des fahrenden Zuges. Die Bremsen quietschten. Ein Schaffner machte einen Satz auf die Plattform. Nick rannte Michele zu Hilfe, die auf den Bahnsteig gefallen war. Ehe er sie erreichte, stand sie auf. Blut lief über ihr Gesicht; es befleckte ihr blondes Haar und tropfte auf ihr Sommerkleid. Mit einer Hand bedeckte sie die Wunde, die andere streckte sie mir entgegen.

«Sie müssen Mrs. Symonds sein», sagte sie mit einem anmutigen Lächeln. «Ich habe Ihr Bild auf Nicks Schreibtisch gesehen.»

«Setzen Sie sich hin», sagte ich. «Gleich hier.» Ich drückte das Mädchen auf den Bahnsteig. Das Herz klopfte mir bis zum Hals.

«Sind Sie auch Anwältin?» fragte das Mädchen, noch immer freundlich lächelnd. «Es ist einfach unglaublich, wie viele Anwälte andere Anwälte heiraten.»

«Sie müssen einen Schock haben», sagte ich, verblüfft, daß das Mädchen sich bemühte, sich ganz normal zu verhalten.

«Plötzlich sprang sie einfach heraus», sagte der Schaffner zu Nick. «Ich drehe mich um, und da läuft sie durch den Waggon und springt einfach heraus.»

«Der Zug fuhr ja noch nicht sehr schnell», sagte Michele mit vollkommen kontrollierter Stimme, als vertraue sie mir ein Geheimnis an. «Ich habe die Station verpaßt, weil ich gerade eine Akte gelesen habe. Sie wissen schon, über die Southporter Elektrofirma, Nick.

Außerdem bin ich ganz in Ordnung. Wenn ich einen Waschraum finde, kann ich mich ein bißchen säubern.»

Ich drückte meine weißen Tennisshorts auf die Wunde an ihrem Kopf. Sie sah tief und pupurrot aus und war fast 3 Zentimeter lang.

«Hören Sie», sagte Nick, «wir müssen Sie zum Notarzt bringen.»

Michele stand auf und drückte meine Shorts an ihren Kopf. Sie lachte. «Seien Sie nicht albern. Geben Sie mir eine Minute, und dann können wir vielleicht zusammen ein Taxi nehmen. Es sei denn, Sie wollen schon vorausfahren.»

«Das ist lächerlich», sagte Nick. Ich hörte Ungeduld und Ärger in seiner Stimme. «Wir fahren ins Krankenhaus. Kopfverletzungen können wirklich gefährlich sein, Michele.»

«Ich muß Ihren Namen aufschreiben», sagte der Schaffner. «Das ist Vorschrift.» Der Zug war stehengeblieben; die Passagiere schauten neugierig durch die schmutzigen Fenster.

«Tut mir leid», sagte Michele lächelnd. «Geben Sie mir eine Minute.» Rasch verschwand sie um eine Ecke.

«Das ist etwas für das Observatorium», sagte ich und eilte hinter ihr her, während Nick die Formulare des Schaffners ausfüllte.

Er holte uns an einer zwei Blocks entfernten Tankstelle wieder ein. Michele hatte sich im Waschraum eingeschlossen. «Das ist verrückt», sagte ich. «Sie ist ganz besessen von dem Sommerfest. Sie weigert sich, ins Krankenhaus zu gehen. Hast du das Blut gesehen?» Ich lehnte den Kopf an Nicks Brust.

«Michele, wir fahren ins Krankenhaus», rief er.

Sie erschien wieder. Sie hatte sich umgezogen und trug jetzt einen rotweißen Baumwollanzug. Sie hatte sich im Waschraum das Blut aus den Haaren gewaschen und lächelte entschlossen.

«Nett von Ihnen, daß Sie so besorgt sind, aber ich werde nicht ins Krankenhaus fahren. So einfach ist das. Und wo können wir jetzt ein Taxi finden?»

Ich wunderte mich über die Hartnäckigkeit dieser zarten Blondine mit ihrer Verletzung. Sie würde eine gute Anwältin abgeben. Während der Fahrt zum Club saß sie auf dem Beifahrersitz und plauderte darüber, was für eine wunderbare Erfahrung Hubbard und Starr bisher gewesen sei. Es war, als sei der Unfall bloß ein kleines Mißgeschick in ihrem Plan, die Partner und Seniorpartner zu becircen. Nick und ich saßen auf den Rücksitzen und staunten. Mir erschien das wie die perfekte Metapher des knallharten Geistes von Wall Street: daß eine Frau eine Gehirnerschütterung und vielleicht einen Hirnschaden riskierte, nur um ein Stellenangebot von Hubbard und Starr zu bekommen. Nick flüsterte mir zu, er wolle die Personalchefin suchen und ihr vorschlagen, Michele zu einer Untersuchung ihres Kopfes zu zwingen.

Das Taxi fuhr durch eine lange Allee, die von Lorbeer und Rhododendron gesäumt war. Durch die Bäume erspähten wir smaragdgrüne Golfbahnen und Rasentennisplätze. Alle Tennisspieler trugen Weiß; sogar die Bälle waren weiß. Schließlich war dies die Nordküste von Long Island, die Heimat von Jay Gatsby. Ich war schon bei vielen sommerlichen Ausflügen hiergewesen. Bald kam das Clubhaus, ein weißes Gebäude mit Schindeldach, grünen Läden und Kletterrosen, in Sicht. Das Taxi hielt vor dem Haupteingang.

Weißgekleidete Paare schlenderten vorbei. Mauersegler umschwirrten das Dach. Michele verabschiedete sich von uns und machte sich auf die Suche nach einflußreichen Mitgliedern der Firma.

«Diese Frau ist wirklich vollkommen besessen», sagte Nick, der beobachtete, wie sie Greg Gerston die Hand reichte.

«Du solltest besser jemandem von ihrem Kopf erzählen», sagte ich. «Ich sehe sie förmlich beim Cocktail zusammensinken, und dann wird man dir vorwerfen, daß du nicht für ärztliche Hilfe gesorgt hast.»

«Du hast wohl recht. Ich bin gleich zurück.»

Ich setzte mich auf eine weiße Bank unter einer hohen Ulme. Einige Partner stiegen aus einem Taxi. Zwei davon kamen auf mich zu.

«Hallo Jean, Pete», sagte ich. Der untersetzte Pete Margolis war zum Golfspielen gekleidet, ein Golfsack hing an seiner Schulter. Jean Snizort, die schönste von Nicks Kolleginnen, trug eine tolle, schulterfreie rote Bluse und einen buntbedruckten, weiten Rock. Ihre Aufmachung wirkte sinnlich und gewagt.

«Oh, hallo, Jessie», sagte Jean mit liebenswürdigem Lächeln.

«Georgie», berichtigte ich sie, wie ich es immer tat.

Jean faßte sich an die Stirn. «Es tut mir so leid. Warum kann ich mir das bloß nicht merken?»

«Sie haben einen ziemlich ungewöhnlichen Namen», sagte Pete und küßte mich auf die Wange. Ich lächelte ihm zu, da ich den vertrauten Witz verstand. Pete hatte früher das Büro Nick gegenüber gehabt, und wir hatten uns an den Samstagen, die ich in der Firma verbrachte, angefreundet. Er war respektlos und hatte mir einmal anvertraut, daß er absichtlich die Namen von Leuten vergaß, um sie zu überrumpeln. Er sagte, Anwälte täten das häufig.

«Wo ist Ihr Mann?» fragte Jean.

«Ach, der sucht jemanden», antwortete ich und erzählte ihnen die Geschichte von Michele.

«Klingt blödsinnig», sagte Pete.

«Ja, aber sie hatte schon recht, hierherzukommen», sagte Jean. «Jeder, der im Sommer bei uns arbeitet und hier nicht erscheint, auch wenn sein Vater gerade gestorben ist, hat ausgespielt. Keine Chance auf ein Stellenangebot. Mag jemand Tennis spielen?»

Pete und ich verneinten, und Jean entfernte sich. «Sind Sie in bezug auf Michele ihrer Meinung?» fragte ich und beobachtete, wie Jean das Clubhaus betrat. Plötzlich fühlte ich mich unscheinbar in meinem weißen Sommerkleid, das am Saum rote Flecken von Micheles Blut hatte. Meine einfache Aufmachung verriet, daß ich eine Ehefrau war, keine Anwältin, und daß ich an der Küste von Connecticut lebte und nicht in New York. Ich stellte mir vor, wie Jean Nick fand und ihn überredete, mit ihr Tennis zu spielen.

«Schwierige Frage», sagte Pete. «Wahrscheinlich hat sie recht; Michele würde kein Angebot bekommen, wenn sie hier nicht erschiene. Aber was sagt das schon über die Prioritäten? Ich meine, Michele sollte ihre eigene Gesundheit wichtiger sein als eine Anwaltsstellung.»

«Und die Firma sollte verständnisvoller sein.»

Eine leichte Brise ließ die Blätter über uns rascheln. Das Sonnenlicht schien durch die Zweige. In der Ferne schrie jemand: «Achtung!»

«Ich will Sie nicht kränken, Georgie, aber die Firma hat es nicht nötig, verständnisvoll zu sein. Für sie sind die Mitarbeiter wie Apfelkerne. Man zerkaut sie und spuckt sie aus. Wenn man einen verliert, wartet schon ein anderer. Wissen Sie, wie schwer es ist, einen Job bei einer Firma wie Hubbard und Starr zu kriegen?»

«Ich erinnere mich daran», sagte ich grinsend. Ich dachte an den Sommer, in dem Nick in der Firma gearbeitet hatte, zwischen seinem zweiten und dritten Studienjahr. Wie wir in den letzten Wochen geschwitzt und Pems und Honoras Bitten überhört hatten, wenigstens ein Wochenende in Black Hall zu verbringen, immer in der Hoffnung, man werde ihm eine Dauerstellung anbieten.

«Und jetzt überlasse ich Sie den fähigen Händen Ihres Mannes», sagte Pete und begrüßte Nick, der vom Clubhaus herüberkam.

«Der Club hat zum Glück einen Clubarzt, und der wird sie untersuchen.»

Auf der Bank sitzend sah ich zu ihm auf. Neben Pete, der den kompakten Körperbau eines Ringers hatte, wirkte Nick hinreißend groß und schlank. Und entspannt. Glücklich. Wir waren mitten an einem Werktag zusammen.

Der Tag verging in einem bukolischen Wirbel. Da meine Tennisshorts steif von Micheles Blut waren, spielte ich nicht, sondern spazierte mit Nick über das Gelände. Dann spielten wir neun Löcher Golf mit zwei Partnern aus Nicks Abteilung. Dann saß ich neben dem Platz und sah zu, wie Nick und seine Abteilung gegen die Mannschaft der Körperschaftsabteilung Volleyball spielten. Da sie die aggressivste war, gewann natürlich die Abteilung für heikle Angebote. Dann besiegten sie die Prozeßabteilung, die Abteilung für Druckmittel und die Steuerabteilung. Die siegreiche Abteilung bildete einen Kreis, indem jeder die Oberarme seiner Nachbarn faßte. So vollführten sie einen lustigen kleinen Tanz, über den ich lachen mußte, weil er mich an englische Kinder erinnerte, die um einen Maibaum hüpfen. Nick, verschwitzt und glücklich, schloß sich mir und ein paar anderen Ehefrauen an.

«Sie spielen fabelhaft Volleyball», sagte eine, Virginia Grant, eine nette Börsenmaklerin, die mit jemandem aus der Prozeßabteilung verheiratet war. «Wo sind Sie aufgewachsen – in Kalifornien?»

«Nein, in Massachusetts», sagte Nick.

«Entschuldigt, Freunde», rief John Avery, der Chef von Nicks Abteilung. Er stand einige Meter entfernt neben dem Volleyballnetz. Er wandte sich an die über eine größere Fläche verteilte Gruppe und sprach mit gar nicht lauter, aber wunderbar tragender Stimme. Er war schlank und trug einen khakifarbenen Safarianzug. «Unser Spiel, so großartig es auch war, scheint ein bißchen länger gedauert zu haben als vorgesehen. Normalerweise überreicht jemand von der – ich sage ungern *Verlierer*abteilung –», hier lachten alle, «die Trophäe hier auf dem Platz. Aber die Zeit drängt, und weil die Cocktailstunde naht, sind wir gezwungen, dieses Ritual aufzuschieben. Ich bitte Sie also, eilig die Garderoben aufzusuchen. Wir treffen uns in siebzehn Minuten auf der Terrasse.»

«Bravo!» rief Jean Snizort, die hinreißend aussah in einem engen, ärmellosen Trikot aus irgendeiner schillernden Kunstfaser.

Eine Schlange von Anwälten und deren Partnern wand sich den

Hügel hoch auf das Clubhaus zu. Nick und ich hielten uns an den Händen und gingen schneller als die anderen. Wir überholten Jean.

«Hallo, Nick, hallo, Georgie», sagte sie, meinen Namen betonend, und zwinkerte Nick zu.

«Was sollte das?» fragte ich, als wir allein waren.

«Oh, Jean fragte mich gestern, ob meine Frau Jessie kommen würde. Dann mußte ich ihr versprechen, dir nicht zu sagen, daß sie dir immer den falschen Namen gibt.»

«Honora würde sagen, daß Jean ein Auge auf dich geworfen hat», sagte ich. Ich sagte nicht, daß Jean die Verkörperung aller Ängste war, die ich je in bezug auf Nicks Überstunden gehabt hatte.

«Honora hätte unrecht», sagte Nick.

Im Korridor küßten wir uns, trennten uns und betraten verschiedene Umkleideräume. In meinem war ein reges Treiben. Einige Frauen standen nackt unter der Dusche, andere schlüpften schon in ihre Sommerkleider. Ich stellte mich rasch unter die Dusche; ich hoffte, mein lila Leinenkleid würde hübsch aussehen.

«Ah, hallo», sagte Jean, als ich aus der Dusche trat. Sie trug vor einem langen Spiegel goldenes Augen-Make-up auf. Ihre cremeweiße Haut wirkte makellos wie die einer spanischen Prinzessin. Ihre Lippen waren granatrot.

«Hallo, Joan», sagte ich und ging schnurstracks auf die Reihe der graugrünen Kabinen zu.

Am Himmel glühte ein lebhaft orangeroter Sonnenuntergang. Ich lehnte an einer steinernen Balustrade am Ende der Terrasse und unterhielt mich mit John Avery. Er hatte seinen Safarianzug mit einem korallenfarbigen Seidenblazer und weißer Hose vertauscht. Er trank einen eisgekühlten Daiquiri. Ich schlürfte trockenen Martini. Mein lavendelfarbenes Kleid wirkte in dem rötlichen Licht dunkler.

«Als ich zuletzt von Ihnen hörte», sagte John Avery, «beschäftigten Sie sich mit Naturwissenschaft. Meeresbiologie, nicht?»

«Ja, das war es. Ich fertigte ein Profil der Bucht vor unserem Haus an.»

«Wie macht man ein Profil von einer Bucht? Verzeihen Sie meine Unwissenheit...» John Avery kicherte und saugte durch einen dünnen Strohhalm an seinem Daiquiri.

Ich lächelte. Ich wußte, daß John Avery scherzte und daß er sich in keiner wissenswerten Angelegenheit für unwissend hielt. «Ein Profil ist eigentlich eine Art Inventar», sagte ich. «Sie wissen schon –

Meereslebewesen, Felsformationen, Algen, all diese Sachen. Aber ich habe das Profil wegen einer anderen Sache aufgegeben. Ich habe das Swift-Observatorium gegründet.»

Er sperrte den Mund auf. «Ach, du lieber Himmel, natürlich. Sie heißen Georgiana Swift, nicht Symonds», sagte John Avery, und in diesem Augenblick wurde mir der Zusammenhang klar: die Avery-Stiftung.

«Sie sind doch nicht – oder?» sagte ich.

«Meine Familie finanziert die Avery-Stiftung», sagte er. «Ich sitze im Aufsichtsrat. Ich habe vorige Woche Ihren Bericht gelesen. Donnerwetter.»

Nick trat zu uns; schweigend hörte er zu.

«Das Material über Mrs. Tuchman war hochinteressant», sagte John Avery. «Ich muß zugeben, daß ich nur wenige Zeitungsberichte über ihren Fall gelesen habe, aber andere Mitglieder des Aufsichtsrates haben gesagt, Ihr Bericht sei der persönlichste und aufschlußreichste gewesen, den sie gelesen hätten.»

«Danke», sagte ich, verblüfft über die eigenartige Situation. John Avery war Nicks Chef und mein Geldgeber. Er war Herr über unser beider berufliches Schicksal. Ich warf einen Seitenblick auf meinen Mann, um zu sehen, wie er das aufnahm. Sein Gesicht war ausdruckslos.

«Wir freuen uns auf Ihren nächsten Bericht», sagte John Avery. «Wie finden Sie das, Nick? Ein faszinierendes Zusammentreffen, nicht?»

«Es ist erstaunlich», sagte Nick. «Ich habe Sie nie mit der Avery-Stiftung in Verbindung gebracht.»

«Viele Leute haben noch nie davon gehört. Wir sind nur eine sehr kleine Organisation. Wieso haben Sie sich bei uns um Mittel beworben, Georgie?»

Plötzlich wurde mir klar, daß er vielleicht annahm, Nick und ich hätten die ganze Zeit von seiner Verbindung gewußt und Nicks enge Beziehung zu ihm ausgenutzt, um das Geld zu bekommen. Ich spürte, wie ich dunkelrot wurde. Ich würde die Wahrheit sagen müssen, die peinlich war und ihn vielleicht kränkte. «Ich las eine Beschreibung der Stiftung in einem Buch über Stipendien, und darin hieß es, die Stiftung unterstütze ungewöhnliche Projekte, die anderswo kein Geld bekämen.»

John lachte. «Man hat schon Schlimmeres über uns gesagt. Manche Leute glauben, wir seien eine Organisation für Venture-Capital, die nicht fundierte Erfindungen oder Forschungsprojekte finanziert – nichts für ungut, Georgie – und dann Profit daraus schlägt. Das ist das Los einer Stiftung, die Stipendien vergibt. Natürlich wollen wir keinen Profit machen. Es gibt keine Möglichkeit, auch nur einen Cent zu verdienen. Aber es gibt eine Menge saurer Trauben für Leute, die sich bewerben und kein Geld bekommen.»

«Und warum habe ich Geld bekommen?» fragte ich und kam mir verwegen vor.

John sah mir direkt in die Augen. «Weil Ihr Projekt ungewöhnlich war und anderswo wahrscheinlich kein Geld bekommen hätte.» Er lächelte.

«Oh», sagte ich.

«Aber wir halten es für wichtig. Wir nehmen Ihre Arbeit sehr ernst.»

«Das tun ihre Familie und ich auch», sagte Nick.

«Unter uns, Nick», sagte John, «wir sind Glückspilze. Eine Menge Anwälte haben im Leben nichts außer dem Juristischen. Keine anderen Interessen, um es mal so auszudrücken. Aber ich habe die Stiftung, durch die ich mit kreativen Geistern und der Außenwelt in Beziehung stehe. Sie haben eine Frau, die eine interessante Arbeit macht. Ich verstehe Anwälte nicht, die Anwältinnen oder, was noch schlimmer ist, Buchhalterinnen heiraten. Worüber können die sich unterhalten?»

«Georgie zeigt mir ihre Arbeit von Anfang an», sagte Nick, und ich hörte den Stolz in seiner Stimme.

John tippte sich an die Schläfe. «Die Funktion des kreativen Geistes.» Er schaute sich um. «Ich sollte wohl mal mit einigen unserer Sommermitglieder reden. Dazu ist ja diese Veranstaltung da. Wir sprechen uns noch, Georgie. Bis morgen im Büro unseres Klienten, Nick.» Er entfernte sich.

Da sie John Avery frei sahen, stürmten Horden von Sommermitarbeitern auf ihn zu. Michele flitzte herbei; in ihrem Eifer bemerkte sie uns gar nicht.

«Das ist ja unglaublich», sagte ich. «Ich hatte wirklich nicht die leiseste Ahnung, daß John Avery dieser Avery ist. Bist du mir böse?»

«Warum sollte ich? Es schafft eine etwas merkwürdige Situation, weil wir beide im wesentlichen für John arbeiten, aber ich bin nicht böse.»

«Ich arbeite nicht für ihn. Er finanziert meine Arbeit, aber mehr nicht», sagte ich leicht gereizt, obwohl ich spürte, daß etwas Wahres an Nicks Einschätzung war.

«Wenn ich im Firmenverzeichnis nachgesehen hätte, hätte ich wahrscheinlich Johns Verbindung zur Avery-Stiftung entdeckt. Mitgliedschaften, Aufsichtsratsposten und dergleichen sind immer aufgeführt. Wahrscheinlich hätte ich es wissen müssen», sagte Nick mit besorgtem Blick. Er meinte, einen schrecklichen Fauxpas begangen zu haben, weil er Johns Verbindung nicht gekannt hatte.

«Mach dir keine Sorgen – es gibt keinen Grund, warum du es hättest wissen müssen», sagte ich.

«Partner bemerken solche Sachen. Schließlich kann man, wenn meine Frau sich bei einer Stiftung bewirbt, wohl von mir erwarten, daß ich weiß, daß mein Chef dort im Aufsichtsrat sitzt. Scheiße.»

«Nick…»

Er sah mich scharf an. «Ich bin wütend auf mich selbst, nicht auf dich, in Ordnung?»

«In Ordnung», sagte ich. Aber ich fragte mich, wieso er wütend auf sich selbst war, wenn alles in Ordnung war.

KAPITEL FÜNF

V*ier Nächte lang* war das Schlafen gefährlich; in meinen Träumen verfolgten mich Bilder von Nick und mir an entgegengesetzten Seiten eines Schreibtisches; wir saßen da, ohne miteinander zu reden oder einander auch nur zur Kenntnis zu nehmen; wir verließen den Raum durch verschiedene Türen; ich spürte, daß Jean Snizort, unsichtbar, aber durchaus bemerkbar, hinter Nicks Tür wartete; ich hatte ein Buttermesser in der Tasche.

Ich wachte schließlich auf und drückte mich eng an Nick. Er öffnete die Arme und zog mich schläfrig an seine Brust, wo ich liegen blieb, bis das Kitzeln seiner vereinzelten dunklen Brusthaare mich vertrieb.

Wie ängstlich es mich gemacht hatte, Nick bei dem Sommerfest so verwirrt zu sehen! Jedes Wort, das man zu einem der Partner sagte, enthielt Tausende von Nuancen. Wie würde John Avery die Tatsache auffassen, daß Nick seine Stellung bei der Avery-Stiftung nicht gekannt hatte? Von den Partnern wurde erwartet, daß solche Dinge sie beeindruckten. Die von der Firma veröffentlichten biographischen Informationen waren eine Goldmine für eifrige Partner. Nick leugnete zwar, ernstlich beunruhigt zu sein, aber er war es doch. Ich wußte das.

Dann, eines Nachmittags, kam der Augenblick der Wahrheit. Er rief an, um mir zu sagen, er werde heute abend lange arbeiten müssen und nicht nach Hause kommen.

«Bist du sicher, daß ich nicht in die Stadt kommen soll?» fragte ich so freundlich wie möglich.

«Vielleicht solltest du heute in Black Hall bleiben. Das Projekt Breitschwert kommt wieder auf Touren, und ich weiß, daß ich nicht vor Mitternacht aus dem Büro komme. Für mich wäre es viel einfacher, hier am Schreibtisch etwas Chinesisches zu essen oder so.»

«Ich kann das nicht glauben, Nick», sagte ich. «Daß du mich heute nicht bei dir haben willst. Mir ist es egal, wie spät es wird.»

«Georgie», sagte Nick, und es klang müde.

Wut, Verletzung und Angst kämpften in mir um die Oberhand. «Du wirkst so aufgeregt in den letzten Tagen», sagte ich in möglichst vernünftigem Ton. «Ich werde den Gedanken nicht los, daß du absichtlich wegbleibst, daß du nicht nach Hause kommen willst.»

«Georgie, das stimmt nicht», sagte Nick, und seine Stimme flößte mir Vertrauen ein. «Ich würde gern nach Hause kommen. Es macht überhaupt keinen Spaß, so lange arbeiten zu müssen und dann allein in irgendein Hotel zu gehen. Du klingst ziemlich egoistisch, wenn du mir das vorwirfst. Warum kannst du es nicht aus meiner Sicht sehen? Die Kunden von Breitschwert sind so verdammt nervös, daß sie nicht mehr geradeaus sehen können.» Seine Stimme wurde lauter und lauter.

«Du hörst dich so sauer an», sagte ich.

«Na ja, ich *bin* sauer. Du könntest ruhig ein bißchen Mitgefühl zeigen. Du brauchst immer jede Menge Bestätigung, und bekommst du sie etwa nicht von mir? Ich finde, du solltest mir jetzt auch einmal geben, was ich brauche – Verständnis. Du könntest sagen: ‹Oh, es tut mir so leid, daß du den ganzen Abend für diese blöden, anspruchsvollen Kunden arbeiten mußt. Ich wünschte, wir könnten zusammensein.› Statt dessen machst du einen Vorwurf daraus.»

«Tut mir leid.»

«Vergiß es», sagte er. Es klang noch immer ärgerlich.

«Wir können so nicht auflegen. Ich will nicht, daß wir einander böse sind, wenn wir die ganze Nacht getrennt sind.»

«Tut mir leid, aber ich bin noch böse und muß jetzt Schluß machen. John und die Kunden warten.»

Ich fühlte ein Schluchzen in mir aufsteigen. «Ist es wegen John Avery? Bist du deswegen sauer?»

«Himmel, Georgie! Warum kannst du mir nicht einfach glauben? Es ist weder tiefgreifend noch kompliziert. Ich bin sauer, weil ich lange arbeiten muß und nicht nach Hause kommen kann. Tschüs.»

Er legte auf. Ich saß da, den Hörer in der Hand, und mir war eiskalt. Ich zitterte. Draußen an den Felsen brachen sich die Wellen. Ich lauschte und wünschte, sie würden mich besänftigen. Ich haßte mich selbst. Ich hatte das Gefühl, den Menschen zu vertreiben, den ich am meisten auf der Welt liebte. Ich rief in seinem Büro an, aber Denise sagte mir, er sei soeben in den Konferenzraum gegangen. «Sagen Sie ihm nur, ich hätte angerufen», sagte ich.

Einen Augenblick lang bedauerte ich, daß ich angerufen hatte, fühlte mich wie ein Schulmädchen, das einen Jungen mag, aber fürchtet, übereifrig zu wirken. Aber natürlich waren Nick und ich seit acht Jahren verheiratet. Wir riefen einander zehnmal am Tag an. Wenn wir uns sonst stritten, dann brütete jeder vor sich hin, fühlte sich vollkommen im Recht und war sicher, der andere habe unrecht. Aber wenn Nick dann nach Hause kam, sagte er mir im gleichen Augenblick, er könne meinen Standpunkt verstehen, und ich sagte, ich verstünde seinen, und dann redeten wir und kamen zu einem Kompromiß. Danach küßten wir uns, schmiegten uns im Bett aneinander, berührten den Körper des anderen und zeigten einander, was Verletzbarkeit wirklich bedeutet. Heute nacht würde es dazu nicht kommen, weil Nick in New York bleiben würde. Es machte mir angst, wenn ich daran dachte, daß ich ihn erst spät am nächsten Abend wiedersehen würde. Ich zählte die Stunden: mindestens dreißig Stunden, bis ich ihn sah. Wie schlimm konnten die Dinge in dreißig Stunden werden? Ich stellte mir vor, wie sein Zorn sich steigerte, überlebensgroß würde, so daß er gar nicht durch die Tür paßte, wenn er nach Hause käme.

Der Gedanke an ein einsames Abendessen war scheußlich, also rief ich Honora an und lud mich bei ihr ein. Nick würde mich dort anrufen, wenn sich in unserem Haus niemand meldete. Falls er anriefe. Auf meinem Weg durch den Garten traf ich Clare.

«Bist du auch allein?» fragte ich.

«Ja. Mutter rief gerade an und sagte, du würdest bei ihr essen, also beschloß ich, daß wir zu viert sein würden. Muß Nick Überstunden machen?»

«Ja. Und Donald?»

«Er ist in San Francisco. Die Jungen essen bei den Fortnums.»

Pem und Honora saßen auf der Terrasse. Der Sonnenuntergang färbte den Himmel golden und rosa. Der Wasserturm von Plum Island, acht Meilen jenseits des Sundes, glitzerte wie eine Messerklinge. Alle trugen Pullover. Pem war in ihren wollenen Mantel und eine Decke gehüllt.

«Ah, meine beiden Nereiden», sagte Honora und stand auf, um uns zu küssen. Die Nereiden waren für die alten Griechen personifizierte Winde. Clare hielt ihr pfirsichfarbenes Seidentuch hoch, um es im Wind flattern zu lassen. «Wir vier haben lange nicht mehr allein zusammen gegessen. Kommt mir vor, als sei das gewesen, als ihr Mädchen noch zur Schule gingt.»

Wir versuchten uns an einen kürzer zurückliegenden Anlaß zu erinnern, doch immer waren Nick oder Donald oder Eugene oder Casey oder ein Freund von Pem oder Honora dabei gewesen. «Drei Generationen von Bennison-Frauen sitzen auf dieser Veranda», sagte Clare. «Eine von uns sollte eine Tochter bekommen, Georgie, damit es vier sind.»

«Ich hätte gern eine Enkelin», sagte Honora. «Nicht, daß ich nicht in die Jungen vernarrt wäre, aber mir gefiel es, Töchter zu haben. Die Leute sagten immer: ‹Wünschen Sie sich keinen Sohn?› Aber ich wünschte mir keinen, kein bißchen. Euer Vater auch nicht.»

Ich setzte mich auf die Hollywoodschaukel neben Pem. «Hallo», sagte ich.

«Hallo», sagte sie lächelnd. «Wo ist der Junge?»

«Nick? Er muß länger arbeiten.»

«Dürfen wir uns erkundigen, warum du nicht im Gregory bist?» fragte Clare.

Eine Sekunde lang fühlte ich mich den Tränen zu nahe, um zu antworten, doch dann brachte ich eine Lüge zustande. «Er rief an, als es für den Zug schon zu spät war.»

«Ach, Liebes», sagte meine Mutter.

Clare sprang auf die Füße. «Schnell! Wir nehmen meinen Wagen! Honora macht den Aufpasser und hält nach Radarfallen Ausschau, du und Pem sitzt auf dem Rücksitz, und wir sind in zwei Stunden in New York – los!»

«Sei still», sagte ich.

«Wenn der Junge hier wäre, könnte er uns einen Drink machen», sagte Pem.

«Keine schlechte Idee», sagte Honora. «Mögt ihr einen Cocktail? Es ist zwar noch ein bißchen früh, aber was soll's.»

«Wenn du Bourbon servierst, ist es nie zu früh», sagte Clare.

«Martinis für alle», sagte Honora, die wußte, daß Clare nie Bourbon trank. Clare ging, um die Drinks zu mixen. Honora setzte sich neben mich auf die Schaukel. Sie zog einen ihrer nackten Füße unter sich und schob mit dem anderen die Schaukel an. Ich fürchtete, sie werde versuchen, ein intimes Gespräch über die Schwierigkeiten zu beginnen, die sie zwischen mir und Nick vermutete. Ich war auf der Hut, nachdem sie gesagt hatte ‹Ach, Liebes›.

«Beim Schwimmen war es heute herrlich», sagte sie. Ich wartete, um zu sehen, wie sie vom Schwimmen auf eheliche Spannungen überleiten würde. «Ich habe nicht eine einzige Qualle gesehen – seltsam für diese Jahreszeit, findest du nicht?»

«Gewöhnlich kommen sie um den 15. Juli herum», sagte ich.

«Na, dann. Ich bin jedenfalls zu dem großen Felsen geschwommen und dann durch die Bucht zu Tobins Mole und dann wieder zurück. Das Wasser war vollkommen klar. Ich hielt die ganze Zeit die Augen offen, und ich glaube, ich habe einen Tintenfisch gesehen. Einen ganz kleinen.»

«Ist das nicht selten, in diesem Wasser und zu dieser Jahreszeit?»

«Vielleicht. Bist du sehr sauer?» fragte sie mit leiserer Stimme.

«Über einen Tintenfisch in der Bucht?»

«Wegen Nick.»

«Nein, bin ich nicht. Überhaupt nicht. Nick muß wirklich lange arbeiten – was soll ich da machen, in einem Hotel sitzen und auf ihn warten? Es ist viel besser, hierzubleiben», sagte ich trocken.

«Ich fand es immer klug von dir, daß du ihm in die Stadt gefolgt bist. Clare sollte so etwas auch häufiger tun, aber natürlich ist es wegen der Jungen...»

«Wie du das ausdrückst – ‹ihm in die Stadt folgen›», sagte ich widerwillig.

«Warum soll man das nicht zugeben? Ich kritisiere dich doch nicht. Ich finde es eine sehr gute Idee. Wenn es einen späteren Zug gäbe, würde ich sagen: ‹Nimm ihn.›»

«Es gibt keinen späteren Zug. Du hörst dich an, als sollte ich Nick nicht trauen.»

«Das habe ich nicht gesagt. Überhaupt nicht. Ich liebe Nicky, ich bete ihn an, er ist zehnmal besser als die meisten Männer, aber du bist hier.»

«Hach», sagte ich, um ihr zu zeigen, daß ich das Thema fallenlassen wollte. Pem brachte die Schaukel in Bewegung, als sie aufstand. Ich streckte die Hand nach ihrem Arm aus, um sie wieder herunterzuziehen.

«Laß sie gehen», sagte Honora. Das bedeutete, daß sie über Pem sprechen wollte; obwohl Pem schwerhörig war, mochte Honora nicht in ihrer Gegenwart über sie reden. Ich sah zu, wie Pem ins Haus schlurfte und zwischendurch stehenblieb, um einen langen Zweig von den Geißblattranken abzupflucken. Die Tür mit dem Fliegengitter fiel hinter ihr zu.

«Heute hätte ich sie umbringen können», sagte Honora. «Ich hatte alle meine Papiere auf dem Eßtisch ausgebreitet, Rechnungen und Scheckformulare, meinen ganzen Finanzkram, nach Monaten geordnet. Dann bin ich zum Schwimmen gegangen, und als ich wiederkam, stellte ich fest, daß sie alles auf einen Stapel zusammengelegt und den Tisch für acht Personen gedeckt hatte. Das macht sie jeden Abend; meine Schuld, daß ich die Papiere hatte liegenlassen. Ich hab's einfach vergessen.»

«Die Martinis!» rief Clare, dicht gefolgt von Pem.

«Auf viele glückliche Tage», sagte Pem, als wir anstießen.

Honora wiederholte für Clare die Geschichte von dem Tintenfisch. Clare sagte, Eugene behaupte, beim Schnorcheln einen gesehen zu haben.

«Ich vermisse dein Profil der Bucht, Georgie», sagte Honora. «Damals konnte kein ungewöhnliches Tier vorbeikommen, ohne daß du uns darüber berichtet hättest. Erinnerst du dich noch an den Sonnenfisch? Und an den Sommer mit den blauen Hummern?»

«Eugene und Casey waren ganz durcheinander, als wir sie kochten und sie rot wurden», sagte ich lachend. Die Sonne war beinahe untergegangen. Ich schaute nach Westen zum Horizont in Richtung New York. Die Fähre nach Orient Point passierte Plum Island.

«Da ist die Fähre, Pem», sagte ich laut.

«Die Fähre!» sagte Pem. «Früher gab es drei Dampfer, die vom Dock von Providence aus nach Newport und Black Island fuhren, und wenn man um neun nicht da war, waren sie knüppelvoll.»

«Wie hießen sie?» fragte Clare.

«Moment mal... die *Mount Hope*, die *New Shoreham* und die... *Penguin*», sagte sie ohne eine Spur von Unsicherheit. Ich lächelte. Die *Penguin* hatte sie nie zuvor erwähnt.

«Habe ich dir je erzählt, daß Nick und ich auf dem Weg nach Fall River einmal an diesem Dock gewesen sind?» fragte ich. «Es ist direkt am Ende der Wickenden und India Street, und den Dampfer gibt es noch. Aber nur einen.»

«Donald und ich sind mal da gewesen», sagte Clare. Dieses Dock hatte über Pems glückliche Erinnerungen an die Fähren hinaus große Bedeutung für unsere Familie. Pems Mutter war dort an Land gegangen, nachdem sie von Plymouth in England aus den Atlantik überquert hatte. Das Schiff war am Weihnachtsabend eingelaufen. Meine Urgroßmutter hatte ihren neunten Geburtstag an Bord gefeiert. Ihre Familie war katholisch, und sie hatten England verlassen, um religiösen Verfolgungen zu entgehen. Man hatte ihnen Arbeit in einer Strumpffabrik in Providence, Rhode Island, versprochen, und sie hatten sich darauf gefreut, in der Neuen Welt anzukommen. Ich stellte mir ihre Freude bei der Ankunft am Weihnachtsabend vor: sie würden in eine Kirche gehen können. Der Fabrikbesitzer war zum Schiff gekommen. Mein Urgroßvater fragte, wo sie eine Kirche finden könnten. «Sie sind katholisch?» hatte der Fabrikbesitzer voller Verachtung gefragt. Natürlich hatte er erwartet, Arbeiter aus England seien Protestanten. Daß sie in Neuengland ebenfalls verfolgt wurden, hat sie nur desto zäher gemacht, dachte ich, als ich die letzte Überlebende ihrer Generation in der Familie betrachtete. Pem mit dem wilden Haar, der edlen Nase und den dunklen Brauen.

Wie schön war es, mit meiner Familie auf dieser Terrasse zu sitzen! Das Glitzern der Lichter von Long Island, das Geräusch der Wellen, die leichte Brise, die mich froh sein ließ, einen Pullover zu tragen, die Vorhersagbarkeit von Pems Geschichten und Honoras Sorgen. Nicks Abwesenheit war der einzige Wermutstropfen. Ich stellte mir vor, wie er in einem rauchigen Konferenzzimmer saß, stundenlang über den gleichen Paragraphen diskutierte und abgestandene, aufgewärmte Speisen aß. Mich und den Point vermißte. Einen Abend wie diesen versäumte.

«Ich habe vorhin gelogen», sagte ich plötzlich. «Ich habe nicht den Zug verpaßt. Nick wollte nicht, daß ich heute abend nach New York komme.»

Clare und Honora beugten sich zu mir, das Kinn vorgestreckt, mit besorgtem Blick. «Was ist los?» fragte Clare.

«Er hat einfach entschieden, daß es besser ist, ich bleibe hier, als daß ich im Gregory auf ihn warte, wenn er lange arbeiten muß.» Ich fühlte, daß Tränen über meine Wangen liefen.

«Schätzchen, ich habe so schreckliche Dinge gesagt!» sagte Honora. «Diesen ganzen Unsinn darüber, daß man Männern nicht vertrauen kann. Ich habe einfach so dahergeredet. Tut mir leid.»

«Als Donald und ich jung verheiratet waren, ging es uns so ähnlich», sagte Clare. «Er mußte einen Monat in Tokio verbringen – wißt ihr noch?»

«Ja, das weiß ich noch», sagte Honora.

«Ich wollte unbedingt mit», sagte Clare. «Ich hielt mich für die perfekte Ehefrau und hatte jede Menge Zeit, um mit meinem Mann zu reisen. Vor allem nach Tokio – ich wollte ein Reisetagebuch mit Tuschzeichnungen anfertigen und auch japanische Lackarbeit lernen. Aber Donald sagte, ich könne nicht mit. Wie ich später erfuhr, war es deshalb, weil es ihm peinlich war. Niemand nahm seine Frau mit, und er wollte nicht der einzige sein.»

«Eine sehr erhebende Geschichte. *Vielen* Dank, Clare», sagte ich mit sarkastischem Grinsen.

«Was ich sagen will, ist, daß sie durch ihre Kollegen unter einem starken Druck stehen», sagte Clare. «Manchmal erzählt mir Donald, am meisten bereue er, daß er sich den Gepflogenheiten nicht widersetzt und mich doch mit nach Japan genommen hat.»

«Und du bereust am meisten, daß du nicht nach Japan gereist bist?» fragte ich.

«Nein – das ist nur ein Bedauern unter vielen», sagte Clare. Clare war mütterlich und sinnlich, aber als sie mich so anlächelte, erinnerte ich mich an sie als Mädchen: mager, größer als ich und mit einem Ausdruck, der mir sagte, sie liebe mich mehr als alle anderen auf der Welt. «Nick ist in Ordnung», sagte Clare. «Wahrscheinlich ist es ihm lieber, dich auf Mutters Terrasse zu wissen als in einem stickigen Hotelzimmer.»

«Clare hat recht», sagte Honora. «Nick denkt an dich.» Dann klatschte sie in die Hände, weil es Zeit wurde, das Thema zu wechseln. «Was für ein Zufall!» sagte sie und betonte deutlich jede Silbe. «Ich kann es einfach nicht glauben, daß der Partner in Nicks Firma für dein Stipendium zuständig war. Ist das nicht merkwürdig, Clare? Hast du je so etwas gehört?»

«Ich bin fast in Ohnmacht gefallen, als ich es erfuhr», sagte ich. «Da stand ich auf der Clubterrasse und machte Konversation mit John Avery. Ich meine, er ist immer sehr höflich, sehr interessiert an dem, was die Ehefrauen der Partner tun.»

«Das ist eine echte Begabung», sagte Honora, «wenn man dem anderen das Gefühl geben kann, wichtig zu sein. Damals, als ich bei Dick Cavett war, gab er mir das Gefühl, ich sei der wichtigste Gast, den er je gehabt habe. Ich, die Wetterfrau! Ha! Erzähl weiter.»

«Dann erwähnte ich das Swift-Observatorium, und in dem Moment brachte ich ihn mit der Stiftung in Verbindung und er mich mit dem Namen Swift, und wir waren beide total verblüfft.»

«Kaum zu glauben», sagte Clare. «Und er sagte, ihm gefalle deine Arbeit?»

«Ja.»

«Fabelhaft, fabelhaft», sagten Honora und Clare gleichzeitig.

Honora stand auf. Sie stellte unsere leeren Gläser auf dem Tablett zusammen. Wir gingen in die Küche. Ich gab Pem die Hand, und sie hakte sich bei mir ein. «Nimm meinen Arm und sag Charlie zu mir», sagte sie.

Nach dem Abendessen luden mich sowohl Honora als auch Clare ein, die Nacht bei ihnen zu verbringen, aber ich lehnte ab. Wir küßten uns alle, und Clare und ich verließen das Haus zusammen.

«Eine schlimme Geschichte war das mit Tokio», sagte ich. «Ich frage mich, wieso mir das damals nicht klargeworden ist.» Honoras Rasen mußte gemäht werden; das hohe Gras, feucht von der Nachtluft, kitzelte meine Fußknöchel.

«Du warst noch nicht verheiratet. Von Eheproblemen wolltest du nichts hören. Weißt du noch, wie böse du warst, als ich Donald heiratete?»

«Ich war eifersüchtig auf ihn.»

«Ich weiß, aber das hast du nie gesagt. Gesagt hast du nur, ich sei dumm, weil ich heiratete, statt arbeiten zu gehen. Natürlich sah ich nicht ein, wieso ich nicht zu Hause malen und bildhauern könnte. Oder Biochemie lernen. Ein Architekt hat uns einen Entwurf gemacht, um die Garage zu einem Arbeitszimmer auszubauen, aber wir haben es nie machen lassen.»

«Das Porträt von den Jungen ist großartig», sagte ich.

«Danke.»

Wir hatten die Stelle erreicht, an der Clare nach rechts und ich nach links gehen mußte, aber wir blieben stehen und lauschten den Wellen. «Am Anfang denkt man, man könnte planen, wie das Leben verlaufen soll», sagte Clare. «Aber ich glaube, das kann man nicht. Manchmal passieren die Dinge einfach. Aber wir haben Glück, Georgie. Uns passieren mehr gute Dinge als schlechte.»

«Denk nur an die Schwestern, die so weit voneinander entfernt lebten. Das ist traurig, nicht?» sagte ich und küßte Clare.

«Schlaf gut, Georgie», sagte sie.

Die Leere meines Hauses bedrückte mich, weil ich die ganze Nacht allein darin sein würde. Der Haken, an den Nick seinen Mantel heute abend nicht hängen würde, der Tisch, auf den er das Logbuch des Flugzeugs nicht legen würde, das Sofa, auf dem er nicht neben mir sitzen würde. Ziellos ging ich durch die Zimmer, begleitet von meinem eigenen bernsteinfarbenen Spiegelbild in allen Fenstern. Ich zog mich in mein Arbeitszimmer zurück, den Raum, in dem ich immer allein war und Nicks Abwesenheit am wenigsten spüren würde, und sah die alten Zeitungen durch. In gewisser Weise fühlte es sich gut an, sich eine Nacht lang keine Gedanken über

Flugzeugabstürze machen zu müssen. Dann las ich einen Zeitungsbericht über einen pensionierten Feuerwehrmann, der auf der Fifth Avenue von einem herunterfallenden Ziegelstein getötet worden war. Das konnte jederzeit passieren, überall. Während ich in meinem gemütlichen Haus saß, konnte ein Meteor durch das Dach schlagen. Ich dachte an das, was Clare gesagt hatte: Man glaubt, man könne planen, aber das kann man nicht.

Das Telefon läutete.

«Nick!» sprach ich in den Hörer.

Nach einer langen Pause sagte eine Frau: «Spricht da Georgie Swift?»

«Mona?» fragte ich, als ich die Stimmer erkannte.

«Störe ich Sie gerade?»

«Nein, ich bin froh, von Ihnen zu hören. Die Sache mit Ihrer Fehlgeburt tut mir leid.»

«Danke. Es ist vielleicht merkwürdig, aber es ist spät, ich habe eine Flasche Wein zum Abendessen getrunken, und ich muß mit jemandem reden. Also habe ich an Sie gedacht. Wir hatten neulich ein gutes Gespräch.»

«Ja, ich habe oft daran gedacht. Wie geht es Ihnen?»

«Ziemlich beschissen, aber nicht so schlimm, wie es sein könnte. Mein Anwalt hat es geschafft, daß die Anklage fallengelassen wird, wenn ich bereit bin, zu einer Beratungsstelle zu gehen. Ich muß also nicht ins Gefängnis.»

«Oh, das ist wunderbar!» sagte ich und freute mich für sie. Mir war aber etwas unbehaglich zumute, weil für Nick die Leitung nun besetzt war. Ich wußte, wie seine Konferenzen waren, wie schwierig es für ihn war, sich vom Verhandlungstisch zu stehlen. Manchmal hatte er nur einmal in der Stunde eine Möglichkeit zu telefonieren.

«Ich habe die Kinder sehen dürfen, und Dick wird sich vernünftig verhalten. Er sagt immer: ‹Du bist ihre Mutter›, und ich habe das Gefühl, er würde sie mir überlassen, wenn die Beschuldigung nicht so schwerwiegend wäre. Wenn ich Celeste nur geschlagen hätte, statt auf sie einzustechen. Er hat so unvorhersehbare Arbeitszeiten. Alle meinen, ein Augenchirurg könne seine Termine planen, aber Sie würden nicht glauben, wie viele Anrufe er nachts bekommt. Augenverletzungen bei Prügeleien oder Autounfällen. Natürlich könnte er die Routinesachen wie etwa Staroperationen fest einplanen, aber die anderen nicht. Also ist es schwierig für ihn, für die Kinder zu sorgen und seine Arbeit zu erledigen. Er wäre besser daran, wenn wir wieder zusammen wären.»

«Das weiß ich, Mona. Ich habe das immer gefunden, schon seit ich Sie kennengelernt habe. Es ist mir furchtbar unangenehm, aber ich muß jetzt auflegen. Könnten wir uns ein andermal unterhalten?»

«Ja, sicher. Ich möchte Ihnen nicht lästig fallen.» Die Veränderung ihres Tons verriet mir, daß ich sie gekränkt hatte.

«Ich wünschte, ich müßte nicht Schluß machen. Kann ich Sie morgen anrufen?»

«Natürlich. Wiederhören.»

Das Klicken, mit dem sie auflegte, hörte sich endgültig und spöttisch an, aber es war mir gleich, weil das Telefon eine Minute später wieder läutete und Nick am Apparat war.

«Ich liebe dich», sagte er.

«Ich liebe dich», sagte ich.

Wir sagten noch mehr, aber das waren die Worte, die zählten.

In diesem Sommer war das Telefon der Zauberlehrling, und ich war der Zauberer. Die Alchemie begann mit Zeitungen voller Geschichten über gesichtslose Menschen, Opfer von Tragödien, Lotteriegewinner, Leute, die gestern noch gewöhnlich gewesen und nun durch Ereignisse in ihrem Leben ungewöhnlich geworden waren. Ich benutzte ein Paar von Pems alten weißen Glacéhandschuhen, um meine Hände vor der Druckerschwärze zu schützen, während ich die Zeitungen durchblätterte. Das gehörte zum Ritual. Ebenso der Kaffee, den ich schlürfte, während ich las, der Sessel, in dem ich saß, und der Zeitungsstapel, der anwuchs, bis am Donnerstag die Müllabfuhr kam. Ich legte Listen von den Geschichten an, die mich fesselten, und schließlich rief ich die daran beteiligten Personen an. Meine Bücherregale bogen sich unter den Telefonbüchern vieler Städte. Ich wählte, wurde von dem hohlen Läuten in das Leben eines anderen Menschen transportiert. Ich stellte mir jeden vor, den ich anrief. Ich unterschied sie nach ihren Eigenschaften, ihren Familien, ihren politischen Ansichten. In dem Moment, in dem ich ihre Stimmen hörte, rundete sich das Bild ab.

Die Telefongesellschaft legte eine zweite Leitung. Ich wollte eine Leitung frei haben für den Fall, daß Nick oder jemand aus der Familie anzurufen versuchte. Zum erstenmal in meinem Leben legte ich Anrufe auf die Warteleitung. Ich sagte meinen Lieben, sie sollten mich auf Leitung 1 anrufen, während Leitung 2 den Gesprächen mit Leuten vorbehalten war, über die ich gelesen hatte und die ich nie sehen oder kennenlernen würde. «Bleib bitte dran», sagte ich zu Clare, als sie mitten in einem Gespräch mit Alfred Hoberg anrief, dem Gewinner des Jackpots von New Jersey. «Kann ich dich zurückrufen? Ich spreche auf der anderen Leitung», sagte ich wieder und wieder zu Nick, nachdem ich mich vergewissert hatte, daß alles in Ordnung war und er nur anrief, um zu plaudern.

Nick schien amüsiert über meine Telefonmanie, vielleicht auch erleichtert. Er dachte, sie heile mich von der Manie für ihn. «Besessenheit ist nicht Liebe», sagte er an dem Abend nach unserer getrennten Nacht zu mir. «Es macht mich verrückt, was du mir für Motive unterstellst. Es macht mir angst.»

Mir machte es auch angst. Ich hatte gedacht, nach vielen Ehejahren würden die Leute zur Ruhe kommen. Schlimmstenfalls langweilten sie sich miteinander, wenn nichts Neues zu entdecken geblieben war, aber meist konnten sie gelassen bleiben, nachdem sie eine gemeinsame Sprache gelernt, ein Muster für die Tage und Nächte entwickelt und die schrecklichen Ängste junger Liebe überwunden hatten. Die Energie, mit der ich meine Gesprächspartner anrief, der Fleiß, mit dem ich diese Gespräche in Berichte übertrug, und die Mühe, die ich mir gab, Mona Tuchman zu vergessen, weil sie mich an die Gewalt der Liebe erinnerte: all das hielt meine Angst in Schach.

Wenn ich heute an diesen Sommer denke, dann versuche ich, die Probleme zu verstehen. Was schreckte uns auf? Wäre ich eine distanzierte Beobachterin gewesen, so hätte ich vielleicht ein normales junges Ehepaar gesehen, das glücklich inmitten der Familie der Frau lebte und den üblichen Belastungen durch den anspruchsvollen Beruf des Ehemannes ausgesetzt war. Doch was zählte, lag unter der Oberfläche, wo Spannungen schwelten und die Atmosphäre vergifteten. Wie konnte große Liebe ein Gift sein? Ich betrachtete sie als stark und stützend, lebenspendend, als einen süßen, köstlichen und sündigen Nektar. Manchmal dachte ich an die Menschen, die ich liebte, und die Gefühle waren so stark, daß ich weinte. Manchmal dachte ich, ich würde sterben aus Liebe zu ihnen.

KAPITEL SECHS

Nicks Eltern luden uns zum Vierten Juli zu einem Barbecue in ihrem Haus in den Berkshires ein.

«Der Vierte Juli ist Pems liebster Feiertag», sagte ich. «Aber wir haben deine Eltern lange nicht gesehen. Seit Weihnachten.»

«Das stimmt, aber es ist eine weite Fahrt. Ich kann mir nicht das ganze Wochenende frei nehmen.»

«Aber sie sind deine Eltern.»

«Sicher», sagte Nick.

Solche Debatten hatten wir häufig vor Feiertagen. Eigentlich wollte ich natürlich in Black Hall bleiben. Ich hätte am liebsten jeden Feiertag mit meiner Familie zugebracht, aber schließlich hatte auch Nick Eltern und Geschwister. Ihm schien es merkwürdig gleichgültig, ob er sie sah oder nicht. Vielleicht lag es daran, daß er sich meiner Familie so nahe fühlte; wir sprachen oft darüber, doch Nick schien nie an der Antwort gelegen zu sein. Immer war ich diejenige, die sagte, wir müßten seine Eltern besuchen, Weihnachten mit den Symonds verbringen statt mit den Swifts-Bennisons-Mackens. Teilweise tat ich es als Ausgleich dafür, daß wir die meiste Zeit mit meiner Familie verbrachten. Ich schloß mit mir selbst einen Handel ab: Wenn wir die Symonds für diesen einen Feiertag besuchten, dann brauchten wir erst im Dezember oder März oder Juni wieder hin. Ich mochte seine Familie, aber es war nicht meine Familie.

Wir borgten uns das Wasserflugzeug aus. Der Tag war vollkommen: strahlender Sonnenschein und ein tiefblauer Himmel. Nick trug eine goldfarbene Wildlederjacke und eine Fliegersonnenbrille. Mit vor Konzentration gerunzelter Stirn überprüfte er die Instrumente. Ich saß neben ihm und hielt die Karte des Connecticut River Valley auf dem Schoß. Ich trug Jeans und ein schwarzes T-Shirt und darüber einen gewebten Schal.

«Fertig?» sagte Nick, während er sich auf meine Seite beugte, um zu prüfen, ob die Tür richtig geschlossen war.

«Noch einen Kuß, und dann los», sagte ich, ehe er den Zündschlüssel drehte.

Die Maschine surrte, und der Propeller begann sich langsam zu drehen. Unsere Pontons klatschten auf das flache Wasser der Bucht, als wir Geschwindigkeit gewannen. Motorboote und kleine, schwerfällige Schaluppen gewährten uns Vorfahrt. Dann hoben wir ab, stiegen hoch in den Himmel, ließen Bennison Point unter uns liegen. Nick kurvte nach links und dann nach rechts und gab mir Gelegenheit, allen zum Abschied zu winken: Donald und den Jungen in ihrem Dyer-Dinghi, Clare, die auf den Felsen stand, Honora im Rosengarten. Pem stand an der steinernen Pforte und beschirmte ihre Augen, um uns nachzusehen. Als wir nach Norden bogen, verlor ich alle aus den Augen, aber die Konturen des Landes wurden schärfer. Ich sah die Dächer, die Haine aus Pinien und Eichen, die zerklüfteten Felsen, die in die See tauchten. Ich sah den Point im Verhältnis zum Rest von Black Hall. Dann lag das Meer hinter uns.

Wir folgten dem Connecticut River. Die Motoren des Flugzeugs waren laut, und man konnte sich kaum unterhalten. Ich flog gerne mit Nick. Ich hatte keine Angst und wunderte mich wie immer, wenn ich mit ihm flog, über das Entsetzen, das ich jedesmal empfand, wenn ich ihn starten sah. Hartford mit seinen hohen Gebäuden und goldenen Kuppeln kam in Sicht. Wir flogen daran vorbei, passierten die Grenze zwischen Connecticut und Massachusetts und überflogen in einer Linkskurve den Massachusetts Turnpike. Nick schien als Pilot so sicher wie in allen Dingen, die er im Leben tat: Anwalt, Pilot, Familienmitglied.

Wir landeten auf einem schwarzen, von Schirmpinien umgebenen See mitten im Herzen der Berkshires. Sanft gerundete Berge, von dichtem Baumbestand samtgrün gefärbt, umgaben uns. Wir legten an einer Boje an, die Nicks Vater in dem Jahr eingesetzt hatte, in dem Nick sich an dem Flugzeug beteiligt hatte. Bart, Nicks Vater, ruderte schon auf uns zu. Er streckte die Hand aus, um mir ins Boot zu helfen. Sie fühlte sich angenehm rauh an, und ich konnte daran ermessen, wie sehr er nach Jahren als Krankenhausverwalter in Springfield seinen ländlichen Ruhesitz genoß.

«Hallo, Nick, Georgie, was sagt ihr zu dem Wetter? Terry hat auf dem Rückweg von Florida Feuerwerkskörper mitgebracht; man müßte sie meilenweit sehen können.»

«Toll», sagte ich, obwohl wir vorhatten, vor Einbruch der Dunkelheit wieder zu starten.

«Wie geht's Dad? Wie geht's Mutter?» fragte Nick, während er sich neben mich ins Boot setzte. Bart ruderte kraftvoll, als hänge unser Leben davon ab. Sein rundes, sonnenverbranntes Gesicht glänzte vor Schweiß.

«Uns geht's gut. Bestens. Deine Schwester Eleanor hat es geschafft, zur Party nach Hause zu kommen, ebenso du und Terry. Nur Beth konnte nicht kommen. Sie muß auf dem Cape eine Party besuchen. Hat sie dir erzählt, daß sie mit ein paar anderen Mädchen ein Haus gemietet hat? Sie geben einen Ball.»

«Nein, das wußte ich nicht. Ich sollte mehr Kontakt halten mit den anderen», sagte Nick.

«Sie hat uns eine Postkarte geschickt», sagte ich und lehnte mich an ihn. «Darauf waren Angelhütten in Provincetown abgebildet, weißt du noch?»

Nick schüttelte den Kopf und lachte lautlos. Sein Vater ruderte und ruderte und bemerkte unseren Scherz nicht. Nick hatte eine merkwürdige Art, die Briefe seiner Familie zu lesen und sofort zu vergessen, was darin stand. Er sagte, es liege daran, daß er alles schon wisse: Jeden Sommer bis zu ihrer Heirat hatte Eleanor ein Haus auf Cape Cod gemietet, und Beth würde dasselbe tun, bis sie ebenfalls heiratete.

Nicks Eltern lebten nun das ganze Jahr in ihrem ehemaligen Sommerhaus. Es stand dreihundert Meter vom Lake Temperance entfernt, ein modernes Haus mit vielen Fenstern in einer Enklave ähnlich gebauter Häuser. Nicks Mutter Sally spielte mit Eleanor und ihrem Mann Paul Federball.

«Oh, hallo, holt euch was zu trinken oder sucht euch Schläger», rief Sally, eine Begrüßung, die mir etwas zurückhaltend vorkam angesichts der Tatsache, daß wir sie seit Weihnachten nicht gesehen hatten. Ein weiterer Beweis für die Verdienste meiner Familie: Honora überschüttete uns mit Umarmungen und Küssen, obwohl wir uns täglich sahen.

Bart schenkte uns schäumendes Bier vom Faß ein. Es kam mir rührend vor, daß sie ein Faß hatten, aus dem sie fünfzig Leute bewirten konnten, und wir nur zu sechst waren. Licht fiel durch die Bäume und malte Sonnenflecken in das trockene Gras. Bart, Nick und ich setzten uns auf die harten Bänke am Picknicktisch.

«Na, wie findest du den Ruhestand, Dad?» fragte Nick. «Jagst du den kleinen weißen Ball übers Gelände?»

«Nein, ich spiele nicht viel Golf. Ich kümmere mich morgens, mittags und abends um das Grundstück. Holzhacken für den nächsten Winter, Gartenarbeit und dergleichen. Die Golfspielerin in der Familie ist deine Mutter. Hat ihr Handikap seit letztem Jahr um zwei verringert.»

«Aber es gefällt dir hier, oder?» sagte Nick. Ich wußte, er erinnerte sich an die Befürchtung seiner Mutter, Bart würde ohne sein Büro nicht leben können und binnen sechs Monaten vor Langeweile sterben.

«Nick, ich find's wunderbar», sagte Bart ernsthaft und beugte sich über den Tisch. «Das Beste, was deiner Mutter und mir je passiert ist. Wenn uns nach einem Lunch in Vermont ist, fahren wir einfach rauf nach Grafton. Wenn uns nach Großstadt ist, fahren wir nach Boston. Vorige Woche waren wir bei einem doppelten Match im Fenway und haben die Nacht bei deiner Schwester Eleanor verbracht.»

«Gegen wen haben sie gespielt?»

«Gegen die Yankees. Die Yankees haben sie geschlagen. Siehst du die Yankees in New York häufig spielen?»

«Nein, wir sind zur National League übergewechselt», sagte ich. «Jetzt sind wir für die Mets. Ist das nicht komisch? Zwei langjährige Fans der Red Sox, die jetzt für die Mets sind?»

Bart schüttelte den Kopf. «Ihr werdet schon wieder zu Verstand kommen.»

Sally trat hinter Bart und gab ihm mit dem Schläger einen leichten Klaps auf den Kopf. «Er erzählt euch nichts über das Krankenhaus, oder? Wenn er das nämlich tut, kriegt er's mit mir zu tun. Ich sage dauernd, daß ihn das Krankenhaus nichts mehr angeht. Hallo, ihr beiden.»

«Hallo», sagten wir. Ich wand mich zwischen Tisch und Bank durch und ging auf Sally zu, um sie zu küssen. Nick blieb, wo er war. Sally trat zu ihm und schloß ihn von hinten fest in die Arme.

«Es ist eine Schande, daß ihr nicht häufiger kommt. Ich möchte alles hören. Hol mir einen Drink, Dad. Ich möchte nur hier sitzen und alles hören, was passiert ist, von Anfang bis Ende.»

«Ich arbeite zuviel, und Georgie hat einen neuen Job», sagte Nick.

«Wirklich, Liebes?» sagte Sally, und ich meinte zu sehen, daß ihre Augen sich verengten. Ich wußte, daß sie von ganzem Herzen dafür war, daß eine Ehefrau zu Hause blieb und für ihren Mann sorgte. Aus diesem Grund hatte sie mich immer ermutigt, das Profil der

Bucht anzufertigen. Nachdem Nick ihr das Swift-Observatorium erklärt hatte, runzelte sie die Stirn. «Ich weiß nicht, mir gefällt der Gedanke nicht, einfach Fremde anzurufen», sagte sie. «Wo es da draußen so viele Verrückte gibt.»

«Gott sei Dank, sonst gäbe es ja keinen interessanten Stoff für ihre Studien», entgegnete Nick.

«Das stimmt nicht», sagte ich. «Je normaler, desto besser. Normale Leute, die mit ungewöhnlichen Situationen konfrontiert sind. Das ist zu meinem Motto geworden.» Spielerisch boxte ich gegen Nicks Oberarm.

«Er bekommt immer so leicht blaue Flecken», sagte Sally und starrte in die Luft.

Gegen Nick gelehnt spürte ich, wie er ein Kichern unterdrückte. Er legte den Arm um mich und hakte den Daumen in meine Gürtelschlaufe.

«Die Frau ist eine Wucht», sagte er. «Schaut sie nur an.»

Sally sah mich an und lächelte. «Ich weiß, daß sie ein gutes Mädchen ist.»

Alle beschlossen zu schwimmen. Sie zogen ihre Badesachen an, aber ich blieb, wie ich war. Ich schwamm nicht gerne in Seen. Süßwasser hatte nicht die gleiche Tragkraft wie Salzwasser. Ich empfand es als düster, obwohl es so rein schmeckte wie Trinkwasser. Wenn der See eine Quelle gehabt hätte oder von einem Wasserfall gespeist worden wäre, irgend etwas, das Bewegung brachte, dann wäre ich darin geschwommen. Aber ich haßte den Gedanken an den schlammigen Grund, der Pflanzen nährte, die an der Oberfläche blühten. Eine Münze, die man in den See warf, würde für alle Ewigkeit im Schlamm liegenbleiben. Eine Münze, die man in unsere Bucht warf, tauchte vielleicht auf den Äußeren Hebriden wieder auf. Ich fürchtete mich vor Süßwasserfischen, deren Geschmack ich fade fand: Forelle, Hecht, Barsch, keinen davon konnte ich identifizieren. Schnappende Schildkröten. Wasserflöhe. Sumpfnattern und Vipern. Frösche. Seerosenblätter. Äste, die unter der Oberfläche verrotteten. Im Meer würden Äste an einen Strand getrieben und aufgesammelt oder von Wellen und Strömung pulverisiert.

Ich saß in einem Liegestuhl und sah zu, wie die Symonds badeten. Sie bildeten einen Kreis von Köpfen; ich konnte ihre Stimmen hören, aber nicht ihre Worte. Dann löste sich Nick aus der Gruppe und schwamm auf mich zu. Er ging ans Ufer, die nackte Brust mit silbrigen Schlammpartikeln gesprenkelt.

«Schön ist das», sagte er. «Ich bin froh, daß wir gekommen sind. Danke, daß du es vorgeschlagen hast.»

«Ich bin auch froh, daß wir gekommen sind», sagte ich und dachte an den Point und Pems traditionellen Kuchen zum Vierten Juli, aber ich freute mich, daß er mir diesen Besuch bei seiner Familie zugute hielt.

«Wenn du nicht wärest, würden wir meine Familie viel seltener sehen», sagte er.

«Sie sind deine Familie. Es ist sehr wichtig, daß du ihnen nahe bleibst.» Das war eine Philosophie, an die ich von ganzem Herzen glaubte, selbst wenn das Zusammensein mit Nicks Familie mich einen Tag bei meiner eigenen kostete.

Auf einem Gasgrill brieten wir Würstchen und Hamburger, doch nach dem ersten Bier trank Nick, der Pilot, nichts mehr. Seine Mutter versuchte uns zu überreden, über Nacht zu bleiben, aber wir hielten an unserem Plan fest. Um sechs Uhr abends verabschiedeten wir uns. Alle waren enttäuscht, daß wir nicht zu Terrys Feuerwerk blieben, aber Nick mußte am nächsten Tag früh ins Büro. Auf dem Heimflug schaute ich auf die Uhr und wünschte, das Flugzeug würde schneller fliegen. Nick, der meine Gedanken las, sah mich lächelnd an. «Die Drosselklappe ist offen. Wir fliegen so schnell wir können.» Berge wurden zu Hügeln, Ackerland zu Vorstädten, wir folgten dem Highway zum Fluß und dem Fluß zum Meer und landeten so rechtzeitig in unserer Bucht am Bennison Point, daß wir Pem noch die Torte zum Vierten Juli anschneiden sehen konnten.

Die Torte zum Vierten Juli war weiß und verziert mit roten, blauen, gelben und grünen Ornamenten und Zuckerguß. Papierfähnchen in den Farben aller Bundesstaaten auf Zahnstochern umgaben die Nationalflagge in der Mitte. Seit ich denken konnte, hatte Pem jedes Jahr eine solche Torte hergestellt oder ihre Herstellung überwacht. Heute abend saßen alle auf ihrer Veranda: Clare und Donald, die kleinen Jungen in ihren Sommerpyjamas, Honora und Pem, Nick und ich.

«Wir können den Kuchen erst anschneiden, wenn das Feuerwerk anfängt», sagte Eugene in traurigem Ton.

«Das ist die Vorschrift», sagte Honora. «So haben wir es immer gehalten.» Die Sonne war untergegangen, aber ihr Licht schimmerte noch am Himmel, auf der Wasseroberfläche, den Bäumen, den Gärten und Häusern.

«Kommt, schneiden wir die Torte an», sagte Pem, die verräterische Krümel von weißem Zuckerguß im Mundwinkel hatte.

«Was machst du mit deinen Augenbrauen?» fragte Nick und starrte ihr in die Augen. Sie lachte fröhlich, ließ sich von ihrer Naschhaftigkeit ablenken und begann ihre Geschichte.

«So viele Leute fragen mich das», hörte ich sie sagen, aber ich dachte an andere Torten zum Vierten Juli.

Alle aus Pems Familie kamen früher zum Vierten Juli und den damit verbundenen freien Tagen von Providence nach Black Hall. Unsere Häuser waren voll mit ihren Schwestern Gert, Nettie, Lil und Kat mitsamt ihren Männern und Kindern, bis auf Lil, die nie geheiratet hatte; ihre Brüder Edward und Henry kamen mit ihren Frauen und Kindern, und auch ihr Vater Achilles kam (dessen Name auf französische Art «Aschiel» ausgesprochen wurde), ein großer, kräftiger Mann, dessen Profil dem Indianer auf dem Buffalo-Nickel außerordentlich ähnlich sah. Er war zur Hälfte Indianer. Anwesend waren auch Pem und Damon, den Clare und ich «Großdamon» nannten, Honora und Timothy, Clare und ich. Die Generationen waren altersmäßig so weit auseinander, daß es keine Kinder in unserem Alter gab. Honora war die älteste ihrer Kusinen. Viele von diesen Kusinen waren noch unverheiratet, zwei waren verheiratet und hatten kleine Babys. Clare und ich erhielten viel Aufmerksamkeit. Alle brachten uns Geschenke mit: kleine Lederbeutel mit Murmeln, Sweatshirts mit der Aufschrift «Narragansett Pier», Blechringe mit Glasedelsteinen, die abgelegten Sonnenbrillen unserer Großtanten, mit unechten Steinen besetzt. Sie brachten Schachteln mit Gebäck, Hörnchen und süßer Pizza. In dem Augenblick, in dem sie eintrafen, wurde Karten gespielt – Canasta, Pinokel, Siebzehnundvier –, und wir hörten erst auf, wenn sie wieder abreisten.

Clare und ich beobachteten die kleinen Intrigen und Rivalitäten. Alle wetteiferten um Lil, die unverheiratete Großtante. Alle wollten nett zu ihr sein, indem sie sie lange schlafen ließen, ihr Limonade und Bier auf einem niedlichen kleinen Silbertablett brachten, das ich außer bei ihren Besuchen nie sah, oder anboten, ihr Nagellack zu kaufen. Niemand konnte Edna ausstehen, Henrys Frau. Edward, Gerts Mann Buddy und mein Vater hielten sich von Großdamon fern. Pem und Honora schienen immer in entgegengesetzten Ecken des Zimmers zu sein und dafür zu sorgen, das alle hatten, was sie wünschten. Tante Kat und Onkel Homer waren am lustigsten; sie fluchten, rauchten und klatschten über Lil und ihren geheimen

Verehrer, über die Legasthenie von Netties Sohn und die Verbindungen verschiedener bekannter Politiker zur Mafia von Providence. Achilles, den alle seine Urenkel «Großpapa» nannten, spielte mit jedermann Karten und saß so lange wie möglich am gleichen Platz, um seine ungeheure Körperfülle nicht bewegen zu müssen. Er war vollkommen kahl. Clare und ich konnten seine schimmernde Glatze stundenlang bewundernd anstarren.

Pem pflegte zu warten, bis das Feuerwerk in vollem Gange war, ehe sie die Torte zum Vierten Juli auf die Veranda trug. Alle schauten dann nicht mehr dem Feuerwerk zu, sondern bewunderten, wie schön die Torte in diesem Jahr war. Es fiel nicht leicht, die Augen von den funkelnden Fontänen und Feuerbällen abzuwenden, um einen Kuchen zu bewundern, aber diese Art von Aufmerksamkeit wurde von Pem gefordert. Ganz gleich, wer gerade sprach, Pem brauchte sich nur zu räuspern, und ihre ganze Familie verstummte.

«Als sie klein war, war sie der Schrecken der Familie», sagte uns Tante Gert.

«In der vierten Klasse wurde sie erwischt, als sie einen Zettel weitergeben wollte, auf dem sie die Lehrerin als ‹sentimentale, schwarzärschige Nörgeltrine› bezeichnete», sagte Lil.

«Sie nahm immer meine Puppen und drehte ihnen die Köpfe ab», sagte Nettie.

«Wir nahmen sie auf Bootsfahrten mit, und sie brachte jedesmal das Boot zum Kentern», sagten Henry und Edward.

«Ist sie nicht süß?» fragte Großpapa.

Clare und ich hörten diese Geschichten, und obwohl wir sie nicht ganz glaubten, respektierten wir sie, denn Pem hatte tatsächlich Macht über alle. Teilweise lag das daran, daß alle sie liebten, teilweise aber auch an etwas anderem.

Nur mein Vater betrachtete weiter das Feuerwerk, als Pem ihre Torte herausbrachte. Er saß in seiner Ecke neben Onkel Edward oder Clare oder mir, rauchte eine Zigarette und beobachtete den Himmel. «Schau die Torte an», sagte ich in einem Jahr zu ihm, als er fest den Arm um mich gelegt hatte, damit ich nicht bei jedem Raketenknall aufsprang. «Hmmm», sagte er und schaute zum Himmel.

Pem bemerkte immer, daß er nicht schauen wollte. Sie sagte niemals ein Wort, aber ich konnte sehen, wie ihre Lippen schmaler wurden. Dann pflegte sie zu vergessen, ihm ein Stück von der Torte abzuschneiden. Ich bin nicht sicher, ob mein Vater diese Torte jemals probiert hat.

Nach dem Feuerwerk pflegten Clare und ich entweder auf Vaters oder auf Großdamons Schoß zu sitzen. Man hörte das leise Rascheln der Spielkarten. Im typischen Akzent von Providence wurden Geschichten erzählt. Die Großtanten und -onkel sprachen von Volkstänzen in Thornton, Schlittschuhläufen auf dem Silver Lake, Freudenfeuern auf Neuticonkinet Hill und den Dampfern von Providence nach Newport. Unter großem Gekreische berichteten sie von Harriet Gradys Versuchen, ihren Bruder vom Familienerbe auszuschließen. Tante Gert verriet uns, woher der Bauchnabel kam: Die Babys kamen aus einem Ofen, und Gott prüfte mit seinem Finger ihren weichen Bauch, um dann zu sagen: «Du bist gar, du bist gar...» Schon damals fanden Clare und ich es kühn von ihr, diese Geschichte in Gegenwart zweier engagierter Wissenschaftler zu erzählen, obwohl unsere Eltern beide darüber gelacht hatten. Honora war die geliebte Nichte, Clare und ich ihre Kinder, Timothy ihr brillanter und daher distanzierter Ehemann. Clare und ich liebten diese Zusammenkünfte über alles. Jedes Jahr hoben wir ein Stück von der Torte zum Vierten Juli auf, die kostbar war wie ein Hochzeitskuchen, und froren es ein, um es bis zum nächsten Jahr aufzubewahren.

Alle Großtanten und Großonkel, Großpapa, Großdamon und mein Vater waren jetzt tot. Viele von ihnen waren über neunzig geworden, Großpapa sogar hundert und Gert, seine älteste Tochter, hundertzwei. Sie war voriges Jahr gestorben. Großdamon war mit einundsiebzig im Schlaf gestorben, und mein Vater war mit vierzig gestorben. Er war der Jüngste und mußte als erster sterben.

In dem Jahr, in dem seine Ölplattform kenterte, freuten Clare und ich uns mehr denn je auf den Vierten Juli. Honora verließ die Fernsehstation von New Bedford, und wir zogen von Woods Hole nach Black Hall. Was unser Sommerhaus gewesen war, war nun unser Heim. Pem und Großdamon lebten direkt nebenan. Jeden Tag nach der Schule saß ich auf Pems Schoß auf dem Schaukelstuhl, meinen Kopf an ihrem großen weichen Busen, und erzählte ihr, wie sehr ich die Schule haßte. Sie hatte die Schule auch gehaßt, daher verstand sie mich. Pem zeigte mir den besten Kletterbaum, und Großdamon warf Flugbälle für mich, wenn er aus der Bank nach Hause kam. Clare und Honora waren fast unzertrennlich, redeten französisch miteinander oder machten botanische Zeichnungen, bis eine Fernsehstation in New Haven die «Wetterfrau» in ihr Samstagsvormittagsprogramm aufnahm und Honora wieder arbeiten ging.

Dann war die Schule vorbei, und der Vierte Juli war gekommen. Clare und ich hatten die Tage gezählt. Wir hatten sogar neue Flaggen für die Bundesstaaten aus einer Nummer von *National Geographic* ausgeschnitten und an Zahnstocher geklebt. In rotweißblau gemusterten Badeanzügen warteten wir im Garten auf die ersten Autos. Edwards blauer Cadillac, in dem seine Familie und Großpapa saßen, kam als erster, unmittelbar gefolgt von den anderen. Die Großtanten und -onkel kamen den Hügel hinauf, und wir wußten sofort, daß etwas nicht stimmte! Was für eine feierliche, stille Prozession! Alle küßten uns, bedauerten uns wegen unseres Vaters, und Clare und ich begannen zu weinen. Andere Leute konnten einen küssen und bedauern, aber nicht die Großtanten! Von ihnen wollten wir Kreischen und Lachen, Kartenspiele, Klatsch und Geschenke. Nachdem alle Honora umarmt hatten, wurde es etwas besser, aber nicht viel. Alle Geschichten schienen Achtung vor Timmy auszudrücken. Clare und ich hatten unseren Vater geliebt, aber selbst wir erkannten, daß er nicht das richtige Thema für Pems Leute war. Er war zu zurückhaltend, zu still, zu freundlich, um die Art von maliziöser Freude auszulösen, mit der ihre Erzählungen gewöhnlich durchsetzt waren. Den ganzen Tag lang schmollte ich auf den Felsen und war böse auf alle, weil sie das Fest verdorben hatten. Ich hatte erwartet, daß sie wie immer sein und ihr heuchlerisches Getue für Leute aufsparen würden, die sie weniger kannten und liebten als uns. Aber es war keine Heuchelei. Sie waren wirklich traurig.

An diesem Abend saß ich, während ich auf das Feuerwerk wartete, zwischen Großdamon und Onkel Homer. Die Sonne ging in diesem Jahr schnell unter, und das Spektakel begann sofort. Bei der ersten Explosion sprang ich hoch, und mein Großvater hielt meine Hand. Die Raketen flogen mit schrecklichen, knallenden Geräuschen, die mich an stürzende Bäume, die schlimmsten Gewitter, an Moby Dicks letzte Laute erinnerten, während er Captain Ahab hinter sich herzog. Oh, ich hörte die Wellen krachen und sie trennen und beide verschlucken, und ich begann zu weinen. Mein Großvater drückte meine Hand fester. «Schsch, Kleine», sagte er. «Das ist nur ein Feuerwerk.»

«Du liebst doch Feuerwerk», sagte Honora auf der anderen Seite der Veranda von ihrem sicheren Platz zwischen Tante Lil und Tante Nettie aus. «Erinnerst du dich, wie wir dir erzählt haben, daß es nur eine chemische Reaktion ist?»

Ich erinnerte mich, und ich hörte zu weinen auf, aber das Entsetzen, das ich fühlte, wuchs und wuchs. Die Großtanten waren still in diesem Jahr, der große Mann neben mir konnte meine Angst mit dem freundlichen Gewicht seines Arms auf meinen Schultern nicht lindern, und als Pem die Torte heraustrug, sahen alle ihr zu.

«Oh, sie sind herrlich!» rief Casey und sah zu, wie die blauen Funken sich verdunkelten und in die Bucht fielen. Ein roter, explodierender Stern wurde grün, dann golden, dann verschwand er. Vier helle Raketen explodierten, gefolgt von einer sanften Silberfontäne.

«Hübsch», sagte Pem. «Habt ihr die rote gesehen?»

«Wie wär's mit etwas Torte?» fragte Clare.

«Nein, schau doch das Feuerwerk an!» sagte Eugene.

«Die Regel ist, daß es Torte gibt, sobald das Feuerwerk anfängt», sagte Honora streng. Sie hob das Silbermesser, dasselbe, das Pem immer benutzt hatte, und reichte es Pem.

«Es ist fast vorbei», sagte ich. «Warum warten wir nicht?»

«Nein», sagte Honora, Pems Unterarm tätschelnd, aber Pem war wie betäubt. Mit offenem Mund sah sie zu, wie Funken in die Bucht fielen. «Mutter!» sagte Honora.

«Jetzt kommt das Finale», sagte Donald. Alle sahen zu, wie Lichter den Himmel füllten, in allen Farben leuchteten. Der Lärm war betäubend; dann erloschen die Lichter, und der Lärm verebbte.

«Nun...» sagten alle.

«Können wir jetzt Torte essen?» fragte Eugene.

«Torte!» sagte Pem und schwenkte das Messer über dem Kopf.

Clare und Honora sahen mich an. «Was ist?» fragte ich.

«Weißt du, es ist drei Jahre her, seit du einen ganzen Vierten Juli hier auf dem Point verbracht hast», sagte Clare. «Ich glaube, du vergißt die Traditionen.»

«Wir warten nie, bis das Feuerwerk vorbei ist, ehe wir eine Torte anschneiden», sagte Honora. «Nie. Dies ist das erste Mal in meinem Leben, daß ich Torte zum Vierten Juli esse, ohne dabei ein Feuerwerk zu sehen.»

«Ihr hättet sie vorher anschneiden können, wenn ihr gewollt hättet», sagte ich, erstaunt über die Richtung, die dieses Gespräch nahm. «Ich habe nur vorgeschlagen, wir sollten warten, weil die Jungen so vom Feuerwerk gebannt waren.»

«Wie sollen die Jungen die Tradition kennenlernen, wenn wir sie ihnen nicht zeigen?» fragte Clare.

«Nun, es tut mir leid», sagte ich und hatte das Gefühl, gleich lachen zu müssen. Ich glaubte, sie seien verschnupft, weil ich Nicks Familie besucht hatte, statt den Tag mit ihnen zu verbringen.

«Clare hat nicht unrecht», sagte Nick. «Der Vierte Juli ist eine schöne Tradition. Georgie und ich sind geflogen wie der Wind, um rechtzeitig zurück zu sein.»

«Wie geht's deiner Familie, Nick?» fragte Honora und ließ ihre Torte aus Protest unberührt.

«Gut, gut.»

«Ich hoffe, ihr habt sie von uns gegrüßt», sagte Clare.

«Natürlich, haben wir.»

Pem räusperte sich und begann dann zu singen: «Egal, wo ich wandere, egal, wo ich bin ... geboren wurde ich im Land von Uncle Sam, den guten alten USA!»

Dann fragte Eugene, ob wir «It's a Grand Old Flag» singen könnten, und Clare begann «Yankee Doodle Dandy». Wir alle sangen mit, Pem aus Leibeskräften.

«Ach, denkt nur an die Geister, die bei diesen alten Liedern lächeln», sagte Honora traurig, als wir geendet hatten.

«Sei still, Mama, und iß deine Erdnüsse», sagte Pem.

Dann nahm Nick meine Hand und drückte sie, um mir zu verstehen zu geben, daß es Zeit zum Aufbrechen war. Wir gingen über die Veranda, küßten alle, sagten allen, was für ein schöner Abend es gewesen war. Ich wickelte ein Stück Torte in meine Serviette und gab es Casey. «Leg das in die Tiefkühltruhe und heb's bis nächstes Jahr auf», sagte ich.

«Du bist ein liebes Mädchen», sagte Honora, als ich zu ihr kam.

Nick und ich gingen durch die Dunkelheit nach Hause; er hatte seinen Arm fest um mich gelegt. Wellen klatschten auf den Steg, und der Schaum spritzte bis in unsere Gesichter. Der Weg schien dunkler und die Nacht stiller, nachdem wir das Feuerwerk am Himmel gesehen hatten. Ich dachte an die Familiengeister, die an diesem Abend zu Besuch gekommen waren, an Nicks und meine Reise durch zwei Staaten und zwei Familien, und ich liebte ihn mehr denn je.

KAPITEL SIEBEN

In der Hitze des Hochsommers wurde ich aufgefordert, den Aufsichtsrat der Avery-Stiftung zu treffen. Da ihre Büros in New York waren, reservierte ich ein Zimmer im Gregory. Nick, in Anspruch genommen von dem unersättlichen Projekt Breitschwert, hatte jeden Abend Arbeit mit nach Hause gebracht; er war erleichtert, als ich ihm Gelegenheit bot, in der Stadt zu bleiben. Und meine Gründe waren legitim und untadelig.

Ich fragte jeden, was ich anziehen sollte. Clare meinte, mein weißes Baumwollkleid mit einem blauen Garnpullover wäre das beste – darin sähe ich nicht raffiniert aus, sondern eher wie eine weltfremde Gelehrte. Honora riet mir zu etwas Ungewöhnlichem wie einem Sari oder einem Overall. Nick sagte, ich solle mein schwarzes Leinenkostüm anziehen, und da er am meisten Erfahrung darin hatte, wie man geschäftlich auftritt und einen guten Eindruck macht, folgte ich seinem Vorschlag. Die Feuchtigkeit war so drückend, daß ich mich wie in einem Treibhaus fühlte. Obwohl ich vom Gregory zur Stiftung ein klimatisiertes Taxi nahm, waren mein Rücken und die Rückseiten meiner Beine naß, als ich ankam.

Ich drückte auf den Summer und wurde in das schmale Steinhaus an der Östlichen Vierundsechzigsten Straße eingelassen. Ein Blick sagte mir, daß dies der perfekte Ort für eine Stiftung war. Ein blasser Orientteppich auf Parkett, mit graugestreiftem Satin überzogene Möbel, eine Empfangssekretärin mit der richtigen Ausstrahlung: tüchtig, nicht neugierig. Nachdem ich ihr meinen Namen gesagt hatte, bot sie mir ein Glas Bristol Cream Sherry an. Meine Haut begann zu trocknen. Ich lehnte mich zurück und trank. Ich fragte mich, warum sie mich kennenlernen wollten. Der Brief war recht nett gewesen, wie eine Einladung zum Tee. «Könnten Sie vielleicht am 21. Juli in unsere Büros kommen, damit wir Gelegenheit haben, Sie kennenzulernen und mit Ihnen zu sprechen?» Er war unterzeichnet:

«Mit freundlichen Grüßen, Julia Avery Buchbinder, Schriftführerin.» Nick und ich hatten gerätselt, ob John Avery anwesend sein würde. John hatte Nick bei der Arbeit nichts erzählt, und Nick meinte, Projekt Breitschwert laufe im Augenblick zu hektisch, als daß John an einem Familientreffen teilnehmen könne. Vielleicht würden sie fordern, daß ich über das Geld Rechenschaft ablegte, das sie mir gegeben hatten: ausgegeben für Telefonrechnungen und eine zweite Leitung, würde ich ihnen sagen. Eigentlich machte ich mir keine Sorgen. Das Swift-Observatorium hatte schon existiert, ehe die Avery-Stiftung davon gehört hatte, und es würde auch ohne ihr Geld weiterexistieren. Hauptsächlich genoß ich die Glaubwürdigkeit, die das Stipendium mir gab, und jetzt die Gelegenheit, ein hübsches Kostüm zu tragen, Sherry serviert zu bekommen und mit meinen Gönnern zu plaudern.

Kurz nachdem ich mein leeres Glas auf den lederbespannten Seitentisch gestellt hatte, führte mich die Empfangsdame einen Korridor entlang. In einiger Entfernung wurde Vivaldi gespielt. Wir betraten einen großen, hellen Raum, in dem sechs Leute, unter ihnen John Avery, um einen ovalen Tisch standen.

«Hallo, Georgie», sagte er und schüttelte mir die Hand.

«Hallo, John», sagte ich, und dann wurde ich dem Direktorium vorgestellt: Julia Buchbinder, Jasper und Helen Avery, sämtlich Geschwister; Ralph Gower und Tuck Chase, Cousins. Vor jedem Platz auf dem Tisch stand ein leeres Sherryglas, und ich fragte mich, wieso ich meinen Sherry allein im Empfangsraum hatte trinken müssen. Ralph, Tucker und Jasper hatten dasselbe solide, selbstsichere gute Aussehen wie John Avery. Sie trugen alle dunkle Anzüge und rote Krawatten, als seien sie zu diesem Treffen direkt aus ihren Anwalts- oder Investmentbankbüros gekommen. Ich schaute genauer hin und merkte, daß alle genau die gleichen roten Krawatten trugen: dunkelroter Grund mit horizontalen goldenen und marineblauen Streifen. Julia und Helen standen beieinander, wirkten aber sehr verschieden. Obwohl mindestens zehn Jahre älter als Helen, hatte Julia kastanienbraunes Haar, Helen dagegen graues. Julia trug eine Perlenkette und ein Hemdblusenkleid, das ihre üppige Figur umspannte. Schlecht aufgetragenes blaues Augen-Make-up betonte ihre geschwollenen Augenlider, aber sie hatte ein wunderbares Lächeln. Helen sah aus wie etwa vierzig, zu jung, um schon ganz grauhaarig zu sein, und hatte einen blassen Teint. Sie trug einen leuchtend gelb-grün-orange gemusterten Kaftan.

«Jetzt zum Geschäft», sagte John und legte beide Handflächen auf den Tisch. Ich merkte, daß er der Anführer des Familienclans war. Alle setzten sich hin, ich zwischen Helen und Jasper.

«Wir finden, daß das Swift-Observatorium ein faszinierendes Unternehmen ist», sagte Julia mit besonderem Nachdruck. Sie kramte nach einer goldgerandeten Halbbrille und setzte sie auf. Lächelnd sah sie mich an und begann zu sprechen, wobei sie einen Stapel Papiere zu Rate zog, der vor ihr lag. «Wie Sie vielleicht wissen, übernimmt die Avery-Stiftung die finanzielle Ausstattung der verschiedensten Projekte. Einige davon sind sehr wichtig. Wir haben 1982 die Ausstellung etruskischer Kunst in Bartlett Hall finanziert. Wir unterstützten Leo Guziewicz' Forschungsarbeiten während seiner mageren Jahre.»

Ich holte tief Luft, weil sie erwartungsvoll innehielt, und versuchte mich zu erinnern: Hatte Leo Guziewicz nicht für irgend etwas einen Nobelpreis bekommen? Sie fuhr fort. Die Liste derer, die sie unterstützt hatten, umfaßte begabte Künstler, Schriftsteller und Musiker, Forschungsprojekte, neu entstehende Zeitungen und Zeitschriften, kleine spezialisierte Museen, Erfinder.

«Sie sehen, Sie sind in guter Gesellschaft, Georgie», sagte John.

«Ja, das bin ich wirklich. Danke», sagte ich und bekämpfte den Drang, den Kopf zu neigen.

«Es kommt bei uns praktisch nie vor, daß wir Stipendienempfänger persönlich kennenlernen», fuhr John fort. «Mir fallen nur vier, vielleicht fünf Fälle ein.»

«Vier oder fünf», sagte Tucker Chase. Er schien etwa in Johns Alter zu sein; ich fragte mich, ob sie die Art Vettern gewesen waren, die zusammen aufwachsen, alles miteinander teilen und sich näherstehen als Brüder, weil sie nicht um die Aufmerksamkeit ihrer Eltern konkurrieren müssen. Sie suchten einander ab und zu mit den Blicken über den Tisch hinweg. Jasper Avery dagegen schaute überallhin, nur nicht zu John. John spielte die Rolle des ältesten Bruders, aber Jasper wirkte einige Jahre älter. Ich hörte, wie er die Münzen in seiner Tasche nicht klingeln, sondern knirschen ließ.

«Meine Verbindung mit Nick macht es uns vielleicht leichter, Sie hierher einzuladen. Wir haben einige Karten, die wir auf den Tisch legen möchten, und es schien umsichtiger, das in Ihrer Gegenwart zu tun.»

«Vielleicht hätte ich meinen Anwalt mitbringen sollen», sagte ich, und obwohl alle lächelten, lachte niemand.

«Wir beide wissen, daß Ihr Anwalt bis zu den Ohren in Wall Street steckt», sagte John. «Ich verspreche Ihnen, daß das Geschäft eines Tages erledigt ist und er wieder ganz Ihnen gehört.»

«Das hoffe ich», sagte ich und wünschte, Nick wäre dabei und könnte das hören.

«Wir möchten Ihr Stipendium erhöhen», sagte John.

Alle beobachteten mich: Julia mit einem kleinen Lächeln; Tucker, John und Helen mit breitem Grinsen; Ralph und Jasper ausdruckslos.

«Wirklich?» sagte ich endlich.

«Das erste Stipendium war sehr klein», sagte John. «Zweitausend Dollar – ein Hungerlohn, wirklich. Man könnte es auch als ‹Saatgeld› bezeichnen. Wir pflanzen ein Samenkorn ein und sehen zu, wie es wächst. So gehen wir normalerweise vor. Manchmal unterstützen wir ein Projekt nur einmal und dann nie wieder, wenn es unseren Erwartungen nicht entspricht. Sehen Sie, wir wollen niemals Einfluß nehmen, aber wir erwarten einen gewissen Qualitätsstandard. Wir meinen, daß im Swift-Observatorium noch ungenutztes Potential steckt. Tucker?»

Tucker Chase räusperte sich und befingerte mit der linken Hand seinen Krawattenknoten. «Überall auf der Welt gibt es verehrungswürdige Institutionen, die man als Denkfabriken bezeichnet. Sie nehmen ein Problem auf, analysieren es, untersuchen es aus allen Blickwinkeln und schlagen eine Lösung vor. Wir betrachten das Swift-Observatorium auch als eine Art Denkfabrik.» Er lächelte. «Ich will es nicht trivialisieren, Miss Swift. Ganz im Gegenteil – wir sind der Meinung, daß es einen Platz unter wichtigen Denkzentren finden könnte.»

«Vielleicht in kleinerem Maßstab», sagte Julia.

«Zählen Sie uns einige Ihrer Ideen auf», sagte Helen. «Gibt es noch mehr Geschichten wie die von Mona Tuchman?»

Ich erwähnte meine Serie über Tante-Emma-Läden, die Berichte darüber, was sich in einer Familie abspielt, wenn eines der Kinder sich einem religiösen Orden anschließt, die Interviews mit angehenden Bräuten. «Ich habe versucht, ein Interview mit Caroline Orne zu vereinbaren – vielleicht haben Sie von ihr gelesen?»

«Ja, die Frau, die den Mann erschoß, der ihre Mutter umgebracht hatte», sagte Helen aufgeregt.

«Sie ist in Chicago im Gefängnis», sagte ich. «Ich konnte sie am Telefon nicht sprechen, und auf meinen Brief hat sie nicht geantwortet.»

«Seht ihr, was ich meine?» sagte John, mehr an Jasper als an alle anderen gewandt, wie ich fand. «Mit einem größeren Stipendium könnte mehr geleistet werden. Die Reichweite wäre größer. Das Observatorium wäre nicht so regional, nicht nur auf die Ostküste beschränkt.»

«War Caroline Orne nicht Lehrerin?» fragte Helen stirnrunzelnd.

«Ja, in der achten Klasse. Sie lebte noch bei ihrer Mutter und hatte zur Zeit des Mordes gerade das College verlassen. Ihre Mutter wurde ausgeraubt und ermordet, als sie eines Abends aus dem Theater kam. Sie faßten den Mann, der es getan hatte, und Caroline kaufte eine Pistole, ging zum Gefängnis und erschoß ihn», sagte ich.

«Mein Gott, welche Art von Sicherheitsvorkehrungen haben sie eigentlich in diesem Gefängnis?» fragte Jasper.

«Wie immer ist dir das Wesentliche entgangen», sagte Julia trokken.

«Wir sollten nicht mehr als nötig von Miss Swifts kostbarer Zeit in Anspruch nehmen», sagte Tucker. «Kommen wir zur Sache. Wir würden Ihr Stipendium gern auf zwanzigtausend Dollar erhöhen.»

«Damit könnten Sie reisen, wenn es notwendig ist», sagte John. «Schauen wir, was geschieht, wenn Sie die Flügel ausbreiten, wenn Sie die Menschen auf landesweiter Ebene studieren. Ist die menschliche Natur in Chicago anders als, sagen wir, in Tallahassee?»

Ich dachte über eine Antwort nach. Ich war geschmeichelt, gewiß, aber ich hatte auch das Gefühl, mir werde etwas weggenommen. Sie alle schienen zu interessiert, fast besitzergreifend. Ich sah mich am Tisch um und stellte mir vor, daß alle Anwesenden, ausgenommen Jasper, ihre eigenen Vorstellungen darüber hatten, was ich beobachten sollte und wo ich es beobachten sollte. Und wie konnte ich mich bereit erklären zu reisen, wenn das Swift-Observatorium eigentlich deshalb entstanden war, weil ich zu Hause arbeiten wollte? Wenn ich die Idee mit Caroline Orne nur nicht erwähnt hätte! Zu diesen Sorgen kam noch die Tatsache hinzu, daß John Avery Nicks Chef war, und ich wollte auf keinen Fall etwas sagen, das ihn kränken konnte.

«Wir möchten, daß Sie Ihre Arbeit ausweiten», sagte Julia fast entschuldigend. «Vielleicht einige zusätzliche Beobachter anwerben. Es gibt sicher Leute, die das ohne Bezahlung tun würden.»

«Ich fürchte mich vor diesen Bedingungen», sagte ich. «Reisen, Expansion. Ich weiß nicht, ob ich möchte, daß das Observatorium sich ändert.»

«Veränderung ist für jeden von uns wichtig», sagte Ralph.

«Laß sie darüber nachdenken, laß sie darüber nachdenken», sagte Julia.

«Nein, dies ist ein Angebot ohne Bedingungen», sagte John und beendete damit die Diskussion. Er beugte sich vor und stützte das Kinn auf die Hände. «Sie könnten sagen, daß wir jetzt als *Avery*-Observatorium fungieren», sagte er und lächelte mir zu. «Wir geben Ihnen das Geld und beobachten, was Sie damit machen.»

«Faszinierendes Unternehmen», sagte Tucker und nickte mit dem Kopf.

«Das hatte ich nicht erwartet», stammelte ich. «Und es ist wunderbar. Ich danke Ihnen.»

«Aber bitte», sagte John, stand auf und gab mir damit das Zeichen, mich zu verabschieden. Ich reichte allen die Hand.

«Ich begleite Georgiana hinaus», sagte Helen. Sie nahm meinen Arm, und wir gingen den kühlen, dunklen Korridor entlang, wo man noch immer Vivaldi spielen hörte. «Wir haben immer Projekte, die uns besonders am Herzen liegen», sagte sie, als wir den Empfangsraum erreichten. «Im Augenblick ist das Ihres. Ralph und Jasper sind nicht ganz einverstanden; das haben Sie vermutlich gemerkt. Sie mögen Projekte, die leichter zu definieren sind, wie eine Ballettkompanie, die kein Geld mehr hat, oder einen vielversprechenden jungen Künstler. Sachen, auf die sie Jahre später zeigen und sagen können: ‹Wißt ihr noch, wie wir das Portland-Ballett gerettet haben?› Sie ließ ihre Stimme tiefer klingen und imitierte Jasper. «Ihr Projekt ist zu unkonventionell, und ich glaube, es ist ihnen peinlich, den Leuten zu sagen, daß sie ein Observatorium finanzieren, das nichts mit den Gestirnen zu tun hat. Aber genau deshalb liegt es uns anderen so am Herzen.»

«Um ehrlich zu sein, ich bin überrascht», sagte ich. «Ich hätte nie erwartet, daß die Stiftung solches Interesse zeigt.»

«Wir interessieren uns für jedes Projekt. Selbst John, Tucker und Julia, und Sie wissen, wie beschäftigt die sind. Tucker ist Anwalt in einer Firma, die genauso groß ist wie Hubbard und Starr, und Julia ist Präsidentin von Jazzline Graphics. Die Stiftung kommt immer zuerst.»

«Das ist wirklich wunderbar», sagte ich und fragte mich, wie es

«Wir würden Ihr Stipendium …

… gern auf 20000 Dollar erhöhen», eröffnet der Kurator der Stiftung. Das hatte Georgiana nun wirklich nicht erwartet. Und so was kommt schließlich auch nicht alle Tage vor, wie wir alle bestätigen können, die wir selbst für unsere Mittel sorgen müssen.

möglich sei, daß die Stiftung für einen Mann, der so viel zu tun hatte wie John Avery, an erster Stelle stand. Was wäre, wenn Nick eine solche Stiftung hätte, die zuerst kam, zusätzlich zu seiner Anwaltspraxis? Wie ließe sich das mit Liebe und Familie vereinbaren?

«Ist John verheiratet?» fragte ich. Es war mir zwar peinlich, aber ich mußte es wissen.

«Geschieden. Armer John. Ganz allein, aber das bin ich auch. Vielleicht lieben wir deshalb die Stiftung alle so sehr. Sie ist unsere eigentliche Familie. Unsere dauerhafte, unzerstörbare, nie endende Familie.» Ihr Gesicht wurde um einige Schattierungen röter; ihre Augen wanderten unruhig durch den Raum – vom Fenster über die Portraits an den Wänden zu dem Türknopf aus Messing. «Unsere Mutter starb, als wir noch sehr jung waren – sie wurde ermordet. Vielleicht sind wir deshalb alle so fasziniert von Ihren Berichten über Rache. Es gibt keinen von uns, der nicht liebend gern ein Messer in das schwarze Herz dieses Teufels gestoßen hätte.» Sie stieß mit dem Zeigefinger in die offene Handfläche der linken Hand. «So, nun sollte ich Sie gehen lassen.»

«Ja», sagte ich benommen. Ich schüttelte ihr die Hand und trat dann hinaus in die glühende Hitze.

Die Feuchtigkeit war brutal. Ich schlenderte durch die Fifth Avenue und versuchte, mir über diese Begegnung mit der Avery-Stiftung klarzuwerden. Zwei schwarze Limousinen fuhren vorbei, deren getönte Scheiben das klimatisierte Innere und die Insassen abschirmten. Ich stellte mir John und Tucker und Julia vor, die in ihre Büros fuhren. Wenn sie mich nicht bezahlt hätten, hätte ich gerne eine Studie über die Averys durchgeführt. Ich fragte mich, wann ihre Mutter gestorben war und wie alt jeder von ihnen damals gewesen war. Warum hatte Jasper, der älteste Bruder, seinen Rang verloren? Niemand schenkte ihm die geringste Aufmerksamkeit. Warum war Helens Haar grau? Die einzige Frage, die ich nicht zu stellen brauchte, war die nach Johns Scheidung; welche Verrückte würde angesichts seiner Arbeitsbelastung bei Hubbard und Starr und der Stiftung, die zuerst kam, mit ihm verheiratet bleiben?

Ins Gregory zurückgekehrt, rief ich Nick an, um ihm die Neuigkeit mitzuteilen, aber Denise sagte, er sei in einer Besprechung. Ich drehte die Klimaanlage voll auf und legte mich aufs Bett. Die Maschine ratterte, aber ich bemerkte keinerlei Luftzug. Ich schloß die Augen und tat so, als hätte ich Fieber. Ich lag im Dschungel und starb an Malaria. Weil ich delirierte, gestattete ich mir diese Gedanken: Ich würde mein Stipendium benutzen, um durch das Land zu reisen und die ungewöhnlichsten Leute zu interviewen, die ich finden konnte. Den gewöhnlichen Mann, der durch Ereignisse in San Francisco, Tulsa, Green Bay außergewöhnlich geworden war. Ich würde nach Chicago fliegen und Caroline Orne im Gefängnis besuchen. Ich versuchte sie mir vorzustellen: langes blondes Haar, ein Gefängniskleid aus blauweißem Kattun wie ein Matratzenbezug, geschwollene Augen.

Ich richtete mich plötzlich steil auf. Was machte ich da, Reisen kreuz und quer durch das Land planen? Ich dachte an Nick. Ich würde allein in meinem Hotelzimmer essen, er allein in seinem. Ich hatte nicht die Illusion, daß er sich die Mühe machen würde, heim nach Black Hill zu fliegen, wenn ich nicht da war. Mit dem Projekt Breitschwert hatte er genug Arbeit, um vierundzwanzig Stunden am Tag in New York zu bleiben, davon zwanzig im Büro. Unser kleines Landhaus auf Bennison Point würde leerstehen, sich mit Staub und Spinnweben füllen.

Das Telefon läutete, und es war Nick.

«Sie haben mein Stipendium erhöht», sagte ich.

«Ich weiß. John hat's mir gesagt», sagte er und klang bedrückt.

«Was ist los?»

«Ich muß nach London fliegen. Wir haben da geschäftlich zu tun.»

«Toll!» sagte ich. Von allen Orten, die Nick beruflich aufsuchen mußte, liebte ich London am meisten. Meine Phantasie, nach Chicago zu fliegen, wurde durch die reale Reise nach London ersetzt. Mir fiel das Hotel in das Basil Street mit seiner edwardianischen Fassade und seiner gemütlichen Landhauseinrichtung ein.

«Georgie, du kannst nicht mitkommen», sagte er. «Ich kann jetzt nicht einmal darüber sprechen, aber ich werde es dir erklären, wenn ich dich in einer Stunde sehe. Ich muß heute abend noch fliegen.»

«Das kann ich nicht glauben», sagte ich. Etwas saugte die Luft aus meinen Lungen, und ich bekam keine Luft. Ich ächzte.

«Georgie, bist du in Ordnung?»

Ich gab keine Antwort.

«Ich bin bald bei dir», sagte er und legte auf.

Bis Nick kam, behandelte ich mich selbst wie einen sehr kranken Menschen. Ich faßte Dinge mit extremer Vorsicht an, als könne ich sie fallen lassen. Ich wollte mich nicht verletzen und ging daher langsam durchs Zimmer, hielt großen Abstand zwischen mir und scharfen Ecken. Alle paar Minuten legte ich mich aufs Bett, dachte an gar nichts und versuchte, ein wenig Kraft zu sammeln. Ich hörte seinen Schlüssel in der Tür. Er legte sich neben mich aufs Bett und umarmte mich fest.

«Wir fliegen doch immer zusammen nach London», sagte ich und dachte an Clare, die Donald nicht mit nach Tokio genommen hatte, was er heute am meisten bedauerte.

«Ich muß dir ein paar Sachen sagen», sagte Nick und führte mich zum Tisch, als sei das, was er mir zu sagen habe, so wichtig, daß man es nicht im Liegen sagen konnte.

«Projekt Breitschwert ist ein ganz großes heikles Angebot», sagte er.

Nicht zum erstenmal fragte ich mich, warum man solche Dinge als heikle Angebote bezeichnete. Was war heikel daran? Nichts.

«John und zwei andere Partner haben mir inoffiziell gesagt, wenn ich dieses Geschäft zu einem guten Abschluß brächte, hätte ich große Aussichten, Partner zu werden.» Seine Augen glänzten vor Erregung.

«Das ist herrlich. Das freut mich wirklich, Nick», sagte ich. «Aber warum kann ich nicht mitkommen nach London?»

«Weil das, was wir da machen, so geheim ist, daß es einen schlechten Eindruck machen würde, wenn ich dich mitbrächte. Jedem von uns ist gesagt worden: keine Ehefrauen auf dieser Reise.»

«Das zieht natürlich.»

«Eben.»

«Was ist denn so geheim?»

«Die Zielgesellschaft ist Bombay Petroleum», sagte er und nannte damit eine der größten Ölgesellschaften der Welt. Er beobachtete meine Reaktion.

Die Tatsache, daß er mich beobachtete, wünschte, ich solle beeindruckt sein, und annahm, die Größe des Geschäfts würde mich einsehen lassen, daß er allein nach London fliegen mußte, machte mich wütend.

Wenn es nicht London gewesen wäre, wäre ich nicht so wütend geworden. Wir liebten London. Immer fanden wir Zeit für einen Spaziergang im Hyde Park, einen Theaterbesuch und ein Abendessen bei Scott's. Aber plötzlich fiel mir ein, daß Nick auch letztes Mal allein nach London geflogen war: Ich war freiwillig bei Pem geblieben, während Honora zu einer Meteorologenkonferenz nach

Montreal gereist war, eine Verpflichtung, die sie nicht absagen konnte. Ich erinnerte mich an meine Enttäuschung, weil ich ihn nicht begleiten konnte. Aber das war nichts im Vergleich zu der heißen Wut, die mich jetzt erfüllte.

«Wenn es dir die Sache leichter macht – ich werde diesmal keine Zeit für Theaterbesuche haben. Eine Besprechung nach der anderen, und das, wie John es ausdrückt, ‹bis spät in die Nacht›.» Nick hatte etwas Distanziertes an sich, als engagiere er sich total für das Geschäft; er bemerkte meine Wut kaum. Er hatte in letzter Zeit so viel zu tun gehabt, daß er sich nicht einmal die Haare hatte schneiden lassen; das fiel mir auf, als ich sah, wie sich sein schwarzes Haar über dem Kragen lockte. Wider Willen hatte ich den Wunsch, es zu berühren. «Außerdem», sagte er, «werden Honora und Clare froh sein, dich ganz für sich zu haben. Ich kann mir jetzt schon vorstellen, daß ihr drei mit Pem einen Tagesausflug nach Newport macht...»

Auf einmal wurde mir klar, warum der Gedanke, daß Nick allein nach London flog, mir solche Panik verursachte. Er bedeutete, daß ich nach Chicago fliegen mußte. Meine Wut legte sich. Ich entrollte mich wie eine Schlange und begann zu weinen vor Erleichterung über diese Erkenntnis. «Ich habe dir ein paar Sachen zu erzählen», sagte ich. Ich begann mit einer Beschreibung der Familie Avery und ihres Büros, und dann erzählte ich ihm von ihrem Angebot.

«Ich bin so stolz auf dich», sagte er. «John sagte mir heute, sie fänden dich äußerst tüchtig.»

«Das ist nett», sagte ich und fragte mich, wieso er nicht verstanden hatte, daß ich Angst hatte, allein nach Chicago zu fliegen. Dann wurde es mir klar: weil ich es nicht gesagt hatte.

«Ich habe noch nie allein eine Geschäftsreise unternommen», sagte ich. «Das verändert alles – mein ganzes Konzept für das Swift-Observatorium. Warum, meinst du, habe ich es angefangen? Weil es mir die Möglichkeit bot, zu Hause zu bleiben.»

«Das stimmt nicht ganz», sagte Nick. «Dein Profil der Bucht hättest du auch zu Hause machen können. Du willst ein bißchen herauskommen, Georgie. Die einzige Betroffene, die du persönlich kennengelernt hast, war Mona Tuchman, und alle sagen, das sei deine beste Studie gewesen. Ich glaube, du brauchst mehr Kontakt als eine Stimme am Telefon.»

Ich lächelte und umarmte ihn, drückte meine Lippen auf seinen feuchten Hals.

«Also ab nach London mit dir», sagte ich. Seine Haut und sein Hemdkragen dämpften meine Stimme.

«Was? Ich habe dich nicht verstanden», sagte er.

Ich wußte, daß er mich nicht verstanden hatte, und ich wiederholte den Satz nicht. Andere gute Wünsche konnte ich ihm nicht geben.

KAPITEL ACHT

I*ch ließ mir* kaum genug Zeit, zu packen und Honora und Clare Bescheid zu sagen, daß ich nach Chicago fliegen wollte. Immer vorwärts, das war der einzige Weg, um nicht den Verstand zu verlieren. Ich durfte mich nicht in den Gedanken hineinsteigern, daß Nick im Savoy wohnte, zwei Türen von Jean Snizort entfernt. Natürlich war Jean mitgeflogen – wie konnte ich annehmen, sie würde es nicht tun? Ich wußte doch, daß sie am Projekt Breitschwert mitarbeitete. «Wer fliegt sonst noch nach London?» hatte ich Nick an diesem Abend im Gregory gefragt. Sein Ausdruck verriet es mir, noch ehe er den Mund öffnete.

Clare konnte nicht mitkommen, als Honora mich zum Flughafen fuhr.

«Sie wollte mitkommen», sagte Honora, «aber Casey hat einen Termin beim Zahnarzt.»

Wir waren sehr zeitig aufgebrochen, weil Honora unterwegs verschiedene Besorgungen machen wollte: Bank, Reinigung, Apotheke. Zuerst ärgerte ich mich, weil sie das unbedingt erledigen wollte, bevor sie mich zum Flugzeug brachte, aber dann merkte ich, daß sie die Fahrt verlängern und mehr Zeit mit mir verbringen wollte. Sie erzählte dem Mann am Bankschalter, ich hätte in Chicago ein wichtiges Interview zu machen; der Apotheker wurde über die Geschichte des Swift-Observatoriums informiert.

«Mutter», sagte ich, «du bringst mich in Verlegenheit.»

«Schätzchen, ich habe geprahlt, als du den Wissenschaftspreis von Eel Pond gewonnen hast, und jetzt ist mir auch nach Prahlen zumute. Mütter haben das unveräußerliche Recht, mit ihren Töchtern anzugeben.»

Ich lächelte und schaute meine Mutter von der Seite an. Sie fuhr wie eine College-Studentin: ein bißchen zu schnell, mit heruntergekurbeltem Fenster, den linken Arm lässig angewinkelt. Ihr kastanienbraunes Haar wehte im Wind. Ich erinnerte mich, wie ich mich als kleines Mädchen gefreut hatte, eine so lustige, schöne Mutter zu haben. Sie war mir jünger vorgekommen als die Mütter meiner Freundinnen. Ich erinnerte mich auch dunkel an einen Abend, an dem Clare weinte und Honora beschuldigte, sie habe mit ihrem Freund geflirtet.

«Magst du Chicago?» fragte ich.

«Ich liebe Chicago. Jede Stadt, die ein Mosaik von Chagall mitten im Geschäftszentrum anbringt, ist für mich okay.»

Endlich erreichten wir den Flughafen. Sie bestand darauf, das Auto zu parken und mich zum Schalter zu begleiten.

«Paß auf dich auf», sagte sie und umarmte mich.

Worauf sollte ich aufpassen? Auf fremde Männer? Auf Höhenwinde? Ich machte mir nicht die Mühe, sie danach zu fragen, denn «Paß auf dich auf» war für Honora ein so normaler Abschiedsgruß wie «Bis bald» oder «Auf Wiedersehen».

Der Flug verging ziemlich rasch, aber als ich in Chicago aus der Maschine stieg, fühlte ich mich unglaublich weit von allem Vertrauten entfernt. In meinem Hotelzimmer griff ich nach dem Telefonbuch, als sei ich, wenn ich es in der Hand hielt, mit allen darin verzeichneten Namen verbunden. Vielleicht kannte ich jemanden, der darin stand: eine frühere Lehrerin oder jemanden, mit dem ich zur Schule gegangen war. Schließlich bestellte ich beim Zimmerservice etwas zu trinken und zwang mich, tief zu atmen. «Du bist nicht allein», sagte ich laut, schloß die Augen und beschwor Nick herauf. Ich sah sein schmales Gesicht, sein breites Lächeln, sein dichtes schwarzes Haar, seine schwarzen Augen. Er beugte sich nahe zu mir, um mich zu küssen. Dann hörte ich Pem fragen: «Wer ist der Junge?» – «Mein Mann», antwortete ich laut. «Nicholas Symonds, mein Ehemann. Geh weg, Pem.» Mürrisch schlurfte sie in Richtung Küche, zweifellos, um sich heimlich ein Sandwich zu machen. Aber Nick mußte mit ihr gegangen sein, denn er küßte mich nicht mehr, und ich war wirklich allein und wartete, daß der Zimmerservice meinen Drink brächte.

Den ganzen Abend lang konnte ich nicht aufhören, mich selbst zu beobachten. Bei allem, was ich tat, sah ich mir selber zu. Während ich mir die Zähne putzte, saß ich im gleichen Moment auf dem Rand der Badewanne, die Knie übereinandergeschlagen, das Kinn in der rechten Handfläche, und dachte: «Sehen wir mal, wie sie sich die Zähne putzt.» Ich war allein in einem sehr schönen Hotel in einer fremden Stadt, auf einem anderen Kontinent als Nick, und zwar wegen meiner Arbeit. Daß das Telefonbuch von Chicago ein anderes Format hatte, verursachte mir ein eigenartiges Prickeln. Eine Zeitung, die ich noch nicht kannte, wirkte verheißungsvoll schwer. Ich war nach Westen gereist, ohne zu wissen, in welchem Gefängnis Caroline untergebracht war; ich war noch nicht einmal sicher, ob ich sie überhaupt würde besuchen dürfen. Trotzdem fühlte ich mich, als ich in dieser Nacht im Bett lag, wie eine Abenteurerin, die einen Berg ersteigt, um auf dem Gipfel eine Fahne zu setzen.

Bevor ich am nächsten Morgen das Hotel verließ, hatte Nick mich angerufen, und ich hatte Honora und Clare angerufen. Ich fühlte mich besser, nachdem ich mit allen kurz Kontakt hatte. Dann ging ich hinaus. Ich nahm meine Notizbücher und die Morgenzeitungen mit zu einer Bank am Ufer des Sees. Der Michigansee ist riesig; ich konnte das andere Ufer nicht sehen. Ich saß im Schatten eines Walnußbaums und schlug die erste Zeitung auf. Auf Seite fünf fand ich eine Geschichte über sie. Das Foto zeigte ein hübsches Mädchen, munter, mit schmalen, regelmäßigen Gesichtszügen und glattem, von zwei Spangen zurückgehaltenem Haar. In dem Artikel hieß es, ihre Anwälte plädierten auf Schuldunfähigkeit wegen geistiger Verwirrung; sie befand sich zur Beobachtung im Hospital St. Ursula.

Ich dachte daran, ihren Anwalt anzurufen und um Erlaubnis zu bitten, sie zu sehen. Oder ich würde in die Bibliothek der Juristischen Fakultät von Chicago gehen, um alle Statuten zu überprüfen, die mich vielleicht daran hindern könnten, sie zu sehen. Auf der schattigen Bank sitzend, machte ich die Dinge schrecklich kompliziert, bis ich ein Taxi vorbeifahren sah, ihm winkte und dem Fahrer sagte: «St. Ursula, bitte.»

Die glänzende, sterile Krankenhausumgebung schien kaum der richtige Ort für ein intimes Gespräch, wie ich es mit Mona geführt hatte. Ich war auf irgendeine Art von Überprüfung gefaßt: Was, wenn ich die Tochter des Mannes wäre, den Caroline getötet hatte, weil er ihre Mutter umgebracht hatte? Aber die diensthabende Schwester bat mich nur, mich in eine Besucherliste einzutragen und in der Halle Platz zu nehmen. Ich saß in dem blitzblanken Raum und dachte an Carson Bleyle, an meinen und Clares sehr konkreten Plan, ihn mit Hilfe der Murmeln zu ermorden. Nicht Verlust war unser Motiv gewesen, denn wenn er Honora geheiratet hätte, hätten wir ja einen Stiefvater gewonnen. Und doch war Verlust das gewesen, was wir gefürchtet hatten: der Verlust unserer Familie, wie wir sie kannten und liebten. Carson Bleyle hätte uns fortgebracht aus Bennison Point, aus unserem Heim mit Honora, Pem und Großdamon. Diese seltsamen Erinnerungen kamen mir in den Sinn; ich fühlte das Gewicht schlammiger Murmeln in der Hand, als Caroline Orne auf mich zukam.

Sie sah aus wie fünfundzwanzig, hatte meine Größe, und sie trug blaue Cordhosen und einen beigefarbenen Pullover, Kleidungsstücke, die zu warm waren für die Jahreszeit. Ihr Haar war modisch geschnitten, und sie trug türkis gefärbte Kontaktlinsen. Sie lächelte und wartete, daß ich mich vorstellte.

«Das ist ein interessanter Beruf», sagte sie, nachdem ich meine Mission erklärt hatte. «Haben Sie Soziologie studiert?»

«Nein, ich war nicht auf dem College», sagte ich.

«Ich habe Soziologie studiert, ehe ich zu Spanisch wechselte. Ich muß zugeben, daß ich die Soziologie aufgab, weil die Berufsaussichten mir nicht sehr rosig erschienen. Aber von etwas wie dem Swift-Observatorium habe ich noch nie gehört.»

Ich sagte ihr nicht, daß ich das Swift-Observatorium erfunden hatte, daß ich eigentlich das Swift-Observatorium war. Ich hatte meine Arbeit nie mit einer so festumrissenen Wissenschaft wie der Soziologie in Verbindung gebracht.

«Wären Sie bereit, mit mir zu sprechen?» fragte ich.

Sie stand eine Minute still, ohne etwas zu sagen. Ich dachte, sie würde fortgehen, ohne zu antworten, aber sie zuckte die Achseln und sagte: «Okay. Gehen wir hier hinein.»

Ich folgte ihr in einen kleineren Raum, der ebenso sauber war wie die Halle und nach Desinfektionsmitteln roch. Ein Fernseher lief in dem sonst leeren Zimmer. Eine Krankenschwester streckte den Kopf durch die Tür, sah, daß wir ruhig dasaßen, und ging wieder. Aus irgendeinem Grund beruhigte mich die Wachsamkeit dieser Schwester.

«Sie haben in der achten Klasse unterrichtet?» fragte ich.

«Ja, aber nur zeitweilig. Ich machte Fortbildungskurse an der Universität.» Sie beugte sich vor und umfaßte mit beiden Händen ihre Fußknöchel. «Ich muß sagen, daß Ihre Studie mich interessiert. Ich kann mir vorstellen, daß ein Soziologe einen Fall wie mich interessant findet.»

«Aber ich bin eigentlich keine Soziologin», sagte ich, da ich sie nicht täuschen wollte.

«Vielleicht nennen Sie es nicht so, aber das ist es, was Sie tun – Sie studieren die Gesellschaft, die Leute, das Verhalten. Sie könnten sich auch als eine Art Anthropologin bezeichnen, nur daß Ihre Studienobjekte noch nicht tot oder ausgestorben sind. Wie auch immer, machen Sie weiter.»

«Sie wohnten bei Ihren Eltern?»

«Wohnten? Hm, Sie drücken es in der Vergangenheitsform aus. Ich denke, ich wohne dort noch immer. Es war ganz sinnvoll, als ich mich dafür entschied. Alle meine Freunde aus dem College haben ihre eigene Wohnung oder leben auf dem Campus, wenn sie noch studieren. Aber ich komme sehr gut mit meiner Familie aus, und es erschien als gute Möglichkeit, Geld zu sparen.» Sie lachte. «Das sagten meine Eltern mir immer: ‹Wohne weiter zu Hause und eröffne ein Bankkonto.› Als läge ihnen gar nicht so viel daran, mich wieder bei sich zu haben. Es war schwer für uns alle, als ich fortging aufs College.»

«Warum?»

«Nun ja, es war das erste Mal, daß ich je von zu Hause weg war. Ich war nie in einem Ferienlager gewesen und hatte nie eine lange Reise ohne meine Familie gemacht. Trotzdem war es auf dem College leichter, als ich gedacht hatte. Gott, ich hatte wirklich Angst gehabt! Den ganzen Sommer, ehe ich ging, konnte ich nachts nicht schlafen und mußte darüber nachdenken, was zu Hause passieren würde, wenn ich fort wäre.»

«Gute oder schlechte Dinge?»

Sie zuckte die Achseln, weil ich offenbar nicht verstanden hatte, worum es ihr ging. «Das spielte keine Rolle. Die Dinge würden sich eben verändern. Wie beim ersten Mal, als ich in den Ferien nach Hause kam. Mein Vater hatte eine Diät gemacht und etwa zehn Pfund abgenommen. Und mein Bruder war gefallen, hatte sich das Kinn aufgeschnitten und hatte eine schreckliche rote Narbe. Und niemand hatte sich die Mühe gemacht, es mir zu sagen! Ich weiß, daß das alles nicht wichtig ist, aber ich weinte, als ich sah, wie verändert alles war.»

«Ich glaube, das ist wichtig. Sie möchten über die Dinge in Ihrer Familie auf dem laufenden bleiben», sagte ich und dachte an Nick, Honora, Pem, Clare, Donald und die Kinder, froh, daß sie da waren, wohin sie gehörten. «Wie groß ist Ihre Familie?» fragte ich.

«Da sind meine Eltern, ich, meine Brüder Guy, Brian und Peter und meine Schwester Bonnie.»

«Sehen Sie sie oft?»

«Natürlich. Sie kommen alle, jeden Tag. Sogar Guy, der studiert. Er besucht die Universität von Chicago, und er wohnt auch dort, obwohl es nicht weit ist bis nach Hause. Meine Eltern fanden das in Ordnung. Aber ich bin sicher, daß sie ihn nach dem Examen auffordern werden, wieder zu Hause zu wohnen, damit er sein Bankkonto eröffnen kann.» Sie lächelte, und mir fiel auf, daß sie unbewußt von «meine Eltern» und «sie» sprach, als würden sie beide noch leben.

«Was machen Ihre Eltern?» fragte ich und benutzte ebenfalls die Gegenwartsform. Sie reagierte sofort und hörte auf zu lächeln.

«Mein Vater ist Musiker. Er spielt Waldhorn im Chicago Symphony Orchestra. Meine Mutter war Kinderärztin. Sie hatte ihre Praxis in unserem Haus.» Sie hielt einen Moment inne und lächelte wieder. «Das ewige Babygeschrei machte uns verrückt. Bonnie war immer ganz entsetzt, wenn sie daran dachte, daß Mutter all diesen Babys Spritzen gab. Ich hörte gern von ihren kleinen Patienten. Sie erzählte uns von Kinderkrankheiten, Babys, die nicht gediehen, Windpocken und Keuchhusten, und einmal hatte sie einen Fall von Gehirnhautentzündung, der sie so beunruhigte, daß sie die Familie in ein Hotel in der Nähe des Flughafens ausquartierte. Am schlimmsten war, wenn Babys nicht gediehen. Das bedeutete, daß ein Baby keine Nahrung zu sich nehmen wollte.» Sie runzelte die Stirn. «Alle diese kleinen Wesen, die in unser Haus kamen. Es war wunderbar, eine Mutter zu haben, die darauf spezialisiert war, für Kinder zu sorgen. Als Bonnie klein war, hatte sie Angst, andere Kinder würden uns hassen, weil unsere Mutter ihnen Spritzen gab. Sie hatte einen wirklichen Horror vor Spritzen. Aber ich sah das überhaupt nicht so. Ich dachte, wenn das Schlimmste passierte und einer von uns eine tödliche Krankheit bekäme, dann könnte sie sie heilen. Ich dachte, eine Kinderärztin zur Mutter zu haben sei ungefähr die sicherste Sache der Welt.»

«Wie ging es weiter?» fragte ich.

«Wann?» fragte sie und gab einen Laut von sich, der halb Lachen und halb Schluchzen war. «Nun, sie war eines Abends ausgegangen, um ins Theater zu gehen. Mein Vater hatte ein Konzert, also ging sie mit ihrer Freundin, Linda Donatello. Nachdem das Stück zu Ende war, gingen sie zu ihrem Wagen, und der Mann überfiel sie. Er hatte eine Pistole, und er forderte ihren Schmuck und ihr Geld. Sie gaben es ihm – ganz ruhig, wie Linda sagte. Linda sagte, meine Mutter habe sorgfältig darauf geachtet, keine schnellen Bewegungen zu machen. Der Kerl hatte alles in der Tasche und wollte schon gehen.

Da drehte er sich plötzlich um und erschoß sie. Erschoß meine Mutter.»

«Es tut mir so leid», sagte ich und hatte das Bedürfnis, ihre Hand zu halten.

«Ich weiß. Es passierte erst vor zwei Wochen. Sie faßten den Mann sofort, bevor er noch das Parkhaus verlassen hatte. Ein Wächter hörte den Schuß, und dann hörte er ihn laufen. Er heißt Warren Castile, aber das haben Sie sicher schon gelesen. Mein Anwalt sagt, er habe ein langes Vorstrafenregister, Raubüberfälle und Körperverletzung, und wenn irgend etwas mir helfen kann, dann das. Ich möchte wirklich hier heraus.»

Obwohl es mir nicht möglich war, Caroline Orne zu verurteilen, dachte ich, daß sie sich wahrscheinlich da befand, wohin sie im Augenblick gehörte: in einer psychiatrischen Klinik. «Wissen Sie, warum Sie es getan haben?» fragte ich.

Sie lächelte. «Alle fragen so: Wissen Sie, warum Sie es getan haben? Statt zu fragen: Warum haben Sie es getan? Ich frage mich, wieso.»

«Vielleicht, um Ihnen die Chance zu geben, sich davon zu distanzieren, Ihnen eine Ausflucht zu lassen.»

«Ausflucht aus was? Meine Mutter wurde ermordet, und ich hasse ihren Mörder so sehr, daß ich ihn erschossen habe. Jetzt ist er tot, und ich bin froh darüber.» Ihre Stimme zitterte ein wenig, und sie preßte die Hände fest zusammen; ansonsten wirkte sie ruhig. «So habe ich es gemacht: Ich nahm die Pistole meines Vaters aus ihrer Schachtel. Ich hatte keine Ahnung, wie man sie lädt oder benutzt, also mußte ich die Gebrauchsanweisung lesen. Am Abend vorher waren zwei Polizeidetektive zu uns gekommen, um uns die Nachricht zu überbringen. Mein Vater war noch nicht von der Arbeit zurück, und ich bereitete mich für meinen Unterricht vor. Sie sagten es mir, und ich mußte es meinen Brüdern und meiner Schwester erklären und später meinem Vater. Das war das Schlimmste, was ich je erlebt habe. Ich dachte die ganze Nacht an diesen Kerl, der in einer schönen, warmen Zelle saß, und ich dachte an meine Mutter in der Leichenhalle. Am nächsten Tag ging ich mit der Pistole ins Gefängnis und erschoß ihn.»

«Wären Sie nicht zufrieden gewesen, wenn er vor Gericht des Mordes für schuldig erklärt und zu Gefängnis verurteilt worden wäre?»

«Nein. Das Beste, was ich je getan habe, war, auf den Abzug zu drücken. Wissen Sie, ich hatte nie erwartet, daß ich an den Wachen vorbeikommen würde. Aber der Metalldetektor funktionierte nicht. Können Sie sich das vorstellen? Sie hatten einen kleinen Handapparat, mit dem sie die Besucher kontrollierten, aber ich bin mit einer Gruppe von Polizisten durchgeschlüpft. Ich sagte, mein Name sei Cathy Lake, und sie ließen mich zu ihm.»

«Ein Fall von Auge um Auge?»

Sie schüttelte den Kopf und fing an zu weinen. «Ich sehe das überhaupt nicht so. Auge um Auge? Ich erfuhr, daß er zwölf Jahre zuvor schon einmal eine Frau getötet hatte. Ich wette, ihre Kinder sind glücklich über das, was ich getan habe.»

«Es tut mir so leid», sagte ich nochmals, und dann ging ich. Unterwegs sagte ich der Krankenschwester, sie solle nach Caroline sehen, die in ihrem Sessel saß, die Hände um die Fußgelenke, den Kopf gesenkt, und sich vor und zurück wiegte.

Ich hatte eine Hypothese, die ich überprüfen wollte: Hatte jeder, der jemanden, den er liebt, auf schreckliche Art verloren hatte, durch Verrat oder Gewalt, den Wunsch nach Rache? Ich kehrte in mein Hotel zurück und durchsuchte meinen mageren Zweitagesvorrat an Zeitungen nach Hinweisen auf Warren Castiles Familie. Zwei Zeitungen brachten das gleiche Bild von ihm und seinen Steckbrief; ein hagerer, hohläugiger Mann, der ausdruckslos in die Kamera starrte. In dem Artikel waren seine Frau Dora und ihre beiden Kinder erwähnt. Im Telefonbuch von Chicago stand ein Warren Castile, und ich wählte die Nummer. Eine Frau meldete sich.

«Mrs. Castile?» fragte ich.

«Ja?» antwortete sie argwöhnisch.

«Sind Sie die Witwe von Warren Castile?»

«Ich bin seine Mutter. Die Witwe wohnt nicht hier. Sie haben die falsche Nummer.»

«Könnten Sie mir bitte ihre Telefonnummer geben? Ich finde keinen anderen Eintrag für Warren Castile.»

«Weil sie kein Telefon haben. Sind Sie Reporterin?»

«Nein», sagte ich, kam mir dabei aber ein bißchen verlogen vor, weil ich ja eigentlich die gleichen Informationen wie ein Reporter wollte.

«Dann sagen Sie mir Ihren Namen und Ihre Nummer, und sie wird Sie zurückrufen. Ich sehe sie gegen Abend.»

Viele Stunden vergingen; ich verbrachte den sonnigen Nachmittag in meinem klimatisierten Hotelzimmer, um keinen Anruf zu verpassen. Ich redete mir zwar ein, der Anruf, den ich erwartete, sei der von Mrs. Castile, aber in Wirklichkeit hoffte ich, von Nick zu hören. An dem hellen Holzschreibtisch sitzend, schrieb ich auf meiner tragbaren Schreibmaschine einige Seiten über Caroline Orne. Meine Reise nach Chicago und das, was ich über Caroline Orne und Dora Castile herausfand, würde ich für meinen zweiten Vierteljahresbericht zusammenfassen. Ich freute mich richtig darauf, ihn der Avery-Stiftung vorzulegen. Vor allem wollte ich, daß Helen ihn las. Obwohl er erst im September fällig war, würde ich ihn so bald wie möglich abschicken.

Um fünf Uhr, elf Uhr Greenwich-Zeit, läutete mein Telefon, und es war Nick. Ich seufzte beim Klang seiner Stimme. Warum? Vor Erleichterung, weil ich nun wußte, daß er am Leben war? Im gleichen Augenblick wußte, daß er mir gehörte? Ich lag auf dem Bett, den Kopf auf zwei weichen Kissen, und schloß die Augen.

«Du fehlst mir so», sagte er. «Die letzte Nacht war schrecklich. Die Besprechung war früher zu Ende als erwartet, und alle gingen bei Simpson's essen.»

«Hast du Roastbeef genommen?»

«Natürlich. Ich mußte dauernd den Tisch anschauen, an dem wir letztes Mal gesessen hatten, aber da saß ein anderes Paar. Voller Eifersucht habe ich die beiden beobachtet.»

«Waren alle dabei?»

«Nur John, Jean und ich. Heute abend, falls wir überhaupt aus dem Büro herauskommen, gehen wir italienisch essen in einem Lokal, das John in Chelsea kennt. Wenn ich ehrlich sein soll, wäre mir ein Sandwich vom Zimmerservice lieber.»

«Ich vermisse dich schrecklich», sagte ich.

«Aber sonst ist alles in Ordnung? Amüsierst du dich in Chicago?»

«Ich weiß nicht, ob ‹amüsieren› das richtige Wort ist», sagte ich und erzählte ihm von meiner traurigen Begegnung mit Caroline Orne. «Sie schien wirklich ein bißchen zu spinnen, Nick. Sie tat mir so leid.»

«Vielleicht solltest du dir heute abend ein richtig schönes Essen und einen Kinobesuch gönnen», sagte er.

«Vielleicht», sagte ich und dachte, wie typisch der Vorschlag für Nick war und wie sehr er sich immer an kleinen Dingen freuen konnte.

«Weißt du, wann du wieder in Black Hall sein wirst?» fragte er.

Ich hatte vorgehabt, noch eine Nacht in Chicago zu bleiben und den heutigen Abend damit zuzubringen, im Ravinia unter dem Sternenhimmel Musik zu hören, morgen das Spiel zwischen den White Sox und Boston zu besuchen, dann einen kurzen Abstecher ins Art Institute und zu dem Chagall-Mosaik zu machen, aber das Gespräch mit Nick über den halben Kontinent und einen Ozean hinweg weckte in mir den Wunsch, nach Hause zu fliegen.

«Ich wünschte, ich wäre jetzt dort, Nick», sagte ich. «Mit dir zusammen.» Ich zögerte und sagte dann, was mir auf der Seele lag. «Ich hasse den Gedanken, daß du mit Jean in London bist.»

«Warum mußtest du das sagen, Georgie. Himmel!» Er klang verärgert. «Vertraust du mir oder nicht?»

«Ich vertraue dir», sagte ich, aber dann rührte sich etwas im Hintergrund, jemand rief seinen Namen, und er mußte wieder an die Arbeit gehen. Wir legten auf. Ich betrachtete stirnrunzelnd mein Spiegelbild, als das Telefon wieder läutete.

«Hallo, hier spricht Dora Castile», ertönte eine müde Stimme, und beinahe hätte ich gesagt, ich müsse fort, ein Flugzeug erwischen.

«Hier ist Georgie Symonds», sagte ich, denn ich mußte eine Verbindung zu Nick herstellen, und sei es nur durch den Namen. Ich erklärte meine Arbeit für das Swift-Observatorium, und sie hörte zu, ohne mich zu unterbrechen. «Würden Sie mit mir sprechen?» fragte ich.

«Was wollen Sie wissen?»

«Alles, was Sie mir sagen möchten», antwortete ich.

«Warren taugte nichts. Alle wissen das, alle sagen es mir. Meine Schwiegermutter gibt jeden Abend meinen Kindern zu essen, weil Warren ihnen nichts gab. Niemals. Vom ersten Tag an. Aber man kann nicht sagen, warum man einen Mann liebt.»

«Sie liebten Warren?»

«Ja.»

«Und Sie sind traurig, daß er tot ist?» fragte ich und wußte, daß die Frage zu direkt und grob war, aber ich dachte daran, zum Flughafen zu kommen.

«Ja, sehr traurig.»

«Obwohl er die Mutter der Frau umgebracht hat, die ihn erschoß?»

«Ach, wollen Sie sich zum Richter aufschwingen? Ich habe kein Wort von einem Schuldspruch gehört. Nicht ein Wort.»

«Was empfinden Sie für die Frau, die ihn getötet hat, Caroline Orne?»

«Ich will Ihnen sagen, was ich empfinde. Ich finde, daß sie eine Mörderin ist. Weil sie das ist. Sie hat gestanden, aber das wäre gar nicht nötig gewesen, weil das Gefängnis jede Sekunde ihrer Tat auf Videoband hat. Warren hatte gar keine Gelegenheit zu gestehen, und niemand außer der Freundin dieser Toten sagt, daß er es getan hat.»

«Und was ist mit der Waffe? Ich habe gelesen, daß sie in seiner Tasche war. Ich habe gelesen, daß er Frau Dr. Orne ohne jegliche Provokation erschossen hat.»

«Vielleicht hat er die Pistole in der Garage gefunden. Ich weiß nichts darüber.»

«Mrs. Castile», sagte ich, ohne positive Gefühle für die Frau am anderen Ende der Leitung zu empfinden, «wollen Sie sich an Caroline Orne rächen? Wünschen Sie ihr Böses?»

«Ja, allerdings. Ich wünschte, dieses verwöhnte Balg würde in einem Bordell verfaulen, und ich könnte sie totschlagen für den Schmerz und Kummer, den sie mir und meinen Kindern angetan hat.»

«Vielen Dank, Mrs. Castile», sagte ich. Ich legte den Hörer auf und dachte, daß sie etwas bewies, worauf ich gar nicht ausgewesen war. Niemand, wahrscheinlich nicht einmal die Frau eines Mörders, konnte etwas anderes als Haß empfinden für die Person, die einem geliebten Menschen weh getan hatte. Spielte es für Dora Castile eine Rolle, daß Warren Castile ein Krimineller und Dr. Orne eine liebende Mutter, Ehefrau, Ärztin gewesen war?

Ich wollte mich nur für einen Augenblick hinlegen, schlief aber fest ein. Als ich erwachte, war es dunkel. Ich blieb noch einen Moment liegen und durchlebte noch einmal meinen Traum. Caroline Orne und ihre ganze Familie waren in einem Gefängnis, und einige von uns – ich, Nick, Honora, Pem, vielleicht auch Eugene und Casey – waren in der Nebenzelle. Unsere Wärter, Jean Snizort und Warren Castile, lachten hämisch. Mein Vater war in der Nähe, in Einzelhaft. Clare und Donald waren nicht bei uns, und das machte mir Sorgen, weil ich nicht wußte, ob ich mich freuen sollte, daß sie entkommen waren, oder Angst haben sollte, weil ihnen vielleicht eine schlimmere Strafe bevorstand.

Langsam setzte ich mich auf. Ich sah mein Bild im Spiegel. Wenn ich mich sehr gerade aufrichtete, sah ich ganz jung aus, wie ein

Kind, das sich vor dem Alleinsein fürchtet. Ich trug eines von Nicks abgelegten Oxford-Hemden über khakifarbenen Shorts. Meine Beine sahen knochig aus, und ich begutachtete die Schrammen, die ich mir beim Ballspiel mit Eugene und Casey zugezogen hatte, den blauen Fleck, den ich mir eines Abends geholt hatte, als ich in der Küche gegen den Herd gestoßen war, und meine Narbe. Es war die einzige Narbe, die ich hatte. Als ich klein war, sprang ich in einen Laubhaufen, den mein Vater zusammengerecht hatte, und verletzte mir das Bein an dem Rechen, der darunter liegengeblieben war. Ich erinnerte mich genau an diesen Tag: den blauen Oktoberhimmel, den Geruch brennender Äste und das Glück, das ich empfand, als mein Vater mich aus dem Laub hob und mich fest an sich drückte. «Ach, Schatz, ach, Schatz», sagte er immer wieder. Mein Blut befleckte seine Wolljacke, als er mit mir zum Auto lief. Clare folgte uns, so schnell sie konnte, und rief: «Wird das wieder gut?» Im Krankenhaus betäubte der Arzt mein Bein, und mein Vater hielt meine Hand und erzählte mir eine Geschichte über die Zeit, als er und meine Mutter am Thanksgiving Day oben auf dem Mount Hawke gewesen waren und das Wetter so warm war wie im August und die Luft so klar, daß sie fünf Staaten sehen konnten. Meine Narbe im Spiegel zu sehen weckte glückliche Erinnerungen und machte mich traurig für die Ornes. So vieles, selbst eine Narbe, ließ mich an meine Familie denken. Für Caroline Orne würde es genauso sein. Ihr ganzes Leben lang würde sie, wenn sie ein Baby sah, an die Babys denken müssen, die ihre Mutter behandelt hatte, und wenn sie ein Waldhorn sah, an die Symphonien, die ihr Vater gespielt hatte.

Ich fühlte mich müde genug, um weiterzuschlafen, aber zuerst rief ich Nick im Savoy an.

«Hallo», ertönte seine schläfrige Stimme nach dem fünften Läuten.

«Hi, Nick. Tut mir leid, was ich vorhin gesagt habe.»

«Was ist los, Georgie? Warum mußt du so argwöhnisch sein?»

«Ich dachte an dich und Jean in London.»

Er schwieg so lange, daß ich dachte, er sei eingeschlafen. «Es ist spät hier», sagte er endlich. «Wir haben den ganzen Tag und bis tief in die Nacht durchgearbeitet, und die Zeitverschiebung setzt mir zu. Es ist schwer, solche Sachen am Telefon zu besprechen.»

«Das stimmt», sagte ich, verzweifelt bemüht, das Gespräch in einem normalen Ton zu beenden, so als sei nichts gewesen. «Du solltest jetzt schlafen. Träum was Schönes. Ich liebe dich.»

«Und ich liebe dich, wenn du mir das nur glauben würdest.»

Nick legte auf, ehe ich sagen konnte, ja, ja, ja, ich glaube dir. Ich glaube dir.

Die Nächte wurden kühler als üblich für Anfang August, und die ersten roten Blätter waren an den Bäumen von Black Hall aufgetaucht. Als ich ein Kind war, hatten diese Blätter das Ende des Sommers angekündigt, den Beginn der Schule, und ich war immer traurig gewesen, wenn ich sie sah. Jetzt, auf der Veranda sitzend, tippte ich die letzten Seiten meines Berichts und fand den Wechsel der Jahreszeiten aufregend. Wie Vögel, die ihr Federkleid verändern und in südlichere Gefilde ziehen, hatte ich das Gefühl, mir werde bald etwas Gutes zustoßen. Vielleicht war es die Freude über die Arbeit, die gut voranging. Clare und Honora ließen mich die meiste Zeit allein; wenn wir uns trafen, sprachen wir über meine Interviews, und sie teilten mir ihre Eindrücke mit und versuchten, sich in die Situation meiner Interviewpartner zu versetzen. Nick war aus London zurück, und obwohl er weiterhin viel zu tun hatte, kam er jeden Abend heim nach Black Hall. Doch seine Augen waren traurig, und seit diesen Hotelzimmergesprächen zwischen Chicago und London gab es lange Gesprächspausen zwischen uns.

Eines Morgens fuhr ich mit dem Fahrrad zur Post, um meinen zweiten Vierteljahresbericht an die Averys abzuschicken. Unter dem klaren blauen Himmel, der sich in der ruhigen See widerspiegelte, radelte ich langsam nach Hause. Ich hatte das Gefühl, mir das Recht auf Muße verdient zu haben. Vielleicht würde ich mit meiner Mutter in aller Ruhe schwimmen gehen, falls sie dazu Lust hatte. Ich bog in ihre Einfahrt ein, lehnte mein Rad an die Steinmauer und betrat das Haus. Markerschütterndes Schreien empfing mich. Ich packte einen Kerzenleuchter aus Messing und rannte, mindestens drei Stufen auf einmal nehmend, nach oben.

«Du verbrennst mich, du verbrennst mich», schrie Pem hinter der geschlossenen Badezimmertür.

«Honora, bist du da drin?» fragte ich.

«Ja, ich bade sie», rief Honora. «Mutter, halt still.»

«Kann ich hereinkommen?» fragte ich.

«Wenn du dich traust.»

Aufgeregt und scheu trat ich ein. Ich hatte Pem nie nackt gesehen und schon gar nicht in der Badewanne. Ich fürchtete, meine Anwesenheit könnte ihr peinlich sein, und ich hatte Angst, ihren Körper zu sehen. Sie saß in der Wanne mit den Metallfüßen; sie hatte den Kopf gesenkt und bemerkte mich zuerst nicht. Ach, Pem. Ihre Haut war weiß und glatt und straff über ihren Buckel gespannt. Die kissenartigen Brüste, an die ich mich aus meiner Kindheit erinnerte, hatten sich gedehnt, waren lange Gegengewichte gegen den Buckel und flach wie leere Wärmflaschen. Ihr weißes Haar, jetzt naß, sah rührend dünn aus, und verkrustete rote Schrammen bedeckten ihren Schädel. Sie hatte ein paar Büschel Schamhaare, dunkel wie ihre Brauen, aber ihre Beine waren haarlos; ich erinnerte mich, daß sie mir einmal gesagt hatte, wenn ich meine Beine rasierte, würde ich bald «einen richtigen Bart da unten» bekommen, sie selbst habe ihre Beine nie rasiert, und nach einer Weile seien alle Haare von selbst ausgefallen. Sie blickte auf, sah mich und lächelte. «Hi, was ist das hier, eine Party?»

«Soll ich gehen?» fragte ich Honora, die den Kopf schüttelte. Sie stand neben der Wanne, nasse Flecken auf der weißen Bluse. Sie sah alt aus, als habe der Kampf, Pem zu baden, sie erschöpft.

«Du badest, Pem?» fragte ich.

«Ich will verdammt sein, wenn ich bade!»

«Aber du badest doch schon – du bist ganz naß.»

Sie errötete, als sie erkannte, daß ich recht hatte, und wandte sich dann hochmütig ab, um die Handtuchstange anzustarren.

«Ich versuche, ihr das Haar zu waschen», sagte Honora. «Der Arzt sagt, sie habe Psoriasis auf dem Kopf. Sieht das nicht schrecklich aus?»

Wir beugten uns beide nieder, um ihren Kopf genauer zu untersuchen, und betrachteten den häßlichen Schorf. Pem bespritzte uns mit Wasser. «He, he», lachte sie.

«Das ist nicht komisch, Mutter», sagte Honora.

«Soll ich sie schamponieren?» fragte ich, obwohl ich eigentlich keine Lust hatte, ihren Kopf zu berühren.

«Ich sage ungern ja, Georgie, aber ich drehe gleich durch.»

Ich nahm den Duschkopf in die Hand und drehte den Wasserhahn auf, um den Druck zu regulieren. Ich ließ das Wasser sanft in meine Armbeugen spritzen und prüfte die Temperatur. Sie schien genau richtig.

«Oh, das ist ja eiskalt! Eiskalt!» jammerte Pem. Ich stellte das Wasser etwas wärmer.

«Du verbrennst mich! Au! Wo ist deine Mutter? Honora, sie verbrennt mich!»

Ohne die Temperatur noch einmal zu verändern, richtete ich den Wasserstrahl auf Pems Kopf, verteilte das medizinische Shampoo, das der Arzt ihr verschrieben hatte, und begann, ihre Kopfhaut zu massieren.

«So, so, meine Liebe», sagte ich mit meiner besten Friseurstimme. «Was soll's denn heute sein? Haare waschen und legen? Und vielleicht eine Maniküre?»

«Das ist eiskalt! Du verbrennst mich!» schrie Pem.

«Wie wär's, wenn wir die Haarfarbe ein bißchen veränderten, du hast sie schon seit Jahren. Vielleicht Platinblond? Oder Kastanienbraun? Du hast schon so lange weißes Haar. Vielleicht sollten wir's dunkler machen, passend zu deinen Brauen...»

Aber Pem war so verzweifelt, daß nicht einmal die Geschichte mit den Augenbrauen sie aufheitern konnte. Sie duckte sich noch tiefer, versuchte, ihr Gesicht zu verbergen, und weinte. Ich hörte Honora hinter mir ebenfalls weinen. Pems Augen waren fest geschlossen wie die eines Kindes, und große runde Tränen kullerten über ihre faltigen Wangen.

«So, ich glaube, jetzt ist alle Seife raus», sagte ich, nachdem ich ihr Haar gespült hatte. Pem versuchte, allein aufzustehen, aber die Wanne war zu glatt. Honora und ich griffen auf beiden Seiten unter ihre Arme und hoben sie auf. Sie stieg aus der Wanne wie ein Cowboy, der über den Zaun des Corrals klettert, nachdem er von einem Wildpferd gefallen ist. Honora wickelte sie in ein rosafarbenes Handtuch.

«Danke», sagte Pem. Dann, mit ungeheurer Würde, drapierte sie das Handtuch um sich wie den Umhang einer Königin und ging auf ihr Schlafzimmer zu.

«Mein Gott», sagte ich. «Wie oft –»

«Einmal in der Woche», sagte Honora. «Sie benimmt sich, als sei ich ihr Folterknecht. Ich warte immer einen sonnigen Tag ab, damit es im Haus warm ist, und versuche, sie in die Badewanne zu bekommen, bevor sie sich morgens anzieht. Der Fluch bei meiner Meteorologenausbildung ist, daß ich gewöhnlich schon am Abend vorher weiß, ob das Wetter warm genug sein wird oder nicht, und ich fürchte mich die ganze Nacht vor dem Bad.»

«Du kannst sie nicht weiter allein baden», sagte ich. «Sie ist zu schwer. Ihr könntet beide fallen. Von jetzt an mußt du mich oder Clare rufen.»

«Danke für das Angebot, Schätzchen. Ich weiß, daß du recht

hast, aber ich wollte nicht, daß ihr sie so sehen müßt. Ist das nicht traurig?» Unbewußt, oder vielleicht auch nicht, legte Honora die Hände unter ihre eigenen Brüste, während sie sprach.

Wir gingen nach unten auf die Veranda und setzten uns in die Korbschaukelstühle. Schweigend sahen wir den Schwänen und ihren Jungen zu, wie sie im seichten Wasser nach Nahrung suchten. Erst zwei Monate zuvor hatten wir an der gleichen Stelle gesessen, das Feuerwerk betrachtet und die Torte zum Vierten Juli gegessen. Ich fragte mich, wie lange Pem noch bei uns sein würde. Sie war erst sechsundachtzig; sie hatte noch einen langen Weg vor sich bis zu dem verehrungswürdigen Alter von fünfundneunzig oder hundert, das ihre Familie gewöhnlich erreichte, aber an diesem Tag auf Honoras Veranda fühlte ich, daß uns etwas entglitt. Es konnte nicht ewig so weitergehen, daß Pem und Honora sich umeinander und um uns übrige kümmerten. Ich betrachtete meine Mutter; ihr Gesicht sah ernst und alt aus und leicht verärgert, als sie die Schwäne anstarrte, die mit ihren Jungen Nahrung suchten. Vielleicht dachte sie daran, daß sie, nachdem sie für mich und Clare gesorgt hatte, jetzt für Pem sorgen mußte. Wann würde jemand für sie sorgen?

«Bist du böse auf Pem?» fragte ich.

Sie lachte. «Böse auf sie? Du hast sie gesehen – wie kann ich ihr böse sein? Sie tut mir leid. Weißt du noch, wie sie früher war?»

«Ja.»

«Sie war eine fabelhafte Mutter. Sie führte mich und euch Mädchen gern irgendwohin aus. Sie machte mit uns ganz spontan Tagesausflüge nach Providence oder New York. Sie und ich waren in der Premiere von vielen Broadway-Shows. Ich bin traurig, daß sie nie wieder so sein wird. Ich hatte immer gehofft, wir könnten einander angenehm Gesellschaft leisten.»

Wir hörten die schlurfenden Schritte von Pem. Sie erschien in der Verandatür in ihrem rosa Handtuch, beide Hände ausgestreckt, einen Ausdruck der Verblüffung auf dem alten Gesicht, und sagte: «Ich kann meine Kleider nicht finden.» Honora und ich mußten unwillkürlich lachen, und wir gingen zu Pem und nahmen sie in unsere Arme.

Das ist hervorragend», sagte Helen und zeigte auf meinen Vierteljahresbericht. Wir saßen am Eßtisch in ihrer Wohnung, weil sie, wie sie mir in ihrem Brief geschrieben hatte, «die Öde der Stiftungsbüros» nicht ertrug. Sie wohnte in Chelsea, nicht weit vom Gregory entfernt, und ihre Fenster gingen auf die Seminargärten hinaus. Abgenutzte, aber buntgefärbte Gobelins vom Leben am französischen Hof bedeckten die Wände. Ein prachtvoller Papagei beobachtete uns aus einem Käfig, der wie ein kleines chinesisches Teehaus aussah.

«Ich bin so froh, daß er ihnen gefällt.»

«Und ob er mir gefällt – wir alle mögen Ihre Arbeit. John hat mir aufgetragen, mit Ihnen darüber zu sprechen. Sie wissen ja sicher, daß er augenblicklich durch die ganze Welt reist. Ihr Mann informiert Sie doch über Johns Reisen, nicht?»

«Allerdings, denn meistens reist er mit ihm.»

«Ach du meine Güte», sagte Helen und schaute höflich aus dem Fenster, ohne einen Zweifel daran zu lassen, daß sie über diese Reisen ihre eigenen Ansichten hatte. Sie trug heute grünen Lidschatten, der bei ihr großartig wirkte. Silber- und Emailarmreifen klimperten, wenn sie den Arm bewegte. Ihre Bewegungen, als sie uns Tee eingoß, wirkten irgendwie theatralisch; ich fragte mich, ob sie Schauspielerin gewesen war. Sie trug denselben Kaftan in Gelb, Orange und Grün, den sie auch getragen hatte, als wir uns kennenlernten.

«Arbeiten Sie viel für die Stiftung?» fragte ich.

«Jetzt ja. Früher war ich professionelle Tennisspielerin. Wirklich!» sagte sie mit Nachdruck. «Ich habe gegen Billie Jean King, Margaret Court und Chris Evert gespielt, als sie noch ganz jung war – gegen die besten Spielerinnen. Einmal habe ich in Wimbledon das Halbfinale erreicht. Ich mußte es aufgeben, weil ich eine wirklich böse Sehnenscheidenentzündung bekam. Ich habe sie übrigens immer noch», sagte sie und beugte den rechten Arm.

«Sie sehen wie eine Tennisspielerin aus», sagte ich mit einem bewundernden Blick auf ihre muskulösen Arme.

«Ich spiele noch immer gern. John und ich spielen häufig zusammen, wenn er Zeit hat jedenfalls. Als wir beide noch verheiratet waren, gab es tolle gemischte Doppel.» «Oh, Sie sind geschieden?»

«Verwitwet. Mein Mann starb mit einundvierzig Jahren ganz plötzlich an einem Herzinfarkt. Das war ein ziemlicher Schlag. Niemand erwartet, daß ein junger Mensch so stirbt. Ich habe zu analysieren versucht, was mich an Ihrer Arbeit so anzieht, und ich glaube, es sind die Geschichten um den Verlust von Menschen. Himmel, die gehen mir wirklich nahe – diese Geschichte über Caroline Orne ist herzzerreißend. Ich spüre, daß Sie über Verlust etwas zu sagen haben.»

«Nun, mein Vater starb, als ich noch klein war. Davon abgesehen habe ich eigentlich keine Verluste erlebt», sagte ich und fragte mich, ob ständige Angst vor Verlust vielleicht auch zählte.

«Vielleicht ist das genug.»

«Helen», sagte ich, ohne genau zu wissen, wie ich die Frage stellen sollte, «als ich Sie letztes Mal sah, erzählten Sie, daß Ihre Mutter ermordet worden ist.»

«Ja», sagte Helen. Sie spielte mit ihren Armbändern. «Keiner von uns hat das je ganz überwunden. Ich bin die Jüngste, ich war zwölf, Jaspar war zwanzig. Er war damals in Harvard, und alle sagten, er hätte eine brillante Zukunft als Anwalt, aber das werden wir nie erfahren. Danach war ihm jeder Lebensmut genommen. Vermutlich war er ihr Liebling. Zumindest hielt er sich dafür.» Sie lächelte trokken und verzog dabei nur leicht die Oberlippe. «Darin ist Jasper groß – ‹Mutters Liebling›, ‹ältester Sohn› –, Sie verstehen. Armer Jazz, er ist bloß ein mittelmäßiger Bankier geworden.»

Wenn Helen nicht meine Mäzenin, sondern eine Interviewpartnerin gewesen wäre, hätte ich sie nach Einzelheiten über den Mord gefragt. Vielleicht überlegte sie, es mir zu erzählen; sie beobachtete mich aufmerksam, doch dann wanderte ihr Blick zum Papagei.

«Zurück zu Ihrem Bericht», sagte Helen. «Mir gefiel der Teil über Dora Castile, aber ich muß sagen, daß man viel Phantasie braucht, um zu verstehen, was jemand, und sei es auch eine Ehefrau, in einem Kerl wie Warren Castile sehen kann.»

«Sie hätten ihre Stimme hören sollen», sagte ich. «Sie war trotzig, als wolle sie mich herausfordern zu bezweifeln, daß sie ihn liebte, aber gleichzeitig war sie zittrig. Er war erst zwei Wochen tot.»

«Die zwei Wochen nach dem Tod von Leroy, meinem Mann... waren entsetzlich. Termine mit Anwälten, Versicherungsagenten, Beerdigungsunternehmern. Es war unglaublich. Ich war die ganze Zeit verzweifelt traurig, aber ich hatte nicht eine Minute Zeit, stillzusitzen und darüber nachzudenken.»

«Das kann ich mir nicht vorstellen», sagte ich und versuchte, nicht an Nick zu denken, weil ich das Gefühl hatte, es wäre ein schlechtes Omen, wenn ich es täte.

Ich wollte Helen gerade nach ihrer Mutter fragen, als sie sich räusperte. «Sind Sie glücklich mit Ihrem Mann?» fragte sie und beugte sich vor, um Tee nachzuschenken.

«Ja», sagte ich. «Wir haben eine ganz besondere Beziehung. Ich glaube nicht, daß andere Ehen so sind wie unsere. Wir tun alles Mögliche, um zusammenzusein. Das ist bei seiner Arbeit schwierig, aber wir passen auf. Ich versuche, die Nacht in der Stadt zu verbringen, wenn er lange arbeiten muß, und auf Geschäftsreisen begleite ich ihn.»

«Immer?»

«Immer, wenn es möglich ist», sagte ich. Das Schöne daran, mit jemand Neuem zu sprechen, mit jemandem, der nichts mit meiner Familie zu tun hatte, war, daß ich in der Zeit zurückgehen und durch meine Worte die Wahrheit so wiederherstellen konnte, wie ich sie haben wollte.

Helen schüttelte den Kopf und rührte mit einem Löffel mit Elfenbeingriff Milch in ihren Tee. «Entschuldigen Sie, aber das klingt brutal. Zwingt er Sie, das zu machen?»

Ich starrte sie an. «Nein, ich möchte es», sagte ich.

Sie schwieg eine Weile, ehe sie sprach. «Nun ja», sagte sie, «jeder hat seine eigenen Methoden, um seine Ehe zu erhalten. Aber bei dem Leben, das Sie führen müssen – ich habe das jahrelang in meiner eigenen Familie beobachtet –, muß dieses System doch zu einer Tortur werden.»

Ich lachte. «Aber ich tue es gern! Nick versucht, mich anzurufen, ehe der letzte Zug nach New York abfährt. Oder er sagt mir, daß wir eine Geschäftsreise unternehmen, und binnen zehn Minuten sind unsere Koffer gepackt.»

«Oh, nicht Sie, meine Liebe. Ich dachte, es müßte eine Tortur sein für Nick.»

Das war es ja auch, oder? Ich dachte an den Abend im Vinnie's, als Nick mich gebeten hatte, nicht mehr in die Stadt zu kommen, wenn er lange arbeiten mußte. Hatte er das vorher geübt? Helen Avery betrachtete die Situation unvoreingenommen und nannte sie eine Tortur.

«Ich sehe, daß ich Sie getroffen habe», sagte Helen. «Ich meine, ich kenne den Druck, unter den diese Männer sich selbst setzen – manchmal unnötigerweise, glaube ich. Und dann muß er sich noch über Sie und Ihre Bequemlichkeit Gedanken machen, dafür sorgen, daß er Sie anruft, ehe der letzte Zug abfährt, nun ja –»

Was für eine Illusion war der Gedanke, ich könnte in der Zeit zurückgehen und meine Ehe für Helen neu erfinden. Eine große Veränderung hatte in unserem Haus stattgefunden, und ich konnte nicht so tun, als sei nichts gewesen. Nicht einmal vor einem Fremden. Helens Worte hatten mich verletzt; sie trafen genau ins Schwarze, und es paßte mir nicht, daß sie Nicks und meinen großen Aufruhr so mühelos auf den Punkt bringen konnte. Ich fühlte mich atemlos, gefährdet, als wandelte ich auf einem Grat und sei im Begriff herunterzufallen.

«Tut mir leid, daß ich Sie gekränkt habe», sagte sie. «Aber ich hatte ja auch mit dem Leben von Wall Street zu tun und mit den Schwierigkeiten und Reisen, die damit zusammenhängen, also habe ich eben laut gedacht.»

«Das ist schon in Ordnung», sagte ich, obwohl es nicht stimmte. *Etwas Schlimmes wird passieren*, dachte ich. Ich hatte eine kurze Vision: Nicks Gesicht und meines, nicht lächelnd, einander nicht ansehend.

«Nun», sagte Helen, «ich will Ihnen sagen, warum ich Sie hierher eingeladen habe. Wie ich schon sagte, sind wir sehr angetan von Ihrer Arbeit.» Sie schenkte mir ein Lächeln, das mich verzaubern, meine Betroffenheit vergessen lassen sollte. «Und wir möchten, daß Sie sie veröffentlichen.»

«Wie meinen Sie das?»

«Wir würden gern ein paar Interviews mit Zeitungen und Zeitschriften arrangieren, um Ihre Berichte einer breiten Leserschaft zugänglich zu machen. Wir glauben, das Swift-Observatorium könnte viele Leuten interessieren. Möglicherweise können wir dafür sorgen, daß Ihre Sachen in Zeitungen und Zeitschriften erscheinen.»

Zu Beginn unseres Gesprächs hätte mich diese Idee fasziniert, aber jetzt fühlte ich mich angespannt und unfähig, Freude zu zeigen. Ich neigte den Kopf, und sie nahm das als Aufforderung, weiterzusprechen.

«Wir hätten gern, daß Sie einige Interviews geben und das Projekt selbst publik machen. John wird dann mit verschiedenen Presseorganen verhandeln, die Interesse gezeigt haben.»

«Sie meinen, Sie haben schon mit Außenstehenden darüber gesprochen?»

Helen lachte charmant. «Natürlich, meine Liebe. Von dem Tag an, an dem wir Ihren ersten Bericht bekamen. So funktioniert das eben – nennen Sie es Fühler ausstrecken, wenn Sie wollen. Wir versuchen, Interesse an all unseren Projekten zu wecken. Das hilft Ihnen und den anderen Stipendiaten. Sie werden vielleicht keinen Nobelpreis bekommen, aber Leo Guziewicz hat einen bekommen.»

«Was verdient die Stiftung dabei?»

«Überhaupt nichts, außer der Befriedigung, die damit verbunden ist. Es gefällt uns, wenn die Welt die Brillanz unserer Stipendiaten anerkennt. Das beweist uns, daß wir wissen, was wir tun.» Wieder lächelte sie.

«Ich bin nicht daran interessiert, das Swift-Observatorium publik zu machen», sagte ich.

Helen lächelte noch immer. «Ich weiß, daß ich Sie eben verletzt habe. Das wollte ich nicht. Ich glaube, ich fühle mich Ihnen so nahe wegen der Dinge, über die Sie schreiben, und weil Sie ein Leben führen, das mir sehr vertraut ist. Es war ein Fehler, daß ich versucht habe, die Erfahrung meines Alters an Sie weiterzugeben. Ich bin sicher, daß die Beziehung zwischen Ihnen und Nick wunderbar ist – ganz anders als die zwischen meinem Vater und meiner Mutter oder zwischen John und seiner Exfrau oder sonst jemandem. Nach allem, was Sie mir erzählt haben, muß sie das sein. Können Sie mir verzeihen?»

«Ja», sagte ich, denn obwohl sie mich verletzt hatte, fühlte auch ich mich zu ihr hingezogen. Und ich kannte mich selbst gut genug, um zu wissen, daß mich nur Leute verletzen konnten, denen ich mich nahe fühlte.

«Yawk!» krächzte der Papagei, und ich fuhr zusammen. «Gib uns einen Kuß!»

Helen stand auf und durchquerte den Raum, zwängte sich zwischen dem Flügel und einem alten Pult durch, auf dem eine aufgeschlagene Bibel lag, und trat an den Käfig. Da sah ich, daß der Papagei und ihr bunter Kaftan die gleichen Farben hatten: Smaragdgrün, Gold und Orange.

«Er glaubt, ich sei ein Papagei», sagte sie fröhlich. «Er ist in mich verliebt, nicht wahr, Didier?»

«Gib uns einen Kuß, gib uns einen Kuß», quäkte der Papagei.

«*Gros bisous!* Küßchen, Küßchen», sagte Helen lachend.

Ich lachte ebenfalls. «Ich sollte jetzt wohl gehen», sagte ich.

«Gut», sagte Helen. Sie hielt meinen Arm, während wir zur Tür gingen. «Versprechen Sie mir, daß Sie über unseren Plan nachdenken werden. Ich weiß, er wäre wunderbar für Sie und für das Swift-Observatorium. Und verzeihen Sie mir, daß ich Ihre Gefühle verletzt habe.»

«Ich werde darüber nachdenken», sagte ich, «und ich nehme es Ihnen nicht übel.» Ich beugte mich vor, um mich von ihr auf die Wange küssen zu lassen; ich spürte noch immer das Unbehagen, das mich vorhin befallen hatte. Und ich fragte mich, wie ich einen romantischen Ratschlag von einer Frau übelnehmen konnte, die in ihren Papagei verliebt war.

«Ich muß wieder nach London», sagte Nick, und sein Ton klang leicht aggressiv. Wir standen bei Vollmond in unserem Garten. Das Flugzeug hatte ihn gerade abgesetzt, und ich hörte es über die Bucht in Richtung auf das Mendillos-Dock knattern.

«Was bedeutet das, du mußt wieder nach London?» fragte ich und spürte, wie ich mich innerlich verkrampfte.

«Was ich gesagt habe. Morgen fliege ich, wahrscheinlich für drei Wochen. Meine Teilnahme ist wichtig für dieses Geschäft. Ich bin für alle Dokumente zuständig. Ich sitze in jeder Besprechung. Ich weiß mehr über die Sache als alle anderen, die damit zu tun haben – sogar mehr als der Kunde.»

Ich ging drei Schritte vor ihm her, die Arme über der Brust verschränkt. Der Wind war eisig; ich hatte keinen Pullover finden können, als ich das Flugzeug kommen hörte. An der Tür stellte Nick seinen Aktenkoffer ab und trat zu mir. «Ich werde dich eine Minute in den Arm nehmen, und dann sollten wir uns einmal in Ruhe unterhalten», sagte er. Er legte die Arme um mich, und wir hielten uns fest, regungslos, ohne den Wunsch, uns zu küssen. Wir hatten die ganze Nacht dort stehen können. Das Mondlicht fiel durchs Küchenfenster, erhellte den Fußboden und Nicks Schuhspitze. Wir standen so lange da, daß das Licht weiterwanderte und der Schuh wieder schwarz und matt aussah. Schließlich gingen wir ins Wohnzimmer. Ich dachte nicht mehr daran, ein Abendessen zu kochen.

«Mit uns passiert etwas Schlimmes», sagte Nick.

«Ich glaube nicht, daß das stimmt», sagte ich. «Du hast gerade viel zu tun, und wir sehen uns nicht so oft.»

Nick schüttelte den Kopf. Er saß am Rand des Sofas, die Hemdärmel aufgekrempelt, die Krawatte gelockert. Er hatte die Hände verschränkt und die Ellbogen auf die Knie gestützt. Er schaute auf den Boden. *Etwas Schlimmes wird passieren*, dachte ich wieder und erinnerte mich an Helen. Ich spürte eine Bedrohung; ich wollte nicht hören, was er sagen würde.

«Ich sehe das nicht so», sagte er. «Ich habe viel zu tun, seit wir uns kennen, auch schon während des Studiums. Du hast mich immer unterstützt – mehr als jede andere Ehefrau, von der ich gehört habe. Aber das hier ist anders. Es ist zwanghaft, wie du an meinen Worten zweifelst, an meinen Motiven, ohne dich nach London zu fliegen, an allem. Ich habe das Gefühl, du zweifelst an allem, was zwischen uns ist.»

«Ich? Ich zweifle nicht an uns.»

«Dann an mir. Du vertraust mir nicht. Ich hasse das, Georgie. Ich rufe dich an, und ich spüre, daß du mit dem Schlimmsten rechnest. Du wartest nur darauf, daß ich verdächtig klinge oder daß ich dir sage, ich müsse über Nacht in New York bleiben oder nach London fliegen. Und wenn ich das sage, dann weiß ich, daß ich nur bestätige, was du die ganze Zeit schon wußtest: daß ich nicht mit dir zusammensein will. Das kannst du nicht leugnen.»

«Das stimmt nicht. Ich bin enttäuscht, natürlich, wenn wir nicht zusammensein können. Aber ich weiß, daß das nicht immer in deiner Macht steht.»

«Aber was ist, wenn es doch in meiner Macht steht? Was ist, wenn ich es für besser halte, allein nach London zu fliegen? Ich kann mich besser konzentrieren, wenn ich weiß, daß du nicht im Hotel sitzt, auf die Uhr schaust und dich fragst, ob ich zurückkommen werde, ehe die Restaurants schließen.»

«Oh, mein Gott», sagte ich und dachte, daß das genau das war, was Helen gesagt hatte. Ich haßte sie in diesem Augenblick, und ich haßte Nick. Es spielte keine Rolle, daß ich gedacht hatte, etwas Schlimmes könne passieren; nichts hatte mich auf das hier vorbereiten können.

«Während ich weg bin, müssen wir beide diesmal ernstlich nachdenken. Ich kann so nicht weitermachen und ertrage es nicht, ständig Zweifel in deiner Stimme zu hören.»

Als mein Vater den Job bei Ordaco angenommen hatte, war er fast immer von zu Hause fort; ich hatte mich erleichtert gefühlt, weil das die Spannungen zwischen ihm und Honora milderte; ernste Spannungen, die vielleicht wirklich zu einer Trennung geführt hätten. Doch diese relativ kurze Geschäftsreise von Nick flößte mir Schrecken ein; es hörte sich an, als schlage er vor, wir sollten uns trennen, gefühlsmäßig trennen wie zwei Leute, die grundsätzlich über den Zustand ihrer Liebe nachdenken müssen.

«Nick, tu das nicht», sagte ich leise.

«Was soll ich nicht tun? Nicht nach London gehen? Oder nicht so unglücklich sein? Du willst unbedingt, daß alles nach deinem Willen läuft, und läßt überhaupt keinen Raum für meine Gefühle. Siehst du das, Georgie? Siehst du das?»

«Unglücklich? Du bist unglücklich?» hörte ich mich fragen.

Ich hielt den Kopf in den Händen, weil mir schwindlig wurde. Ich spürte Nicks warme Hand mit leichtem Druck in meinem Nacken. «Halt den Kopf zwischen den Knien», sagte er.

Schwärze eilte auf mich zu, aber dann war es vorbei. Ich setzte mich aufrecht hin. Nick ließ seine Hand in meinem Nacken liegen und drückte mich leicht mit den Fingern. Einer von ihnen zeichnete ein Muster auf meine Haut. Ich stellte mir vor, er buchstabiere «Ich liebe dich». Seine schwarzen Augen glänzten; ich sah die Tränen darin.

«Was wird aus uns?» fragte ich wie betäubt.

«Ich weiß nicht», sagte Nick.

In dieser Nacht liebten wir uns. Ich dachte, wenn ich seinen Körper daran erinnern könnte, wie schön wir es zusammen hatten, wäre alles gut. Wir entkleideten einander im Dunklen, ernst, ohne zu sprechen. Mondlicht beleuchtete seinen Körper: die seidige Haut, das schwarze Haar um seinen Penis, der dunkler wurde, während er sich aufrichtete. Ich drückte ihn auf das Bett und rieb mit den Händen kreisförmig über seine Brust, seinen Bauch, seine Schenkel. Ich war die Hexe, und meine Hände schrieben Zaubersprüche, während mein Mund sich über seinen Penis senkte, verrückt vor Liebe und Gefahr.

Nick und das Team von Hubbard und Starr waren morgens mit der Concorde nach London abgeflogen. Deshalb war ich schockiert, als ich dann gegen Mittag John Averys Stimme am Telefon hörte.

«Störe ich Sie vielleicht?» fragte er.

«Nein, aber ich dachte – ich dachte, Sie seien in London.»

«Diese Woche nicht. Ich überlasse diesen Teil des Geschäfts meinem überaus fähigen Kollegen, einem Mann namens Nicholas Symonds. Vielleicht kennen Sie ihn?»

«Vielleicht», sagte ich, überhaupt nicht sicher, ihn wirklich zu kennen.

«Ich rufe an, um die Schrauben anzuziehen. Ich habe zwei Interviews und einen Fototermin für Miss Swift von dem bekannten Swift-Observatorium arrangiert. Werden Sie es machen?»

«Ich glaube nicht, John. Ich habe darüber nachgedacht, und es erscheint mir nicht richtig. Außerdem, warum sollte jemand Bilder von mir wollen? Das mit den Interviews kann ich verstehen, aber warum Bilder?»

«Das ist doch eine prima Sache, eine hübsche Frau, die das Swift-Observatorium repräsentiert. Entschuldigen Sie, daß ich Sie hübsch genannt habe – ich weiß, daß berufstätige Frauen heute denken, Tüchtigkeit sei alles, und Männer sollten sonst nichts bemerken.»

«Schon gut, danke», sagte ich und fragte mich, ob er mich zum besten halten wollte.

«Ich werde Ihnen etwas sagen – denken Sie noch ein oder zwei Tage über die Geschichte nach, und dann rufen Sie mich an. Es wäre doch toll, wenn Ihre Arbeit in großer Auflage erschiene.»

«Ja, gut», sagte ich und beendete das Gespräch.

Ich saß auf meiner Veranda und dachte an Nick und Jean, die ohne John in London waren, als Clare durch den Garten kam. Sie trug einen türkisfarbenen Badeanzug, eine Sonnenbrille und Gummischuhe.

«Mutter hat entschieden, daß heute der richtige Tag für ein Picknick ist. Willst du mitkommen?»

«Wohin wollt ihr?»

«Candle Island.» Sie meinte den großen Felsen eine halbe Meile vor der Küste. Jetzt erst bemerkte ich, daß der Tag wolkenlos war, einer von den strahlend blaugoldenen Augusttagen mit einer Brise, die gerade stark genug ist, um die Blätter zu bewegen und die Astern und den Goldregen zu wiegen.

«Vielleicht», sagte ich.

«Bist du bedrückt?» fragte sie, setzte sich auf die Stufe der Veranda und lehnte den Rücken gegen das Geländer. Sie nahm ihre Sonnenbrille ab und beschattete ihre Augen, um mich anzusehen.

«Ja, sehr. Er ist für drei Wochen verreist.»

«Damit kannst du leben.»

«Hat Nick – weißt du, ob Nick Donald etwas über die Reise gesagt hat?»

«Nun, Donald hat mir erzählt, daß Nick über irgend etwas sauer zu sein scheint. Er hat nicht gesagt, was es ist, aber ich hatte den Eindruck, daß er ziemlich böse auf dich ist.»

«Oh, danke, Clare! Nick ist tausend Meilen weit weg, und du sagst mir so was. Vielen Dank.»

«Liebes, sag mir, was los ist.»

«Ich glaube, Nick will mich verlassen», sagte ich so leise, daß ich es selbst kaum hören konnte.

«Das glaube ich nicht.»

«Ich mache ihn unglücklich. Du weißt, warum – die Art, wie ich mich verhalte, wenn er nicht hier ist. Ich habe vor so vielen Dingen Angst, Clare.»

«Wovor hast du am meisten Angst?»

«Daß sich alles noch mehr verändert. Daß Nick und ich nicht zusammen sind.» Der Gedanke war so entsetzlich, daß ich zu zittern begann. Clare setzte sich auf die Armlehne meines Korbsessels und legte den Arm um mich. Ich fühlte ihre Wange auf meinem Haar.

Honora kam in meinen Garten; sie trug die beiden Ruder, die karierte Stranddecke und einen Korb, aus dem ein Laib französisches Brot, der Stiel einer Ananas und eine Flasche Evian herausragten. Sie winkte uns zu und ging dann auf den Steg zu, an dem unser Dinghi schaukelte. «Kommt!» rief sie.

«Mir ist nicht nach Picknick», sagte ich.

«Bitte, komm», sagte Clare. «Ich möchte, daß du mitkommst. Ich verstehe, daß du durcheinander bist, aber das kommt schon in Ordnung. Ich kenne dich, und ich kenne Nick. Ihr werdet schon einen Weg finden, damit fertig zu werden.»

«Hoffentlich.»

«Nun komm», sagte sie. Ich nahm ihre Hand und ließ mich zum Boot führen; ich bemerkte das Muster, das das Korbgeflecht in die Rückseite ihrer nackten Beine gedrückt hatte.

Am Steg besprachen wir, wer schwimmen und wer das Boot rudern sollte; Clare wollte freiwillig rudern, wenn Honora auf dem Rückweg rudern würde. Nachdem alles im Boot verstaut war, machten wir uns auf den Weg. Ich schwamm gleichmäßig, holte nach jeweils drei Zügen Luft, hielt die Augen offen und beobachtete, wie der felsige Grund der Bucht in den tiefen Sund überging.

Clares Ruder ließen das Wasser aufspritzen und weckten in mir die Erinnerung an andere Schwimmausflüge nach Candle Island. Wir waren immer mindestens zu dritt, und einer ruderte zur Sicherheit das Boot. Starke Krämpfe? Haie, die angriffen? Nie war etwas passiert, aber wir wollten vorbereitet sein. Ich war in meine Gedanken versunken, als Honora gegen mich prallte. «Entschuldigung, Radarfehler», sagte sie und schwamm weiter.

Fünfundzwanzig Minuten später hatten wir die Insel erreicht. Honora und ich klammerten uns keuchend an den Felsen, während Clare das verschrammte alte Dinghi durch Algen und Muscheln an Land zog. Wir breiteten die Decke aus, und Honora verteilte weiße Tennishütchen.

«Was für ein herrlicher Sonnentag», sagte sie.

«Gib mir ein bißchen Salami, ich bin am Verhungern», sagte Clare.

«Nick ist also in London», sagte Honora. «Geht es immer noch um dieses streng geheime Geschäft, bei dem er dich nicht mitnehmen darf?»

«Mutter –», warnte Clare.

«Daß du und Donald euch darauf geeinigt habt, jeder solle sich um seine eigenen Sachen kümmern, bedeutet noch nicht, daß das auch für deine Schwester gilt. Ich weiß, daß sie lieber in London wäre, und ich finde, da gehört sie auch hin. Warum überraschst du ihn nicht, nimmst einen von diesen Billigfliegern und versteckst dich in seinem Hotelzimmer?»

Unbändige Wut stieg in mir auf. «Himmel noch mal», sagte ich, «solange ich denken kann, hast du mich darauf abgerichtet, an der Seite meines Mannes zu sitzen und ihn nicht aus den Augen zu lassen, aus Angst, er könnte eine andere Frau ansehen. Nur, weil dein Mann ein Verhältnis hatte, müssen ja nicht alle Männer Verhältnisse haben.»

Schockiert starrte Honora mich an. «Natürlich nicht, Georgie. Es stimmt nicht, daß ich dir das immer gesagt hätte.»

«Und ob das stimmt», sagte ich. «Und wie es stimmt, und ich habe dir geglaubt. Ich habe den wunderbarsten Mann der Welt, und ich kann ihn nicht aus den Augen lassen aus tödlicher Angst, er könne seine Sekretärin oder irgendeine Straßendirne vögeln.»

«Das würde Nick nicht tun – ich weiß, daß er das nicht tun würde. Ich habe nur vorgeschlagen, du solltest nach London fliegen, weil ich weiß, daß du gern bei ihm wärst.»

«Sag, was du willst, aber das ist nicht der Grund.»

«Aber ja! Sag nicht, ich würde lügen, Georgiana. Ich finde, es wäre nett, ihn damit zu überraschen. Ich kann mir richtig vorstellen, wie er nach einem harten Tag in der City müde in sein Hotelzimmer kommt und dich vorfindet, wie du ihn mit offenen Armen erwartest.»

«Wenn ich das täte, würde er mich verlassen. Soweit ist es gekommen. Ich wünsche mir mehr als alles auf der Welt, bei ihm in London zu sein, aber wenn ich hinfliegen würde, wäre meine Ehe am Ende», sagte ich, und dann tauchte ich in das kühle Wasser. Ich fing an, nach Hause zu schwimmen, und blickte nicht zurück, um zu sehen, ob das Ruderboot mir folgte.

An diesem Abend klopfte Honora an meine Tür. Ich ließ sie ein, und wir standen einander in meiner Küche gegenüber. Sie trug einen Trainingsanzug aus schwarzem Samt und darüber einen bestickten Schal. Ich hatte bereits mein weißes Nachthemd an.

«Das war sehr gefährlich, was du heute gemacht hast», sagte sie. «Ohne das Boot wegzuschwimmen!»

«Das ist mir egal.»

«Clare und ich sind dir natürlich gefolgt, aber du bist so schnell geschwommen, daß wir dich vielleicht nicht mehr rechtzeitig erreicht hätten, wenn etwas passiert wäre.»

Mutter ist genau wie ich – immer wartet sie darauf, daß etwas passiert, dachte ich. Statt dessen sagte ich: «Tut mir leid, daß ich das Picknick verdorben habe.»

Honora hob die Hand, um mir zu zeigen, daß das überhaupt keine Rolle spielte. «Ich möchte von dir erfahren, was los ist.»

«Ich bin nicht in der Stimmung, mit dir zu reden. Ich bin sehr müde, und ich möchte zu Bett gehen.»

Honora sah auf ihre Uhr, die große goldene, die früher ihrem Vater gehört hatte. «Es ist erst halb zehn. Du kannst noch nicht müde sein.»

«Bin ich aber. Bitte, geh, ja? Mir geht's gut.»

«Hör zu. Draußen auf Candle Island hast du mir vorgeworfen, ich hätte dir etwas eingeimpft, was deine Ehe ruiniert. Ich finde, du bist es mir schuldig, das zu erklären.»

«Tut mir leid. Ich habe übertrieben», sagte ich und dachte, wenn sie nicht ginge, würde ich zu weinen anfangen und nie wieder aufhören.

«Jede Ehe hat ihre Höhen und Tiefen. Deine hat hauptsächlich

Höhen, soweit ich das beurteilen kann, und dafür bin ich sehr dankbar. Was immer zwischen dir und Nick vorgeht, es wird gut werden. Da bin ich ganz sicher.»

«Ich auch», sagte ich und lächelte, um sie zu beruhigen. Sie zögerte einen Augenblick, dann erwiderte sie mein Lächeln, gab mir einen Gutenachtkuß und ging. Während ich ihr nachschaute, wie sie den Rasen überquerte, dachte ich über das nach, was sie gesagt hatte. Wieso sollte sie «dankbar» sein, daß meine Ehe bisher gutgegangen war? Ich konnte verstehen, daß eine Mutter den Wunsch hatte, ihre Tochter glücklich zu sehen, aber Dankbarkeit schien ganz unangebracht. Ganz falsch. Es sei denn, Honora kenne irgendein besonderes Geheimnis, warum Frauen im Grunde nicht liebenswert sind und Männer mit Tricks dazu verführen müssen, bei ihnen zu bleiben.

Meine Telefongespräche mit Nick in dieser ersten Woche hatten etwas ungewohnt Reserviertes an sich, als stünde die Erinnerung an unseren letzten gemeinsamen Abend zwischen uns. Er rief mich so oft an wie immer, und wir sprachen über alle wichtigen Dinge: über unsere Arbeit, unsere Gesundheit, den Point, das Wetter. Der zurückhaltende Ton ging nicht nur von ihm aus. Ich selbst hatte auch das Gefühl, mich zurückzuziehen, ihm weniger von mir preisgeben zu wollen. Auf eine schreckliche Art warb ich um ihn, bemühte ich mich, mich begehrenswerter zu machen.

Wie verabredet rief ich John Avery zwei Tage nach unserem letzten Gespräch an.

«Ich habe mich entschlossen, es doch zu machen», sagte ich. «Weiß der Himmel, wie es dem Swift-Observatorium helfen soll, aber ich bin zu den Interviews bereit.»

«Großartig. Ich verbinde Sie mit Heidi, meiner Sekretärin, und die erläutert Ihnen alles.»

Heidi klang so gut informiert, so organisiert, daß ich zuerst annahm, John hätte es für selbstverständlich gehalten, daß ich kapitulieren und die Interviews geben würde; dann wurde mir klar, daß sie wahrscheinlich häufig solche Interviews für die Stipendiaten der Avery-Stiftung arrangierte. Sie fragte, ob ich die Interviewer lieber zu Hause in Black Hall oder in einem Hotel in New York empfangen würde.

«In einem Hotel», sagte ich zu meiner eigenen Überraschung.

«Bevorzugen Sie ein bestimmtes Hotel?» fragte sie.

«Eigentlich nicht», sagte ich und überlegte. «Jedes Hotel außer dem Gregory.»

Sie nannte ein Hotel in der Innenstadt, ich stimmte zu, und wir vereinbarten, sie würde mich anrufen und mir Daten und Details durchsagen. Ich bedankte mich, und wir verabschiedeten uns. Ich lehnte mich in meinem Sessel zurück und sah zu, wie Eugene, Casey und ihr Babysitter in der Bucht schwammen. Clare lag in einem Liegestuhl und las. Es wäre gut, diesen Ort für ein paar Tage zu verlassen, dachte ich. Sogar in der Augusthitze. Zu vieles hier war altvertraut, und alles, was ich fühlte, war völlig neu. Vielleicht würde ich für Nick anziehender sein, wenn ich in meinem Zimmer in einem schicken Hotel Interviews gab. Es wäre besser, wenn er sich mich in New York vorstellte und nicht zu Hause. In New York gab es viele Möglichkeiten: Er könnte mich tapfer und einsam in einem fremden Zimmer sehen, er könnte sich vorstellen, ich würde wegen meiner Schönheit und Brillanz gefeiert und umschwärmt und in den Zeitungen gepriesen. Wenn ich zu Hause bliebe, würde er sich nur eines vorstellen: mich, Georgiana Swift, im Kreis meiner Familie, wie ich das Herdfeuer hütete, bis er sicher zu mir zurückkehrte.

Das Hotel ging auf den Central Park hinaus, und durch einen Irrtum bei der Buchung oder die Großzügigkeit der Avery-Stiftung erhielt ich eine Suite in einem oberen Stockwerk. Ich ging durch meine Zimmer und betrachtete den antiken Schreibtisch, die vergoldeten Sessel, den kleinen Balkon, der sich über der Straße wölbte, den Konturen der stuckverzierten Fassade folgend, und mir das Gefühl gab, in einem luftigen Landkurort zu sein. Nur die hohen Gebäude jenseits des Parks und das schwache Rauschen des Verkehrs unten erinnerten mich daran, daß ich noch in der City war. Obwohl ich an diesem Tag Termine für mehrere Interviews hatte, wollte ich doch einige Telefonate für das Observatorium führen. Zuerst versuchte ich, Mona Tuchman zu erreichen, aber niemand meldete sich. Dann rief ich zwei junge Modedesigner an, über die ich in einer Zeitschrift gelesen hatte; sie hatten es geschafft, ihre Modelle bei einigen großen Kaufhäusern unterzubringen. Später ging ich die Fifth Avenue entlang, betrachtete Schaufenster und stellte mir vor, wie die Kleider, Schuhe und Juwelen an mir aussehen würden. Fünfzehn Minuten lang starrte ich ein Paar violett- und bernsteinfarbene Schuhe an, ehe ich das Geschäft betrat und sie anprobierte. Normalerweise zog mich der Park an, wenn ich in

New York war, doch nicht bei dieser Reise. Auf dieser Reise mußte ich Dinge beweisen, die nichts mit den Wundern der Natur zu tun hatten.

Steve Wunderlich, mein erster Interviewer, arbeitete für die *New York Times*. Er kam zur vereinbarten Zeit, und wir setzten uns in den Salon meiner Suite. Ich trug meine neuen Schuhe. Wir plauderten ein paar Minuten, während er sein Tonbandgerät testete und in die beste Position brachte, um unsere Stimmen aufzunehmen. Ich beobachtete, wie entspannt er schien, als sei er in seinem eigenen Hotelzimmer und nicht in meinem. Er wirkte jung, wie etwa fünfundzwanzig oder sechsundzwanzig, und er war gekleidet wie ein Professor, mit grauer Hose, einem leichten Madras-Jackett und einer gestreiften Fliege. Er lächelte, damit ich mich wohl fühlte. Ich fragte mich, ob meine Art ebenso unbefangen war wie seine, ob die Leute, die ich interviewte, sich ebenso entspannt fühlten wie ich.

«Wie ist das Swift-Observatorium entstanden?» fragte er.

«Ich interessiere mich für die menschliche Natur», sagte ich und versuchte, meine Arbeit zu erklären, ohne allzu prätentiös zu klingen.

«Ich habe Ihre Berichte gesehen, und ich wundere mich über Ihre Interviews mit Leuten wie Mona Tuchman und Caroline Orne. Sie haben Ihnen sehr persönliche Dinge gesagt, Einzelheiten, die sie Reportern nie erzählen würden. Können Sie das erklären?»

«Vielleicht, weil unsere Interviews wie Gespräche waren. Zwei Leute, die zusammensitzen und über schwierige Themen sprechen. Beide Frauen hatten die Hölle durchlebt, und sie hatten ein Bedürfnis zu sprechen.»

«Warum spezialisieren Sie sich auf Familien?»

«Die Familie fasziniert mich. Alles, was in Familien stattfindet, hat eine unglaubliche Kraft. Die stärksten Gefühle bestehen zwischen Familienmitgliedern, und gleichzeitig auch das größte Gefühl von Frieden, von Wohlbehagen. Eine Frau zum Beispiel kann sich vollkommen wohl fühlen, wenn sie mit ihrer Schwester zusammen ist. Sie lieben einander, kennen einander so gut, daß sie eine eigene Sprache haben, ein Gefühl für das, was die andere denkt, noch ehe sie es sagt. Plötzlich tut eine der Schwestern das Falsche – ich weiß nicht, macht dem Freund der anderen schöne Augen oder verrät der Mutter das Geheimnis ihrer Schwester. Irgend etwas ziemlich Schwerwiegendes. Wenn eine andere Person das täte, jemand außerhalb der Familien, wären die Konsequenzen ganz anders. Es käme zum Bruch. Aber in der Familie existiert ein Band, das so stark ist, daß es alles aushalten muß. Vielleicht will die eine Schwester der anderen die Augen auskratzen, vielleicht zeigen sie einander auch für eine Weile die kalte Schulter. Die Wut ist größer in einer Familie, und die Liebe auch. Weil sie wissen, daß sie schließlich doch zusammenbleiben werden.»

«Was ist mit Scheidung? Viele Familien sind durch Scheidung zerbrochen.»

«Das ist richtig, es sei denn, sie kämpfen mit Zähnen und Krallen, um das nicht zuzulassen. Schauen Sie sich Mona Tuchman an.»

«Das war bloß Untreue, keine Scheidung», sagte Steve mit trokkenem Lächeln.

«Bloß Untreue?» fragte ich.

Die lässige Art, mit der er «bloß Untreue» gesagt hatte, schien weltfremd und unreif; ich hatte das Gefühl, daß Steve ledig war und zuviel Zeit mit der Lektüre des *Playboy* zubrachte. Ein paar Sekunden lang schwiegen wir, und ich dachte an meine Familie und Nick und daran, daß sie mich zu den Dingen inspiriert hatten, die ich gesagt hatte, und daß sie im Augenblick weit entfernt von mir schienen.

«Sie treten also für Bindung und Verpflichtung ein.»

«Ja. Was mich selbst betrifft, heißt das. Aber das Swift-Observatorium ist genauso interessiert an Familien, in denen das schiefgeht. Im Augenblick arbeite ich gerade an einer Geschichte über Leute, die sich Sekten oder religiösen Orden anschließen, die jeden Kontakt mit ihren Familien verbieten. Für manche Familien ist das verheerend, aber ich fand zu meiner Überraschung auch einige, für die es tatsächlich eine Erleichterung ist – für die Familien wie für die Sektenmitglieder.»

Wir redeten noch einige Minuten, und dann war die Zeit für mein nächstes Interview gekommen. Steve und ich reichten uns die Hände. Ich ließ die nächste Interviewerin ein, Karine Bernardin vom *Islander Magazine*. Eine Stunde später sah ich Paul Tebib von der *Washington Post*, wieder eine Stunde später Holly Roylance von der *Brussels Review*. Sie alle waren intelligent und interessiert an dem, was ich zu sagen hatte; nur eine von ihnen, Karine Bernardin, trug einen Ehering.

An diesem Abend nahm ich einen Drink an der Hotelbar; die Klimaanlage verbreitete einen muffigen Geruch. Ich versuchte, nicht an die kühle Brise zu denken, die durch mein Haus in Black

Hall wehte. Ich starrte auf das Eis in meinem Glas und stellte mir vor, daß alle Männer, allein oder zu Paaren, mich beobachteten. Der Gedanke verursachte mir solches Unbehagen, daß ich meinen Drink bar bezahlte, statt die Rechnung zu unterschreiben, damit niemand einen Blick auf meine Zimmernummer werfen konnte, und ging.

«Wir sind auf gut Glück vorbeigekommen und haben unsere Wette gewonnen», ertönte John Averys Stimme, als ich durch die Halle ging. Er stand mit Helen an der Rezeption; sie grinsten über meine offensichtliche Überraschung.

«Wir sind auf dem Heimweg von einer Aufsichtsratssitzung, und John schlug vor, hier hereinzuschauen – um zu fragen, ob Sie zum Abendessen frei sind.»

«Wie wunderbar! Ich bekam gerade Hunger», sagte ich. Die Essenszeit war mir ohne Nick düster und leer vorgekommen, und hier winkte Abwechslung.

«Essen wir im Speisesaal des Hotels», sagte John. «Einverstanden, Georgie?»

«Gern», sagte ich. John reichte mir seinen Arm und führte mich durch die Halle.

Wir saßen in einer runden Nische, ich zwischen den beiden Averys. «Nick leistet hervorragende Arbeit in London», sagte John. «Er und Jean halten die Stellung.»

«Er sagte mir, daß Jean dabei ist», sagte ich. Ich stellte fest, daß ich Johns Gesicht und den Ton seiner Stimme studierte und auf alles achtete, was mir einen Hinweis darauf geben könnte, was zwischen Nick und Jean ablief, wenn ich nicht da war. «Sie arbeiten wahrscheinlich gut zusammen.»

«Sehr gut», sagte John, während er Butter auf ein Brötchen strich. «Einige Kollegen können nicht wie sie im Team arbeiten. Sehr effizient. Jeder handhabt verschiedene Aspekte des Geschäfts, aber die wichtigen Sachen machen sie zusammen. Sie nehmen mir eine große Last von der Seele.»

«Das ist schön», sagte ich.

«Jean...», sagte Helen und zog die Nase in Falten. «Ist das vielleicht die Jean, die ich neulich in deinem Büro kennengelernt habe? Große Frau, sehr energisch?»

«Energisch trifft auf Jean Snizort genau zu», sagte John kichernd. «Sie ist eine sehr aggressive, fähige Anwältin. Sie hat schon früh in ihrer Karriere komplizierte Transaktionen durchgeführt – die Leute vertrauen ihr.»

Einige Leute, dachte ich. John wandte sich an mich. «Und sehr attraktiv. Viele Ehefrauen würden den Gedanken hassen, daß ihr Mann mit Jean Snizort in London ist.» Ich fragte mich, was John mir zu sagen versuchte. Er wäre nicht so direkt gewesen, wenn zwischen Nick und Jean Funken sprühten. Andererseits war das vielleicht seine Art, mich zu warnen.

«Aber, John», sagte Helen scheltend. «Es kann sein, daß Georgie und ich solche Scherze nicht mögen. Zuerst sagst du, die Frau sei eine fabelhafte Anwältin, und dann deutest du an, sie sei scharf auf Männer. Solche Reden schmeicheln dir nicht gerade. Du hörst dich an wie ein alter männlicher Chauvinist.» Dann, zu mir gewandt, sagte sie: «Aber ich habe sie gesehen – ich weiß, was er meint.»

«Sie ist hübsch», sagte ich und dachte, vielleicht wäre ein Abendessen allein auf meinem Zimmer angenehmer gewesen.

«Na, wie sind die Interviews gelaufen?» fragte John. «Wir brennen darauf, das zu hören.»

«Sie liefen gut. Es war seltsam, bei einem Interview auf der anderen Seite zu sein. Die Reporter schienen sich für meine Ideen, meine Interviewtechniken zu interessieren.»

«Kann ich mir vorstellen», sagte Helen. «Sie bringen Leute dazu, Ihnen außerordentlich persönliche Dinge zu erzählen.»

«Für einige Leute könnte das eine Art Therapie sein», sagte John langsam. «Sie stehen mitten in einem außergewöhnlichen Geschehen, und da kommen Sie und stellen sanfte Fragen.»

Daß John «sanfte Fragen» sagte, wirkte intim und schmeichelhaft, und ich merkte, daß ich rot wurde.

«Nach Mutters Tod gab es keine sanften Fragen», sagte Helen. «Nur schreckliche, neugierige Reporter, die auf blutrünstige Dinge aus waren.»

Ich zögerte, dann fragte ich: «Würden Sie mir davon erzählen?»

«Oh, sie wurde von ihrem Liebhaber umgebracht», sagte Helen. «Er war wesentlich jünger als sie. Teilweise war das der Grund, warum die Reporter so interessiert waren. Vater fand den Skandal so entsetzlich, daß wir von diesem Tag an fast nie mehr über sie sprachen.»

Ich dachte, wie fürchterlich das für alle Averys gewesen sein mußte: seine Mutter zu lieben und nicht über sie sprechen zu dürfen, als sie nicht mehr da war. Sich gleichzeitig ihres Verhaltens zu schämen, wütend zu sein über ihren Betrug und zu wissen, daß man sie nie wiedersehen würde.

«Er war Jaspers Fußballtrainer», sagte John mit zusammengekniffenen Lippen. Ein Kellner brachte unser Essen; wir saßen schweigend, bis er wieder ging, und niemand rührte die Speisen an.

«Wir alle ließen es an Jasper aus», sagte Helen. «Als könne man ihm vorwerfen, daß er ein guter Fußballspieler war und einen gutaussehenden Trainer hatte, der natürlich häufig zu uns zum Essen kam. Bis er Mutter umbrachte, fanden wir ihn alle reizend. Niemand ahnte etwas von einer Affäre – wir nahmen einfach an, Mutter hätte ihn ins Herz geschlossen. Sie liebte unsere Freunde.» Helen klang verwirrt, als erzähle sie das zum erstenmal, als würden durch das Erzählen die Tatsachen realer.

«Bei unseren Parties kam sie immer herein und sagte uns, wie gern sie mit jungen Leuten zusammen sei», sagte John. «Eigentlich war es traurig, wenn ich heute darüber nachdenke. Sie war schrecklich einsam. Unser Vater war dauernd geschäftlich unterwegs, flog in der ganzen Welt herum.» Er schüttelte den Kopf. «Wie ich. Wie Nick, Georgie. Manchmal sehe ich einen jungen Burschen wie Nick mit einer wundervollen Frau wie Ihnen, und ich frage mich, warum er das macht.»

Helen legte ihre Hand auf meine. «Vielleicht ist es das, was ich Ihnen an dem Tag in meiner Wohnung zu sagen versuchte.»

«Sie dachten an Ihren Vater», sagte ich.

«Unter anderen», sagte Helen. «Männer. Die Männer der Wall Street.» Sie beugte sich vor, um an mir vorbei John anzusehen.

«Sei nicht sexistisch», sagte John. «Haben wir nicht eben über Jean geredet?»

«Arme Mutter», sagte Helen. «Wissen Sie, ich bin jetzt genauso alt wie sie, als sie starb.» Sie senkte den Kopf. «Ich kann mir nicht vorstellen, einen Jungen dieses Alters zu lieben.»

«Wissen Sie, warum er sie umgebracht hat?» fragte ich.

«Hitze, Lust, ich weiß nicht», sagte Helen. «Sie hatten eine Weile ein leidenschaftliches Verhältnis, und er dachte, sie würde seinetwegen Daddy verlassen.»

«Natürlich fand er auch ihr Bankkonto ganz anziehend», sagte John. «Aber wir wissen, daß es mehr war als das.»

«Jasper hat es nie verwunden», sagte Helen.

«So etwas verwindet man auch nicht», sagte John. «Man lebt damit weiter, aber man vergißt es nie.»

Wir aßen ein wenig von unseren lauwarmen Speisen. Dann bestellte John drei Cognacs. Ich trank meinen und fühlte mich traurig.

Ich dachte an das, was John vorher gesagt hatte, über meine «sanften Fragen». An diesem Abend brauchte ich nicht viele Fragen zu stellen; er und Helen brauchten nicht viel Ermutigung.

«Ja, so ist das Leben, nicht wahr, Georgie?» fragte John nach einer Weile. «Wie wär's, wenn wir den Kellner ein Telefon bringen ließen und Nick anriefen?»

«Ach, danke –», sagte ich und fragte mich, ob ich Johns Freundlichkeit der Erinnerung an die Distanz zwischen seinen Eltern verdankte. Aber als er bat, ein Telefon an den Tisch zu bringen, sagte der Kellner, sie hätten keine Leitung, die so weit reichte.

Helen lachte. «Wo glaubst du, daß du bist, John? In Hollywood? In diesen alten Hotels sind solche Sachen nicht möglich.»

«Ist schon gut», sagte ich. «Aber vielen Dank. Es war eine wunderbare Idee. Und danke für das Abendessen.»

«Es war uns ein Vergnügen», sagte John. Zum erstenmal in all den Jahren, seit ich ihn kannte, küßte er mich auf die Wange. Dann wandte ich mich um und küßte Helens Wange. Wir sagten einander gute Nacht, und ich ging nach oben in mein Zimmer.

Das Hotelbett war so groß, so riesig, und Nick war weit weg. Während der Nacht erforschte ich es mit meinen Händen, meinen Füßen, tat so, als sei Nick eingeschlafen und aus meiner Reichweite gerollt. All die gelben Lichtpartikel in New York, dieses messingfarbene Licht, das so typisch ist für die Stadt, waren irgendwie in der Luft vor meinem Fenster konzentriert. Ich lage lange auf dem Rükken, dann drehte ich mich auf die Seite. Schließlich tat ich das, was nicht zu tun ich mir geschworen hatte: Ich rief Nick in London an. Dort war es fünf Uhr morgens.

«Hallo», sagte ich. «Tut mir leid, daß ich dich aufwecke.»

«Was? Das macht nichts. Stimmt etwas nicht?» fragte Nick und klang vollkommen wach, aber ich konnte mir vorstellen, wie er sich aus dem Schlaf kämpfte, das Haar zerwühlt, der Schlafanzug halb aufgeknöpft.

«Es ist weiter nichts. Ich kann nicht schlafen. Du fehlst mir. Ich habe mit John und Helen zu Abend gegessen, und wir sprachen über ihre Mutter.»

«Ihre Mutter?»

«Sie wurde ermordet, als sie Kinder waren. Es war sehr traurig.»

«Das ist schrecklich.» Lange Pause. Ich sah ihn in seinem Hotelbett liegen, den Hörer in der Hand, nicht wirklich fähig aufzuwachen. Die Vorstellung machte mich schläfrig, und ich lächelte. «Ich werde dich hypnotisieren, damit du einschläfst, ja?» fragte er.

«Okay.»

«Leg dich hin. Leg deinen Kopf auf das Kissen und mach die Augen zu. Jetzt denk an den Point. Es ist eine warme Sommernacht, und wir gehen schwimmen.»

«Du und ich?» fragte ich mit geschlossenen Augen.

«Mmmm. Wir treten Wasser. Es ist schön und warm, aber gleichzeitig kühl. Hör nur auf die Wellen. Wusch, wusch», sagte er, und ich hätte fast gelacht über Nicks Versuch, wie eine Welle zu klingen. Er mußte tief geschlafen haben.

Er schwieg so lange, daß ich wußte, er war wieder eingeschlafen. Mit gefiel der Gedanke, selbst einzunicken, den Hörer festzuhalten, der mich mit Nick in London verband, aber der Gedanke an die Telefonrechnung hielt mich davon ab. «Nick?» sagte ich, und als keine Antwort kam, sagte ich: «Träum was Schönes», und legte den Hörer auf.

Ich konnte schließlich doch ein wenig schlafen in dieser Nacht, aber am nächsten Morgen hatte ich Kopfschmerzen und fühlte mich verwirrt. Das Telefongespräch hatte mich an die alten Zeiten mit Nick erinnert: wir waren zärtlich und liebevoll und immer verfügbar füreinander. Während ich in meinem Zimmer Kaffee trank, spürte ich Wut in mir aufsteigen bei dem Gedanken, daß einer von uns dem anderen einen Streich gespielt hatte. Wäre er auch so lieb gewesen, wenn er nicht verschlafen gewesen wäre? Hatte er sich einfach aus Gewohnheit lieb verhalten? Ich merkte, daß ich das tat, was er nicht mochte, nämlich alle seine Motive in Zweifel zog; ich wollte das nicht tun, aber an diesem Morgen in New York konnte ich mich nicht davon lösen. Als wollten sie jede Hoffnung vertreiben, die durch unseren schläfrigen Telefonanruf entstanden war, kamen alle bösen Gedanken über Jean, über Nicks Verzweiflung, über unser trauriges Schicksal zurück und zerrten an mir.

Mein einziger Termin an diesem Tag war der mit einem Fotografen. Er sollte Bilder von mir machen, die zusammen mit einem Auszug aus meinem zweiten Vierteljahresbericht im *Vanguard Magazine* erscheinen sollten. Ich hatte mich bei den Interviews wohl gefühlt, aber Fotos machten mich nervös. Ich sah meine Kleider durch und versuchte zu entscheiden, was ich anziehen würde. Nach einer Weile rief ich Clare an, um sie um Rat zu bitten, und sie schlug vor, Rot zu tragen, weil das zu meinem dunklen Haar gut aussehen würde. Honora saß an Clares Küchentisch, und obwohl ich nicht mit ihr sprechen wollte, bestand sie darauf.

«Leg viel Make-up auf, Schätzchen», sagte sie. «Ich weiß, daß du das nicht gewohnt bist, aber glaub mir – hinterher wirst du froh sein. Jahrelange Erfahrung hat mich gelehrt, daß man ohne Lippenstift vor der Kamera farblos aussieht.»

«Danke», sagte ich und wollte das Gespräch beenden, ehe sie anfing, mich nach Nick zu fragen. Ich konnte mir vorstellen, wie die beiden darüber spekulierten, was zwischen uns ablief. Natürlich lag ihnen an mir; daran zweifelte ich nicht, aber ihre Besorgnis ging mir auf die Nerven.

Gott, wie wütend war ich auf sie, die da auf Bennison Point saßen und darüber lamentierten, welche Entwicklung meine Ehe genommen hatte. Honora kannte keine Romantik. Und Clare auch nicht. Kümmerte es sie, ob Donald nach Hause kam oder nicht? Sie betrachtete seine Überstunden als unvermeidlich und nahm an, er würde nach Hause kommen, wenn er könnte. Für Clare und Honora waren Ehemänner Brotverdiener. Man mußte ihnen Zugeständnisse machen; schließlich waren sie nur Männer. Ich dachte an Nicks nackten Rücken, gebräunt und muskulös, und spürte etwas so Prickelndes, daß ich die Beine kreuzen mußte.

Als mein Fototermin näher rückte, fing ich an, Kleider anzuprobieren. Ich hatte zwei Garnituren von zu Hause mitgebracht und zog jede dreimal an. Jede sah beim ersten Mal gut aus und beim zweiten Mal nicht ganz perfekt. Beim dritten Mal fragte ich mich, wie ich je so etwas hatte kaufen können. Ich lief zu Bergdorf Goodman und fuhr mit dem Lift in die Kleiderabteilung. Aber wollte ich überhaupt ein Kleid tragen? Vielleicht wollte ich ein anderes Image vermitteln, etwas Intellektuelleres, Raffinierteres. Hosen. Tatsächlich, Bergdorf's war das falsche Geschäft. Ich eilte wieder nach unten, aus der Tür und um die Ecke zu Bendel's. Aber alles, was ich da sah, schien von Tieren zu stammen: Leopardenmuster, Tigerstreifen, Gürtel aus Schlangenleder und Krokodillederschuhe. Krokodillederschuhe würden fabelhaft aussehen zu einem Chanel-Kostüm. Ich eilte zu Saks; vielleicht könnte ich ein Chanel-Kostüm finden. Ob sie Chanel führten? Wollte ich wirklich so viel Geld für ein Kostüm für einen einzigen Fototermin ausgeben? Ich stellte mir vor, wie Nick die Zeitschrift zur Hand nehmen und mich auf einer Seite sehen würde. Ich wollte schön aussehen, ein bißchen geheimnisvoll und perfekt gekleidet. Mein Bild sollte ihn verzaubern.

Make-up, dachte ich. Honora hatte gesagt, ich solle Make-up tragen. Ich hielt in der Kosmetikabteilung von Bendel's inne und kaufte einen Lippenstift namens «Poppy Field».

Zurück im Hotel, zog ich die erste Garnitur an, die ich an diesem Morgen anprobiert hatte: einen engen schwarzen Rock mit einer üppigen weißen Seidenbluse, Großpapas goldener Uhrkette als Halsband, Ohrringen aus den goldenen Manschettenknöpfen meines Vaters. Sie trugen das Monogramm «TS» und hatten mir schon früher Glück gebracht. Ich sah auf die Uhr; ich hatte noch vierzig Minuten, bis der Fotograf kam. Ich sah meine Notizen für den laufenden Bericht durch, überprüfte ein paarmal mein Bild im Spiegel und beschloß, das Schicksal herauszufordern. Ich rief Nick noch einmal an. Obwohl es in London erst sieben Uhr abends war, war er in seinem Hotelzimmer.

«Hallo, Schatz», sagte ich.

«Danke für den Weckanruf heute früh», sagte er.

«Tut mir leid. Hoffentlich hast du genug Schlaf bekommen.»

«Reichlich. Wie geht's dir? Bist du schließlich eingeschlafen?»

«Halbwegs. Im Augenblick warte ich auf den Fotografen. Ich bin ein bißchen nervös.»

«Das brauchst du nicht – du wirst wunderbar aussehen. Hast du dein Interview in der *Times* gelesen?»

«Ich dachte, das würde morgen erscheinen», sagte ich. «Ich wundere mich, daß du schon im Hotel bist. War's ein leichter Arbeitstag?»

«Eigentlich nicht, aber im Augenblick treten wir auf der Stelle. Wir dachten, wir könnten heute abend ins Theater gehen.»

Ich biß die Zähne zusammen, um nicht zu sagen: «Wir?» Stattdessen sagte ich: «Ach, ja?»

«Ja. Ich wollte mir gerne das Lorca-Stück mit Glenda Jackson ansehen, aber Jean ist in der Stimmung für ein Musical.»

«Oh», sagte ich.

«Jedenfalls hat sie uns Karten für *Walking Shoes* besorgt.» Er lachte. «Sie behauptet, sie hat sie in der Untergrundbahn von einem Halsabschneider gekauft. Weißt du, wie schwer es ist, Karten für diese Vorstellung zu bekommen? Das Musical kommt jetzt auch in New York heraus, und alle Amerikaner beeilen sich, es hier zu sehen, damit sie ihren Freunden sagen können, sie hätten es schon in London gesehen.»

Es wird immer eine lustige kleine Geschichte sein, dachte ich, daß

Nick und Jean *Walking Shoes* in der Woche, in der es am Broadway herauskam, in London gesehen hatten. Mir war sehr traurig zumute.

«Hoffentlich gefällt es dir», sagte ich.

«Na, ich habe meine Zweifel, aber du weißt ja, ich gehe gern ins Theater. Viel lieber würde ich mir mit dir zusammen den Lorca ansehen.»

Aber das tust du nicht, dachte ich, und das schien das Wichtige zu sein.

«Georgie, du sagst gar nichts», sagte er.

«Ich weiß. Ich denke nach.»

«Denk nach, wenn du willst, aber mach dir keine Sorgen. Dein Anruf letzte Nacht war wirklich nett. Ich bin gerne dein Sandmann.»

«Danke», sagte ich und fühlte mich wie blockiert, als er diese freundlichen Worte sagte.

Wir verabschiedeten uns. Wir sagten beide: «Ich liebe dich», aber ich war zu deprimiert, um darauf zu achten. Die Worte bedeuteten mir viel. Sie waren alles andere als hohl, aber sie machten nicht die hassenswerte Tatsache wett, daß Nick mit Jean Snizort auf dem Weg ins West End war.

KAPITEL ZEHN

Der Fotograf kam ein bißchen zu spät. Ich war so nervös geworden, während ich auf ihn gewartet hatte, daß ich alle paar Minuten aus meinem Sessel aufgesprungen war, um mich erneut zu frisieren und in den Spiegel zu schauen. Ich kam zu der Überzeugung, daß die ganze Sache ein Fehler gewesen sei, und versuchte, mein Gespräch mit Nick abzuschütteln. Rot und erhitzt ging ich zur Tür, als es läutete; davor stand der Fotograf mit zwei eckigen Kamerataschen. Er war untersetzt, sah aus wie ein Ringer, hatte blaßgrüne Augen und lichtblondes Haar. Wir gaben uns die Hand. Er hieß Mark Constable.

«Brauchen Sie noch einen Moment?» fragte er, offensichtlich auf meinen etwas aufgelösten Zustand anspielend.

«Oh», sagte ich errötend und berührte meine Wangen. «Ich sehe schrecklich aus, ich weiß. Kann ich da irgend etwas machen? Ich meine, können Sie mir einen Rat geben? Ich bin es nicht gewohnt, fotografiert zu werden...»

Er stand da und betrachtete mich ausdruckslos. «Nein, Sie sehen hübsch aus», sagte er, und aus irgendeinem Grund machte mich das glücklich. «Lassen Sie mich die Kameras zusammensetzen, und dann können wir gehen», sagte er.

Ich wies auf den Salon, und er stellte seine Taschen auf einen niedrigen Glastisch. Er begann, eine erstaunliche Auswahl an Kameras und Objektiven herauszunehmen, sie zusammenzuschrauben, seinen Belichtungsmesser in die Luft zu halten und den Blitz auszuprobieren. Ich sah ihm zu. Seine kleinsten Bewegungen schienen voller Intensität. Die Art, wie er einen Objektivdeckel abnahm und in eine der vielen Taschen seiner weiten Khakijacke steckte, wirkte entschlossen, Teil eines großen und genau ausgearbeiteten Plans. Ein Blick auf mein Spiegelbild in einem Glasschrank zeigte mir, daß mein Lippenrot inzwischen verschwunden war, aber ich trug kein neues auf. Ich spürte eine eigenartige Mischung aus Erheiterung und Erschöpfung; fotografiert zu werden schien eine spaßige Sache zu sein, aber ich wünschte, ich hätte mich auf das Sofa legen und es auf einen anderen Tag verschieben können.

«Wo wollen Sie mich aufnehmen?» fragte ich und wunderte mich, warum er sechs Kameras brauchte.

«Ich dachte, wir könnten ein bißchen in der City herumgehen. Mein Chefredakteur wußte nicht, wie Sie aussehen – was ihn betrifft, hätten Sie auch siebzig sein können. Wenn das der Fall gewesen wäre, hätte ich ein paar ruhige Aufnahmen gemacht – etwa in der Bibliothek. Aber Sie sind jung und hübsch, also versuchen wir's vielleicht im Park.»

«Oh, danke», sagte ich und dachte, daß er nun zum zweitenmal gesagt hatte, ich sei hübsch.

Der Verkehr draußen war atemberaubend. Wir standen an der Kurve und warteten darauf, Central Park South überqueren zu können, aber Taxis und Lastwagen rasten fast ohne Abstand an uns vorbei. Als zwei Taxis beinahe zusammenstießen, ergriffen wir unsere Chance. «Kommen Sie», sagte Mark und nahm meinen Ellbogen. Ich rannte neben ihm her, aber in der Mitte der Straße hielt er inne. Er starrte mich einen Augenblick stirnrunzelnd an, als müsse er sich sehr konzentrieren. Plötzlich rauschte der Verkehr auf beiden Seiten an uns vorbei; ich stand reglos und betete darum, mit dem Leben davonzukommen.

«Phantastisch», sagte Mark und stellte eine der Kameras auf mich ein.

«Nicht hier!» keuchte ich und fühlte den heißen Luftzug eines schnell fahrenden Busses im Gesicht.

«Das ist gut, Sie sehen so hübsch aus mit diesen Wolkenkratzern im Hintergrund und den gelben Taxis, die vorbeifahren.» Dreimal «hübsch». Ich begann mich ein wenig zu entspannen. Wir standen jetzt schon dreißig Sekunden hier und waren noch nicht tot. «Das ist dynamisch, vibrierend», rief er durch das Dröhnen des Verkehrs. «Denken Sie an Ihre Arbeit. Denken Sie daran, was diese Bilder über das Swift-Observatorium aussagen werden – Sie sind mitten im Getümmel.»

Ich begann, Posen einzunehmen wie ein Mannequin. Die Geschwindigkeit der vorbeifahrenden Fahrzeuge wirkte wie eine Windmaschine; mein Haar flatterte um mein Gesicht, und ich fing an, Cheryl Tiegs, Christie Brinkley und, was sollte es – auch Tina Turner und Madonna zu imitieren.

«Schön», sagte Mark und kam meinem Gesicht so nahe, daß ich das Klicken und Surren seiner Kamera hören konnte. Die Apparate baumelten ihm an Gurten um den Hals. Er ließ eine Kamera sinken und hob eine andere hoch. Die Autos verlangsamten ihre Fahrt, und die Insassen reckten die Köpfe, um zu sehen, ob ich irgendeine Berühmtheit sei. Mark stand nur einen halben Meter von mir entfernt; Schweißperlen rannen ihm über die Stirn, und ich roch den schwachen Duft von Aftershave. Ich lächelte ihm zu, und er lächelte zurück. Wir amüsierten uns mitten auf der Straße.

Von dort gingen wir runter zu einer U-Bahn-Station; er fotografierte mich auf der Plattform unter dem Mosaikschild, auf dem «Columbus Circle» steht. Wir sahen zwei neue Züge vorbeifahren, ehe einer kam, der mit Graffiti bedeckt war. «Los!» rief Mark, und wir sprangen in den Wagen. Er machte Schnappschüsse, wie ich an einer Halteschlaufe hing und, auf einer Bank sitzend, die fast unleserliche Karte studierte. Ein paar Minuten später stiegen wir in der Mitte des Times Square aus. «Kommen Sie!» sagte Mark und lief die Stufen hinauf.

«Ich dachte, wir gingen in den Park!» sagte ich.

«Nein, Sie sind ein Stadtmädchen», sagte er. «Sie sehen so hübsch aus in Ihrer schwarzweißen Kleidung, und wir brauchen ein bißchen Farbe, damit Sie sich davon abheben.»

Nach zwei Stunden sah Mark auf seine Uhr und sagte, er sei hungrig. «Haben Sie Zeit für einen Imbiß?» fragte er.

«Natürlich», sagte ich. Wir gingen in Richtung meines Hotels. Die Sonne war bereits hinter den hohen Gebäuden der Sixth Avenue verschwunden, und ich fröstelte leicht. Wir hielten bei einer Brasserie inne, die mich an Paris erinnerte. Tische standen auf dem Gehsteig. Mark sah mich an, merkte, daß ich fror, und sagte: «Gehen wir hinein.» Der Oberkellner, der uns für ein Ehe- oder Liebespaar hielt, placierte uns Seite an Seite auf einer Sitzbank. Wir bestellten je ein Glas Rotwein, Mark dazu einen Hamburger.

«Erzählen Sie mir mehr über das Swift-Observatorium», sagte er, und ich erklärte ihm mein Projekt, während er aß. Dann fragte ich ihn nach seiner Arbeit.

«Ich arbeite hauptsächlich freiberuflich, gewöhnlich als Fotoreporter. Ein Termin wie dieser ist ungewöhnlich für mich.» Er saß aufrecht und schaute gerade vor sich hin. Seine Stimme klang entspannt, und gelegentlich schaute er mich von der Seite an.

«Welche Art von Reportagen machen Sie?»

«Nun, früher war ich vor allem im Libanon. Ich fotografierte viele Kämpfe. Trümmer und Zerstörungen, militärische Einrichtungen. Viele Verwundete.»

Ich stellte mir seine Bilder vor: blutige Gesichter, verwirrte Kinder, Leichen in offenen Gräbern, Löcher in Betonbauten. Eine Sekunde lang sah ich uns inmitten des Verkehrs vor mir. Suchte er diese Risiken, oder war er einfach daran gewöhnt?

«Was machen Sie in New York?» fragte ich.

«Ich wollte für eine Weile zurück in die Staaten. Da drüben stumpfte ich ab. Mein Chefredakteur rief mich an und erzählte mir von fünfzehn Toten bei einer Busexplosion. Am nächsten Tag waren es sieben Tote, durch Landminen umgekommen. Die Ereignisse verloren ihre Eindruckskraft. Mein Freund fragte mich, ob das Kind auf einem Bild ein Junge oder Mädchen sei, und ich wußte es nicht. Ich hatte nicht darauf geachtet.»

Wir schwiegen; ich studierte sein Gesicht und suchte nach Anzeichen dafür, daß er sich an traurige, häßliche Dinge erinnerte, aber es blieb undurchdringlich.

«Es ist schön, wieder hier zu sein», fuhr er fort. «Ich sehe meine Familie häufig – sie leben in New Jersey. Und die Arbeit hier ist anders, schön. Im Nahen Osten hatte ich nicht viele Aufträge, bei denen ich interessante Frauen fotografieren durfte.»

Interessant, nicht hübsch, dachte ich.

«Sind Sie verheiratet?» fragte ich.

Er lachte. «Nein. Ich weiß nicht, ob ich überhaupt heiraten könnte. Ich hatte eine Freundin – das war ernst. Aber ich bin dauernd unterwegs, und ich weiß nie, wann der nächste Auftrag kommt.»

«Ist Ihre Freundin mit Ihnen gereist?» fragte ich, vorgebeugt, um sein Gesicht genauer zu sehen, und neugierig auf seine Antwort.

«Wenn sie konnte. Sie ist Reporterin, und manchmal hatten wir denselben Auftrag.»

Was für ein Band muß das gewesen sein, dachte ich, das Gefühl der Gefahr, die gemeinsame Erinnerung an Tod und Zerstörung. Ich fragte mich, warum die Beziehung nicht funktioniert hatte, ob einer mehr davon erwartet hatte als der andere, aber ich wollte nicht fragen.

«Sind Sie verheiratet?» fragte er, obwohl er meinen Ehering sicher schon gesehen hatte.

«Ja.»

«Ist Ihr Mann mit Ihnen hier? Er muß wirklich stolz auf Sie sein.»

«Ja, ist er. Stolz, meine ich, nicht hier. Ich meine, er ist stolz auf mich, aber er ist in London. Er arbeitet dort.»

«Wirklich?» fragte Mark, und ich meinte aus seiner Stimme zu hören, daß er mir nicht glaubte. Ich stellte mir vor, daß er sich fragte, wie ein Mann mich, eine Frau, die er viermal als «hübsch» bezeichnet hatte, allein in New York lassen konnte. Der Gedanke machte mich lächeln.

«Er ist Anwalt», sagte ich und verriet Nick, indem ich dachte, wieviel näher Marks Arbeit meinem Herzen stand. Ich dachte an Nick, an seine Geschäfte, an die Millionen und Milliarden, die für ihn auf dem Papier existierten, nicht aber für mich, es sei denn als Ankündigung, wie beschäftigt Nick sein würde, und plötzlich tat Nick mir leid, weil er so viel versäumte, indem er seine Tage zwischen Papieren und Zahlen zubrachte.

«Die Fotos von Ihnen werden wunderbar», sagte Mark. «Die Aufnahmen, auf denen Sie mitten auf der Straße stehen, passen wirklich zu Ihrer Arbeit. Sie sind wie ein Reporter. Jeder meint, Reporter arbeiteten am Schreibtisch, aber das ist nur der geringste Teil ihrer Aufgabe – sie gehen immer Risiken ein. Sie nehmen Anteil. Ich las diese Sachen, die Sie über die Frauen in Chicago geschrieben haben. Sie sind wirklich in deren Leben eingedrungen, und das teilte sich mit.»

«Sie haben meine Berichte gelesen?»

«Ja. Sie sind gut. Sie deuten nicht und versuchen auch nicht, die Geschichte dramatischer zu machen, als sie in Wirklichkeit war. Sie geben nur die Fakten wieder. Dasselbe versuche ich bei meinen Fotoreportagen zu machen.» Er grinste. «Sie zu fotografieren hat mehr Spaß gemacht. Ich wollte, daß die Umgebung den Gegenstand ergänzt, und das war einfach. Allerdings habe ich dabei mehr als gewöhnlich selbst gestaltet.»

«Oh», sagte ich und fragte mich, was er meinte.

«Wir sollten gehen», sagte Mark, der auf die Uhr schaute. «Ich muß noch Aufnahmen von zwei preisgekrönten Architekten machen.»

«Okay», sagte ich, enttäuscht, daß es schon vorbei war.

«Ich muß in Ihrem Hotel vorbei, meine Fototaschen holen.»

Wir gingen ein paar Blocks am Park entlang durch die dunkle Schlucht zwischen Bäumen und hohen Gebäuden. Auf der Straße hatte man das Gefühl, es sei Abend, aber aus meinem hochgelegenen Zimmer konnten wir sehen, daß bis zum Sonnenuntergang noch eine Stunde vergehen würde. Mark blickte aus dem Fenster. Ich sah, daß er nicht nur die Aussicht genoß: er schätzte Licht, Entfernung, Komposition ab.

«Machen wir noch eine Aufnahme», sagte er.

«Sind Sie sicher, daß Sie noch Zeit haben?» fragte ich.

Er nickte, legte seine Hände auf meine Schultern und führte mich auf den Balkon. Dort schwieg er und richtete die Aufnahme ein. Ich lehnte an dem schmiedeeisernen Gitter und sah zu, wie er die Kamera auswählte. Die Apparate hingen an seinem Hals; Objektive in verschiedener Länge standen heraus. Er fand die Kamera, die er wollte, und begann am Objektiv zu drehen. Er stellte es scharf ein, senkte die Kamera, um mich mit bloßem Auge zu betrachten, hob sie, senkte sie wieder. Das Abendlicht hatte die Fassade des Hotels golden gefärbt. Ich stand da und blinzelte leicht. Er kam quer über den Balkon auf mich zu und strich mir sanft das Haar aus dem Gesicht. Es fiel wieder in die Augen, und er betrachtete mich und schob es erneut zurück.

Mir wurde schwach zumute, ich schloß die Augen. Ich wünschte plötzlich, er würde mich küssen. Doch dann hörte ich den Verschluß klicken; er machte nur eine weitere Aufnahme.

Ich öffnete die Augen und lächelte. Er schoß noch ein paar Fotos und packte dann die Kameras ein.

«Vielleicht ist es merkwürdig, wenn ich Sie das frage», sagte er, als er in der Tür stand. «Ich weiß, daß Sie verheiratet sind, aber würden Sie gern heute abend spät mit mir essen gehen?»

«Heute abend? Oh, heute abend kann ich nicht», sagte ich und dachte daran, wie ich mir gewünscht hatte, er möge mich küssen.

«Zu schade. Es hätte mir gefallen. Nun, es war nett, Sie kennenzulernen», sagte Mark und klang enttäuscht. Wir gaben uns die Hand, und er ging.

Ich schloß die Tür hinter ihm und stellte mir vor, wie er mich küßt; Er streicht mir das Haar aus den Augen, und seine Hand gleitet in meinen Nacken. Intensiv, aber zärtlich starrt er in meine Augen, dann neigen wir beide den Kopf, wir schließen unsere Augen und unsere Lippen berühren sich...

Ich lehnte mich gegen die Tür, dachte an seine weichen Lippen und riß plötzlich die Augen auf.

«O mein Gott, mein Gott», sagte ich und begann, im Zimmer auf und ab zu gehen. Einerseits hatte ich Nick schon dadurch betrogen, daß ich mir wünschte, Mark möge mich küssen; auf der anderen Seite quälte es mich, daß Mark mich nicht geküßt hatte und daß ich es wirklich gewollt hatte. Ich wollte es noch. Wenn er an die Tür klopfte, würde ich ihm mit offenen Armen meine Lippen darbieten.

Gequält schleppte ich mich zum Telefon und wählte Clares Nummer. «Hallo?» sagte sie. Im Hintergrund hörte ich Eugene singen.

«Clare, ich habe Probleme. Ich muß mit dir reden.»

«Wieso? Was ist los?» fragte sie und klang alarmiert.

«Ich empfinde etwas für ... einen anderen Mann.»

«Du meinst, einen anderen Mann als Nick?»

«Ja. Genau das meine ich.»

«Georgie, du hast den Point erst gestern verlassen. Was kann da schon passiert sein?»

«Eine Menge. Ich fühle mich zu einem anderen hingezogen.»

«Wirklich? Warte mal.» Ich hörte, wie sie Eugene anwies, Wasser in das Vogelbecken zu füllen. Dann kam sie wieder an den Apparat. «Beschreib das Gefühl.»

Ich mußte die Augen schließen, um es auszudrücken. «Es ist so, daß ich mir wünsche, er würde mich küssen. Ich kann seine Lippen förmlich auf meinen fühlen. Ich glaube, ich sterbe, wenn er es nicht tut.»

«Georgie, er ist doch nicht etwa bei dir, oder?» fragte Clare leise.

Ich öffnete die Augen, um sicher zu sein. «Nein. Aber das Gefühl ist ganz stark. Er heißt Mark Constable – er ist der Fotograf, der die Aufnahmen von mir gemacht hat.» Ich beschrieb ihr den Fototermin, und als ich fertig war, lachte sie.

«Was ist?» fragte ich, gekränkt, weil sie mich nicht ernst nahm.

«Hört sich an, als hättet ihr eine prima Zeit zusammen gehabt, und du bist nur ein bißchen von ihm eingenommen. Versteh das nicht falsch, aber du führst ein sehr isoliertes Leben, und du verwechselst gewöhnlichen, alltäglichen Spaß mit Begehren. Bring deine Hormone unter Kontrolle.» Sie lachte wieder.

«Ha, ha. Woher willst du das wissen?»

«Vertrau mir.»

Ich erinnerte mich, wie ich mit Mark auf dem Balkon stand, während jenseits des Parks die Sonne unterging. Ich erinnerte mich an den Blick seiner Augen. «Ich glaube, daß er auch etwas empfand.»

«Wahrscheinlich. Warum nicht?»

«Hör mal, wieso weißt du soviel darüber? Du lebst auch auf dem

Point. Du bist genauso isoliert wie ich. Eigentlich noch mehr. Das Observatorium bringt mich in Kontakt mit vielen Leuten.»

«Deine Isolation ist ein Geisteszustand. Du denkst, du und Nick und in geringerem Maße der Rest der Familie, wir lebten in einer Burg, umgeben von einem Wassergraben. Du willst niemanden herein- oder herauslassen.»

«Danke, Hans Christian Andersen, oder sollte ich lieber Dr. Freud sagen?» sagte ich, ärgerlich über ihre Analyse, obwohl sie sich vernünftig anhörte.

«Wie auch immer, Nick ist jetzt der böse Zauberer, der nach London abgesaust ist, noch dazu mit der Concorde, und dein Fotograf ist der neue Prinz.»

«Das ist nicht wahr. Du übertreibst. Ich liebe Nick. Ich habe nur Lust, Mark zu küssen.»

Clare schnaubte. «Stell dir vor, was du sagen würdest, wenn Nick erklärte, er hätte einfach Lust gehabt, diese Anwältin zu küssen, die du so haßt. Weißt du, du beweist eine Theorie, die ich gerade über dich entwickelte. Du bist so besessen von der Furcht, Nick könnte Ehebruch begehen, daß du dich selbst in einen hineinziehen läßt.»

«Tu ich nicht. Sei still. Wieso entwickelst du ganz allein Theorien über mich, ohne mit mir darüber zu reden?»

«Das ist sinnlos. Vielleicht bist du wirklich verliebt – du hörst dich so irrational an. Tut mir leid, wenn du meinst, ich machte mich über dich lustig. Das tue ich wirklich nicht», sagte sie und klang amüsiert. «Ich habe dich nur so lieb, und ich fand es schrecklich, daß du Nicks wegen so gelitten hast. Ich glaube, das hier ist gesund für dich. Vielleicht ist das deine Art, dich ein bißchen zu ändern, ein bißchen flexibler zu sein in bezug auf deine Ehe. Du weißt ja, Wünsche gehen nicht immer in Erfüllung. Nur weil du wünschst, Mark hätte dich geküßt, hat er es ja noch nicht getan, stimmt's?»

«Stimmt. Weißt du was? Gerade habe ich auf die Uhr gesehen, und es ist halb acht. Ist dir klar, daß Nick Jean in London ins Theater geführt hat und ich nicht ein einziges Mal an sie gedacht habe? Es muß nach Mitternacht sein dort.»

«Gut gemacht, Liebes!» sagte Clare herzlich.

«Danke, Clare.»

«Bitte. Oh – da kommt Donalds Flugzeug. Sie haben alle früh Schluß gemacht heute, und wir grillen heute abend draußen. Ich sehe sie jetzt landen. Ich muß wohl gehen.»

«Glückliche Landung», sagten wir gleichzeitig und legten auf.

Um meine neue Flexibilität zu feiern und weil Clares Gratulation mir gutgetan hatte, beschloß ich, Nick anzurufen. Ich bat die Telefonistin des Savoy, mich mit seinem Zimmer zu verbinden. Das Telefon läutete und läutete, aber niemand meldete sich. Ich dachte, sie hätte sich vielleicht in der Nummer geirrt, und bat sie, es noch einmal zu versuchen. Keine Antwort. Ich legte auf, dann ging ich zum Fenster. Die Sonne war untergegangen; im Westen glänzte noch ein rosa Streifen. Sie waren ins Theater gegangen und hatten beschlossen, hinterher noch etwas zu essen. Aber sicher wären sie damit jetzt fertig. Sie hatten beschlossen, in einen Nachtclub zu gehen. Sie hatten beschlossen, in Jeans Zimmer zu gehen, weil sie sich nicht von meinen Anrufen stören lassen wollten. In diesem Augenblick umarmten sie einander, nackt, in Jeans Bett.

«Hör auf, hör auf», sagte ich laut.

Sei vernünftig. Vielleicht hat der Kunde angerufen, und sie mußten auf das Theater verzichten und doch arbeiten. Nein, Nick war im Aufbruch gewesen, als wir vor einigen Stunden miteinander sprachen. Der Kunde hätte ihn nur finden können, wenn er ihn im Theater hätte ausrufen lassen. Sehr unwahrscheinlich. Ein Unfall! dachte ich, und mir stockte der Atem. Himmel, er liegt in einem Londoner Krankenhaus, bewußtlos, dem Tode nahe, und niemand weiß, wer er ist, weil irgendwelche Straßengauner seinen amerikanischen Paß gestohlen haben, um ihn auf dem schwarzen Markt zu verkaufen.

Ich zitterte, und das schon eine ganze Weile, als das Telefon läutete.

Es war Mark, der aus der Halle anrief. Er fragte, ob ich meine Meinung über das Abendessen geändert hätte. Ich bejahte und sagte, er solle heraufkommen, wir würden beim Zimmerservice etwas bestellen. Als er an meine Tür klopfte, hatte ich mich nackt ausgezogen und begrüßte ihn mit einem leidenschaftlichen Kuß. Wir gingen nicht einmal ins Bett, sondern ließen uns zu Boden fallen und liebten uns wild und ungestüm auf dem Teppich.

Es war Nick, der vom Flughafen aus anrief. Stell dir vor, sagte er, ich wollte dich überraschen und bin früher zurückgeflogen, habe meine Stelle gekündigt und gründe eine kleine Gartenbaufirma in Black Hall. Jetzt nehme ich ein Taxi zu deinem Hotel, und unterwegs ziehe ich dich in Gedanken aus. Bestell ein paar Austern beim Zimmerservice, Liebling – ich bin gleich da.

All das geschah in meinem Kopf, und das Telefon läutete noch immer. Ich nahm beim dritten Läuten ab. «Hallo?»

«Georgie?» ertönte Nicks Stimme, etwas undeutlich wegen der transatlantischen Entfernung.

«Wo bist du gewesen, um Gottes willen?» schrie ich. «Ist alles in Ordnung?»

«Ich war im Büro. Heute abend ging alles schief – sie riefen mich an, als ich gerade das Zimmer verlassen wollte, um ins Theater zu gehen. Wir haben das Stück überhaupt nicht gesehen.»

«Ich habe dich nach deiner Zeit mitten in der Nacht angerufen und keine Antwort bekommen, und ich habe mir solche Sorgen gemacht!»

«Ich weiß. Ich habe deine Nachricht bekommen.»

«Du hättest mich anrufen sollen, um mir zu sagen, daß du die ganze Nacht fort sein würdest», sagte ich. Ich hatte nicht einmal mehr die Kraft, die Worte zu zensieren, die aus mir heraussprudelten. «Ich habe mir schreckliche Sachen vorgestellt.»

«Tut mir leid. Tut mir wirklich leid. Ich wollte dich anrufen, weil ich gestern abend das Gefühl hatte, du würdest dich noch einmal melden, aber ich hatte die Nummer deines Hotels in meinem Hotelzimmer gelassen.»

«O je», sagte ich, beträchtlich ruhiger, aber enttäuscht, weil er nicht vom Kennedy-Airport anrief, um mir zu sagen, er sei unterwegs zu mir. «Jetzt geht's mir besser. Ich bin froh, daß du in Ordnung bist.»

«Ich sollte jetzt noch ein bißchen schlafen. Ich bin wirklich müde, und die Konferenzen fangen morgen früh an.»

«Träum schön, Nick.»

«Träum schön, Georgie.»

Ich schlüpfte in mein Nachthemd, noch gewärmt von der Erinnerung an Nicks Stimme. Der Zimmerservice hatte gerade meine Lammkoteletts gebracht, als das Telefon wieder läutete. Es war Mark.

«Tut mir leid, daß ich so spät noch anrufe», sagte er.

«Das macht nichts.»

«Ich habe eben die Kontakte von Ihren Aufnahmen bekommen. Sie sind wirklich hübsch.»

«Ja? Danke», sagte ich und errötete über das Kompliment.

«Ich dachte, Sie würden sie vielleicht gern sehen. Können wir morgen zusammen zu Mittag essen?»

«Ja», sagte ich, ohne einen Augenblick zu zögern.

Am nächsten Morgen las ich in der *Times* den Bericht über das

Swift-Observatorium. Gedruckt klangen meine Bemühungen ernsthaft und bewundernswert, überlebensgroß oder zumindest größer als mein eigenes Leben. Hatte ich wirklich so unterschiedliche Themen behandelt wie «Liebe, die zu Gewalt führt», «Verheerungen bei Familien, die ein Kind an die größere Sicherheit religiöser Sekten verlieren», «die rührende Begegnung von Zwillingen, als alte Menschen wieder vereinigt, nachdem sie ein Leben lang nichts voneinander wußten»?

Der Reporter hatte auch meine Philosophie über die Familie geschildert, und John Avery wurde mit dem Satz zitiert: «Miss Swift ist eine Visionärin.» Ich glühte vor Freude; ich konnte kaum erwarten, nach Hause zu kommen und Clares und Honoras Reaktionen zu hören. Ich wollte an diesem Nachmittag einen späten Zug nehmen. Ich berechnete den Zeitunterschied und nahm an, Nick würde erst später zu erreichen sein. Inzwischen freute ich mich darauf, daß ich zur Feier des Tages ein Mittagessen verabredet hatte. Zufällig war es eben mit Mark.

Wir trafen uns im Boccador, einem Restaurant auf der East Side mit hohen Fenstern, die viel Licht hereinließen und auf einen privaten Garten hinausgingen. Ich trug weiße Jerseyhosen, eine Tunika aus beigem Jersey mit goldenen Knöpfen und hatte den Poppy-Field-Lippenstift aufgelegt. Meine weiße Ledertasche hatte einen beigen Besatz und die Form einer Satteltasche; Nick hatte sie mir bei unserem letzten Besuch in Paris gekauft.

Mark erwartete mich in einer Nische mit Blick auf den Garten. Er erhob sich, als ich auf ihn zukam, aber die Anwesenheit des Oberkellners und die ungünstige Position des Tisches verhinderten, daß wir uns zur Begrüßung küßten. Statt dessen schüttelten wir uns die Hand. Ich setzte mich neben ihn. Mein Herz schlug schnell, und ich versuchte, meine Phantasien vom Vorabend zu verdrängen, indem ich mich auf die Tischdekoration konzentrierte. Weißes Leinentischtuch, passende Servietten, weiße Teller mit blaugoldenen Rändern, schweres Silberbesteck.

«Meinen Glückwunsch», sagte er. «Ich habe den Artikel in der Zeitung gelesen.»

«Ich war wirklich glücklich darüber», sagte ich. Es gelang mir nicht, gelassen zu reagieren.

«Ich habe Ihnen ja gesagt, daß wir für einen Bericht über das Swift-Observatorium dynamische Bilder brauchen.»

«Das ist ein hübsches Restaurant», sagte ich.

«Gefällt es Ihnen? Ich komme oft hierher.» Er sah sich im Raum um. Vielleicht versuchte er, ihn so zu sehen wie jemand, der zum ersten Mal hier war.

«In Black Hall gehen wir selten zum Abendessen aus», sagte ich, da ich ihn daran erinnern wollte, daß ich verheiratet war. «Obwohl es dort viele gute Restaurants gibt.»

Der Kellner kam an unseren Tisch, und Mark bestellte zwei Gläser Champagner. «Um unser Observatorium zu feiern», sagte er lächelnd; in diesem Augenblick spürte ich einen Stich, weil ich mit Mark feierte und nicht mit Nick.

«Möchten Sie die Bilder sehen?» fragte er und nahm zwei Blätter mit Kontaktabzügen aus einer Mappe. Da war ich, mitten auf der Straße: nach rechts blickend, nach links blickend, dann die Wangen einziehend, damit meine Backenknochen aussahen wie die von Jerry Hall, das schwarze Haar vom Wind zerzaust, lächelnd, nicht lächelnd, wie gebannt vor Schreck über das dichte Vorbeifahren eines Busses. Ich lächelte, als ich mich daran erinnerte, wieviel Spaß es uns gemacht hatte. Clare hatte recht: Wir waren nichts als zwei normale Leute, die sich amüsierten.

Dann sah ich die Aufnahmen vom Balkon. Ein Bild ließ mir das Blut in die Wangen steigen. Ich erkannte sofort, welches Foto Mark gemacht hatte, nachdem er mein Haar und mein Gesicht berührt hatte. Mein auf den Film gebanntes Verlangen war so offensichtlich, daß jeder, vor allem Mark, es sehen mußte. Ich senkte den Kopf, damit er mein Erröten nicht sähe.

«Sie sind gut», sagte ich mit neutraler Stimme.

«Sie klingen enttäuscht», sagte er und klang selbst enttäuscht.

«Nein, wirklich. Sie sind wunderbar.» Dann blickte ich auf, lächelte ihn an. Er hatte sich vorgebeugt und runzelte besorgt die Stirn. «Ich habe mich nur erinnert, wie das war, mitten auf der Central Park South zu stehen und Kopf und Kragen zu riskieren. Machen Sie solche Sachen oft?»

«Nein, ganz selten. Aber das Gefühl kam über mich, als wir die Straße zur Hälfte überquert hatten: Nimm sie auf. Sie sind gut, nicht?» fragte er und prüfte den Kontaktbogen. Ich versteifte mich, als ich sah, daß er bei der Balkonsequenz innehielt. Er betrachtete die Aufnahmen lange, dann tippte er mit einem Finger auf das Papier. «Diese sind hübsch», sagte er. «Wenn ich der Bildredakteur wäre, würde es mir schwerfallen, zwischen den dramatischen Aufnahmen auf der Straße und diesen hier zu wählen.»

«Die auf der Straße sind besser», sagte ich und war erleichtert, als der Kellner mir die Speisekarte brachte.

Wir entschieden uns beide für Seezunge Müllerin.

Mark erzählte mir von seinem Leben im Libanon, dem ständigen Bewußtsein seiner eigenen Sterblichkeit, von dem Drang, sich unvorsichtig zu verhalten – Straßen zu überqueren, dem Gewehrfeuer zu nahe zu kommen, sich in verbotene Distrikte zu begeben. Dann sprachen wir über unsere Familien. Ich erzählte ihm von Nick, von Honora und Pem, von meiner wunderbaren Schwester und ihrer Familie. Er zeigte mir einen anderen Kontaktbogen aus seiner Mappe mit Bildern von einer Familienfeier: seine Mutter und sein Vater, knietief in der Brandung stehend; sein älterer Bruder, überraschend dunkel und bärtig; sein Großvater, der für diesen Tag aus dem Pflegeheim zu Besuch gewesen war.

«Oh, das muß traurig sein, daß er an so einem Ort wohnt», sagte ich.

«Es gefällt ihm. Sie haben jeden Tag alles mögliche zu tun – Bingo, Kartenturniere, Gottesdienste, Diskussionsgruppen, Filme.»

«Ich weiß nicht», sagte ich und schüttelte den Kopf. «Hört sich an wie ein Ferienlager für Erwachsene – Körbe flechten und Perlen aufziehen. Dinge, um sie beschäftigt zu halten. Vermutlich haben wir Glück, daß meine Großmutter nicht in ein Pflegeheim muß.»

«Sicher, aber die Heime sind nicht alle schlecht. Mein Großvater spielt Banjo, und in seinem Heim gibt es eine Dixieland-Band. Es macht ihm wirklich Spaß.»

«Das ist schön», sagte ich, ohne ihm zu glauben.

Mark verlangte die Rechnung, und ich sah auf die Uhr.

«Tja, ich muß einen Zug erreichen», sagte ich. «Ich muß meine Sachen aus dem Hotel holen, die Rechnung bezahlen...» Ich lächelte ihm zu. Das Mittagessen hatte Spaß gemacht, nicht halb so viele Schuldgefühle erweckt, wie ich befürchtet hatte. Was war so schlimm daran, mit einem anderen Mann als Nick eine Mahlzeit einzunehmen? Plötzlich betrachtete ich den Gedanken, daß Nick mit einer anderen Frau zu Abend aß, mit Wohlwollen. Ich hoffte, ihre Gespräche seien so angenehm und anregend wie die zwischen Mark und mir.

Kellner eilten an unseren Tisch, als wir aufstanden. Ich verbarg ein Lächeln und beobachtete, wie Mark dem Oberkellner einen zusammengefalteten Geldschein gab.

«Das muß man tun, wenn man Stammgast ist», sagte er, da er sah, daß ich es beobachtet hatte. Mark hielt mir die Tür auf. Das Treiben auf der Straße und den Gehsteigen hatte nachgelassen, und ich merkte, daß wir lange bei Tisch gesessen hatten. Die Mittagszeit war längst vorbei.

«Danke», sagte ich und wandte mich ihm zu. «Es hat mir wirklich Spaß gemacht.»

«Mir auch», sagte Mark. «Sie sind... Sie sind eine wunderbare Frau, Georgie. Ich bin gern mit Ihnen zusammen. Ich wünschte, Sie wären nicht verheiratet.»

Als ich ihm direkt in die Augen schaute, fiel mir auf, daß wir praktisch gleich groß waren. Er machte einen kurz Schritt auf mich zu, nahm mich in die Arme und küßte mich auf die Lippen. Sein Mund war weich, und seine Zunge teilte meine Lippen nur leicht. Seine Finger spielten in meinem Haar. Zum erstenmal in acht Jahren küßte ich einen Mann, ohne mich zurückzubeugen, um mich seiner Größe anzupassen. In dem Moment, als wir uns voneinander lösten, meine linke Hand in seine rechte verschränkt, wurde ich ohnmächtig.

Sekunden und eine Ewigkeit später kam ich wieder zu mir. Ich lag auf dem Gehsteig, ein zusammengesunkenes Häufchen, und Mark bemühte sich, mich auszustrecken. Er zog an einem Bein und sagte: «Georgie, bitte wach auf!» Er war so beschäftigt, daß er nicht merkte, daß meine Augen offen waren und ihn anschauten.

«Ich bin in Ordnung», sagte ich.

Auf Händen und Knien kam er herbei und setze sich neben meinen Kopf. Er versuchte, seine Mappe unter meinen Kopf zu schieben, wie eine Art dickes Lederkissen, aber ich wollte mich hochrappeln.

«Bleib liegen», sagte er. «Du kannst noch nicht stehen. Was ist passiert?»

Was war passiert? In den blassen Sommerhimmel starrend überlegte ich. Das Undenkbare war geschehen, die Lippen eines anderen Mannes hatten meine berührt, aber das sagte ich ihm natürlich nicht. «Ich glaube, die Hitze hat mir zugesetzt», sagte ich.

«Wirklich? Das Wetter ist eigentlich eher schon herbstlich. Bist du sicher, daß alles in Ordnung ist?»

«Ja. Ja, ich glaube schon», sagte ich, obwohl mir noch immer ziemlich schwindlig war. «Hilfst du mir auf?» fragte ich.

Inzwischen waren die Kellner und Oberkellner herbeigeeilt, um zu helfen. «Madame, Senora, Missee Sahib, gnädige Frau», sagten Stimmen in allen Sprachen.

«Wenn mir nur bitte jemand ein Taxi rufen könnte», sagte ich.

«Kommt nicht in Frage», sagte Mark. «Ich bringe dich zurück in dein Hotel.»

Das Letzte, was ich wollte, war, mit Mark auch nur in die Nähe eines Hotels zu kommen, aber ich hatte keine Wahl. Noch immer fühlte ich mich so schwach, als würde ich gleich wieder in Ohnmacht fallen. Mark bat den Oberkellner, der soeben ein gutes Trinkgeld erhalten hatte, seinen Wagen aus einer nahen Garage zu holen, und ließ mich nicht eher aufstehen, bis dieser kam. Während er mich zum Hotel fuhr, warf er mir immer wieder Seitenblicke zu, als wolle er sich vergewissern, daß ich noch bei Bewußtsein war, oder als hätte er eine Frage, die er nicht recht über die Lippen brachte. In der Hotelhalle bat er jemanden, einen Sessel frei zu machen, und setzte mich hinein. Dann ging er zur Rezeption, sprach ein paar Minuten mit dem Portier und kam dann mit meiner Rechnung und einer Lastschrift zurück, die ich unterschreiben sollte.

«Danke, Mark», sagte ich, wirklich gerührt, daß er sich so um mich kümmerte.

«Du hast mir wirklich Angst eingejagt da draußen. Bist du sicher, daß du in Ordnung bist?»

«Es geht mir gut.»

«Hat es dir etwas ausgemacht, daß ich dich geküßt habe?»

Ich lächelte, weil es mir plötzlich lächerlich vorkam, daß der Kuß mir nicht nur etwas ausgemacht, sondern mein Herz zum Stillstand gebracht hatte. «Nein», sagte ich.

«Ach, da bin ich froh. Komm – ich fahre dich zur Penn Station.»

Mein Zug stand an Bahnsteig 13. Mark stieg mit mir ein, fand einen Platz für mich und hob meine Tasche in das Gepäcknetz. Er küßte mich wieder, diesmal auf die Wange.

«Ich finde, du solltest zum Arzt gehen», sagte er. «So heiß ist es nicht, und ich glaube nicht, daß du wegen der Hitze ohnmächtig geworden bist. Ich werde dich diese Woche anrufen und mich erkundigen, wie es dir geht. Gibst du mir deine Nummer?»

Ich zögerte, aber dann suchte ich in meiner Tasche nach einem Zettel. Ich schrieb meine Adresse und Telefonnummer auf.

«Danke», sagte er. «Ich glaube, dein Zug fährt gleich ab, ich sollte wohl aussteigen.»

Er stand auf dem Bahnsteig und winkte. Ich winkte zurück und sah sein helles Haar wie einen Sonnenstrahl in der Dämmerung von Penn Station glänzen. Ich glaube, er warf mir eine Kußhand zu. Nach einer Kurve wechselte ich den Platz und setzte mich auf die andere Seite, damit ich später den Sund von Long Island würde sehen können. Ich wollte möglichst schnell möglichst weit von New York und diesem Kuß entfernt sein, und gleichzeitig wollte ich den Augenblick noch einmal erleben, in dem er mich an sich gezogen hatte. Ich zitterte innerlich, während diese Gefühle miteinander stritten.

Wenn Menschen heiraten, legen sie persönliche Gelöbnisse ab, die nichts mit der Zeremonie oder Tradition zu tun haben. Zwei der Großtanten hatten mir erzählt, sie hätten seit ihrem Hochzeitstag ihren Ehering niemals abgenommen. Pem und Großdamon hatten am Vierzehnten jedes Monats die Bettseiten getauscht als Symbol für ihren Wunsch, nie in Routine zu verfallen. Ehebruch erschien mir unmöglich, also hatte ich insgeheim gelobt, nie einen anderen Mann als Nick zu küssen. Am Tag unserer Hochzeit stand ich in meinem weißen Kleid neben ihm in der kleinen Kapelle am Ufer. Ich erinnerte mich an den Priester, der eine feierliche Ansprache hielt, an das Surren des Deckenventilators, an Clare in ihrem gelben Kleid. Nick hielt meine Hand ganz leicht, und ich habe noch das geheime Prickeln im Gedächtnis, das ich empfunden hatte, als er begann, mit seinem Daumen Kreise in meine Handfläche zu zeichnen. Der Priester hatte gefragt: «Wollen Sie, Georgiana Agassiz Mary Swift, diesen Mann, Nicholas Gabriel Symonds, zu Ihrem Ehemann nehmen?» Mit zitternden Lippen und rasendem Herzklopfen hatte ich gesagt: «Ja.» Es war der feierlichste Augenblick meines Lebens. Als Nick mich vor dem Altar küßte, dachte ich: «Von diesem Augenblick an werde ich nie wieder einen anderen Mann küssen.» Und der Gedanke war beruhigend, voll reiner Freude, nicht unähnlich dem Gefühl, das ich gehabt hatte, als ich Ende Mai aus der Algebrastunde kam und dachte: «Ich werde nie wieder eine Mathearbeit schreiben.»

Nun hatte ich das Gelöbnis gebrochen und reiste nach Osten in Richtung Heimat. Das Bild von Nick, den ich betrogen hatte, erfüllte meine Gedanken und brach mir fast das Herz. Nick in London, der so hart arbeitete, der sich für seine Karriere abrackerte, damit wir ein gutes Leben hatten. Binnen eines Augenblicks hatte ich das abgewertet. Die Vorstellung von Mark mit seinen besorgten Augen und seiner den Tod herausfordernden Lebensweise wollte sich in meine Gedanken drängen, aber für den Augenblick verbannte ich sie. Diese Zugfahrt gehörte Nick. Ich würde ihm den Kuß bei nächstmöglicher Gelegenheit beichten. Ich dachte so intensiv an ihn, spürte auf dem ganzen Heimweg so stark meine Liebe zu ihm, daß ich mir, als der Zug in Old Saybrook einfuhr, selbst schon beinahe verziehen hatte.

KAPITEL ELF

D*as örtliche Taxi* fuhr mich über die Brücke von Black Hall. Ich nahm die vertrauten Wegzeichen in mich auf: die Marschen, silbrig im Zwielicht; die blinkenden Leuchttürme; den Fischmarkt. Diese Dinge liebte Nick so sehr, daß er bereit war, jeden Tag nach New York zu fliegen, nur, um sie beim Heimkommen wiederzusehen. Als ich den Taxifahrer bezahlte, hatte ich mir vollkommen verziehen. Ich hob meine Tasche aus dem Kofferraum, ohne irgendein Schwächegefühl zu empfinden, und ging den schattigen Weg zu meinem Haus entlang.

«Georgie!» ertönte Clares Stimme von Honoras Veranda.

«Hallo!» rief ich. Sie lief durch den Garten, und ich sah ihrem Gesicht an, daß etwas nicht stimmte. Wir starrten einander ein paar Sekunden lang an, und dann umarmte sie mich.

«Mutter hatte einen Herzanfall», sagte sie.

Zusammen setzten wir uns auf den kühlen Boden. «Sag mir nicht, daß sie tot ist», sagte ich. «Bitte, sag das nicht.»

«Sie ist nicht tot. Sie ist im Krankenhaus, in New London. Ich komme gerade von dort. Es war aber trotzdem ziemlich ernst. Die Ärzte können vorerst noch nicht feststellen, wie groß der Schaden ist, und sie liegt auf der Intensivstation.»

Clare und ich weinten, die Arme umeinander gelegt. «Es war schrecklich, Georgie», sagte sie. «Sie hat sich so über diesen Bericht in der *New York Times* gefreut. Ich meine, sie war heute früh schon um sechs im Drugstore und wartete auf die Anlieferung der Zeitungen. Sie kaufte ungefähr zwanzig Exemplare, und dann überlegte sie es sich anders, weil sie wollte, daß jeder in der Stadt es lesen könnte. Also fuhr sie nach Middletown, wo wir wirklich niemanden kennen, und kaufte nochmals fünfzig Exemplare.»

«Hatte sie ihren Herzanfall in Middletown?» fragte ich und fürchtete mich, die Einzelheiten zu hören.

«Nein. Sie kam wieder nach Hause und rief mich an. Sie war so aufgeregt! Sie rief alle Leute an, wirklich alle – die Bennisons in Providence und Fort Worth, Dr. Nayab in Woods Hole, die Bouchers, Peg Malley. Am besten gefiel ihr die Stelle, wo John Avery dich als Visionärin bezeichnet.»

«Und dann?»

«Nun, sie merkte, daß ihr die Luft wegblieb. Ich sagte: ‹Mutter, hör für eine Weile auf zu telefonieren.› Oder etwas in der Art. Ich weiß nicht», sagte Clare stirnrunzelnd und versuchte sich zu erinnern. «Dann faßte sie sich an die Brust und fing an, ein paarmal die Arme zu beugen. Sie sah aus, als hätte sie Schmerzen, und sie sagte: ‹Liebes, ich glaube, ich habe einen Herzanfall. Ruf Dr. Cooke an und sag ihm, daß wir kommen.› Himmel, sie war so ruhig.»

«Das ist typisch Honora, totale Kontrolle selbst in so einem Augenblick. Clare, wird sie wieder gesund?»

«Wir wissen es einfach nicht. Sie sieht so zerbrechlich aus mit der Sauerstoffmaske und den Schläuchen an ihren Armen. Du kannst sie heute abend besuchen, wenn du willst. Die Patienten auf der Intensivstation können während der ganzen Nacht besucht werden. Donald fliegt jetzt nach Hause, um bei Eugene und Casey zu bleiben. Ich habe versucht, dich im Hotel anzurufen, nachdem ich sie ins Krankenhaus gefahren und der Doktor gesagt hatte, ihr Zustand sei stabil, aber du warst gerade abgereist.»

«Was ist mit Pem?»

Clare schüttelte den Kopf. «Weiß von nichts. Fragt mich dauernd: ‹Wo ist deine Mutter?› und tut so, als verstehe sie das Wort ‹Krankenhaus› nicht. Sie kann den Gedanken nicht ertragen, daher stellt sie sich dumm.»

«Wir müssen uns um sie kümmern, bis Honora nach Hause kommt.»

«Ich weiß.»

Ich erzählte Clare von dem Kuß. «Ich habe so ein Gefühl, als sei das meine Strafe», sagte ich. «Meine Mutter hat einen Herzanfall, weil ich einen anderen Mann geküßt habe.»

«Sie würde einen bekommen, wenn sie das wüßte», sagte Clare, und wir lachten kurz auf. Dann wandte sie sich mir zu. «Das ist wirklich egozentrisch, wenn du denkst, Mutter hätte wegen eines kleinen Kusses einen Herzanfall. Himmel, ich habe die Gefahren deiner Ehe und jetzt deines Liebeslebens wirklich satt. Werd endlich erwachsen, Georgie.»

«Es tut mir leid», sagte ich betroffen. Ich dachte an Honora in einem Krankenhausbett, einem Platz, an dem ich sie noch nie gesehen hatte. War sie bei Bewußtsein? Hatte sie Angst? Ich mußte zu ihr. «Ich gehe», sagte ich. «Ich will Honora sehen.»

«Du kannst auf keinen Fall selbst fahren, wenn du heute ohnmächtig geworden bist. Du mußt also warten, bis Donald kommt, und dann fahre ich mit dir ins Krankenhaus.» Sie klang gereizt, aber ich wußte, daß sie wirklich zu Honora wollte. Ich ging in Honoras Haus, um Clare aus dem Weg zu gehen. Sie hatte mit solcher Verachtung gesprochen. Ich fand es grausam von ihr, daß sie annahm, ich hätte ein Liebesverhältnis mit einem anderen Mann; sie machte meinen Kuß gleichzeitig unbedeutend und riesig.

«Hallo, Pem», sagte ich und ging durch den Raum, um sie zu umarmen. Sie stand am Fenster, eine rosa Schleife im Haar.

«Wo ist deine Mutter», fragte sie und hielt beide Hände nach oben.

«Sie ist im Krankenhaus.»

«Im Krankenhaus? Was macht sie im Krankenhaus?» fragte sie und rang angstvoll die Hände. Ich nahm sie in meine und hielt sie fest.

«Sie hatte einen Herzanfall.»

«Ich bin hungrig. Wo ist unser Abendessen?» Pem schlurfte davon in die Küche.

«Siehst du, was ich meine?» fragte Clare und trat neben mich.

«Ja», sagte ich, nicht bereit, ihr zu verzeihen.

Donald stürmte zur Tür herein. In unserer Verwirrung hatten wir nicht einmal sein Flugzeug landen hören. Er stürzte in Clares Arme, und beide schluchzten. Ich vermißte Nick mehr denn je, ich vermißte Honora, die Stärke von Donalds Gefühlen erschütterte mich, und ich stand daneben und schluchzte auch. Sie blickten einander über die Schulter, schauten nach mir, dann kamen sie herüber und schlossen mich in ihre Umarmung ein.

«Ich liebe sie wie eine Mutter», sagte Donald nach einer Minute. Seine eigene Mutter war gestorben, als er noch im College war. «Ich lebe seit all diesen Jahren neben ihr, und ich kann mir nicht vorstellen, daß sie nicht mehr da ist.»

«Gott, du tust so, als sei sie tot», sagte Clare streng.

Donald war verletzt und verblüfft über ihren scharfen Ton.

«Sie macht heute abend den Einpeitscher», sagte ich. «Verlangt von allen bestes Benehmen. Unsinn läßt sie nicht durchgehen.»

«Verdammt richtig», sagte Clare. Dann wandte sie sich an

Donald: «Auf dem Herd steht Suppe, und im Kühlschrank sind Würstchen. Georgie und ich müssen zu ihr.»

«Ich weiß. Grüß sie von mir», sagte Donald.

«Wie konnte so etwas Schreckliches passieren?» fragte ich plötzlich, benommen und verwirrt. «Honora ist so gesund.»

«Sie schwimmt dauernd», sagte Donald.

«Sie ist schlank», sagte Clare. «Wie konnte sie einen Herzanfall bekommen?»

«Großdamon ist an einem Herzanfall gestorben», sagte ich.

«Aber er war alt. Und Honora stirbt nicht», sagte Clare mit zitternder Stimme.

«Ich muß Nick erreichen», sagte ich. Ich rief an, aber das Telefon läutete und läutete in seinem leeren Hotelzimmer.

«Ich rufe ihn später an, wenn du willst», sagte Donald.

«Ach, sei so lieb», sagte ich und gab ihm einen Kuß.

Als wir durch die Küche kamen, ertappten wir Pem, die versuchte, ein zerfleddertes Sandwich in ihrer Tasche zu verstecken.

«See you later, Alligator», sagte Clare.

«Nicht, wenn ich dich zuerst sehe», erwiderte Pem lachend. Dann schaute sie uns wieder verwirrt an. «Wo ist eure Mutter?» fragte sie.

Weder Clare noch ich hatten das Herz, ihr zu antworten. Wir liefen also die Stufen hinunter und überließen sie Donald.

Honora lag in ihrem Krankenhausbett, eine durchsichtige Sauerstoffmaske aus Plastik über Mund und Nase. Ein smaragdgrüner Schlauch verband die Maske mit einer silbernen Platte an der Wand, aus der die Luft strömte. Mehrere Plastikschläuche leiteten aus Flaschen, die an einem Ständer aufgehängt waren, klare Flüssigkeiten in ihren Arm. Sie hatte die Augen geschlossen und sah unsäglich grau aus.

«Nur ein paar Minuten, Mädchen», sagte eine Krankenschwester.

Clare nahm Honoras Hand, und ich berührte ihren Unterarm. Ihre Augenlider flatterten und öffneten sich dann. Sie lächelte, als sie uns sah. Dieser glückliche Blick war so vertraut, so ungebändigt, der gleiche Ausdruck, den ihr Gesicht jedesmal annahm, wenn Clare oder ich unerwartet vorbeikamen. Es verschlug mir den Atem.

«Sie hat gerade meine Hand gedrückt», sagte Clare und lächelte ihr zu.

«Ich bin froh, dich zu sehen, Mutter», sagte ich.

Sie nickte. Dann schloß sie die Augen und schien einzuschlafen.

«Sie ermüdet leicht», sagte die Krankenschwester, die hereingekommen war, um den Pegel in einer der Flaschen zu überprüfen. «Das ist nicht ungewöhnlich nach einem Herzanfall. Machen Sie sich darüber keine allzu großen Sorgen.»

«Okay», sagten Clare und ich gleichzeitig, begierig auf Informationen.

«Können wir ihren Arzt sprechen?» fragte ich.

«Ich fürchte, er ist schon nach Hause gegangen. Aber er kommt morgen früh wieder. Ich werde ihm sagen, daß er Sie anruft.»

«Danke», sagte ich.

«Sie sollten jetzt wirklich gehen», sagte die Krankenschwester. «Sie kann besser schlafen, wenn Sie ihr nicht dabei zusehen.»

«Nicht Honora», sagte Clare, aber wir gingen.

Der Parkplatz war hell erleuchtet und fast leer, da die üblichen Besuchszeiten lange vorüber waren. Eine steife Brise wehte vom Hafen herüber. Ich spürte die Feuchtigkeit in der Luft; ich konnte keine Sterne sehen, und über das Wasser hinweg hörte ich Nebelhörner, die gleichen, die Eugene O'Neill von Monte Cristo Cottage aus gehört hatte.

«Sie sieht furchtbar aus», sagte ich und setzte mich neben Clare auf den Beifahrersitz.

«Sie sieht viel schlimmer aus als heute nachmittag», sagte Clare, und es klang erschrocken.

«Vielleicht ist das normal, wenn jemand einen Herzanfall hatte?»

«Ich denke gerade, wir sollten vielleicht noch nicht fahren. Ich meine, wenn etwas passiert...»

«Du meinst... wenn sie stirbt?»

«Ja, das meine ich.» Wir saßen schweigend da und dachten über die Möglichkeit nach, unsere Mutter könne sterben.

«Nein», sagte ich fest. «Daran dürfen wir nicht denken. Die Schwester hätte es uns gesagt, wenn unmittelbare Gefahr bestünde.»

«Georgie, in den ersten achtundvierzig Stunden nach einem Anfall besteht immer unmittelbare Gefahr. Alles kann passieren.» Trotz ihrer Worte startete Clare den Wagen und fuhr vom Parkplatz. Wir blickten fest geradeaus, als wir an dem Beerdigungsinstitut vorbeikamen, in dem wir die Totenwache für Großdamon gehalten hatten.

«Sie ist noch so jung», sagte ich.

«Es wirkt unnatürlich, daß sie so krank ist, während Pems Verwandte alle so uralt werden.»

«Ich kann den Gedanken nicht ertragen, was aus Pem wird», sagte ich.

«Ich brauche ein Eis», sagte Clare und bog in den Parkplatz von Friendly's ein. Wir bestellten Eis; ich aß Wassermelonensorbet, Clare Vanilleeis mit Schokoladensauce.

«Meins ist köstlich», sagte sie. «Willst du probieren?»

Wir tauschten unsere Portionen, kosteten und gaben sie zurück. Wir stiegen wieder in den Wagen, die Eishörnchen in der Hand. Den ganzen Weg über fuhren wir auf Nebenstraßen. Unmittelbar vor dem Einbiegen in die Straße nach Bennison Point öffnete ich mein Fenster. In meinem Hörnchen war noch ein wenig Sorbet, aber ich warf es auf die Straße. Ein geringes Opfer für eine sehr große Sache. «Werde gesund», flüsterte ich im stillen.

«Ich weiß, was du gerade getan hast», sagte Clare. «Und ich muß sagen, ich bin ziemlich angewidert, daß du auch nur denken kannst, etwas so Geringfügiges wie der Verzicht auf dein Eis könnte ihr Leben retten.» Doch während sie noch sprach, kurbelte sie ihr eigenes Fenster herunter und warf ihr Hörnchen ebenfalls fort.

Als ich durch die Haustür ging, klingelte das Telefon.

«Donald hat es mir gesagt», antwortete Nick in dem Augenblick, in dem ich mich meldete. «Wird sie wieder gesund?»

«Wir wissen es nicht.»

«Was mache ich eigentlich hier?» fragte Nick, nicht direkt in den Hörer sprechend, als rede er mit sich selbst. «Ich will jetzt bei euch sein.»

«Kannst du nach Hause kommen?»

«Was denkst du?»

Es war klug von ihm, mich auf meine eigene Frage antworten zu lassen. Auf diese Weise würde das unvermeidliche «Nein» von mir kommen. «Na ja, du bist mitten in einem Riesengeschäft für Hubbard und Starr. Wenn du es zu Ende bringst, erntest du jedes Lob. Wenn du nach Hause fliegst, siehst du schlecht aus. Die Partner wären sehr enttäuscht.»

«So sehe ich es auch. Vielleicht kann ich aber übers Wochenende nach Hause fliegen. Das sind noch zwei Tage. Ich würde ein paar Besprechungen versäumen, aber das ist mir egal. Ich möchte bei dir sein.»

«Dann komm einfach zurück.» Obwohl ich seine schwierige Situation nachvollziehen konnte, war es mir diesmal gleichgültig. Ich wollte ihn zu Hause haben, das war alles.

«Georgie.»

Ich starrte aus dem Fenster auf die Nebelbänke, die über dem Sund lagen. Sie wirkten kreidig und hell in der klaren schwarzen Nacht, und von ihnen ging etwas Böses aus. Bald würden sie unser Haus mit Feuchtigkeit füllen. Ich würde durch dicke weiße Luft spähen müssen, um Clares Haus sehen zu können, und Honoras Haus würde ich gar nicht sehen können. «Alles verändert sich», sagte ich leise. «Ich war in New York, und als ich wiederkam, erkannte ich diesen Ort kaum wieder. Du bist fort, Honora ist fort. Wenn du aus London zurückkommst, wirst du sehen, was ich meine. Alles ist verändert.»

«Was passiert ist, ist schrecklich, aber es ist nicht von Dauer. Ich werde bald zu Hause sein. In einer Woche ist dieses Geschäft abgeschlossen. Honora wird sich erholen, und alles wird sein wie früher.»

«Nein, das wird es nicht», sagte ich. Ich dachte an Pem. Die heutige Nacht verbrachte sie bei Clare; morgen würde sie zu mir kommen, oder ich würde in Honoras Haus ziehen. Ein Wunsch hatte sich in meinem Kopf festgesetzt: Laß dies nicht ihr letzter Sommer auf Bennison Point sein. Meist bezog sich «ihr» auf Pem, aber manchmal auch auf Honora. Und gelegentlich bezog es sich auch auf mich.

«Donald sagte mir, Honora sei so stolz gewesen auf den Artikel in der *Times*. Genau wie ich. Ich habe ihn mir von Denise mit Telefax schicken lassen. Du bist wirklich großartig, du.»

«Diese Interviews sind jetzt so weit weg. Vielleicht war ich eine Närrin, sie überhaupt zu geben. Dieser Ort hier ist mein Leben, Nick. Alles, was mir wichtig ist, ist hier, auf dem Point. Du, die Familie – ich habe dieses Profil von der Bucht angefangen, damit ich zu Hause arbeiten konnte, und auch jetzt will ich nicht von hier fort.»

«Es ist kein Akt der Treue, zu Hause zu bleiben», sagte Nick. «Wenn es anders wäre, wäre ich schuldig, weil ich nach London geflogen bin. Selbst wenn du für den Rest deines Lebens in diesem Haus bleibst, werden die Dinge sich ändern.»

«Komm nach Hause.»

«Eine Sache, die sich nicht ändern wird», sagte er, als hätte er mich nicht gehört, «ist, daß ich dich liebe. Ich werde nach Hause kommen, sobald ich kann.»

Wir verabschiedeten uns. Ich wickelte mir meinen schwarzen Schal um die Schultern und ging auf die Veranda. Mein Haus hatte noch nie so leer gewirkt, und ich wollte auf die ersten Nebel warten, die über die Bucht zu uns kamen.

Der Arzt sagte uns, Honoras Herz sei sehr angegriffen, aber sie werde sich erholen. Sie sei wach, sagte er, und wolle uns sehen. Clare und ich überlegten, ob wir Pem ins Krankenhaus mitnehmen sollten.

«Es wird sie nur aufregen», sagte Clare.

«Honora ist ihre Tochter. Hat sie kein Recht, aufgeregt zu sein?» entgegnete ich.

«Ja, wenn sie verstehen würde, was vor sich geht. Pem ins Krankenhaus mitzunehmen, das ist, als würde man ein Zweijähriges ins Gruselkabinett führen.»

«Mutter wird sie sehen wollen.»

Am Ende gewann ich. Wir zogen Pem ihr bestes Kleid an, ein karmesinrotes Musselinkleid mit Paisley-Muster, und verstauten sie im Auto.

«Ich will nicht mitfahren!» sagte sie.

«Siehst du?» sagte Clare.

Ich nahm von beiden keine Notiz und startete den Wagen. Mit meiner Schwester und Großmutter durch den Nebel zu fahren löste in mir ein wohliges Gefühl aus, wie ein Becher heiße Schokolade nach dem Schlittschuhlaufen. Da ich wußte, daß er Pem einmal gefallen hatte, schob ich ein Band von Andy Williams in den Kassettenrekorder.

«Hast du keine Angst, sie zu sehen?» fragte Clare.

«Nicht wirklich. Du?»

«Doch. Ich habe Angst, daß sie genauso schlecht aussieht wie gestern. Aber selbst wenn nicht, werde ich nie die Farbe ihrer Haut vergessen. Sie wird nie erfahren, wie schlimm es war. Ist das nicht eigenartig? Sie weiß, daß sie krank ist, aber sie wird sich selbst nie ganz so sehen können, wie wir sie gesehen haben.»

«Sie hat schon andere kranke Leute gesehen.»

«Aber man denkt nie, man könnte genauso krank sein wie andere Leute. Honora wird denken, daß sie einen Herzanfall gehabt hat und infolgedessen ihre Lebensweise ändern muß. Aber sie wird sich nie selbst mit der Totenmaske sehen, wie wir sie gesehen haben. Wir wissen jetzt, wie es enden wird.»

«Das klingt grauenhaft», sagte ich.

«Tja, so empfinde ich eben. Grauenhaft.»

«Der Arzt ist optimistisch.»

«Ich weiß. Aber glaubst du nicht, daß wir einen Blick in die Zukunft geworfen haben?»

«Doch», sagte ich und dachte daran, wie leer ich mich in der letzten Nacht gefühlt hatte. Auf der Veranda hatte ich gewartet, bis der Nebel mich einhüllte. Er war langsam gekommen, hatte die Lichter in Clares Haus verschwimmen lassen und dann verdüstert. Als ich schließlich hineinging, war mein Haar naß.

Wir betraten das Krankenhaus durch eine Tür, die nur für Ärzte zugänglich war, aber wir hatten schon immer die Theorie gehabt, daß jeder einen für berechtigt hält, wenn man etwas mit vollkommener Sicherheit tut. Außerdem lag die Ärztetür viel näher bei der Intensivstation, und Pem konnte nicht weite Wege zurücklegen.

«Was machen wir hier?» fragte Pem.

«Wir besuchen Honora», sagte ich. Sie schüttelte den Kopf.

Wir passierten einen langen Gang voller Patienten auf Bahren und in Rollstühlen, mit Inhalatoren, Respiratoren, EKG-Maschinen und Herzmonitoren. Pem schlurfte langsam über den hellen Boden und blickte starr nach unten. Gelegentlich wagte sie es, ihren Kopf ein wenig zu drehen, gerade genug, um das rostfreie Stahlrad einer Bahre, den Ständer eines Infusionsgeräts, den weißen Schuh einer Krankenschwester sehen zu können.

«Der Ägyptische Flügel», sagte Clare, und ich nickte.

Einmal hatten Clare, Honora und ich einen Tag im Metropolitan Museum of Art verbracht. Als wir durch den Ägyptischen Flügel gingen, vorbei an Grabmälern, Mumien, Sarkophagen, Totenplastiken von Pharaonen, dachten wir alle drei an Pem. Sie ließ sich von Häßlichkeit oder Dingen, die an den Tod gemahnten, leicht verstören und wich dem Anblick aus. Honora hatte Pems Gang imitiert – schlurfend und mit gesenktem Kopf.

Wir betraten die Intensivstation, und aus allen Richtungen eilten Schwestern auf uns zu. «Nur zwei Personen auf einmal», sagten sie.

Honora hatte uns bereits erspäht und winkte. Ich sah sofort, daß ihr Gesicht wieder Farbe hatte, fast rosa, und sie lächelte ihr breites Lächeln.

«Gott sei Dank», sagte ich zu Clare.

«Sie würde uns gern alle drei zusammen sehen», sagte Clare zu den Schwestern. «Bitte?»

«Gut, aber nur für einen Moment», sagte die Oberschwester.

Pem hielt den Kopf gesenkt, während sie den Raum durchquerte, aber sie blickte auf, als sie Honoras Bett erreichte. «Nimm dieses Ding aus der Nase», befahl sie und deutete auf einen durchsichtigen Schlauch, der von einer Infusionsflasche in Honoras linkes Nasenloch führte.

«Es gefällt mir», sagte Honora. «Es unterscheidet mich von den anderen.»

«Wie geht es dir?» fragte ich.

«Viel besser. Sehr müde, aber ansonsten gut.»

«Erinnerst du dich an alles?» fragte Clare.

«Bis zu einem Augenblick, als sie mich in dieses Stockwerk brachten. Ich erinnere mich, daß du bei mir warst. Danke, Liebes.»

«Oh», sagte Clare überrascht, als gebe es nichts zu sagen, als hätte sie nie erwartet, daß man ihr dafür dankte.

«Komm, steh auf und laß uns nach Hause gehen», sagte Pem. Sie klang erregt, und ich beobachtete, wie sie den Raum nach Ausgängen absuchte, ohne die Augen auf die Leute in den anderen Betten zu richten. Ich bekam allmählich das Gefühl, daß es doch besser gewesen wäre, sie zu Hause zu lassen. Ich wollte nicht, daß sie Honora aufregte.

«Pem», sagte ich, um sie zu beruhigen, «wir gehen in ein paar Minuten.»

«Ich will jetzt gehen!» erwiderte sie mit erhobener Stimme.

Clare und ich blickten uns um und versuchten, uns wortlos bei den Schwestern und den anderen Patienten zu entschuldigen.

«Schon gut», sagte Honora und winkte Pem näher heran. Pem beugte sich über Honoras Gesicht. Sie berührten einander mit den Wangen. Dann hielt Honora Pems alte Hand. Sie sagten kein Wort, aber beide sahen einander intensiv an. Nach einer Weile richtete Pem sich auf. Honora verzog die Lippen. «Was wird mit ihr?» fragte sie.

«Ich setze mich mit ihr ins Wartezimmer», sagte Clare.

Wir schauten ihnen nach, wie sie durch die Doppeltüren verschwanden. Die Linien auf dem Herzmonitor hinter Honoras Bett bildeten ein regelmäßiges Zickzackmuster. Überall aus dem Zimmer hörte man schwache Pieptöne.

«Wir hätten Pem nicht mitbringen sollen. Sie beunruhigt dich», sagte ich. «Es war meine Idee.»

«Natürlich solltet ihr sie mitbringen», sagte meine Mutter. «Ich wollte sie unbedingt sehen. Die Situation ist beunruhigend, nicht Pem.»

«Sie haßt es, dich so zu sehen.»

«Ich weiß. Sie macht sich Sorgen um mich, ich bin ihre Tochter. Und ich habe Angst, was aus ihr werden wird.»

«Clare und ich kümmern uns um sie.»

«Vorerst», sagte Honora, und das Schweigen, das darauf folgte, fühlte sich so finster an wie der Nebel letzte Nacht. «Himmel, beinahe hätte ich's vergessen», sagte Honora nach einer Weile. «Was für ein Artikel gestern in der Zeitung! Hab ich dir nicht gesagt, du würdest den Namen Swift berühmt machen? Wie ist das Ganze gelaufen?»

«Wundervoll», sagte ich und hatte Schuldgefühle, weil ich in diesem Augenblick an Mark dachte.

«Sie braucht Ruhe», sagte eine Schwester und trat neben mich.

«Das ist meine Tochter», sagte Honora, «und gestern stand in der *New York Times*, sie sei eine Visionärin.»

«Mutter –», sagte ich verlegen.

«Nun, es stimmt doch.»

«Da ist ja wirklich aufregend», sagte die Schwester. «Aber Ihre Mutter braucht jetzt Ruhe. Sie müssen später wiederkommen.»

Als ich mich niederbeugte, um Honora auf die Stirn zu küssen, flüsterte sie mir ins Ohr: «Tyrannin. Keine Wertschätzung für den Intellekt. Bring mir ein paar Exemplare von dem Artikel, damit ich ihn herumreichen kann.»

«Nick läßt dich grüßen.»

«Der gute Nicky. Laß ihn bloß nicht wegen dieser Sache aus London zurückkommen.»

«Mach dir darüber keine Sorgen», sagte ich ohne ironischen Unterton.

Ich sprach auf das Band des Anrufbeantworters, daß ich unter einer anderen Nummer zu erreichen sei, und zog in Honoras Haus. Pem saß auf dem Sofa, warf gelegentlich einen Blick auf Honoras leeren Platz und kratzte sich den Schorf auf ihrem Kopf. Sie hatte aufgehört zu fragen: «Wo ist deine Mutter?» Jetzt starrte sie mich anklagend an, weil ich Honoras Platz eingenommen hatte.

Notizen für den dritten Bericht des Swift-Observatoriums bedeckten Honoras schwarzlackierten Schreibtisch, aber ich hatte keine Lust zu arbeiten. In den Nebel zu starren war, als sitze man vor einem Spiegel. Er warf meine Gedanken auf mich zurück. Da der Nebel Bennison Point einschloß, war die einzige zu beobachtende Familie meine eigene.

Mir fiel auf, daß Donald fast ständig zu Hause war, und ich beneidete Clare darum. Er sagte, im Augenblick habe er nicht viel zu tun, und nahm sich vier Tage frei. Donald schien von uns allen am tiefsten betrübt zu sein. Clare und ich waren natürlich auch traurig, aber Donald wirkte wahrhaft erschüttert. Er konnte Honora nicht besuchen, ohne daß ihm die Tränen kamen. Ich sah ihn auf dem Anlegesteg stehen und aufs Meer starren. Wenn er im Haus der Mackens oder in unserem mit Pem und mir zu Abend aß, seufzte er oft. «Es ist seltsam ohne sie», sagte er mehr als einmal.

Nick schickte Blumen ins Krankenhaus, rief Honora aus London an und bestellte für sie bei Liberty einen roten Morgenrock aus Baumwolle. Am gleichen Tag schickte er mir Regenstiefel aus unserem Lieblingsgeschäft in Mayfair, weil meine alten verschlissen waren. Wir telefonierten häufiger denn je miteinander. Obwohl er das Geschäft nicht im Stich lassen zu können glaubte, um nach Hause zu kommen, informierte er die Klienten und die anderen Anwälte, Anrufe von mir müßten jederzeit zu ihm durchgestellt werden. Einmal rief ich ihn im Büro des Klienten an und berichtete ihm ausführlich, daß ich das Gefühl hätte, der Arzt informiere uns nicht ausreichend. Honora scheine es nicht eilig zu haben, das Krankenhaus zu verlassen, und Pem ziehe sich von Tag zu Tag mehr in sich zurück, wenn sie allein auf dem Sofa sitze.

«Ich glaube, es ist zuviel für mich», hatte ich gesagt, den Tränen nahe. «Meine Mutter hatte gerade einen schweren Herzanfall, meine Großmutter ist vollkommen senil, und du bist so weit weg. Ich kann nicht mehr.»

«Ich auch nicht. Dieses Geschäft kommt in einem schrecklich ungelegenen Moment.»

«So ist es doch immer», hatte ich versetzt. «Ganz gleich, was aus dem Rest unseres Lebens wird, deine Arbeit geht immer vor.»

«Das ist unfair, Georgie», hatte er gesagt. «Und wenn du jetzt gemein werden willst, dann muß ich Schluß machen, weil ich, um deinen Anruf anzunehmen, soeben einen Tisch mit dreißig Personen verlassen habe, die jetzt alle dasitzen und auf mich warten.»

Ich bekam ein schlechtes Gewissen, weil ich seine intensiven Verhandlungen unterbrochen und dreißig Leute hatte warten lassen, von denen viele für eine Stunde ihrer Arbeitszeit so viel berechneten, wie andere in einem ganzen Monat verdienten; gleichzeitig war ich gerührt, daß er mich wichtig genug nahm, um sie warten zu lassen. Früher hätte ich das selbstverständlich gefunden.

An dem Tag, an dem Regenwolken aufbrachen und den Nebel auflösten, rief Mark Constable mich in Honoras Haus an.

«Ich habe bei dir angerufen, deine Nachricht gehört und diese Nummer gewählt», sagte er.

«Das ist das Haus meiner Mutter», sagte ich. «Sie hatte einen Herzanfall, und ich bin bei Pem. Du weißt schon, die Großmutter, von der ich dir erzählt habe.»

«Georgie, das tut mir wirklich leid.»

«Ich erfuhr es an dem Abend, an dem ich aus New York zurückkam. Ich kam mit dem Taxi vom Bahnhof, und meine Schwester erwartete mich schon.»

«Zuerst bist du in Ohnmacht gefallen, und dann hatte deine Mutter einen Herzanfall. Was für ein Tag. Und er hatte so gut angefangen...»

«Oh, du meinst –», ich hielt inne, weil ich gerade hatte sagen wollen: «Wegen des Kusses?», mir dann aber klar wurde, daß er den Artikel in der *Times* meinte.

«Hast du den Bericht in der *Washington Post* gesehen?» fragte er.

«Nein. Unglaublich, aber das habe ich vollkommen vergessen. Hast du ihn gelesen?»

«Ja, und ich glaube, er war sogar noch besser als der in der *Times*. Sie haben mehr über die Themen berichtet, die du behandelt hast, und sogar einen Auszug abgedruckt. Etwas über Zwillinge, die sich nach fünfzig Jahren kennenlernten.»

«Ach ja, Vivian und Doris.»

«Aber das Tollste war die Samstagsausgabe der *Post*, wo sie die besten Karikaturen der vergangenen Woche aus dem gesamten Land abdrucken. Hast du die je gesehen?» fragte Mark.

«Ich kenne sie gut», sagte ich und erinnerte mich an Samstagvormittage in Washington, an denen Nick und ich Pfannkuchen brieten, sie mit ins Bett nahmen und mit Himbeermarmelade bestrichen, die Pem im Sommer zuvor gekocht hatte. Wir hatten diese Karikaturenseite geliebt.

«Es gab eine Karikatur von dir! Im *Cleveland Plain Dealer* muß ein Agenturbericht über das Swift-Observatorium gestanden haben, und der Karikaturist hat dazu eine Zeichnung von der Beobachterin gemacht, eine weise, gütig aussehende Frau mit Brille, die auf eine Karte der Vereinigten Staaten schaut, wo sich alle diese Dinge abspielen – eine Familie, die bei einer Flut auf ihrem Dachfirst sitzt, ein Flugzeugabsturz in einem Staat und die Familienangehörigen, die in einem anderen Staat auf dem Flughafen warten, eine Gruppe von Mädchen, die ihrer Schwester helfen, den Brautschleier zu arrangieren. Alle möglichen Zeichnungen überall auf der Landkarte, die Geschichten erzählen. Und die Bildunterschrift lautet: ‹Alle meine Kinder›.»

«Hört sich wunderbar an», sagte ich lächelnd.

«Zu schade, daß du es nicht gesehen hast.»

«Ich weiß, ich hätte es wirklich gern gesehen. Vielleicht gibt es die Nummer in der Bibliothek.»

«Ich wollte dir gerade vorschlagen, daß ich dir die Zeitung vorbeibringe. Ich muß übers Wochenende nach Boston fahren, und ich sehe, daß Black Hall auf dem Weg liegt.»

Er hatte also bereits auf einer Karte nachgesehen. «Du machst dir viel Mühe», sagte ich, nicht sicher, ob ich wollte, daß er käme.

«Überhaupt nicht. Ich könnte Freitag gegen Abend da sein. Vielleicht kann ich dich zum Essen ausführen.»

Ich dachte, daß es schön wäre, beim Abendessen mit ihm zu sprechen. Die Unterhaltungen mit Pem frustrierten mich, und wenn Clare mit ihrer Familie zusammen war, vergaß sie unsere Sprache und redete in ihrer. «Nam, Casey» bedeutete «iß dein Essen», «Egremont», zu Donald gesagt, mußte etwas mit Sex zu tun haben, weil er immer rot wurde; im allgemeinen drehte sich die Unterhaltung um Themen, die für ein Paar mit kleinen Kindern von Interesse waren. Ich dachte an Nick, der mit Jean und anderen interessanten Leuten aus seiner Branche aß. Warum sollte ich nicht die Gesellschaft von jemandem genießen, mit dem ich Dinge gemeinsam hatte und dessen Arbeit mich faszinierte?

«Ja, das wäre schön», sagte ich langsam. «Ja, ich gehe mit dir essen.» Ich beschrieb ihm den Weg zu meinem Haus.

In den Tagen bis Freitag rief ich Mark dreimal an. Er war nie zu Hause; jedesmal hinterließ ich eine Nachricht auf seinem Anrufbeantworter. Beim ersten Mal sagte ich, ich könne leider nicht mit ihm essen. Dann rief ich an und sagte, ich könne doch. Dann rief ich nochmals an und sagte, ich könne nun doch nicht. Da er nicht zurückrief, nahm ich an, er habe meine letzte Nachricht erhalten und die Absage akzeptiert. Ich war verwirrt, weil ich ihn wirklich gern getroffen hätte und nicht einsah, warum ich mir das versagen sollte. Andererseits fühlte ich mich jedesmal, wenn ich mich an den Kuß erinnerte, überwältigt. Als ich Clare danach fragte, dachte sie einen Augenblick nach, ehe sie antwortete.

«Normalerweise würde ich sagen, daß du viel zuviel Wind um ein Abendessen mit jemandem machst. Aber weil dir die Sache so am Herzen liegt, solltest du sie lieber klären, bevor du dich in Schwierigkeiten bringst.»

«Du meinst, bevor ich ein Verhältnis mit ihm anfange?»

«Nein. Aber du hattest neulich solche Schuldgefühle, weil du dich zu ihm hingezogen fühltest, und dann der Kuß... Ich weiß nicht, Georgie. Jetzt, wo Mutter so krank ist und du in einem solchen Zustand bist, weil Nick in London ist, von Pem ganz zu schweigen – vielleicht solltest du einfach eine Weile kurztreten.»

«Er hat sowieso nicht zurückgerufen», sagte ich und empfand eine Mischung aus Verletzung, Erleichterung, Gekränktheit und Enttäuschung.

«Was ist mit Pem?» fragte Clare, froh, das Thema zu wechseln, obwohl ein Gespräch über Pem noch unangenehmer war. Der Arzt hatte Honora gesagt, sie werde nach ihrer Heimkehr nicht in der Lage sein, Pem zu versorgen. Pem war unfähig, sich um sich selbst zu kümmern, und es erforderte mehr körperliche Arbeit, sich um ihre alltäglichen Bedürfnisse zu kümmern, als Honora klar zu sein schien.

«Clare, der Arzt sagt, Mutter solle sie in ein Heim schicken», sagte ich. «Das können wir nicht machen.» Wir saßen an dem Tisch in Honoras Wohnzimmer, lauschten den Wellen und sahen zu, wie Pem sich den Kopf kratzte.

«Was sollen wir sonst tun? Schau sie doch an.» Pem kratzte sich gerade ein besonders großes Stück Schorf vom Kopf und legte es zu den anderen auf die Armlehne des Sofas. «Das ist sogar unhygienisch.»

«O Gott, die Hygiene ist das geringste Problem.»

«Ich weiß. Ich weiß auch, daß Honora sich deswegen Sorgen macht. Ich glaube, daß sie es deshalb nicht eilig hat, nach Hause zu kommen. Sie weiß, wenn sie einmal hier ist, muß sie die Sache regeln.»

«Wo ist der Junge?» fragte Pem plötzlich.

«London», sagte ich. «New York», sagte Clare.

«Er sollte hier sein, bei der Familie. Nicht in London und New York.»

«Möchtest zu fernsehen?» fragte ich, und es war mein Pech, daß ich gerade «Sesamstraße» erwischte. «O Scheiße», sagte ich und sah, wie Pems Lippen sich fest aufeinanderpreßten. Ihr Gesicht wurde rot; sie beugte sich vor, um die Muppets besser zu sehen. Zwei besonders haarige Exemplare machten neben einer Mülltonne ihre Späße.

«Das macht mich vollkommen wahnsinnig», sagte sie mit erhobener Stimme und schlug mit der Faust auf die Armlehne des Sofas, so daß der Stapel Schorf herunterfiel. «So viele Leute würden gerne im Fernsehen sein, und sie geben den Job diesem Frosch.»

«Eigentlich hat sie absolut recht», sagte Clare. Ich stellte kein anderes Programm ein, weil ich mir dachte, daß Pem in ihrem Leben so wenig Skandale hatte, daß ein paar Minuten bissiger Kommentare ihr guttun würden.

«Sieh es mal von Pems Standpunkt aus», sagte Clare. «Vielleicht wäre das Heim gut für sie. Ausgebildete Schwestern, die sie pflegen, Leute, mit denen sie Canasta spielen kann, Pflegerinnen, die sie baden und umziehen, wenn sie sich naß macht.»

«Sie würde es hassen. Sie sollte zu Hause alt werden dürfen, auf Bennison Point. Sie ist die einzige Bennison, die es noch gibt, falls du das vergessen hast.»

«Oh, komm von deinem hohen Roß herunter», sagte Clare.

Das Telefon läutete. Mein Herzschlag setzte für einen Augenblick aus, weil ich dachte, es könne Mark sein, und in diesem Moment wußte ich, daß Clare recht hatte: Es war richtig gewesen, das Abendessen mit ihm abzusagen.

«Hallo», ertönte Honoras Stimme.

«Wann kommst du nach Hause?» fragte ich. «Du fehlst uns.»

«Die Ärzte sagen, daß ich nächsten Donnerstag gehen kann, wenn alles gut verläuft. Natürlich gibt es Rückfälle bei Leuten in meinem Zustand.»

«Ja, natürlich», sagte ich. Ich hielt die Sprechmuschel zu und raunte Clare zu: «Rückfälle.» Clare nickte mit dem Kopf.

«Aber so Gott will, werde ich dann wohl zu Hause sein. Wie geht's Pem?»

«Sie sieht die Muppets und ist wütend, weil ein paar von ihnen eine Tanznummer vorführen.»

«Sei froh, daß es keine Affen sind. An dem Abend, bevor ich meine Herzattacke hatte, bekam sie einen Wutanfall über einen Tierfilm und sagte, bei all den armen arbeitslosen Schauspielern sei es einfach unmöglich, daß sie irgendwelchen Affen die Rollen geben würden.»

Wir lachten, und Clare lachte mit, obwohl sie keine Ahnung hatte, was Honora gesagt hatte. Oder vielleicht doch. Das war die Telepathie, die zwischen uns bestand. Vermutlich ist das keine Seltenheit unter Menschen, die dieselben Vorfahren haben, den gleichen Sinn für Humor und eine tiefe, dauerhafte Liebe. In diesem Augenblick, Honoras Stimme im Ohr, konnte ich mir einbilden, wir alle vier seien zusammen, und ich war glücklich.

KAPITEL ZWÖLF

Nachdem Honora die Intensivstation hatte verlassen können, verlangte sie als erstes nach einer Rolle Klebeband. In ihrem Zweibettzimmer klebte sie die Artikel und die Karikatur, die die Avery-Stiftung mir zugeschickt hatte, an die Wand neben ihrem Bett. Die Stiftung hatte mir auch alle Briefe zugesandt, die als Reaktion auf die Zeitungsartikel eingegangen waren. Eines Tages bekam ich einen großen Umschlag voller Briefe von Leuten, die das Swift-Observatorium lobten und sich anboten, für mich zu arbeiten. Die Briefe kamen aus allen Teilen des Landes und aus Kanada; Leute schickten Spenden, und die Avery-Stiftung versprach, sie meinem Stipendium hinzuzufügen. Ich nahm die Briefe mit ins Krankenhaus und gab sie Honora zu lesen, während ich versuchte, einige zu beantworten. Ihre arme Zimmergenossin mußte mit anhören, wie sie den Schwestern, den Technikern, den Ärzten und den Putzfrauen erzählte, welch bedeutende Person ich sei.

«Hör dir das an», sagte sie und las laut aus einem Brief vor. «‹Das ist eine Idee, deren Zeit gekommen ist. Die Beobachtung der Menschheit wird die Welt zu einem besseren Ort machen.› Vollkommen richtig, nicht?»

«Ja», sagte ich, konzentriert auf meinen Brief an eine Frau aus Chesterton, Idaho, die sich erboten hatte, mir regelmäßig über das Leben in Chesterton zu berichten. Ich wollte auf ihr Angebot eingehen.

«Oh, hier ist ein häßlicher Brief», sagte Honora stirnrunzelnd. «‹Für wen halten Sie sich eigentlich, um sich zur Autorität für Familienthemen aufzuschwingen? Ich bin ausgebildeter Eheberater, und ich fand den Bericht über Mona Tuchman entsetzlich, weil Sie ihre Gewalttat entschuldigen. Wollen Sie eine Nation von Rächern?›» Honora ließ das Blatt sinken. «Das gefällt mir. Du verbreitest Schrecken unter den Engstirnigen dieser Welt. Der Mensch fühlt sich von dir bedroht! Ich meine, auf seine kleinliche Art gibt er zu, daß du Einfluß hast – sorgt sich, alle Leute würden gewalttätig, wenn sie deine Berichte lesen!»

Ich lächelte über ihren Stolz und ihr Bestreben, alles, selbst einen bösen Brief, zu meinem Vorteil auszulegen. Ich schrieb weiter.

«Ich meine, hat er noch nie etwas von Aufklärung gehört? Die Leute entdecken, was gut im Leben ist, indem sie sich ansehen, was im Leben schlecht ist.»

«Ich glaube nicht, daß das, was Mona Tuchman getan hat, schlecht war», sagte ich, legte meinen Stift hin und fragte mich, ob Nick mich mit einem Buttermesser würde erstechen wollen, wenn ich ihm von dem Kuß erzählte. Eigenartigerweise freute ich mich auf den Augenblick, in dem ich es ihm sagen würde. Es war Freitag, und ich hatte beschlossen, es Nick an diesem Abend zu erzählen, an dem Abend, für den ich ursprünglich das Abendessen mit Mark vereinbart hatte.

«Mona Tuchman», sagte Honora nach einer Minute. «Noch vor kurzem hörte man so viel von ihr, und nun überhaupt nichts mehr. Stehst du mit ihr in Verbindung?»

«Nein», sagte ich. Ich spürte einen Anflug von Schuldgefühl. Ich hatte sie zur Freundschaft ermutigt und dann abgewiesen, als sie mich anrief. Die Einzelheiten ihres Lebens und ihrer Tat waren für mich nicht einfach Fakten, sondern Themen, die mir selbst zu nahe gingen.

«Sie war einer deiner ersten Fälle», sagte Honora. «Es war so aufregend, wenn du vorbeikamst, um uns über deine Gespräche mit ihr zu berichten. So aufregend.» Ihr Blick verdunkelte sich. Als sie weitersprach, war ihre Stimme belegt. «Ich glaube, das war unsere goldene Zeit. Der Anfang dieses Sommers, als du das Swift-Observatorium gegründet hast und wir alle glücklich und gesund waren.»

«Mutter, alles wird wieder gut. Der Arzt hat gesagt, daß es ganz natürlich und sehr häufig ist, daß Leute nach Herzattacken deprimiert sind.»

Sie schüttelte den Kopf. Ihr volles kastanienbraunes Haar streifte über ihre schmalen Schultern. «Ich weiß das, und wahrscheinlich bin ich ein bißchen deprimiert. Aber das ist nicht bloß eine chemische Reaktion. Gerade im Augenblick stehe ich vor harten Tatsachen. Ich denke über deine Großmutter nach.»

«Wir können sie nicht in ein Heim gehen lassen», sagte ich. «Clare und ich können dir helfen, sie zu versorgen. Wir können sie abwechselnd zu uns nehmen. Jede zweite Woche –»

Honora hob die Hand, um mich zu unterbrechen. «Das ist zu viel Verantwortung für dich. Was, wenn Nick lange arbeiten muß und du in die Stadt fährst? Kannst du dir etwa vorstellen, Pem mitzunehmen?»

«Vielleicht werde ich das nicht mehr so oft machen», sagte ich und suchte in Gedanken nach einem anderen Thema, um Honora daran zu hindern, über das Verhalten einer Ehefrau ihrem Mann gegenüber zu philosophieren.

«Ja, ich habe gespürt, daß das ein Problem war», sagte sie und sah mich lange und fest an.

«Aber ich möchte jetzt nicht darüber reden.»

«Nein? Okay», sagte Honora. Plötzlich wirkte sie erschöpft. Ihr Kopf sank in die Kissen, und sie begann zu weinen. Tränen liefen über ihre Wangen in ihre Mundwinkel. Ihre Schultern zuckten. Ich versuchte, sie zu umarmen, aber die Seitenwände ihres Bettes machten das schwierig.

«Was ist? Was ist los?» fragte ich, aber ich wußte es bereits. Dieselben Dinge, die mir das Herz brachen, taten das auch bei meiner Mutter. Bennison Point veränderte sich schnell, und obwohl ich es nicht zugeben wollte, stimmte ich mit ihr darin überein, daß unsere goldene Zeit gekommen und vergangen war. Wir würden Honora mit einer gewissen Vorsicht behandeln müssen; ich trauerte um meine starke, unverwundbare Mutter, die ich nun wohl für immer verloren hatte. Sie konnte nicht einmal bestimmen, was aus Pem werden würde. Meine liebe Pem, meine Großmutter, die ich im Alter von zwei Jahren «Pem» zu nennen begonnen hatte, weil ich ihren richtigen Namen, «Penitance», nicht aussprechen konnte. Ich drückte die Wange an die meiner Mutter und weinte. Ich dachte an Nick und wußte, daß die Dinge zwischen uns nie wieder dieselben sein würden. Selbst wenn wir einander immer lieben würden, der feste Wille, zusammenzubleiben, war brüchig geworden. Auch wenn wir Komplikationen hatten in Kauf nehmen müssen, hatten wir bis zu diesem Sommer darum gekämpft, der bequemeren Lösung zu widerstehen, bei der ein Partner reist, während der andere zu Hause bleibt. Wir hatten uns geweigert, das zu tun, was andere taten – sich zu fügen, wenn der Berufsalltag verlangte, daß man sich trennt. Wir waren eine solche Ausnahme gewesen. Ich schluchzte.

«Das erinnert mich an die Zeit, als du ein Baby warst», sagte Honora mit zittriger Stimme und tätschelte meinen Hinterkopf.

«Du hast nie geschlafen. Nie. Ich mußte bis tief in die Nacht aufbleiben, dich im Haus herumtragen und deinen Kopf tätscheln.»

«Und, schlief ich dann endlich ein?»

«Nun ja, nach einer Weile. Aber du schienst nie so viel Schlaf zu brauchen wie andere Babys. Oft, wenn ich mitten in der Nacht nach dir sah, warst du hellwach. Du gabst keinen Ton von dir – du warst ruhig und wachsam. Du hattest so große blaue Augen, und manchmal hast du mich erschreckt, weil du so aufgeschreckt aussahst. Manchmal ging ich in dein Kinderzimmer, nur um dich anzusehen – du warst ein wundervolles Baby. Aber manchmal ließ mir der Blick in deinen Augen die Haare zu Berge stehen. Ich sah dann nach, ob auch sicher niemand im Zimmer war. Du warst noch ein Baby, aber du warst wachsam.»

Schon damals hatte ich das getan. War das Wachehalten über die, die ich liebte, ein angeborener Wesenszug? Oder hatten die Traurigkeit und Zwietracht zwischen meinen Eltern diese Wachsamkeit in mir ausgelöst? Das Gefühl, daß etwas Schlimmes passieren würde, hatte mich lange begleitet. Ich spürte ein Prickeln um die Lippen und in den Stirnnerven.

«Mutter, ich glaube, ich werde –»

Ohnmächtig. Ich wurde ohnmächtig, und mein Kinn prallte auf die Bettkante, als ich auf den strahlend weißen Boden fiel. Ich bin nicht sicher, ob ich das Bewußtsein verlor; ich hörte, daß meine Mutter auf den Summer drückte und «Hilfe, Schwester!» schrie, daß ihre Zimmergenossin «Jesus, Maria und Josef» rief, ich hörte geschäftige Schwestern um mich herum.

«Sind Sie okay?» fragte eine Schwester stirnrunzelnd.

«Wie viele Finger halte ich hoch?» fragte eine andere.

«Ich bin in Ordnung», sagte ich und blickte zu meiner Mutter auf, die über den Bettrand spähte.

«Liebes, du bist einfach umgekippt», sagte sie. «Einfach so. Was ist passiert?»

«Kein Frühstück», sagte ich.

«Schwester, holen Sie ihr etwas Orangensaft», befahl Honora.

«Nichts essen und nichts trinken, ehe ein Arzt sie untersucht hat», sagte die Schwester, und ich war gerührt über ihre Besorgnis, bis ich die andere Schwester flüstern hörte: «Dazu ist das Krankenhaus verpflichtet.»

Honora, erschrocken, aber entschlossen, mich mit einem breiten Lächeln aufzuheitern, winkte zum Abschied, als die Schwester mich in einem Rollstuhl davonfuhr. Ich schloß die Augen und drückte die Handflächen an mein wehes Kinn. Leute sahen zu, wie ich vorbeigefahren wurde. Ich dachte darüber nach, daß Krankenhauspatienten ihre Würde verlieren, daß jeder sich berechtigt fühlt, sie anzustarren, und vielleicht denkt: «Ein Glück, daß sie das ist und nicht ich.» Die Liebe, die ich für meine Familie fühlte, was so stark, daß ich mich fragte, ob ich vielleicht daran sterben könnte. Ich weinte auf dem ganzen Weg in die Notaufnahme.

Frau Dr. Fern untersuchte mich. Sie war in meinem Alter, schlank und sportlich, und hatte einen roten Lockenschopf. Die Fragen, die sie mir stellte, waren freundlich und einsichtig.

«Standen Sie in letzter Zeit unter ungewöhnlichem Streß?» fragte sie.

«Das kann man wohl sagen», sagte ich und brach erneut in Tränen aus. Sie reichte mir eine kleine Schachtel Kleenex.

«Waren Sie jemals anämisch?»

«Manchmal, wenn ich meine Periode hatte.»

«Haben Sie starke Kopfschmerzen?»

«Nein.»

«Sind Sie schon früher ohnmächtig geworden?»

«Einmal.» Ich erzählte ihr von dem Vorfall in New York, ließ aber den Kuß aus. «Es war heiß, und es war eine extrem emotionale Situation.»

«Möchten Sie mir erzählen, was den Streß auslöste?»

«Nun ja, ich habe oben meine Mutter besucht. Sie hatte Anfang dieser Woche eine Herzattacke. Sie war immer so gesund», sagte ich.

«Das tut mir leid.»

«Und meine Großmutter, die immer bei ihr gelebt hat, kann nicht für sich selbst sorgen, sie ist ziemlich senil, und der Arzt meiner Mutter sagt, Pem, also meine Großmutter, im Haus zu haben sei eine schreckliche Belastung, zuviel für meine Mutter mit ihrem Herzen.»

«Das ist wirklich schlimm. Haben sie immer zusammengelebt?»

«Praktisch ja. Und mein Mann ist in London, es ist das erste Mal, daß er eine lange Reise ohne mich macht, wir waren nie getrennt und haben früher Berge versetzt, um zusammenzusein. Er hat dieses Wasserflugzeug...» Aber dann fühlte ich mich zu kurzatmig, um weiterzusprechen.

«Das ist alles sehr schwierig, vor allem, weil es gleichzeitig kommt. Ich bin sicher, daß Sie einfach den Druck spüren, und das würde erklären, warum Sie ohnmächtig wurden. Aber ich würde gern ein paar Tests machen.»

Ich nickte. Sie machte ein EKG, ließ mich auf einer geraden Linie gehen und die Arme ausstrecken wie ein Schlafwandler, nahm Blutproben und untersuchte mich. Als alle Tests durchgeführt waren, zog ich mich in meinen Rollstuhl zurück. «Kann ich wieder nach oben?» fragte ich. «Meine Mutter wird sich Sorgen machen.»

«Natürlich», sagte Dr. Fern. «Solange wir wissen, wo wir Sie finden können.»

«Georgie!» rief Honora in dem Augenblick, in dem ich durch die Tür geschoben wurde. «Wieso bist du noch in diesem Rollstuhl? Mein Gott, ich bin fast verrückt geworden. Niemand schien zu wissen, wo du bist.»

«Ich bin in Ordnung. Ich habe der Ärztin alles erzählt, was in der Familie los ist, und sie schien anzunehmen, eine Ohnmacht sei da keine abnorme Reaktion.»

«Hat sie das gesagt?»

«Nicht mit so vielen Worten, aber sie hat es angedeutet.»

«Georgie, wenn ich dir sonst nichts beibringe, aber verlaß dich in der Medizin nie auf Andeutungen. Das ist fast wie bei der Meteorologie. Bei einem angegebenen Muster von Tatsachen könnte ein Meteorologe versucht sein, mehrere Tage schönes Wetter mit Hochdruck vorherzusagen. Aber wenn du einen einzigen anderen Faktor hinzufügst, nur einen, dann hast du einen Hurrikan. O Gott. Noch etwas, worüber man sich Sorgen machen muß.»

Wir wandten uns wieder den Briefen zu, und Honora las mir weitere Auszüge laut vor, während ich Antwortbriefe zu schreiben versuchte. Ich war in die Arbeit vertieft und plante eine spätere Studie des Swift-Observatoriums über die Leute, die mit Briefen auf die Zeitungsberichte reagiert hatten, als Dr. Fern den Raum betrat. Ihr Ausdruck kam mir ernst vor.

«Was ist?» fragte ich beunruhigt.

«Können wir vielleicht auf den Gang gehen? Ich möchte mit Ihnen sprechen.»

«Das ist meine Mutter. Sie können es mir in ihrer Gegenwart sagen.»

Dr. Fern lächelte mich an. «Sie sind schwanger.»

Ich versuchte, Nick von dem Telefon neben Honoras Bett aus anzurufen. Die Sekretärin im Büro des Klienten sagte mir, er sei gegangen, und er war nicht im Savoy. Ich hinterließ beide Male eine Nachricht.

«Oh, es wäre so aufregend gewesen, mitzuhören, wie du es Nick sagst», sagte Honora strahlend.

«Ich kann nicht glauben, daß ich schwanger bin», sagte ich. «Nick und ich haben so oft darüber gesprochen, und ich war nicht sonderlich vorsichtig mit meinem Pessar, aber ich hätte nie gedacht, daß es so bald passiert.» Ich fühlte mich schwindlig vor Glück und brannte darauf, Verbindung zu Nick zu bekommen. Ich dachte an die Worte, die ich ihm sagen würde: «Wir werden ein Baby haben, du wirst Vater, ich liebe dich so sehr.»

«Warum gehst du nicht nach Hause und wartest auf seinen Anruf?» fragte Honora. «Er wird sich melden, sobald er deine Nachricht bekommen hat.»

«Vielleicht werde ich das tun», sagte ich und küßte sie. Ich konnte es nicht erwarten, zu meinem Telefon zu kommen.

«Können wir es Clare sagen?» fragte Honora.

«Nicht, bevor Nick es weiß.»

«Du hast vollkommen recht, Liebes. Clare wird mich umbringen, wenn sie herausfindet, daß ich es wußte und ihr nichts gesagt habe, aber ich mache dir überhaupt keinen Vorwurf daraus. Ich fühle mich besser als jemals nach dem Herzanfall.»

Ich küßte sie noch einmal und ging, stolz auf jedes Verdienst, das ich an ihrem Wohlergehen hatte, stolz auf mich selbst, weil ich schwanger war. Keines der Themen, über die Nick und ich endlos diskutiert hatten – seine Arbeitslast, mein drängender Wunsch, ihm in die Stadt zu folgen, die Dinge, die wir tun wollten, bevor wir Kinder bekamen –, spielte jetzt noch eine Rolle. Wir erwarteten ein Baby; ich dachte schon über Namen nach. Vielleicht Bennison Symonds für einen Jungen; wir würden ihn «Ben» nennen. Für ein Mädchen wäre es schwieriger. Vielleicht Penitance Symonds, Pem zu Ehren. Wir könnten sie «Penny» nennen. Oder Letitia Symonds nach Pems Mutter, die ihren neunten Geburtstag auf dem Schiff aus England gefeiert hatte. Wir würden sie «Tia» nennen. Ich stellte mir vor, Tia auf dem Schoß zu halten und ihr von ihrer tapferen Urgroßmutter zu erzählen, nach der sie benannt war, und von ihrer Urgroßmutter Pem. Von ihrer Großmutter Honora. Würde sie Pem und Honora kennenlernen? Während der Fahrt träumte ich davon,

Zwillinge zu bekommen, Ben und Tia, und auf dem ganzen Heimweg erzählte ich ihnen Familiengeschichten.

An diesem Tag rief ich vierzehnmal in London an. Das Büro des Kunden war schon längst geschlossen, und die schläfrige Telefonistin verlor die Geduld mit mir: «Ich habe Ihnen schon mehrmals gesagt, daß niemand mehr hier ist und daß vor Montag auch niemand kommen wird.»

«Versuchen Sie's noch einmal bei diesem Anschluß», beharrte ich. Aber es meldete sich keiner.

«Wo ist deine Mutter?» fragte Pem zum ersten Mal seit mehreren Tagen. Ihre blauen Augen glitzerten. Sie wollte sich nicht hinsetzen; sie ging durch das Haus, brach Blätter von Topfpflanzen ab, wedelte mit der Fliegenklatsche, machte sich kleine Sandwiches und versteckte sie dann. Die Wanderlust hatte sie befallen; sie konnte nicht stillsitzen. Spät am Nachmittag fand ich sie im Garten, Rosen pflükkend. Die Dornen rissen ihre Hände blutig.

«Pem!» rief ich. «Zeig mir deine Hände!»

Sie hielt sie mir hin, und ich untersuchte die zerstochenen Handflächen. Ich führte sie ins Haus, nahm Wasserstoffsuperoxyd und Wattebällchen aus dem Medizinschrank und setzte sie an den Küchentisch.

«Tut das nicht weh?» fragte ich, als sie nicht mit der Wimper zuckte. Sie schüttelte den Kopf. Der Verstand hatte sie wieder einmal verlassen.

«Erzähl mir von den Dampfern nach Newport», sagte ich.

Sie sah mich ein paar Sekunden an und zuckte dann die Achseln. «Früher gab es drei Dampfer, die vom Dock von Providence aus nach Newport fuhren, und wenn man nicht bis neun Uhr da war, waren sie knüppelvoll.» Sie erzählte die Geschichte mit ausdrucksloser Stimme; ich hatte sie nie ohne große Dramatik, Erregung und Verve gehört; jetzt war von alldem nichts zu spüren.

«Wie hießen sie?» fragte ich.

«Weiß ich nicht mehr», sagte sie.

«Pem, du wirst einen weiteren Urenkel bekommen», sagte ich in der Hoffnung, die Neuigkeit würde sie beglücken. Ich wußte, Nick würde mir verzeihen, daß ich es ihr gesagt hatte, ehe er davon wußte. Sie sah mich an, als verstünde sie nicht. «Ich bekomme ein Baby», sagte ich.

«Wo ist deine Mutter?» fragte sie.

Da wurde ich wütend. Ich hatte mit dieser Frau gelebt, seit ich klein war. Wir hatten alle guten und schlechten Zeiten miteinander geteilt. Ich erinnerte mich, wie ich bei Großdamons Beerdigung neben ihr saß und sie meine Hand drückte, als der Chor das «Ave Maria» sang, seine liebste Hymne. Sie hatte zugelassen, daß ich mich an meinen Vater als Helden und Märtyrer erinnerte, ohne mir je zu widersprechen, obwohl ich genau wußte, daß sie ihn nie wirklich gemocht hatte. Wir hatten Apfelkuchen, Weihnachtsplätzchen, die Torte zum Vierten Juli und viele Familienspezialitäten gebacken. Sie hatte mich immer nach den netten Jungen in meiner Klasse gefragt, etwas, das Honora nie tat, und ich hatte ihr immer alles erzählt.

Ich beugte mich nahe an ihr Gesicht und starrte ihr direkt in die Augen. «Ich sagte, daß ich ein Baby bekomme.»

Sie sagte nichts. Wir schauten einander an; sie wich meinem Blick nicht aus.

«Weißt du, wer ich bin?» fragte ich. «Wie heiße ich?»

«Clare. Nein, Georgie. Du bist Georgiana Swift.»

«Wer bin ich?»

«Wieso, du bist meine Enkelin», sagte sie mit einem leisen Lachen, um mir zu verstehen zu geben, daß sie das für eine dumme Frage hielt.

«Weißt du, was eine Schwangerschaft ist?»

«Neun Monate Elend. Ha, ha», sagte sie, erfreut über ihren Witz.

«Ich finde, daß du gemein bist», sagte ich. «Ich weiß, daß Honora dir fehlt, mir fehlt sie auch. Aber ich habe dir gerade gesagt, daß Nick und ich ein Baby bekommen, und du freust dich nicht einmal. Freust du dich nicht für mich, Pem?»

«Ja, ich freue mich für dich, Georgie», sagte sie, senkte den Kopf und begann zu weinen.

«Warum weinst du dann?» fragte ich und nahm ihre bandagierte Hand.

«Ich liebe den Point», sagte Pem. Und obwohl sie nicht näher darauf einging, begriff ich zum erstenmal, daß sie wußte, daß sie in Gefahr war.

KAPITEL DREIZEHN

J*emand läutete* an der Vordertür. Niemals läutete jemand bei Honora. Alle klopften nur und traten dann ein. Eine Avon-Vertreterin, dachte ich. Oder jemand, der Spenden sammelt. Ich öffnete die Tür, und vor mir stand Mark Constable.

«Oh», sagte ich.

«Ich hoffe, du nimmst mir nicht übel, daß ich so früh komme», sagte er und lächelte schüchtern. Er trug seine Fotografenjacke mit den vielen Taschen über Hemd und Krawatte. Sein gebräuntes Gesicht glänzte. Das helle Haar war sauber gekämmt, und er hatte eine Flasche Wein in der Hand, die er mir gab, während er mich auf die Wange küßte. Ich erschauerte bei der Berührung und dem, woran sie mich erinnerte, aber ich zwang mich zu einem Lächeln.

«Das macht nichts», sagte ich. «Mark, hast du meine Nachricht nicht bekommen?»

«Nein. Ich war nicht in der Stadt. Ich war nördlich von Boston und habe Aufnahmen von König Salah auf seinem Schiff gemacht. Jetzt bin ich auf dem Rückweg nach New York statt in die andere Richtung. Warum? War es etwas Wichtiges?»

Ich überlegte: Was konnte ein Abendessen schon schaden? Der Rausch dieses Kusses lag weit hinter mir, ich konnte nur noch daran denken, wie ich mit Nick sprechen, ihm von dem Baby erzählen würde. Der arme Mark war ein Junggeselle auf dem Rückweg in seine leere Wohnung; das mindeste, was ich tun konnte, war, ihm eine hausgemachte Mahlzeit anzubieten. «Nein, nichts Wichtiges», sagte ich. «Laß dich herumführen.»

Ich stellte ihn Pem vor, die ihn überrascht betrachtete. Während er am Fenster stand und die Aussicht bewunderte, fragte sie mit einem Bühnenflüstern: «Was ist das für ein Vogel?»

Ich legte den Finger auf die Lippen und warf ihr einen strengen Blick zu. «Das dort drüben ist unser Haus», sagte ich und zeigte darauf. Meins, Nicks, Bens und Tias. «Und das gehört meiner

Schwester Clare.» Ich erspähte Eugene und Casey, die im flachen Wasser schnorchelten. Spielgefährten für mein Baby.

«Herrlich ist das hier», sagte Mark. «Die ganze Familie wohnt beieinander. Wie auf dem Kennedy-Grundstück.»

Ich lächelte. Wir gingen nach draußen, durch den Rosengarten und am Kräutergarten vorbei, und stellten uns auf die Felsen. Ganz nahe brachen sich die Wellen und besprühten uns mit Gischt. Mark trat zurück, aber ich liebte das Gefühl auf meinem Gesicht. Binnen fünfzehn Sekunden kam Clare auf uns zu.

«Hallo», sagte sie und gab Mark die Hand, während ich die beiden miteinander bekannt machte. «Ich habe schon viel von Ihnen gehört.»

«Hoffentlich Gutes.»

«Du weißt schon, die Geschichte, wie du mitten auf der Straße Aufnahmen von mir gemacht hast», sagte ich fröhlich und warf Clare einen finsteren Blick zu. Sie formte mit den Lippen die Worte «Sei vorsichtig», als Mark nicht hinsah.

«Na, ich wollte nur guten Tag sagen», sagte sie. Dann, zu mir: «Mutter hörte sich am Telefon fabelhaft an – ich habe gerade mit ihr gesprochen. Wirkte sie wohlauf, als du sie besucht hast?»

«Ja, ich glaube, sie hatte heute einen guten Tag.» Während ich Clare anlächelte, sehnte ich mich danach, meine Neuigkeit herauszuschreien und sie gleichzeitig für mich zu behalten.

«Ich würde gern noch bleiben und reden», sagte Clare, das «bleiben» leicht betonend, «aber Donald und ich gehen zu den Mendillos. Sie haben gestern Goldmakrelen gefangen, und wir sollen ihnen helfen, sie zu essen.»

«Sie haben ein paar in Honoras Kühlschrank gelassen», sagte ich. «Es ist die Jahreszeit für Makrelen. Letzte Woche hat Henry McPhee uns welche gebracht, und in der Woche davor habe ich die gebraten, die Eugene gefangen hat. Kannst du ihnen meinen Dank ausrichten?» fragte ich.

«War nett, Sie kennenzulernen», sagte Clare, aber sie sah mich an, und ihre Augen mahnten zur Vorsicht.

«Vielleicht können wir im Freien Makrelen grillen», sagte ich zu Mark und schaute der davoneilenden Clare hinterher, amüsiert über ihre Rolle als beschützende Gouvernante.

Wir kehrten in die Küche zurück. Ich servierte Mark einen Gin Tonic und goß mir selbst ein Glas Kronsbeersaft ein. Kein Alkohol würde über meine Lippen kommen, bis das Baby auf meinem Schoß saß. Jedesmal, wenn ich am Telefon vorbeikam, starrte ich es an und wünschte mir, es würde läuten. Warum hatte ich keine Angst mehr vor dem, was zwischen Nick und Jean geschehen mochte? Jede Erklärung, wo er sein könnte, erschien vernünftig: beim Abendessen mit den Klienten, im Theater, vielleicht sogar mit Jean? Schließlich war Freitagabend, und Nick hatte das Recht, sich zu amüsieren. Auf der Terrasse sitzend, während die Sonne in einer goldenen Wolkenbank unterging, wartete ich begierig auf Nicks Anruf, ohne Argwohn, wo er sein könnte. Im stillen beglückwünschte ich mich, eine gefährliche Kurve genommen zu haben.

Mark erzählte mir von den Gefahren im Persischen Golf. Ich nickte eifrig, aber ich dachte, wie seltsam es war, mit ihm statt mit Nick zu Abend zu essen. Ich mochte ihn; seine Geschichten waren lebhaft und packend, und ich dachte gern an ihn. Aber an diesem Abend hätte ich Nick gegenübersitzen wollen.

Mark zündete den Grill an, während ich einen Salat bereitete und die Makrelenfilets würzte. Die Sonne war untergegangen, und ein leiser Wind blies von der Bucht zu uns rüber.

«Frierst du?» fragte Mark als ich die Arme verschränkte.

«O nein», sagte ich lächelnd. Ich zitterte jedesmal vor Freude, wenn ich an das Baby dachte. Mark trat auf mich zu, und eine Sekunde lang dachte ich, er wolle den Arm um meine Schultern legen. Aber er zeigte statt dessen auf den Horizont.

«Was ist das da drüben?» fragte er.

«Plum Island. Und das ist Orient Point, und dieser Leuchtturm da links steht auf einem Felsen, der Gull Island heißt.»

«Schön ist es hier.» Er lächelte mir zu. «Danke, daß ich hiersein kann.»

«Oh, nichts zu danken. So, der Fisch müßte jetzt fertig sein», sagte ich und trat beiseite. Marks Nähe machte mich nervös. Plötzlich hatte ich das Gefühl, daß er für den Abend einen Plan hatte, bei dem ich nicht mitmachen wollte. Alles, was ich in New York für ihn empfunden hatte, war, wie Clare gesagt hatte, dem Reiz eines Fototermins mitten im dichtesten Verkehr zuzuschreiben. Aber ich fragte mich, ob ihm das klar war.

Wir setzten uns an den Eßtisch. Pem wollte sich uns nicht anschließen. Sie schmollte, als ich ihr sagte, sie verletze meine Gefühle, wenn sie es nicht täte.

«Iß mit deinem Freund», sagte sie und ließ das Wort «Freund» betont anstößig klingen.

Zum erstenmal, seit ich in meinem Leben Abendessen zubereitete und den Tisch deckte, hatte ich keine Kerzen angezündet. Ich schaltete überall im Raum Lampen ein, die ein behagliches Licht verbreiteten, aber nicht zu Romantik einluden. Dies war eine Mahlzeit, die durchgestanden werden mußte.

«Der Fisch ist ausgezeichnet», sagte Mark, «und die Sauce köstlich.»

«Danke. Ich wette, im Libanon gibt es keine Makrelen.»

«Nein. Visionärin, große Saucenköchin – was kannst du eigentlich nicht?»

Ich wurde rot. «Du sollst mir nicht schmeicheln, Mark», sagte ich. «Weißt du, ich habe mit dem Swift-Observatorium begonnen, weil ich zu Hause arbeiten wollte. In Wirklichkeit bin ich bloß ein Stubenhocker.»

Er schüttelte den Kopf. «Vielleicht stimmt das, aber ich glaube, du würdest in jedem Fall einen Weg finden, es zu schaffen. Du bist einfach gut darin, Leute zu interviewen, an ihrem Leben teilzunehmen. Warum versuchst du, deine Arbeit klein zu machen?»

«Ich weiß nicht», sagte ich, aber ich dachte, daß es daran lag, daß ich mich von Mark distanzieren wollte. Ursprünglich hatte ich mich seiner Arbeit wegen zu ihm hingezogen gefühlt, weil sie meine eigene ergänzte. In einer schlaflosen Nacht hatte ich mir ausgemalt, daß seine Fotos meine Berichte illustrierten. Jetzt wollte ich die Spuren der Dinge auslöschen, die wir gemeinsam hatten, und uns beide davon überzeugen, daß es Illusionen gewesen waren.

«Nun, ich halte deine Arbeit jedenfalls für wichtig. Ich glaube nicht, daß ich schon einmal jemanden in deinem Alter kennengelernt habe, der Thema einer Karikatur in einer Zeitung war. Die ich übrigens in meiner Mappe habe», sagte er und wollte aufstehen.

«Schon gut. Ich habe sie gesehen», sagte ich. «Die Avery-Stiftung hat mir ein Exemplar geschickt.»

«Oh, dann hätte ich eigentlich gar nicht zu kommen brauchen», sagte Mark lächelnd und wartete auf meine Reaktion. Er testete mich, ließ mich entscheiden, was als nächstes geschehen würde. Wenn ich Romantik gewollt hätte, hätte ich den Kopf gesenkt und liebenswürdig gesagt: «Aber ich bin so froh, daß du gekommen bist.» Der Tonfall war ausschlaggebend. Ich beugte mich vor, grinste und sagte: «Aber ich bin so froh, daß du gekommen bist», und zwar in einem Ton, wie ihn alte Leute etwas gönnerhaft jungen Menschen gegenüber haben können.

«Ich auch», sagte Mark. «Um ehrlich zu sein, ich habe mich darauf gefreut. Ich habe die ganze Woche an dich gedacht, Georgie.»

Der Ton hatte nicht gewirkt. «Oh, danke», sagte ich.

«Du siehst hübsch aus heute abend. Weißt du, ich habe dem Bildredakteur gesagt, er solle das Balkonfoto nehmen. Du siehst darauf so weich aus, ohne harte Konturen. Das macht das Bild so auffallend.»

«Wieso?» fragte ich, wider Willen neugierig.

«Nun, ich mache Aufnahmen von vielen tüchtigen Leuten. Sie kommen aus allen Bereichen – Kunst, Geschäft, Politik, Militär. Gewöhnlich haben sie etwas Hartes an sich; fast jeder hat das, selbst hübsche Frauen, und ich habe immer gedacht, das sei ein Teil von dem, was sie erfolgreich macht. Es ist nicht aggressiv oder häßlich, aber es ist da. In den Augen, manchmal auch in der Linie des Kinns. Vielleicht würde der durchschnittliche Betrachter das nicht mal bemerken, aber ich mache die Bilder, und ich sehe es.»

«Siehst du den Leuten das an? Während der Aufnahmen?»

«Nicht immer. Gewöhnlich zeigt es sich, wenn die Aufnahmen entwickelt sind. In der Dunkelkammer verhärten sich die Bilder. Aber nicht bei dir. Alle deine Fotos haben einen heiteren Ausdruck. Friedlich.»

Wie eine Madonna, dachte ich. Vielleicht hatte Mark meine Schwangerschaft auf dem Film festgehalten, eine Zufriedenheit, die mein Körper schon erkannt hatte, mein Geist aber noch nicht. Ich dachte noch immer über Mutterschaft nach, als Mark seine Finger über meinen Handrücken gleiten ließ.

«O Mark, ich glaube, du faßt das falsch auf», sagte ich.

«Ich weiß nicht, wie ich es sagen soll – aber was soll's. Ich liebe dich. Ich habe die ganze Woche an dich gedacht – du kannst dir nicht vorstellen, wie oft ich dich anrufen wollte, aber ich habe mich gezwungen, bis heute abend zu warten. Es ist verrückt, ich weiß doch, daß du verheiratet bist.»

«Ich liebe ihn. Ich liebe Nick», sagte ich.

«Das weiß ich. Ich meine, ich kann dir sagen, daß ich nicht der Typ bin, der die Ehe leichtnimmt, und die Art, wie du neulich über deinen Mann gesprochen hast...» Er lächelte mir zu, einen rührenden, etwas verwirrten Blick in den Augen, und ich mußte sein Lächeln erwidern. Noch immer hielt er meine Hand; ich zog sie weg.

«Ich mag dich», sagte ich. «Wir hatten einen wunderbaren Tag in New York.»

Mark schüttelte den Kopf. Im Lampenlicht wirkte sein gelbes Haar tiefgolden. «Ich habe mir die ganze Woche gesagt, ich sollte mich nicht zum Narren machen. Ich habe die schlechte Angewohnheit, zu sagen, was ich meine, ganz gleich unter welchen Umständen. Ich kann es nicht ertragen, um den heißen Brei herumzureden.»

«Das kann man wohl sagen», sagte ich amüsiert, um die Situation spielerisch aufzufangen. Verzweifelt hoffte ich, er würde darauf eingehen.

«Ich verliebe mich nicht oft», fuhr er fort. «Denk das nicht. Aber du bist so hübsch, so hübsch, und ich habe solche Achtung vor deiner Arbeit, und die ganze Woche wollte ich alles, was passierte, mit dir besprechen.»

«Das ist schön, Mark», sagte ich. Ich war wirklich verlegen und wollte das Gespräch beenden. «Aber genau das empfinde ich für Nick. Alles, was ich erlebe, möchte ich ihm erzählen.»

«Aber er ist in London.»

«Wir reden am Telefon.»

«Deinetwegen möchte ich in den Staaten bleiben, nicht in den Libanon zurückgehen. Ich verstehe nicht, wieso er dich verlassen konnte.»

«Er hat mich nicht verlassen. Er hat geschäftlich in London zu tun, und diesmal konnte ich nicht mitreisen. Normalerweise tue ich das. Wir stehen einander sehr nahe.»

Mein Radar nahm ein vertrautes Geräusch auf, das Rumpeln des örtlichen Taxis. Ich hörte vor Honoras Tor eine Autotür zufallen. «Entschuldige mich einen Augenblick», sagte ich zu Mark und eilte in die Küche.

Die roten Rücklichter des Taxis verschwanden um die Ecke, und ich spähte in die Dunkelheit. Ein Schatten fiel auf den Gehweg; ich erkannte ihn sofort. Ich rannte hinaus, die Tür mit dem Fliegengitter hinter mir zuwerfend, rannte in die nach Salz und Geißblatt duftende Nacht und stürzte mich in seine Arme. «Nick», sagte ich an seiner warmen Schulter. Wir hielten einander minutenlang, ohne etwas zu sagen. Meine Arme umschlangen ihn so fest, daß sie schmerzten, aber ich kümmerte mich nicht darum.

«Du fühlst dich so gut an», sagte er. «Du hast mir so sehr gefehlt.»

Ich warf den Kopf zurück, und wir küßten uns, ein wunderbarer Kuß, der fast die Wochen auslöschte, die wir getrennt überstanden hatten. Es war ein Kuß, der gleichzeitig vertraut und ganz neu schmeckte, der sowohl ein Gefühl der Geborgenheit als auch Erregung in mir auslöste. «Nick», flüsterte ich. «Georgie», flüsterte er verlangend zurück.

«Ich habe eine wunderbare Neuigkeit für dich», sagte ich, und in diesem Augenblick fiel mir Mark wieder ein, wie er wartend am Tisch saß, voll unausgesprochener Liebeserklärungen, und auf meine Rückkehr wartete. Ich wünschte mir sehnlichst, er hätte unser Wiedersehen bemerkt und sich davongemacht.

«Ich kann nur übers Wochenende bleiben», sagte Nick, «aber nächsten Donnerstag komme ich endgültig zurück. Ich hätte dich angerufen, aber alles ging so schnell. Die Verhandlungen waren früh zu Ende, und ich schnappte mir ein Taxi und kam gerade rechtzeitig für die Concorde in Heathrow an. Ich habe vom Flugzeug aus angerufen, aber es meldete sich niemand.»

«Ich habe Honora besucht. Ach, Nick», sagte ich. Wir gingen, einander umarmend, auf das Haus zu.

Mark kam an die Gittertür. Er stand da, seine Hand auf dem Türknopf, sein Haar verdunkelt durch den feinen Draht zwischen ihm und uns. Nick blieb wie angewurzelt stehen, und auch Mark, der die Tür einen Spalt geöffnet hatte, hielt inne.

«Nick», sagte ich und bemühte mich um einen sicheren Ton, «das ist Mark Constable. Mark, das ist mein Mann, Nick Symonds.» Nach einem kurzen Moment wurden die Statuen zu wohlerzogenen Männern und gaben sich die Hand.

«Mark ist der Fotograf, der für *Vanguard* Aufnahmen von mir gemacht hat», sagte ich zu Nick. «Nick wollte mich überraschen und ist übers Wochenende nach Hause geflogen», erklärte ich Mark.

«Sie müssen müde sein nach diesem langen Flug», sagte Mark.

«Nein, es war nicht so schlimm. Aufgeregt bin ich, endlich nach Hause zu kommen.»

«O ja, sicher», antwortete Mark.

Wir standen eine Weile da und scharrten mit den Füßen über Honoras Steinweg. Ich sandte Mark telepathische Botschaften und bat ihn, tapfer zu sein und zu gehen.

«So, ich muß jetzt gehen», sagte Mark.

«Aber nein, nicht so schnell. Ich möchte nicht stören...» Nicks Stimme hob sich etwas fragend, eher neugierig als anklagend. Er sah mich an, als warte er auf eine Erklärung.

«Mark ist auf dem Weg von Boston nach New York vorbeigekommen», sagte ich und wurde unruhig, als ich mich an alles erinnerte: an den Kuß, meinen Ausdruck auf den Balkonfotos, Marks Erklärung, er sei in mich verliebt. Beide Männer beobachteten mich aufmerksam. Mark hatte den Mund leicht geöffnet; vielleicht stellte er sich vor, ich würde Nick sagen, ich verließe ihn mit Mark. Nick schien verblüfft. «Er wollte mir ein paar Zeitungsausschnitte bringen, und ich habe ihn zum Abendessen eingeladen.»

«Das köstlich war, aber jetzt muß ich wirklich gehen», sagte Mark, jetzt wieder ganz geistesgegenwärtig, erwacht aus allen Träumereien.

«Kommen Sie, bleiben Sie noch ein bißchen», sagte Nick. «Trinken Sie eine Tasse Kaffee – die Fahrt nach New York ist lang.»

Mark schüttelte heftig den Kopf. «Nein, vielen Dank. Ich will nur meine Mappe holen –» Er eilte ins Haus, und wir folgten ihm. Nach ein paar Sekunden kam er uns wieder in der Küche entgegen und gab uns die Hand. Sein Gesicht sah röter aus, als ich es je gesehen hatte. Das personifizierte schlechte Gewissen, dachte ich und fragte mich, ob ich ebenso leicht zu durchschauen war.

«Ich will Sie wirklich nicht vertreiben», sagte Nick und sah abwechselnd Mark und mich an. «Ich meine, es ist ein eigenartiges Gefühl, wenn man nach Hause kommt und ein Gast so davonläuft.»

«Nein, ich muß wirklich weg –», sagte Mark und stürmte mit einem letzten Winken aus der Tür.

KAPITEL VIERZEHN

Nick und ich standen allein in Honoras Küche. Eine Galerie von Bildern, mit Fingerfarben gemalt, bedeckte die Wand hinter seinem Kopf. Honora hatte frühe Kunstwerke von mir, Clare, Eugene und Casey aufgehoben und gerahmt. Die hellen Linien und Flecken wirkten beruhigend auf mich. Ich zwang mich schließlich, in Nicks fragende schwarze Augen zu sehen.

«Seltsam, daß er so davongelaufen ist», sagte Nick.

«Ich finde es ziemlich rücksichtsvoll, uns allein zu lassen. Kurz bevor du kamst, erzählte ich ihm, wie sehr du mir fehltest.» Während ich ihm ins Eßzimmer voranging, suchte ich den Tisch mit den Augen nach Beweismitteln ab. Keine Kerzen – das war ein gutes Zeichen. Teller mit unberührten Speisen – ein verdächtiges Zeichen. Man könnte denken, daß uns wilde Leidenschaft vom Tisch gelockt hätte.

«Sag mir, was los ist», sagte Nick. «Ich kenne dich, und du bist wegen irgend etwas aufgeregt.»

Ich wandte mich ihm zu, betrachtete sein schmales Gesicht, das trotz der Wochen, die er in neonerleuchteten Konferenzzimmern verbracht hatte, noch gebräunt und wettergegerbt aussah. Ich empfand eine tiefe Verstimmung; so hatte ich mir den Abend nicht vorgestellt. Es gab so viele wundervolle Dinge: daß er mich überrascht hatte, meine Neuigkeit über das Baby, die schlichte Tatsache, zusammenzusein. Marks Besuch hatte alles verdorben.

«Es kommt mir lächerlich vor, unseren ersten gemeinsamen Abend mit Gesprächen über Mark Constable zu verschwenden», sagte ich. Der Geruch der in der Sauce liegenden Makrelen machte mich benommen. Ich zog einen Stuhl zum Fenster und setzte mich. «Willst du dich setzen?» fragte ich. Nick trug einen zweiten Stuhl vom Tisch zum Fenster und setzte sich neben mich.

«Wenn er nervös wirkte, dann kommt das daher, daß er sich ein bißchen in mich verliebt hat und betroffen war, als du nach Hause kamst.»

«Ich kann es ihm nicht verdenken, daß er sich in dich verliebt», sagte Nick. Sein Lächeln ließ mein Herz schmelzen. «Ich verstehe nur nicht, warum er weggelaufen ist. Ich meine, du bist eine verheiratete Frau, und das weiß er. Oder nicht? Was ist so schlimm daran, wenn dein Mann nach Hause kommt?»

«Nun, wir dachten beide, du seist in London.»

«Und?» sagte er, mich zum Weitersprechen auffordernd.

«Vielleicht ist es mehr als Verliebtheit. Er sagte mir vorhin, daß er mich liebt.» Ich sah, wie Nicks Rückgrat sich ein wenig versteifte.

«Er liebt dich? Wie lange kennt er dich?»

Ich winkte ab und wollte das ganze Thema fallenlassen. «Es ist nicht so, daß ich dir nicht davon erzählen wollte, aber im Augenblick kommt es mir wie Zeitverschwendung vor. Ich bin so froh, dich hier zu haben, Nick. Ich habe ihn erst Montag kennengelernt. Ich habe dir doch erzählt, er ist der Mann, der in New York die Aufnahmen von mir gemacht hat.»

«Hast du ihn seither gesehen?» fragte Nick.

Ich überlegte, daß die einzige Möglichkeit, Nick vom Thema Mark Constable abzubringen, darin bestand, Nick von dem Kuß zu erzählen. Ich würde es als Episode abtun.

«Bis heute abend habe ich ihn nur einmal gesehen», sagte ich. «Aber es war ein ziemlich intensiver Tag für uns. Ich habe dir ja erzählt, daß ich mitten auf der Straße stand und mir wie ein Fotomodell vorkam, als er die Bilder aufnahm. Es machte Spaß. Wir sind wie die Verrückten durch die Stadt gesaust.» Ich erwähnte die Gespräche nicht, die wir über unsere Arbeit und Familien geführt hatten, die ernsteren Momente, die eine wirkliche Beziehung hätten andeuten können. Als ich mich dem Höhepunkt meiner Geschichte näherte, spürte ich Schweißtropfen auf der Stirn. «Am nächsten Tag hat er mich dann zum Mittagessen eingeladen, und ich dachte, warum nicht? Schließlich essen Leute dauernd zusammen zu Mittag. Was ist Schlimmes an einem kleinen Lunch?»

«Überhaupt nichts.»

Ich schluckte. «Ich habe Seezunge Müllerin bestellt», sagte ich. «Sie war ganz frisch. Vielleicht eine Spur zuviel Butter.»

«So ein Pech. Du haßt doch in Butter angerichtete Seezunge.» Nick klang amüsiert, als wisse er, daß es mir schwerfiel, diese Geschichte zu erzählen, und genieße meine Verlegenheit.

«Nick, nach dem Mittagessen gingen wir nach draußen. Wir

standen auf dem Gehsteig. Und dann haben wir uns geküßt, Nick.» Ich schloß die Augen, um nicht sehen zu müssen, wie verletzt er war.

«Wirklich? Du hast ihn geküßt?»

«Nein, er hat mich geküßt. Aber ich war nicht ganz abgeneigt.» Meine Stimme begann zu zittern. «Ich schwöre, daß ich es nie, nie wieder tun werde. Wenn du wüßtest, wie schrecklich ich mich gefühlt habe und noch fühle. Kannst du mir verzeihen?» Ich streckte die Hand nach ihm aus. Seine Hautfarbe war jetzt dunkler als zuvor.

«Ich kann nicht glauben, daß du diesen Burschen geküßt hast. Ich kann es nicht glauben.»

«O Nick, sag, daß du mir verzeihst.»

Nick stand auf; er zog mich auf die Füße und nahm mich fest in die Arme. «Und dir liegt nichts an ihm? Bist du ganz sicher? Weil ich es nicht ertragen könnte, wenn es anders wäre.»

«Mir liegt nichts an ihm, Nick. Wirst du mir verzeihen?»

«Himmel, es paßt mir nicht, daß du jemand anderen geküßt hast, aber es gibt nichts zu verzeihen.» Er lachte, doch es hätte auch ein Schluchzen sein können. «Ich bin froh, daß er nach New York abgefahren ist, sonst hätte ich ihn nämlich umgebracht.»

Ich konnte nicht anders, als mir im stillen Notizen für das Swift-Observatorium zu machen. Nick war mein erstes Beispiel für den Rachewunsch eines Mannes. Und ich hatte ihn ausgelöst. Ich lehnte meinen Kopf an seine Brust. «Ich liebe dich», sagte ich. «Ich liebe dich», sagte er.

«Willst du sehen, was die Katze angeschleppt hat?» fragte Pem, die neben uns trat und Nick anstrahlte. Nick legte einen Arm um sie und zog sie an sich. «Wie geht es dir, Pem?» fragte er.

«Okay», sagte sie. Dann, zu mir gewandt: «Glaubst du, daß der Junge uns einen Drink machen wird?»

«Ich wette, daß er das tun wird», sagte ich erleichtert.

«Drei Martinis?» fragte er.

«Für mich einen Kronsbeersaft», sagte ich. Er sah mich fragend an, und ich lächelte, aber das war natürlich nicht der richtige Moment, um es ihm zu sagen. Mir war nach einem langen Spaziergang mit ihm zumute, aber Pem schien so glücklich, ihn zu sehen.

Pem und ich setzten uns aufs Sofa, ich auf Honoras Platz. Dies war das erste Mal, seit ich hier eingezogen war, daß ich es wagte, dort zu sitzen. Obwohl es leicht war, eifersüchtig auf ihre Liebe zu sein, respektierte ich sie.

Nick mixte in der Küche die Drinks; ich hörte das Eis im Mixbecher klirren und dachte, wie erstaunlich Nick war. Die Neuigkeit, die ich ihm erzählt hatte, hätte unsere kurze gemeinsame Zeit zerstören können, aber er ließ das nicht zu.

«Hast du Hunger?» fragte ich, als er mit den Drinks auf einem Tablett zurückkam.

«Nein, ich habe im Flugzeug gegessen.» Er setzte sich zwischen Pem und mich, einen Arm um meine Schulter gelegt.

«Auf viele glückliche Tage», sagte Pem und rückte näher, um mit uns anzustoßen.

«Wie geht's Honora?» fragte er.

«Schon viel besser. Aber du hättest sie an diesem ersten Abend sehen sollen. Clare sagte, sie sähe aus wie der Tod, und das stimmte. Ihre Haut war grau; sie hing an allen möglichen Maschinen. Jetzt heißt es, sie könne nächste Woche nach Hause kommen.»

«Arme Honora», sagte Nick zu Pem und wandte sich ihr zu. Pem zuckte die Achseln und drehte das Gesicht fort.

«Sehr heikles Thema», sagte ich leise.

Der Rhythmus der sich brechenden Wellen und die Freude, zusammenzusein, ließen uns verstummen. Nicks Finger trommelten auf meine Schulter. Ich drückte mich fester an ihn, erregt bei dem Gedanken an das Geheimnis, das ich ihm gleich mitteilen würde. Nick streckte die Beine aus und streifte erst einen, dann den anderen Schuh ab. Gelegentlich nippte er an seinem Drink. Einmal beugte ich mich vor, um Pem anzusehen. Sie saß aufrecht, die Augen geschlossen, ein freundliches Lächeln auf den Lippen.

«Sie ist so glücklich, wenn die Familie zusammen ist», flüsterte ich. «Daß Honora nicht da war, war schrecklich für sie.»

«Das überrascht mich nicht», flüsterte Nick zurück.

«Vielleicht können wir für ein Weilchen nach draußen gehen», sagte ich. «Ich habe dir etwas zu sagen.»

Leise erhoben wir uns vom Sofa, um Pem nicht aufzuwecken. Im Vorbeigehen griffen wir nach dicken Pullovern und gingen hinaus auf die Veranda. Nick setzte sich in den Schaukelstuhl aus Rohrgeflecht und zog mich auf seinen Schoß. Seit wir verheiratet waren, hatte ich mir vorgestellt, wie es sein würde, ihm zu sagen, daß ich schwanger sei. Selbst in den Jahren, in denen ich zweifelte, ob ich je Kinder wollen würde, ahnte ich, welche Freude es für eine Frau war, dem Mann, den sie liebte, zu sagen, daß sie ein Kind von ihm erwartete. Wir schaukelten vor und zurück, und Nick legte seinen Arm fest um meine Taille.

«Allerhand Neuigkeiten heute abend», sagte er.

«Diese hier wird dich ziemlich freuen.»

«Ja?»

«Wir bekommen ein Baby.»

«Georgie!» sagte er und zog mich in seine Arme. Ich umschlang seinen Hals und preßte meine Wange an seine. Er trug mich die ausgetretenen Holzstufen hinunter und durch Honoras Garten bis ans Ufer.

«Wir werden ein Baby haben», sagte er, die Wellen betrachtend. «Das erinnert mich an den Abend, an dem ich dich gebeten habe, mich zu heiraten. Ich bin so glücklich.»

Tatsächlich hatte ich ihn gebeten, mich zu heiraten, aber er nahm das immer als sein Verdienst in Anspruch. Es war genau an dieser Stelle gewesen, nach einem langen Abendessen mit Honora, Pem, Clare und Donald. Honora hatte an diesem Abend eine Verabredung gehabt, aber ich konnte mich nicht mehr an den Namen des Mannes erinnern. Das ganze Abendessen war ein einziger Nebel gewesen. Ich hatte zwischen Nick und Clare gesessen und die Frage im stillen formuliert, ganz ähnlich, wie ich die Worte zurechtgelegt hatte, um ihm von dem Baby zu erzählen. Und am Schluß hatte ich seine Hand gehalten und ihn gefragt, ob er mir immer gehören würde. Er hatte ja gesagt und sich dann niedergebeugt, um mich zu küssen.

«Wie lange weißt du es schon?» fragte er, mich immer noch umarmt haltend.

«Seit heute morgen. Es ist wie ein Wunder, daß du heute gekommen bist. Ich habe dauernd in London angerufen und versucht, dich zu finden. Ich hätte es überhaupt nicht schön gefunden, es dir am Telefon zu sagen, aber ich wollte, daß du es sofort erfährst.»

«Ich schwöre, das ist Schicksal. Es trieb mich derartig hierher – es schien absolut notwendig, als müsse ich sterben, wenn ich dich heute bis Mitternacht nicht in den Armen hielte. Wirklich sterben. Ich empfand so eine schreckliche Enge in der Kehle, als würde ich ersticken. Das habe ich noch nie gehabt.»

«O Nick.»

«Jetzt ist es gut.»

Er ließ mich los. «Wir müssen das feiern», sagte er. «Was sollen wir tun?»

«Gehen wir schwimmen», sagte ich.

Ich löste seine rote Seidenkrawatte und hängte sie um meinen

Hals. Während ich sein weißes Hemd aufknöpfte, mühte er sich mit den Perlmuttknöpfen meiner Bluse ab. Ich öffnete seine Gürtelschnalle und seinen Reißverschluß. In der kalten Nacht fröstelnd, stapelten wir unsere Kleider aufeinander.

Das Wasser war wärmer als die Luft und fühlte sich auf der Haut seidig an. Seite an Seite kraulten wir von Honoras zu Clares Steg und wieder zurück. Den Rückweg legten wir brustschwimmend zurück, um uns unterhalten zu können.

«Würden dir die Namen Bennison für einen Jungen und Letitia für ein Mädchen gefallen?» fragte ich.

«Hübsche Namen», sagte Nick. «Möchtest du vor der Geburt wissen, ob es ein Junge oder ein Mädchen wird?»

«Ja, unbedingt.»

«Ich auch. Wir wollen so schnell wie möglich soviel wie möglich über das Baby erfahren. Wann wird es zur Welt kommen?»

Ich lächelte und spie Wasser durch die Zähne. «Nun, die Ärzte meinen, daß ich etwa in der sechsten Woche bin. Das Baby müßte im März geboren werden.»

«Das ist ein schöner Monat für einen Geburtstag. Ich wollte nie, daß mein Kind um Weihnachten herum zur Welt kommt.» Nick hatte am 2. Januar Geburtstag.

«Vielleicht ist es um den 21. März herum soweit, zur Frühlings-Tagundnachtgleiche. Der Frühling ist eine wunderbare Zeit, um mit dem Leben anzufangen.»

Nick hielt inne und stellte die Füße auf den Grund. Er zog mich an sich. «Das Baby ist schon lebendig», sagte er und berührte meinen Bauch. Wir tauschten einen langen, salzigen Kuß.

«Ich könnte dich eine Stunde lang küssen», sagte ich.

«Aber laß es uns an Land tun», sagte Nick.

Wir traten ans Ufer. Nick griff nach unseren Kleidern; ich lief vor ihm her zu Honoras Haus. Wir zitterten vor Kälte, als wir auf die Veranda schlichen und durch jedes Fenster nach Pem Ausschau hielten. Sie haßte es, wenn jemand nackt badete, und nächtliches Schwimmen billigte sie schon gar nicht. Sie durchstreifte das Wohnzimmer und riß Blätter von den Grünpflanzen. Wir betraten das Haus durch die Hintertür. Wir gingen in das untere Badezimmer und rieben einander mit dicken weißen Handtüchern ab. «Ich lasse dir ein Bad ein», bot Nick an.

«Nicht jetzt», sagte ich, denn ich spürte ein so starkes Verlangen nach all den Nächten, die ich ohne ihn verbracht hatte. In Handtücher gewickelt gingen wir durch das Haus, schlichen an der Wohnzimmertür vorbei und betraten das Zimmer, das mein Kinderzimmer gewesen war.

Wir hielten einander umarmt, und eine Zeitlang war das alles, was ich wollte. Ich erinnerte mich an frühere Zeiten, als wir uns in diesem Zimmer geliebt hatten, wenn Nick über das Wochenende zu Besuch war und durch den Gang von seinem zu meinem Zimmer schlich. Die Heimlichkeit hatte alles aufregender gemacht. Wir begannen, uns zu lieben. Wir kannten einander so gut; meine Hände wußten die Konturen seines Körpers auswendig: seine schmalen Hüften, die Blinddarmnarbe, die sanften Kurven und Rillen seines erigierten Penis. Das war der Mann, nach dessen Berührung ich mich gesehnt hatte.

«Deine Hände», sagte er und küßte sie, und das Gefühl seiner Lippen auf meinen Fingerspitzen machte mich verrückt. Wir preßten unsere Körper in ganzer Länge aneinander. Nicks Beine legten sich um meine; ich spürte seine knochigen Knie und Knöchel, seine weichen Waden. Ich war nicht sicher, ob die Liebe mit Nick so gut sein könnte wie meine Erinnerung daran, aber in dieser Nacht war sie es.

«Ich erinnere mich», sagte ich.

«Es war eine lange, lange Zeit», sagte Nick; auf seinem Gesicht lag ein Ausdruck reinster Zufriedenheit. Er berührte mich auf neue und altvertraute Weisen. Meine Arme schmerzten und prickelten.

«Halt mich die ganze Nacht fest», flüsterte ich.

Nick hielt mich fest, und er ließ mich nicht los.

Am nächsten Morgen gingen wir zuerst schwimmen und fuhren dann ins Krankenhaus. Honora schlummerte, halb aufgerichtet im Bett sitzend, die Morgenzeitung auf den Knien. Nick blieb in der Tür zu ihrem Zimmer stehen. Ich bemerkte sein Erstaunen, und obwohl ich mich daran gewöhnt hatte, Honora im Krankenhaus zu sehen, wurde mir klar, daß der Anblick für Nick zunächst ein Schock sein mußte. Wie wir alle hatte er sie für einen Ausbund an Gesundheit und Kraft gehalten. Da ich sie an Schläuche, den Herzmonitor und die Sauerstoffmaschine angeschlossen gesehen hatte, fand ich, sie sähe heute gut aus.

Nick trat an ihr Bett und beugte sich nieder, um sie zu küssen. «Dornröschen ...», sagte er.

Ihre Augen öffneten sich, und sie strahlte. Es gab mir einen Stich, als ich mich erinnerte, wie sie am Abend ihrer Herzattacke Clare und mir zugelächelt hatte; dieses Lächeln war auch voller Willkommen und Entzücken gewesen.

«Nicky! Was machst du hier? Georgie, warum hast du mir nicht gesagt, daß er kommt?»

«Ich war zu lange fort», sagte Nick. «Es ist nur für das Wochenende, aber ich mußte einfach nach Hause.»

«Armes Lämmchen, hattest du Heimweh?» sagte Honora. «Nun ja, manche von uns hier wurden ganz verrückt ohne dich.» Meine Mutter und mein Mann tauschten vielsagende, wissende Blicke aus, als wüßten sie etwas über mich, das zu verstehen ich niemals hoffen könnte.

«Geht es dir jetzt wieder gut?» fragte Nick.

«Ich denke schon. Ich muß sagen, ich fühle mich furchtbar schwach, schlafe dauernd, habe keine Lust, mich zu bewegen. Ich bin fernsehsüchtig geworden. Ich sehe mir die morgendlichen Talkshows an, die Mittagsnachrichten, eine Reihe von Seifenopern und dann die Wiederholung der ‹Wetterfrau›. Ich muß sagen, ich war eine ziemlich umwerfende Heldin.»

«Wissen die Krankenschwestern, daß du die Wetterfrau warst?» fragte ich.

«Bei einigen habe ich es durchblicken lassen. Eine der jungen Hausschwestern wollte ein Autogramm von mir auf dem Wetterbericht der Zeitung.»

«Noch immer berühmt, und dabei hast du diese Sendungen doch schon vor langer Zeit aufgenommen, oder?» fragte Nick.

«Das muß zwanzig Jahre her sein. Ach, bei einigen sogar dreißig. Ich habe mich an diese Zeiten erinnert. Was soll man hier sonst machen außer fernsehen und sein Leben noch einmal durchleben? Auf jeden Fall habe ich an Woods Hole und daran gedacht, wie diese Wissenschaftler mich als Schaufensterpuppe der Meteorologie angesehen haben.»

«Sie waren neidisch auf dich», sagte ich.

«Einige schon, aber andere fühlten sich mir gern überlegen. Es war ein sehr schwieriger Ort zum Leben, Georgie. Ich weiß nicht, ob du das weißt. Alle umringten deinen Vater und behandelten ihn wie ein Mitglied des Clubs; zweifellos tat er ihnen leid, weil er meine Extravaganzen dulden mußte. Ich glaube, das war es, was zwischen uns trat. Ich habe hier drinnen oft an ihn gedacht.»

«So schlimm wirkte es nicht», sagte ich, verwirrt über die Vertraulichkeit; das sah Honora gar nicht ähnlich. Nick und ich saßen am Fußende ihres Bettes wie Kinder, die sich um eine große Geschichtenerzählerin scharen.

«Ich bin froh, daß wir euch davor beschützt haben. Ich hatte Angst um dich als meine Tochter. Clare ging es gut; Clare war eine ausgezeichnete Schülerin, immer unter den Besten in ihrer Klasse. Alle sagten, sie gerate nach ihrem Vater. Aber du wolltest nie zur Schule gehen. Deine Noten waren gut, aber nicht außergewöhnlich. Du wolltest immer zu Hause bleiben oder den Schultag damit zubringen, auf Nobska Point durch die Priele zu stapfen.»

«Aber du hast immer darauf bestanden, daß ich zur Schule gehe.»

«Ja. Wenn ich heute zurückblicke, bewundere ich deine Phantasie und die Tatsache, daß du nicht in das vorgegebene Muster gepaßt hast. Damals machte mir das angst. Ich dachte, du müßtest alle konventionellen Dinge machen, und du müßtest sie gut machen. Du hast mehr Bücher gelesen als die ganze dritte Klasse zusammen, aber ich war außer mir, als du in Arithmetik eine Fünf bekamst.»

«Das weiß ich noch.» Honora hatte mich an einen kleinen Schreibtisch mit einem Abakus gesetzt und mich täglich nach der Schule eine Stunde addieren und subtrahieren lassen. Im Subtrahieren war ich immer besser gewesen.

«Warum, glaubst du, wollte sie zu Hause bleiben?» fragte Nick.

«Das will ich dir sagen», sagte meine Mutter und sah mich direkt an. «Sie hatte Angst, es würde etwas passieren, wenn sie nicht da war, um nach dem Haus zu sehen. Sie dachte, ihr Vater und ich würden einen Streit haben, der unsere Ehe beendete, oder einer von uns würde einfach verschwinden. Ich wußte das, Georgie. Auch damals schon.»

«Ich wollte immer, daß wir zusammen waren. Armer Dad», sagte ich.

«Ja, armer Timmy», stimmte Honora zu. «Ich werde den Gedanken an ihn nicht los. Er ist so früh gestorben. Für mich wird er immer ein junger Mann bleiben, obwohl er in den Vierzigern starb. Er wäre so stolz auf das Swift-Observatorium. Und mein Gott! Auf sein jüngstes Enkelkind! Gib der alten Großmutter einen Kuß und laß dir gratulieren, Nick.»

Nick legte die Arme um sie und drückte sie an sich. Ich beobachtete ihn von hinten, sah, wie seine lederne Pilotenjacke sich über seiner Hose bauschte und seinen blauen Pullover hervorschauen ließ. Seine Taille sah so schmal aus. «In London dachte ich an dich hier im Krankenhaus und an Georgie, die mir wahnsinnig böse war, weil ich ohne sie geflogen bin. Ich hätte nie gedacht, daß die Heimkehr so sein würde.»

Ich lächelte, glücklich, daß er die Nachricht von dem Baby als Heimkehr betrachtete. Er schien Mark Constable vergessen zu haben.

«Nun, ich habe Georgie gesagt, sie solle nicht mehr Auto fahren, ehe die Ohnmachten aufhören. Das ist viel zu gefährlich.»

«Finde ich auch», sagte Nick. «Weißt du, daß sie gestern nach ihrem Schwächeanfall selbst nach Hause gefahren ist?»

«Ich mußte schnell nach Hause, um auf deinen Anruf zu warten», sagte ich und wußte, daß das eine schwache Entschuldigung war.

«Diesen Kommentar nehmen wir nicht mal zur Kenntnis», sagte Honora.

«Tu es einfach nicht mehr», sagte Nick.

Ich dachte an die Freuden, die meine Schwangerschaft Honora bereiten würde, an all die Dinge, über die sie sich nun Sorgen machen konnte: ob ich richtig aß, ob ich zuviel oder zuwenig an Gewicht zunahm, die ungünstigen Auswirkungen des Schwimmens auf Mutter und ungeborenes Kind. «Gott sei Dank habe ich das Swift-Observatorium gegründet, bevor ich schwanger wurde», sagte ich. «Ich sehe nicht ein, wieso ich nicht weitermachen kann wie bisher.»

«Was ist mit der Erhöhung des Stipendiums?» fragte Nick. «Ich glaube, John hat mir gesagt, daß diese Gelder für Reisen bestimmt sind.»

«Das ist richtig, aber er sagte, der Vorschlag sei nicht bindend. Ich bekomme das Geld, ob ich reise oder nicht. Ich denke, ich werde zu meinem Telefonsystem zurückkehren und meine Interviews per Telefon machen.» Was war mit der Tatsache, daß ich meine besten Interviews, die mit Mona Tuchman und Caroline Orne, persönlich geführt hatte? Ich schob diesen Gedanken von mir.

«Nun, wenn du weiterhin reisen möchtest, können wir das sicher arrangieren», sagte Nick. «Wir könnten eine Kinderschwester engagieren, die dir mit dem Baby hilft.»

«Ich hatte solches Glück, daß Pem mir bei dir und Clare geholfen hat», sagte Honora. «In Woods Hole hatten wir eine Reihe von Haushälterinnen, einige sehr nett, einige schrecklich. Das Problem war, daß keine von ihnen lange genug blieb, als daß ihr Mädchen euch an sie gebunden hättet. Pem war natürlich fabelhaft. Nachdem wir nach Black Hall gezogen waren, schienen unsere Familien zu verschmelzen.»

«So ist es heute noch», sagte Nick mit etwas belegter Stimme.

«Der Arzt hat gesagt, ich könne Pem nicht weiter bei mir behalten», sagte Honora. «Hat Georgie dir das nicht erzählt?»

«Ich weiß. Es ist schwer zu glauben», sagte Nick. Er sah Honora aufmerksam an, da er wußte, daß das Thema belastend für sie war; seine Augen schauten ebenso traurig wie ihre, und ich liebte ihn dafür.

«Ach, zum Teufel mit dem Arzt», sagte Honora. «Ich habe lange darüber nachgedacht, während ich hier lag. Ich wollte immer, daß Pem ihr ganzes Leben auf Bennison Point verbringt. Sie hat das Recht dazu – sie und mein Vater kauften das Land und bauten die Häuser für uns. Ich will sie zu Hause haben.»

Obwohl Honoras Entscheidung mich begeisterte, wußte ich, daß ich meine Worte sorgfältig abwägen mußte. Vielleicht wollte sie, daß man es ihr ausredete; ich erinnerte mich, wie frustriert sie vor ihrem Herzanfall gewesen war. Das Bettnässen, die versteckten Sandwiches, die Badeszene, Pems Faustkämpfe. «Was ist mit deiner Gesundheit, Mutter? Der Arzt sagte, Pem bei dir zu haben sei zu viel Streß», sagte ich, obwohl ich im Innersten nicht daran glaubte – wir konnten jemanden engagieren, um mitzuhelfen, Pem zu füttern und zu baden.

«Sie ist meine Mutter, und wir waren in all den Jahren zusammen. Ich glaube, es wäre ein größerer Streß für mich, sie in ein Heim zu geben. Ich werde das nicht tun.»

Nick räusperte sich. Als echter Rechtsanwalt hörte er gern alle Fakten, ehe er seine Meinung äußerte. «Andererseits, hätte Pem in einem Heim nicht bessere Pflege? Wir lieben sie alle, und wir hassen es, sie traurig oder unglücklich zu sehen, aber sie ist in ziemlich schlechter Verfassung. Heute morgen hat sie selbst Toast gemacht und ihn ins Wohnzimmer getragen. Dann ist sie ans Fenster gegangen, hat vergessen, daß sie den Toast gemacht hatte, und ging in die Küche, um neuen zu machen. Der Toaster funktionierte nicht so, wie sie wollte, darum drückte sie die Taste, bis er zu rauchen anfing, und hat einen Kurzschluß verursacht.»

«Hat sie? Das hast du mir gar nicht gesagt», sagte ich.

Honora hob die Hände, um die Diskussion zu beenden. «Ich weiß das alles. Deshalb mache ich ihr jeden Morgen das Frühstück. Sie ist einfach vergeßlich.»

«Sie hätte das Haus in Brand setzen können», sagte Nick. «Was, wenn wir nicht dagewesen wären? Wenn der Kurzschluß nicht gewesen wäre, hätte das Haus abbrennen können.»

«Wenn, wenn», sagte Honora. «Wichtig ist, daß ich immer da bin. Wenn ich das Haus verlasse, dann nur, nachdem Pem gegessen hat, und dann schalte ich immer sämtliche Sicherungen für die Küchengeräte ab.»

«Und du versteckst den Gin, und du schließt das Tor zur Straße ab, und du führst sie zur Toilette, bevor du gehst», sagte ich.

«Das ist viel Arbeit für jemanden, der gerade eine ernste Herzattacke hatte», sagte Nick. «Und ich bin nicht sicher, ob jemand, den du engagierst, bereit wäre, etwas zu leisten, was auf Babysitten rund um die Uhr hinausläuft.»

Honoras versteinerter Ausdruck veranlaßte mich, das Thema zu wechseln.

«Ach, draußen ist es herrlich. Nick hat sich das beste Wochenende seit langem ausgesucht. Es ist genau wie im Herbst.»

«Das stimmt», sagte Honora und schaute aus dem Fenster in den blauen Himmel. «Und jetzt solltet ihr beide gehen. Danke für euren Besuch, aber ich möchte, daß ihr euch zusammen einen wirklich schönen Tag macht.»

«Tut mir leid, falls ich dich aufgeregt habe», sagte Nick, am Kopfende ihres Bettes stehend. «Aber ich liebe dich, und ich möchte, daß du lange lebst. Ich finde, du solltest dem Rat deines Arztes folgen.»

Honora drückte seine Hand und lächelte zu ihm auf. «Ich fürchte nur, daß es bloß ein halbes Leben wäre, wenn ich sie in einem dieser Heime wüßte. Ich glaube, damit würde ich nicht fertig.»

«Sicher würdest du dich daran gewöhnen», sagte Nick, und ich wollte ihn aus der Tür ziehen, damit er aufhörte, Honora überzeugen zu wollen, daß Pem in ein Heim gehörte. Ich wollte unsere Familie zusammen, so sehr, daß ich dafür vielleicht Honoras Gesundheit geopfert hätte.

Nicks Stimmung veränderte sich drastisch. Auf dem Weg ins Krankenhaus waren wir glücklich und verliebt gewesen. Als wir gingen, sah er ungehalten aus. Er starrte mich an, als ich zu lange vor dem Schaufenster eines Geschenkladens stehenblieb. Langsam und durch Nebenstraßen fuhren wir nach Hause. Wir waren diese

Strecke schon oft gefahren. Ich schaute aus dem Fenster, war traurig und fragte mich, was Nick dachte. Er fuhr mit leicht gerunzelter Stirn.

«Warst du schockiert über ihr Aussehen?» fragte ich nach einer Weile.

«Ja, das war ich», sagte Nick. «Honora so zu sehen ändert alles. Man bekommt den Eindruck, daß nichts andauert.»

«Sag nicht so etwas», sagte ich und dachte an meine alten Ängste, verlassen zu werden: Ängste, die noch vor zwei Tagen dagewesen waren, ehe Nick aus London zurückgekommen war.

«Daran hättest du denken sollen, ehe du den Fotografen geküßt hast», sagte Nick.

«Nick!» Ich beugte mich über die Gangschaltung, um sein Handgelenk zu berühren. «Nick», sagte ich noch einmal leiser.

Nick stoppte den Wagen auf einer staubigen Kehre neben einem Salzsumpf. Er hielt das Steuerrad mit beiden Händen fest umklammert, als fahre er noch immer. Obwohl es nicht heiß war, kräuselte sich sein Haar an den Schläfen schweißnaß.

«Willst du mir sagen, daß es zwischen uns nicht andauert?» fragte ich.

«Ich weiß nicht. Ich bin durcheinander. Honora ging es gut, als ich nach London flog, und jetzt ist sie im Krankenhaus – das geht mir nicht aus dem Kopf. Vielleicht sollte ich bezweifeln, was du mir sagst», sagte Nick. «Gestern abend habe ich dich beim Essen mit einem anderen Mann überrascht. Das ist merkwürdig genug, aber es ist keine große Sache – ich weiß das. Aber ich kann nicht glauben, daß du ihn geküßt hast, Georgie.»

«Es tut mir leid.»

«Wir haben ernsthafte Schwierigkeiten. Früher haben wir ein bißchen gespielt – du machtest dir immer Sorgen über Jean, und ich ließ das zu. Ist dir klar, welche Schuldgefühle du mir ihretwegen verursacht hast? Die ganze Zeit in London. Wenn sie zufällig in einem hübschen Kleid zur Arbeit kam und ich es bemerkte, fühlte ich mich schuldig. Einmal hat sie mir abends im Büro die Schultern massiert, und ich fühlte mich schuldig.»

«Sie hat deine Schultern massiert?» fragte ich und überlegte, ob eine Schultermassage unschuldiger sei als ein Kuß.

«Ja, hat sie. Und es fühlte sich wirklich gut an, weil ich zehn Stunden ununterbrochen am Schreibtisch gesessen hatte. Weißt du, wie das passieren kann? Wir waren seit Stunden zusammen – wir sind spät am Abend noch zusammen. Sie bemerkte, daß meine Schultern angespannt waren. Das war eine nette Geste.»

«Nette Geste? Wie naiv kannst du sein?» fragte ich.

Nick atmete aus, und es hörte sich ungeduldig und angewidert an. «Glaubst du, du bist die einzige, die sich zu jemand anderem hingezogen fühlen kann? Jean ist hübsch, und sie flirtet gern mit mir. Es gefiel mir, daß sie mir die Schultern massierte, Georgie. Ich stellte mir vor, es würde noch mehr geschehen – ich würde vielleicht mit ihr ins Hotel zurückgehen. Aber ich habe es nicht getan. Und ich habe sie nie geküßt.» Wieder stieß er die Luft aus. «Ich könnte diesen Kerl mit seinem blonden Haar verprügeln.» Irgendwie gelang es Nick, blondes Haar als schlimme Heimsuchung erscheinen zu lassen. «Platinblond und braungebrannt. Ein richtiger Surfer. Zehn Jahre zu spät und an der falschen Küste.»

Ich griff noch einmal nach Nicks Handgelenk, und diesmal ließ er seine Hand vom Steuerrad ziehen. «Es tut mir leid, daß ich Mark geküßt habe. Das wird nie wieder vorkommen», sagte ich. «Wirst du mir verzeihen? Damit wir eine gute Zeit haben können, bevor du nach London zurückfliegst?»

«Ja», sagte er.

Trotzdem mußte ich es wissen. «Nick, wolltest du wirklich mit Jean ins Hotel?»

«Eine Sekunde lang – ja.»

«Ich weiß», sagte ich und erkannte, was ich die ganze Zeit geahnt hatte: daß Jean hübsch war und daß Nick das natürlich bemerken würde. Sich vielleicht sogar von ihr angezogen fühlen würde. Ein bißchen. Natürlich.

«Aber du bist die Richtige für mich», sagte er.

Ich nickte, und er legte die Arme um mich, und als wir uns küßten, weinten wir beide.

«Honora und eine Herzattacke», sagte er. «Das war so verdammt unerwartet. Sie ist zu gesund für so was.»

«Sie wird wieder gesund», sagte ich.

Wieder auf dem Point angekommen, gingen wir schwimmen und versuchten, uns miteinander wieder wohl zu fühlen. Wir gingen durch Honoras Garten in unser Haus und überlegten, welcher Raum das Kinderzimmer unseres Babys sein könnte. Ich stellte mir Tapeten mit kleinen Lämmern oder Hasen vor, eine weiße Wiege und ein Regal voller Bilderbücher. Wenn das Baby alt genug sein würde, um aus dem Fenster zu schauen, könnte es auf der anderen Seite der Bucht Clares Haus sehen und die felsige Landspitze, die nach Long Island wies.

An diesem Abend luden wir die Mackens zum Essen ein. Sie ließen uns den ganzen Tag allein; sie waren zwar überrascht und erfreut, daß Nick zu Hause war, und hätten ihn gern gesehen, aber sie wollten uns Zeit lassen, allein zu sein. Wir machten die Runde über den Fischmarkt, an den Gemüseständen vorbei, in die Käse- und Weinhandlungen und in die Bäckerei. Als wir wieder im Auto saßen, sagte ich: «Und jetzt erzähl mir von London.»

«Wirklich ein heikles Angebot, kann ich dir sagen», sagte Nick. «Lauter wichtige Dinge, und John hat Jean und mich ziemlich allein gelassen.»

«Seid ihr beide gleich verantwortlich?»

«Bevor ich London verließ, war ich verantwortlich. Das ist ein Grund, warum ich gleich wieder zurück muß – damit ich meine Stellung behaupten kann. Jean ist eine unglaubliche Konkurrenz.»

«John Avery hat gut von ihr gesprochen», sagte ich. «Er sagte, ihr arbeitet gut zusammen.»

«Bei Verhandlungen spielen wir ganz geschickt die Guten und die Bösen. Jean tut so, als beiße sie sich an einem geringfügigen Punkt fest, und gibt dann schließlich nach, um die gewichtigeren Punkte zu retten.»

«Das ist eine interessante Taktik», sagte ich.

«Es ist ein bißchen wie beim Pokern», sagte Nick. «Du mußt eine undurchdringliche Miene machen. Jedenfalls sind die Klienten bislang zufrieden.»

«Das freut mich wirklich», sagte ich und atmete leichter. Jedes Gespräch schien ein Meilenstein auf dem Rückweg zu einer normalen Beziehung.

KAPITEL FÜNFZEHN

Das Essen an diesem Abend war laut und festlich. Wir alle waren ausgelassen vor Erleichterung, daß Nick bei uns war und Honora bald aus dem Krankenhaus entlassen werden sollte. Eugene und Casey schenkten uns zwei Eimer Muscheln, die sie von den Felsen gesammelt hatten, und wir dünsteten sie mit Weißwein und Schalotten. Frank Sinatra machte uns Lust zu tanzen; wir drehten die Musik auf und tobten uns aus. Als die Sterne herauskamen, legten wir uns rücklings ins Gras und fragten die Jungen nach den Sternbildern aus. Pem saß in einem Liegestuhl, in eine Decke gewikkelt, und beklagte sich über die Kälte, aber wir wollten sie bei uns haben.

Später, als wir in der Küche das Geschirr abwuschen, verkündeten Nick und ich unsere Neuigkeit.

«Georgie und ich bekommen ein Baby!» sagte Nick.

«Wann hast du es erfahren?» schrie Clare und fiel mir um den Hals.

«Erst gestern», sagte ich.

«Oh, ich freue mich so für euch», sagte Clare.

«Es verändert einen, wenn man Kinder hat», erklärte Donald feierlich.

«Schatz, mach ihnen keine Angst», sagte Clare.

«Nein, ich meine nur, die Erfahrung macht einen reicher. Sie gibt der Beziehung eine neue Dimension», sagte Donald und hörte sich ziemlich gestelzt an. «Ich kann es nicht richtig ausdrücken, aber ich finde es schön.»

«Er ist noch ganz erschüttert wegen Mutter», erklärte Clare und streckte die Hand aus, um ihm mit dem Handrücken die Wange zu streicheln.

«Tante Georgie, du bekommst ein Baby?» fragte Casey.

«Ja. Du und Eugene, ihr werdet einen Vetter oder eine Kusine zum Spielen bekommen.»

«Kann ich fühlen, wie das Baby tritt?» fragte Eugene und starrte aufmerksam auf meinen Bauch. Grashalme steckten in seinem roten Haar; ich zupfte ein paar heraus.

«Das Baby ist noch nicht groß genug, um treten zu können», sagte ich.

«Weißt du noch, wie wir fühlten, wenn Casey trat?» fragte Clare.

«Ja. Und jetzt trete ich ihn wieder», sagte Eugene und jagte seinem Bruder nach.

«Maaaammi!» schrie Casey.

Donald folgte ihnen. «Einige der Freuden, auf die ihr euch einstellen könnt», sagte er trocken.

«Honora scheint begeistert», sagte Nick. «Heute abend rufen wir meine Eltern an.»

«Mach dich gefaßt auf endlose Vorträge: Wie Man Alles Richtig Macht. Ob man stillen soll oder nicht, welche Bücher man dem Kind kauft, ob man ihm einen Klaps geben darf oder nicht... jeder hat eine Meinung. Meine Beziehung zu Honora hat sich ziemlich verändert, nachdem ich Eugene bekommen hatte», sagte sie.

«Zum Besseren oder zum Schlechteren?» fragte ich.

Clare runzelte die Stirn und versuchte, ihre Antwort zu formulieren. «Schwer zu sagen. Sie macht mich verrückt, wenn sie sich über jede Kleinigkeit, die ich tue, Sorgen macht. Ich weiß noch, wie wir Eugene zum erstenmal zum Segeln mitnahmen – ich glaube, sie lag den ganzen Tag auf den Knien und betete zu allen Heiligen und Aposteln, er möge überleben. Wenn du jetzt schon denkst, sie sei besorgt, dann warte erst, bis du Kinder hast. Sie hat die grauenhafteste Phantasie aller lebenden Großmütter. Sie macht sich nicht nur Sorgen – sie macht sich Sorgen in allen Einzelheiten.»

«Ich weiß. Ich erinnere mich an den Tag», sagte Nick. «Ihr seid nach Fisher's Island gesegelt, und wir hatten Honora und Pem zum Abendessen bei uns. Sie sagte dauernd: ‹Was, wenn er über Bord fällt, er ist so klein.›»

«Richtig», sagte ich, als es mir wieder einfiel. «Sie wollte wissen, wie lange es dauert, mit dem Boot hinzukommen, und dann fing sie an, sich wegen seiner Schwimmweste Sorgen zu machen, weil keine Schwimmweste klein genug wäre, an ihm zu halten – sie würde abrutschen, und er würde untergehen, und du und Donald, ihr wäret vernichtet, wenn ihr seine leere Weste fändet. Das führte zu weiteren Befürchtungen, ihr könntet solche Schuldgefühle bekommen, daß daran eure Ehe zerbrechen oder ihr gemeinsam Selbstmord begehen würdet.»

«Nun ja, ihre Sorgen sind nichts Neues. Andererseits hat meine Mutterschaft uns einander nähergebracht, weil das eine wichtige Erfahrung ist, die wir gemeinsam haben. Das bedeutet mir viel.» Clare betrachtete mich aufmerksam, als habe sie noch etwas zu sagen.

«Was?» fragte ich.

«Nun, ich dachte gerade, daß dieser Aspekt mir vielleicht mehr bedeutet als dir. Kinder zu haben ist meine Hauptverbindung zu ihr.»

«Wie meinst du das?» fragte ich.

«Es ist komisch. Zuerst dachte Honora, du und ich, wir würden die Welt in Brand setzen. Aber dann hast du dich geweigert, aufs College zu gehen. Also konzentrierte sie sich auf mich, aber ich war nur daran interessiert, ein Nest zu bauen – mit Donald und den Jungen zu Hause zu bleiben. Ich glaube, das hat ihr die Augen für dich geöffnet. Sie betrachtet dich als unkonventionellen Erfolg, und ich glaube, sie ist stolzer auf dich und deine Arbeit, als wenn du am MIT unterrichten würdest.»

«Ach, komm», sagte ich.

«Nein, das stimmt. Selbst das Profil der Bucht – sie fand das großartig. Und das Swift-Observatorium! Du hast gesehen, wie sie darüber denkt.»

«Ich gehe vielleicht mit Don und den Jungen draußen noch ein bißchen Frisbee spielen», sagte Nick. Sie hatten eine fluoreszierende Frisbee-Scheibe, hell genug, um sie auch in der dunkelsten Nacht zu sehen. Ich merkte, daß er Clare und mich allein lassen wollte für ein schwesterliches Zwiegespräch; obwohl ich das zu schätzen wußte, dachte ich daran, daß er morgen nach London abfliegen würde und unsere Zeit nach Stunden und Minuten bemessen war.

«Laß ihn spielen», sagte Clare und beobachtete, wie ich ihm nachblickte. «Er sitzt so viel in Büros herum. Er braucht ein bißchen Bewegung.»

«Ich konnte es gar nicht erwarten, dir von dem Baby zu erzählen, aber zuerst mußte ich es natürlich Nick sagen. Er kam an dem Abend nach Hause, an dem ich es erfahren hatte. Ist das nicht unglaublich?»

«Zwischen euch beiden sind besondere Schwingungen – das habe ich schon immer gesagt.»

«Zu schade, daß meine Schwingungen ihn nicht ferngehalten haben, bis Mark gegangen war. Das war Pech.»

«Nun, das ist nicht deine Schuld. Du hast versucht, das Essen mit Mark abzusagen. Ich wäre fast gestorben, als ich aus dem Fenster sah und du da mit einem Mann standest. Ich hoffe, du hast mir nicht übelgenommen, daß ich vorbeikam, aber ich mußte ihn mir ansehen. Er ist süß. Ich kann verstehen, daß du eine Minute lang schwach geworden bist.»

«Bist du je bei jemandem außer Donald schwach geworden?»

«Ja, sicher. Bei meinem Frauenarzt zum Beispiel. Aber zwischen uns ist nie etwas Körperliches gewesen. Außer dem Medizinischen natürlich. Aber nach einem Softball-Spiel habe ich einmal Henry McPhee geküßt. Natürlich habe ich nicht solche Skrupel wie du, und darum kam es mir nie sehr ernsthaft vor.»

«Hat Donald etwas gemerkt?»

«Ich hab's ihm nie gesagt. Himmel, du willst doch nicht sagen, du hattest Nick gestanden –»

«Doch.»

Clare kicherte. «Du bist verrückt. Und er war am Boden zerstört, nehme ich an?»

«Ja», sagte ich abwehrend.

Clare mußte so lachen, daß sie sich verschluckte. Ich klopfte ihr auf den Rücken, fester als notwendig, weil sie mich so aufbrachte. Immer machte sie sich lustig über meine Skrupel. Sie ächzte und versuchte sich genügend zu fassen.

«Und jetzt bist du schwanger, und ihr hofft beide, daß dieses Baby euch zusammenhält und eure Ehe davor bewahrt, wegen dieses Kusses zu zerbrechen...» Sie hatte einen weiteren Lachanfall.

«Okay, genug ist genug», sagte ich, als sie gar nicht mehr aufhören wollte. Dann küßte sie mich auf die Stirn.

«Georgie, du bist der einzige Mensch, den ich kenne, der ein Verhältnis anfangen wollte, um seine Ehe zu retten», sagte sie und versuchte, feierlich zu klingen, kicherte aber noch immer. «Jahrelang hast du dich verrückt gemacht und dir vorgestellt, jede Frau wolle Nick zum Ehebruch verführen. Schließlich ist er wegen deiner Paranoia so frustriert, daß er dir ein Ultimatum stellt und nach London fliegt. Du bleibst allein zurück. Du fühlst dich zu dem ersten Mann hingezogen, mit dem du ein bißchen Zeit verbringst. Und dann läßt du dich auf einen Flirt ein, aber ich gebe zu, daß das nur ein großer Test war.»

«Was habe ich getestet?»

«Du hast getestet, wie weit du dich selbst gehenlassen würdest, weil du gedacht hast, das würde dir zeigen, wie weit Nick sich gehenlassen würde.»

«Glaubst du, daß Nick jemals jemanden geküßt hat?» fragte ich scharf.

Clare schüttelte den Kopf. «Darum geht es nicht, und das weißt du. Hast du aus deinem Test etwas gelernt?»

«Ja», sagte ich und dachte an das Gespräch, das Nick und ich im Auto geführt hatten, beruhigt, weil ich Jean Snizort nicht mehr fürchtete.

«Schätzchen, das hat dich befreit», sagte Clare, goß Tonicwasser in zwei Weingläser und reichte mir eins. Wir stießen miteinander an.

«Wenn Nick morgen nicht fort müßte, wäre alles vollkommen», sagte ich.

«Wann geht seine Maschine?»

«Um sieben Uhr abends.»

«Donald hat mir erzählt, daß Nick wirklich ein As ist bei diesem Geschäft und daß er es sehr gut macht.»

«Darum ging es auch. Dieses heikle Angebot ist ein Test für Nick, wenn wir schon einmal von Tests reden. Aber am Donnerstag ist es erledigt, und dann kommt er endgültig nach Hause. Ich brauche also nicht mehr allzu lange zu warten», sagte ich.

«Nein, das kannst du aushalten. Plant ihr eigentlich eine natürliche Geburt?»

«Wahrscheinlich. Ich dachte, das macht heute jeder so.»

«Arme Mutter, sie sagte mir, sie sei bei beiden Geburten noch anästhesiert worden. Eines der wichtigsten Ereignisse im Leben einer Frau, und sie durfte es nicht einmal bewußt erleben.»

«Wie schrecklich. Das wußte ich nicht.»

«Weil sie mir solche Dinge anvertraute, fühlte ich mich ihr näher, nachdem ich die Jungen bekommen hatte. Vielleicht fürchtest du ihre Besorgnisse, aber du kannst dich auf lange Gespräche zwischen Mutter und Tochter freuen», sagte Clare.

«Das hört sich schön an.» Clare und ich trockneten das Geschirr fertig ab. Wir stapelten die Teller in Honoras ordentlichen Schränken. Pem kam in die Küche geschlurft, sah, daß wir da waren, und schlurfte wieder hinaus. «Auf der Suche nach einem Sandwich», sagte ich.

«Pem hat es heute abend gefallen.»

«Sie war froh, uns alle zusammen zu sehen – ich glaube, sie hat Honora beinahe vergessen.»

«Gott sei Dank hat Honora beschlossen, Pem zu Hause zu behalten», sagte Clare. «Es ist die richtige Entscheidung, aber es bedeutet viel Arbeit für dich und mich.»

«Wir müssen ganztags eine Schwester engagieren, damit immer jemand zur Verfügung steht», sagte ich. «Den Rest teilen wir beide uns. Wir müssen dafür sorgen, daß Honora sich nicht überanstrengt.»

«Genau.»

Da wir Stimmen im Wohnzimmer hörten, schlossen wir uns wieder den Männern und Pem an. Donald legte eine Platte auf; wir tanzten noch ein wenig. Obwohl es beinahe Mitternacht war und die Jungen dauernd gähnten, wollte niemand den schönen Abend beenden. Selbst Pem machte mit und tanzte mit jedem von uns.

«Ich glaube, Georgie und Nick möchten noch ein bißchen allein sein», sagte Clare schließlich.

«Wir können dich morgen zum Flughafen fliegen», schlug Donald vor. «Ich glaube, die Maschine ist frei.»

«Das wäre fabelhaft», sagte Nick. «Georgie soll nicht fahren, und ich habe mich schon gefragt, wie ich ihr beibringen soll, daß ich nicht will, daß sie mich zum Flughafen bringt.»

Die Mackens sammelten ihre Besitztümer ein und vergewisserten sich, daß sie alles hatten, was sie mitgebracht hatten. Eine Thermoskanne, die Sinatra-Platten, die fluoreszierende Frisbee-Scheibe. Das Telefon läutete. Alle erstarrten. Wer konnte um Mitternacht noch anrufen? Es klang hohl, als das Telefon läutete und läutete. Endlich nahm Nick den Hörer ab. Er sprach ein paar Worte, und sein Gesicht verlor jede Farbe. Wir alle wußten es, ehe er sprach.

«Sie ist soeben gestorben», sagte er.

«Wir müssen ins Krankenhaus», sagte ich, und niemand widersprach mir. Meine Schwester und ihr Mann, mein Mann und ich, wir alle scheuchten in hektischer Eile Pem und die Kinder, die nichts verstanden, ins Auto. «Beeil dich!» sagte ich zu Pem, die die Küchentür versperrte.

«Wohin fahren wir?» fragte sie.

«Ins Krankenhaus», sagte ich, und das Wort erschreckte sie so, daß sie schwieg und sich unterwarf.

«Es ist ein Irrtum – es muß ein Irrtum sein«, sagte Clare

Wir saßen in Honoras Kombi, Nick und ich vorne, Clare und Donald hinter uns aneinandergeschmiegt, Pem und die kleinen Jungen auf den Rücksitzen schlafend. Nick fuhr mit halsbrecherischer Geschwindigkeit. Wir wollten Honoras Arzt, die Nachtschwester, wir wollten jeden zur Rede stellen, der Dienst hatte. Wir alle hofften, bei unserer Ankunft zu erfahren, man habe sie wiederbelebt, und sie würde in ihrem Bett sitzen, ein feuchtes Tuch auf der Stirn, und mit breitem Lächeln sagen: «Hu, diesmal war es knapp.»

Niemand sprach während der Fahrt, außer um Nick zu sagen, er solle schneller fahren. «Los», flüsterte Clare.

«Er fährt, so schnell er kann!» schrie ich und weckte Casey auf, der anfing zu wimmern.

Einmal drehte ich mich um, um Pem anzusehen. Sie ließ den Kopf hängen. Vom Vordersitz aus sah er aus wie ein weicher weißer Ball, der bei jeder Unebenheit der Straße auf und ab hüpfte. Niemand hatte daran gedacht, ihr die Situation zu erklären, vielleicht hatte es auch niemand gewagt. Plötzlich erwachte sie, starrte aus dem Fenster auf die Shell-Tankstelle, einen vertrauten Bezugspunkt, und döste dann wieder ein.

Ich stellte mir vor, wie Nick auf den Krankenhausparkplatz fahren und vor dem Eingang zur Notaufnahme anhalten würde. Ich kannte den kürzesten Weg in Honoras Zimmer: vorbei an der Anmeldung, mit dem Ärzteaufzug nach oben, den Westflügel hinunter bis Zimmer 514. Binnen sechs Minuten könnten wir an Honoras Bett stehen. Wir könnten ihren Arzt anschreien und vielleicht tätlich angreifen, wir könnten uns an die Brust schlagen und jammern, oder wir könnten, mit Gottes Hilfe, Honora umarmen und schelten, weil sie uns angst gemacht hatte. Nick verlangsamte vor einer roten Ampel die Fahrt und fuhr dann durch. Im gelben Scheinwerferlicht des Krankenhausgeländes angekommen, steuerte er mit kreischenden Bremsen den Parkplatz an. Er stoppte den Wagen unter dem Vordach der Notaufnahme zwischen in fahles, unheimliches Licht getauchten Krankenwagen. Wir starrten auf die offene Tür, wo ein Polizist stand und mit einem in lederne Motorradanzüge gekleideten Paar sprach.

Unsere Gesichter wirkten grün im Licht des Krankenhauses. Hinter dem Vordach, auf der anderen Seite des Parkplatzes, sahen wir den Westflügel. Nick nahm den Fuß von der Bremse, und der Wagen glitt vorwärts. Wir hielten an einer dunklen Stelle in einiger Entfernung vom Eingang. Alle beugten wir uns vor und reckten die Köpfe, um einen Blick auf das Fenster zu werfen, das wir für Honoras hielten. Ja, das war es, das vierte von links im fünften Stockwerk. Selbst Pem blickte in seine Richtung, bemerkte die Dunkelheit, den Frieden des schlafenden Flügels. Clare begann zu schluchzen, dann Donald und Nick. Ich spürte, daß Tränen über meine Wangen liefen. Ich griff über den kalten Sitz hinweg nach Nicks Hand. Als ich mich umwandte, um Pem anzusehen, sah ich, daß Clare sie von hinten umarmte. Pems Augen waren weit aufgerissen und verwirrt. Ich haßte uns für das, was wir ihr in dieser Nacht angetan hatten.

«Wo ist eure Mutter?» fragte Pem.

Meine Mutter ist tot, dachte ich, sagte aber nichts.

«Glaubst du, wir können sie sehen?» fragte Nick.

«Ja, ich will sie sehen», sagte ich. «Sie müssen uns zu ihr lassen.»

Pem, Eugene und Casey saßen sehr still und schauten verwirrt. «Kommt, Kinder», sagte Donald mit einem Blick auf Clare. «Ich werde es ihnen sagen», flüsterte er. Er reichte seinen Söhnen die Hände und führte sie über den Parkplatz zu einer steinernen Bank. Das Licht von Straßenlaternen fiel durch die Bäume; wir konnten Donalds sanfte Stimme hören, als er von Honora sprach.

«Pem», sagte ich und drehte mich auf meinem Sitz um, um ihre Hände zu halten. «Es ist schrecklich – Honora ist gestorben.»

«Woher weißt du das?» fragte sie scharf.

«Weil der Arzt uns angerufen hat. Er hat gesagt, sie sei an einem Herzanfall gestorben.»

«O nein. O mein Gott. Gott segne Honora und Damon», sagte Pem. Tränen rannen über ihre faltigen rosa Wangen. Clare umarmte sie von hinten. «Ihr armen Mädchen», sagte Pem und streckte die Hände aus, um meine Wange zu berühren. «Ihr armen Mädchen, ohne Mutter und Vater.»

«Wir sind Waisen.» Clare weinte, und die Erkenntnis traf mich wie ein eisiger Wind.

«Ich gehe hinein», sagte ich. Nick öffnete seine Tür; er ging um den Wagen herum, um meine zu öffnen.

«Pem und ich bleiben hier», sagte Clare. Sie kletterte über die Lehne der Rückbank, um sich neben Pem zu setzen.

Der Weg von unserem Wagen zu Honoras Krankenzimmer schien endlos und erschreckend, aber ich wurde ruhiger, während ich ging. Nick hielt meine Hand. «Bist du in Ordnung?» fragte er.

«Nein», sagte ich.

«Ich weiß», sagte Nick. Er ließ mich auf der Bank vor dem Aufzug zurück, während er mit dem Wachmann sprach. Dieser nickte und ließ uns passieren. Wir fuhren mit dem Lift in den fünften Stock und gingen direkt zu Honoras Zimmer. Die Tür war geschlossen. Wir standen ein oder zwei Sekunden lang auf dem Gang, dann stieß ich sie auf.

Honoras Bett war leer. Die Laken waren entfernt worden. Die gestreifte Matratze war nackt und sauber. Ich ging hin und strich mit meiner Hand über die Stellen, auf denen meine Mutter gelegen hatte. Dort hatte ihr Kopf geruht; dort hatte sie sich auf die Ellbogen gestützt. Ich fuhr mit der Hand über die Matratze und suchte nach Dellen, aber sie war glatt.

Eine Krankenschwester, die ich oft gesehen hatte, stand in der Tür. «Es tut mir so leid», sagte sie.

«Hatte sie Schmerzen?» fragte Nick.

«Es war ein massiver Herzinfarkt», sagte die Schwester, und ihr Ausdruck ließ keinen Zweifel daran, daß sie Schmerzen gehabt hatte. «Man hat ihren Leichnam abgeholt. Tut mir leid, aber im Augenblick können Sie sie nicht sehen.»

Ihren Leichnam. «Schon gut», sagte ich. Ich fühlte mich betäubt.

Die Schwester ging, und da bemerkte ich die Zeitungsausschnitte. Die Artikel über das Swift-Observatorium klebten noch an der Wand. Die, die Honora gelesen hatte, als sie ihren ersten Herzanfall hatte. Sie war so stolz gewesen – auf mich. Ich starrte auf die Papiere über dem leeren Bett, und ein Luftzug bewegte sie. Ich setzte mich ruckartig auf den Boden und flüsterte Honoras Namen.

Ich starrte auf die Räder ihres Bettes, auf die Aufschläge von Nicks Hosenbeinen. Seine Arme legten sich um mich. «Du mußt den Kopf senken», sagte er. «Atme tief ein.»

«Ich werde nicht ohnmächtig», sagte ich.

«Es ist der Schock, ihr leeres Bett zu sehen», sagte er.

«Wir werden sie nie wiedersehen», sagte ich ganz leise. Wir blieben lange dort, bis uns einfiel, daß der Rest der Familie im Auto wartete. Dann verließen wir Honoras Krankenzimmer, schlossen die Tür hinter uns und nahmen den Aufzug nach unten.

KAPITEL SECHZEHN

Auf der Heimfahrt nach Black Hall dachte ich an Pem und an Honora, als sie noch ein Kind war. Jedes Jahr waren sie nach Galway gefahren, wo Großdamons Familie in Clifden lebte. Sie hatten nach Westen über den Atlantik auf die Stelle geschaut, von der sie sich vorstellten, sie sei Bennison Point. Honora und auch Pem in ihren guten Tagen hatten mir erzählt, wie sie sich an den Händen gehalten und einander versprochen hatten, sie würden bald wieder zu Hause sein. Sie hatten an der zerklüfteten Küste von Connamara gestanden und an ihr Haus auf seinem Felsen in Connecticut gedacht. Während Großdamon mit seinem Vater eine Pfeife geraucht hatte und mit seinen Brüdern über die Hügel spaziert war, hatten Pem und Honora ihre Füße in den Nordatlantik baumeln lassen und einander mit Erzählungen über ihr Zuhause getröstet.

Keiner von uns wollte in dieser Nacht schlafen. Vor Honoras Haus nahmen Nick und Donald je ein schläfriges Kind auf den Arm; Clare und ich standen zu beiden Seiten Pems und hielten sie bei den Ellbogen. Mit gesenktem Kopf schlurfte sie über den Steinweg. Clare und ich tauschten tränennasse Blicke. Als wir über die Schwelle traten, stockte uns beiden der Atem, denn wir wußten, daß Honora nie wieder nach Hause kommen würde. Donald brachte die Jungen zu Bett. Wir führten Pem zum Sofa.

«Vielleicht hole ich uns einen Brandy», sagte Nick und ging auf die Küche zu.

«Wo ist eure Mutter?» fragte Pem.

«Pem», sagte ich. «Erinnerst du dich nicht?» Sie hielt sich die Ohren zu, und Clare nahm ihre Hände und schob sie nach unten. Ihre Augen waren fest zusammengekniffen. Wie oft werden wir das noch tun müssen, fragte ich mich. Wie oft werden wir ihr sagen müssen, daß Honora gestorben ist?

«Weißt du nicht mehr, was passiert ist?» fragte ich. Meine Großmutter öffnete die Augen, langsam und vorsichtig, als fürchte sie, etwas Gefährliches zu sehen. Sie waren hell und blau, und ihre Klarheit schockierte mich.

«Ich erinnere mich», sagte sie. Ich umarmte sie, und Clare legte ihre Arme um uns beide.

Nick trennte uns sanft und führte mich zu einem Sessel. Er reichte mir ein Glas Brandy. «Ich kann das nicht trinken. Ich bin schwanger», sagte ich.

«Nur einen Schluck», sagte er.

Ich gehorchte, weil ich eine Medizin brauchte. Pem leerte ihr Glas in einem Zug und griff dann nach meinem. Ehe ich sie daran hindern konnte, hatte sie es ausgetrunken. «Laß sie», sagte Clare, die meinen mißbilligenden Blick bemerkte. «Wir brauchen alle ein gutes Betäubungsmittel.»

Donald kam ins Zimmer. «Sie wollen dich sehen», sagte er zu Clare.

«Oh, ich hatte immer Angst davor, ihnen vom Tod zu erzählen», sagte Clare.

«Das brauchst du gar nicht. Sie wollen nur sehen, ob du in Ordnung bist», sagte Donald. Er ließ sich auf dem Fußboden nieder, den Kopf auf ein großes Kissen gelehnt. Nick reichte ihm ein Glas.

«Wie haben –», begann ich.

«Sie haben es gut aufgenommen. Ich habe ihnen gesagt, daß Honora in den Himmel gekommen ist und daß sie sie dort eines Tages sehen werden. Sie können nicht verstehen, daß sie nicht aus dem Krankenhaus zurückkommt, aber sie akzeptieren es. Ist das nicht eigenartig? Nur weil ich ihr Vater bin, glauben sie mir, wenn ich ihnen etwas so Seltsames erzähle.»

«Ich weiß. Wer kann schon glauben, daß Honora nicht mehr hierher zurückkommt?» fragte Nick. Der Raum war voll von ihr: ihre karierte Wolldecke, das Radio, an dem sie täglich die Wettervorhersage gehört hatte, die Bilder, die sie aufgehängt hatte, der Teppich, den sie gehäkelt hatte, während sie mit Clare schwanger war. Pem hatte den Kopf in eine Hand gelegt; Honoras Platz auf dem Sofa war leer, und ich starrte da hin und versuchte, meine Mutter heraufzubeschwören. Ich sah, wie sie die Finger elegant um den Brandyschwenker faltete; sie saß auf ihren Füßen, um sie warm zu halten. Sie lächelte ihr breites Lächeln, entzückt, daß wir um zwei Uhr morgens noch in ihrem Wohnzimmer waren. Nur Pem verwirrte sie. Ich sah ihr Lächeln verschwinden, als sie Pem auf der anderen Seite des Sofas erblickte.

«Sie sind so tapfer», sagte Clare, als sie kopfschüttelnd wieder zu uns trat. «Sie haben nur gesagt: ‹Du mußt traurig sein, Mami.›» Die Tapferkeit ihrer Jungen gab ihr Kraft. Sie setzte sich neben Donald auf den Boden, den Rücken gerade, die Augen trocken.

«Was ist mit... der Beerdigung?» fragte Donald.

Mit einer raschen Bewegung reckte sich Pem, packte Donalds Glas und trank seinen Brandy aus.

«Pem!» sagten wir alle, aber sie hatte sich schon zurückgezogen, den Kopf in den Händen, die Augen geschlossen.

«Mutter würde sich schöne Musik wünschen», sagte Clare. «Sie liebt Hörner.»

«Sie liebt das ‹Ave-Maria›, wenn es gut gesungen ist», sagte ich.

«Sie liebt überhaupt Musik», sagte Nick. «Hat sie je ein Instrument gespielt?»

«Sie nahm Flötenstunden, als sie ein kleines Mädchen war», sagte ich. «Nicht, Clare?»

Clare nickte schnüffelnd. «Wie plant man eine Beerdigung? Wie teilen wir es allen mit?»

«Nun, wir müssen ein paar Leute anrufen», sagte Nick. «Und wir müssen eine Anzeige in die Zeitung setzen.»

«Honora würde sich einen schönen Nachruf wünschen», sagte ich. Meine Kehle war so eng, daß sie schmerzte. «Sie liebte es, wenn man über sie schrieb.»

«Ich bin bereit, ihn zu schreiben», sagte Donald. «Es sei denn, daß ihr Mädchen –»

«Nein, du schreibst ihn», sagte ich, gerührt, daß er das wollte.

«Schreib viel über die Familie hinein», sagte Clare. «Darüber, wie sehr sie uns geliebt hat. Jeder denkt an sie als Wissenschaftlerin und Schauspielerin, aber ihr wißt ja – sie hat die ganze Zeit an die Familie gedacht. Uns bevormundet – und geliebt.»

«Uns gesagt, was wir zu tun und zu fühlen hatten», sagte ich. «Honora wußte immer alles am besten. Gott, ich kann es nicht glauben.» Ich merkte, daß ich mich übergeben mußte. Unsicher stand ich auf und ging auf das Badezimmer zu. Nick folgte mir. Ohne zu sprechen, verließen wir den Raum. Die Badezimmerfliesen fühlten sich unter meinen nackten Füßen kalt an, und Nick hielt mein Haar, während ich mich übergab. Dann reichte er mir ein Glas Wasser.

«Ich kann es nicht ertragen», sagte ich. «Ich kann nicht glauben, daß Honora eben gestorben ist.»

«Laß uns zu Bett gehen», sagte er.

«Ich bin nicht müde. Ich wünschte, ich wäre bewußtlos. Ich würde eine Schlaftablette nehmen, wenn nicht –»

«Das Baby», sagte Nick und nickte. «Ich werde deinen Arzt anrufen und fragen, ob das okay ist.»

«Nick, es ist zwei Uhr morgens.»

«Das ist mir egal.»

Ich sah ihn an, groß und dunkel und müde; ich starrte in seine schwarzen Augen. Dann erinnerte ich mich an London und sein großes Geschäft. «London», sagte ich entsetzt. «Du mußt heute abend nach London fliegen.»

Nick lachte. Seine Augen wurden weich, und plötzlich sah er ganz entspannt aus. «Natürlich fliege ich heute abend nicht nach London», sagte er.

Aber du verpaßt deinen Augenblick des Triumphes, dachte ich. Man wird Jean den ganzen Erfolg anrechnen. Wie wird sich das auf deine Chancen in der Firma auswirken? Aber alles, was ich tun konnte, war, meine Wange an seine Brust zu lehnen und vor Erleichterung zu weinen.

«Hast du wirklich gedacht, ich würde dich jetzt allein lassen?» flüsterte er. «Ich habe Honora auch geliebt. Kannst du dir vorstellen, ich würde einfach wieder an die Arbeit gehen?»

Ein Geräusch ließ uns auseinanderfahren. Zerbrechendes Glas und ein lautes Plumpsen ertönten im Wohnzimmer. Wir liefen hin und sahen, wie Donald und Clare versuchten, Pem vom Boden aufzuheben.

«Sie wollte nach Nicks Glas greifen», erklärte Clare. Ich beugte mich dicht über Pem, und sie schwankte und sah mich mit feuchten Augen an.

«Sie ist betrunken», sagte Donald entschuldigend.

Donald und Nick faßten Pem unter und trugen sie in ihr Schlafzimmer.

«Die goldene Treppe hinauf», sagte Pem.

Sie ließen Clare und mich allein, um sie auszuziehen. Pem legte sich auf das Bett. Clare bemühte sich, ihr das Kleid über den Kopf zu ziehen, während ich ihre Schnürsenkel löste. Ihre Füße rochen feucht. Clare kam nicht weiter. Wir griffen unter ihr Kleid, um ihre Arme zu fassen, und versuchten, sie aus den Ärmeln zu ziehen.

«Lassen wir sie in den Kleidern schlafen», schlug Clare vor.

«Das können wir nicht», sagte ich. «Ich habe sie schon einmal in den Kleidern schlafen lassen, und sie wachte ganz verwirrt auf, dachte, es sei Tag und sie habe nur einen Mittagsschlaf gemacht. Sie wollte mich nicht wieder zu Bett gehen lassen.»

«Georgie, sie ist vollkommen betrunken. Sie wird bis Mittag schlafen.»

«Wir müssen ihr ein Nachthemd anziehen.»

«O Gott», stöhnte Clare.

Ich bin nicht sicher, warum es so wichtig war, daß Pem in dieser Nacht richtig gekleidet war. Vielleicht wollte ich, daß sie Würde ausstrahlte in der Nacht, in der meine Mutter gestorben war. Vielleicht gab es dem Chaos Form, Pem anzuziehen. Es tröstete mich, mit meiner Großmutter zu ringen und zu wissen, wenn ich ihre Arme frei bekäme, könnte ich ihr das Kleid über den Kopf ziehen. Wir schüttelten sie wie eine Puppe.

Endlich war sie ausgezogen. «Jesus», sagte Clare leise und betrachtete Pems hageren Körper, wie ich es getan hatte, als ich sie und Honora beim Bad angetroffen hatte.

Ich nahm ein rosa Flanellnachthemd aus der obersten Schublade. Während ich es ihr über den Kopf zog, öffnete Pem die Augen. Sie schien glücklich, mich zu sehen.

«Hi, Pem», sagte ich.

«Gegrüßet seist du, Maria, voll der Gnaden!» rief sie.

«Möchtest du deine Gebete sagen?» fragte ich.

«Gegrüßet seist du, Maria!» sagte sie wieder.

«Sie glaubt, du seist die Jungfrau Maria», sagte Clare leise und verblüfft.

«Heilige Jungfrau, sei meiner Seele gnädig», sagte Pem.

«Ich bin's – Georgie», sagte ich.

Pems Augen brannten in wilder Freude. Sie packte fest meine Hand. «Sei mir und allen Sündern gnädig», sagte sie.

Da ich meinte, es sei grausam, sie aus ihrem Traum zu reißen, setzte ich mich neben sie auf das Bett. Das Lampenlicht war rosig und dämmrig.

«Schlaf gut, mein Kind», sagte ich.

«Gegrüßet seist du, Maria, voll der Gnaden, der Herr ist mit dir», sagte sie und starrte mich an.

«Danke», sagte ich.

«Vor vier Wochen habe ich zuletzt gebeichtet, und das sind meine Sünden», sagte sie. «Ich habe gelogen, ich habe gestohlen, ich habe den Namen des Herrn müßig im Munde geführt.»

«Georgie», sagte Clare nervös und unbehaglich, weil ich die

Beichte unserer Großmutter hörte. Aber ich war in meiner Rolle gefangen.

«Ich vergebe dir deine Sünden, mein Kind», sagte ich.

«Danke, Maria», sagte Pem und schloß die Augen. «Kümmere dich um Honora, die in den Himmel gegangen ist.»

«Das werde ich», versprach ich.

Die Trauerfeier fand in der weißen Kapelle statt, in der Nick und ich, Clare und Donald und Honora und mein Vater getraut worden waren. Sie stand in der Mitte von Black Hall in einem Meer von goldenem Marschgras und glänzte in der Sonne. Wir traten nacheinander in die kühle, dunkle Kapelle ein und setzten uns in die erste Reihe. Nick und Donald und einige unserer Nachbarn trugen ihren schlichten Eichensarg herein. Sie ist da drin, dachte ich. Ich habe meine Mutter nie tot gesehen; sie hatte Totenwachen nicht gemocht. Der Priester, Pater Clarke, trat an den Altar. Er schaute über unsere Familie, über die Trauergemeinde hinweg durch die offenen Türen an der Rückseite der Kapelle. Ich stellte mir vor, er spräche direkt zum Heiligen Geist und nähme keine Notiz von uns. Pem starrte auf den Sarg. Einmal blickte ich über die Schulter und sah, daß die Kirche bis auf den letzten Platz besetzt war. Da waren Dr. Orion, Dr. Metcalf, Dr. Hawkins und andere aus Woods Hole, die Leiter der Fernsehstationen in New Bedford und New Haven, einige Bennison-Vettern aus Providence, die Söhne und Töchter der Großtanten und -onkel, Gruppen von jungen Leuten, die ich nicht kannte. Fans der Wetterfrau? Der Nachruf, den Donald geschrieben hatte, war in Zeitungen im ganzen Land erschienen.

Pater Clarke hatte einen buschigen roten Haarschopf. Honora hatte ihn für einen fabelhaften jungen Priester gehalten, gutaussehend und intelligent. Als er zur Trauerrede ansetzte, lächelte er Clare, Pem und mich direkt an.

«Honora Swift kam nie auf die übliche Weise zu mir», sagte er, und ich wußte, daß er die Beichte meinte – Honora hatte einen Horror vor der Beichte. «Aber ab und an kam sie vorbei und fragte, ob ich Lust hätte, einen Spaziergang mit ihr zu machen. Wer würde schon einen Spaziergang mit Honora ablehnen? Ich habe fünf Jahre in Black Hall gewohnt, und sie zeigte mir Dinge, von deren Existenz ich nie gewußt hatte – wie einen Biberdamm am Gill River und das Haus einer Dame, die Nüsse sammelt und Eintritt verlangt, wenn man sie sehen will. Jeder, der Honora kannte, weiß, wovon ich rede. Sie war interessiert an allem.

Aber nichts interessierte sie so sehr wie ihre Familie – ihre Töchter. Auf diesen Spaziergängen erzählte sie mir von Georgie und Nick, Clare und Donald und Eugene und Casey. Jede Einzelheit ihres Lebens ging sie an. Von Georgies Profil der Bucht bis zu Clares Keksrezept. ‹Zu süß, Pater›, sagte sie eines Tages zu mir. ‹Clare sollte Bitterschokolade verwenden. Und sie brauchen mehr Feuchtigkeit. Sie sind trocken, Pater – ihre Kekse sind trocken.›»

Ich schaute zu Clare, die leise weinte.

Pater Clarke sprach weiter über Honora, über ihre unerschöpfliche Faszination für die Familie. Jede Anekdote war treffend – seine Geschichten waren so lebendig, daß er Honora hier und jetzt heraufbeschwor, bei ihrer eigenen Beerdigung.

Eine sanfte Brise wehte durch die offenen Türen und Fenster. Die Trauergäste fächelten sich mit ihren Gebetbüchern Luft zu. Nick hielt meine feuchte Hand. Eine Bläserkapelle der Hart School spielte das «Ave Maria» und dann «Galway Bay».

Nach Hause zurückgekehrt, bewirteten wir Leute, die wir gut kannten, und andere, die wir fast gar nicht kannten.

«Black Hall wird ohne sie nicht mehr dasselbe sein», sagte der Bibliothekar.

Dr. Orion, jetzt gebeugt und grau, hielt meine Hand und erzählte mir, wie Woods Hole sich verändert hatte, nachdem wir weggezogen waren. «Ihre Mutter gab dem Ort Klasse», sagte er, und seine unverstellte Ehrlichkeit verblüffte mich.

«Sie sagte immer, Sie hätten sie als das angemalte Aushängeschild der Meteorologie betrachtet», sagte Clare vorwurfsvoll.

Dr. Orion kicherte. «Ein paar von uns taten das, wenn wir in unseren Labors standen und sie in dieser schwarzen Limousine davonbrausen sahen. Sie war ein Unikum, aber sie war eine hingebungsvolle Wissenschaftlerin.»

Clare und mir schossen die Tränen in die Augen.

«Danke», sagten wir.

John und Helen Avery hatten mit Nick gesprochen. Sie bahnten sich durch die Menge einen Weg zu mir. «Es tut uns so leid», sagten sie. «Ich erinnere mich an die Beerdigung meiner Mutter», sagte Helen kopfschüttelnd. Wir sahen einander in die Augen und erinnerten uns an das Abendessen in meinem Hotel. Sie trug einen anderen Kaftan, schwarz und orange.

«Sie waren noch so jung, als Ihre Mutter starb», sagte ich.

«Das spielt keine Rolle», sagte Helen. «Es war entsetzlich für uns, und es wird entsetzlich sein für Sie und Ihre Schwester. Eine Mutter ist eine Mutter.»

«Ich habe Nick gesagt, er solle sich eine Weile frei nehmen», sagte John. «Bis Sie bereit sind, ihn gehen zu lassen. Jean hat in London alles unter Kontrolle.»

«Oh», sagte ich und fragte mich, was Nick dazu meinte.

«Seien Sie tapfer», sagte John und umarmte mich.

Tante Kats ältester Sohn war dick geworden. Er stand, den Arm um Pem gelegt, und erinnerte sie an die alten Zeiten, die vielen glücklichen Feiern zum Vierten Juli, die er in Black Hall verlebt hatte. Sie lachte, nickte mit dem Kopf und lehnte sich an seinen weichen Körper. Er führte sie durch den Raum zu mir, neigte den Kopf und sagte: «Eine Ära ist zu Ende», als hätte er viel Übung und wisse, was man bei Beerdigungen sagen muß.

Ich nickte ernst. «Wie wahr», sagte ich.

«Wer ist der Vogel?» fragte Pem und sah zu, wie er sich einen Weg zum Buffet bahnte.

«Das ist John, der Sohn von Tante Kat», sagte Clare. Wir hatten ihn seit Jahren nicht gesehen. Pem betrachtete ihn lange und gründlich.

«Eine Schönheit ist er gerade nicht», sagte sie.

«Wie wahr», sagte Clare.

«Ist das hier bald vorbei?» fragte ich.

«Kommt darauf an, wie hungrig sie sind», sagte Clare. Wir sahen, wie die Leute gebackenen Schinken, Kartoffelgratin, Geleesalat verzehrten. Es war irgendwie merkwürdig, daß sie in einem solchen Augenblick unsere Gastfreundschaft annahmen und daß wir sie anboten. Hundert Gespräche füllten den Raum. Wir hörten den Namen «Honora» tausendmal, selbst wenn sie dachten, wir hörten nicht zu. Jeder bewunderte den Blick aus ihren Fenstern, die Architektur unserer Häuser und die Schönheit ihrer Töchter und Enkel, und jeder beklagte den Verfall ihrer Mutter. Clare und ich standen am Geländer und nahmen alles in uns auf. Pem lehnte an den kühlen Steinen des Kamins. Donald half Eugene und Casey und einigen Kindern von Verwandten, einen Drachen fliegen zu lassen. «Ich finde das nicht so passend. Was meinst du?» fragte Clare.

«Warum nicht? Sie sind klein, und sie langweilen sich. Weißt du noch, wie wir uns bei Beerdigungen gefühlt haben?»

«Ich fühle mich im Augenblick nicht sehr viel anders», sagte Clare.

«Ich auch nicht», sagte ich, schaute auf die Uhr und wünschte mir, alle würden gehen. Clare trat nach draußen, um bei dem Drachen zu helfen.

Mich durchfuhr ein Schreck, als ich aufblickte und Mark Constable auf mich zukommen sah. Er drückte mir die Hand. «Hoffentlich hast du nichts dagegen», sagte er. «Ich las es in der Zeitung.»

«Nein, ich habe nichts dagegen», sagte ich erstaunt, weil ich nie erwartet hatte, ihn wiederzusehen.

«Es tut mir leid wegen deiner Mutter. Ich fühle mich... ich weiß nicht, irgendwie mit ihr verbunden. Sie hatte ihren Herzanfall an dem Tag, an dem wir in New York zusammen waren.»

«Sie hatte noch einen zweiten», sagte ich; ich wollte nicht, daß Mark sich mit etwas so Wichtigem wie dem Tod meiner Mutter allzu verbunden fühlte.

«Ich gehe nun doch in den Libanon zurück», sagte er.

Einen Augenblick lang spürte ich einen Anflug von Panik, weil ich dachte, ich triebe ihn in das Kriegsgebiet zurück.

«Sie haben mich angerufen und gesagt, sie bräuchten mich dort», sagte er, «und ich bin bereit zu gehen.»

Ich legte meine Hände auf seine Schultern und küßte ihn leicht auf die Lippen. «Glückliche Reise», sagte ich. Dann war er fort.

Nick kam durch den Raum auf mich zu. «Er reist nach Beirut ab», sagte ich. Nick legte nur den Arm um meine Schultern und nickte.

Beerdigungen sind eine wunderbare Ablenkung. Es ist, als gäbe man eine große Party, nur erwartet keiner der Gäste von den Gastgebern etwas anderes als Trauer. Man plant die Feier, wählt den Sarg aus, bestellt ein Buffet und entscheidet über die Musik. Ich sah mich um und fragte mich, ob Honora mit ihrer Beerdigung einverstanden gewesen wäre. Pater Clarkes Nachruf hätte ihr gefallen und auch die Tatsache, daß alte Kollegen aus Woods Hole gekommen waren. Aber hauptsächlich würde sie an uns denken – an mich und Clare – und sich sorgen, das Ganze sei für uns zu anstrengend. «Liebes», hätte sie vielleicht zu mir gesagt, «bring es einfach hinter dich.»

«Jeder wollte Pem etwas zu trinken geben», sagte Donald, nachdem alle gegangen waren.

«Wahrscheinlich hielten sie mich für gemein, weil ich darauf bestand, daß sie nur Saft und Mineralwasser bekommt», sagte Clare, «aber zum Teufel mit ihnen. Ich könnte eine weitere Erscheinung von Georgie als Heiliger Maria nicht ertragen.»

«Es ist vorbei», sagte Nick.

«Gott sei Dank, daß es vorbei ist», sagte ich.

Aber es war erst der Anfang.

KAPITEL SIEBZEHN

Honora war nirgends. Ihr Körper lag auf dem Friedhof zwischen dem Gill River und dem Laurel River, so nahe am Wasser wie möglich. Ihre Seele war in den Himmel aufgefahren, wenn man an den Himmel glaubte. Aber ihr Geist war aus Bennison Point verschwunden. Sie fehlte bei jedem Gespräch. Clare und ich redeten, und wir hielten an Stellen inne, an denen Honora eine Bemerkung eingeworfen hätte. Eines Morgens vor der Dämmerung erwachte ich von Donnern und Blitzen, und ich dachte daran, daß Honora nicht anrufen würde, um Nick zu sagen, er solle nicht fliegen.

«Du kannst heute nicht fliegen», sagte ich und schüttelte ihn.

«Vielleicht vergeht das Gewitter», murmelte er schläfrig. Eine Stunde später, als sein Wecker läutete, war heller Sonnenschein.

Jeden Morgen ratterten Nick und Donald im Wasserflugzeug über die Wellen und winkten Clare und mir zu. Zusammen gingen wir zu Honoras Haus, in dem Nick und ich wohnten, um für Pem und die Jungen das Frühstück zu machen. Dann zogen wir Pem an, und Clare ging zurück in ihr Haus. Eine von uns rief dann an, oder wir liefen durch die Gärten, um uns zu besuchen, und das mehrmals täglich. Ich versuchte, das zusammenzustellen, was ich für das Swift-Observatorium gesammelt hatte, aber ich konnte mich nicht konzentrieren. Ich hörte auf, über mein Baby nachzudenken. Ich verwendete meine ganze Energie darauf, Honora zu vermissen. Ich versuchte mich an die Dinge zu erinnern, über die wir gesprochen hatten, als wir uns zum letztenmal gesehen hatten. Clare und ich verglichen Unterhaltungen, die wir mit ihr geführt hatten, Ausflüge, die wir mit ihr gemacht hatten. Nachts lag ich wach mit dem Gefühl, einst sei mein Leben reich gewesen, und nun sei es arm.

Ich küßte Nick, bis er erwachte. «Halt mich fest», sagte ich.

«Was ist?» fragte er liebevoll. Er bekam nicht genug Schlaf in diesen Nächten, aber ich konnte nicht anders.

«Ich habe Angst. Ich habe Angst zu sterben.»

«Wir sterben nicht», sagte er.

«Aber eines Tages werden wir sterben.»

Darauf konnte er nichts erwidern, aber ich ließ ihn nicht wieder einschlafen. Ich konnte nicht aufhören, mir Sorgen zu machen. Ich begann, mir schlimme Sorgen zu machen: über Flugzeugabstürze, giftige Stoffe, angreifende Haie. Gefahren von außen und Gefahren von innen; Honora war von ihrem eigenen Herzen getötet worden. Ich dachte an all die schrecklichen Dinge, die sie gefürchtet hatte. Sie hatte Angst gehabt, die Familie werde durch eine Naturkatastrophe oder einen Atomkrieg auseinandergerissen. Bedeutete das nicht, daß sie den Tod gefürchtet hatte? Ich lag wach und dachte an ihre letzten Lebensminuten. Hatte sie gewußt, was mit ihr passierte? Hatte sie Angst gehabt?

In dieser Woche aßen wir fast jeden Abend mit den Mackens, als wollten wir einander nicht aus den Augen lassen. Pem stocherte lustlos in ihrem Essen. Einmal fragte Eugene, ob wir sicher seien, daß Honora nicht zurückkommen werde, und Clare hatte versetzt: «Wir sind sicher.» Daraufhin hatte er geweint. Donald und Nick sprachen über ihre Arbeit. Nick erledigte seinen Teil des Londoner Geschäfts von New York aus. Aber wie gut würde unter diesen Umständen das Ergebnis sein? Alles Vertraute schien ins Wanken geraten: Nick sorgte sich um seine Arbeit, Eugene und Casey sorgten sich um die schlechte Laune ihrer Mutter, alle sorgten sich um Pem.

Eines Abends rauschte der Regen auf das Dach nieder und ließ die Fenster beschlagen.

«Sie ißt nichts», sagte ich, nachdem Pem vom Tisch aufgestanden war, ohne ein Wort zu sagen. «Nicht einmal Sandwiches.»

«Sie ist deprimiert», sagte Nick.

«Sehr deprimiert», sagte Clare. «Ich bin nicht sicher, ob sie weiß, wo sie ist und wer wir sind. Sie reagiert überhaupt nicht.»

Daraufhin folgten wir alle vier Pem ins Wohnzimmer und ließen sie sagen, wer wir waren. «Du bist Georgie, du bist Clare, du bist der Junge, du bist der Junge», sagte sie.

Befriedigt kehrten wir an den Tisch zurück.

«Wir müssen ihretwegen bald etwas unternehmen», sagte Nick.

«Was zum Beispiel?» fragte ich. «Wenn du nämlich von einem Heim redest, dann vergiß es. Honora hat beschlossen, daß Pem für den Rest ihres Lebens hierbleiben wird. Tatsächlich war das ihr letzter Wunsch.»

«He, sprich nicht mit mir, als ob ich dein Feind wäre», sagte Nick düster.

«Tut mir leid.»

«Wir haben alles unter Kontrolle», sagte Clare. «Georgie und ich teilen uns die Verantwortung, und wir haben eine Pflegerin engagiert.»

«Ich freue mich darauf, wieder in unser eigenes Haus zu ziehen», sagte Nick.

«Das kann ich dir nicht verdenken, vor allem, weil ihr das Baby erwartet», sagte Donald.

«Ich werde immer froh sein, daß Honora bei mir war, als ich von dem Baby erfuhr», sagte ich, begann zu weinen und streichelte meinen Bauch.

«Ich auch», sagte Nick und lächelte mir zu.

«Mami, Pem riecht komisch», rief Eugene. Mit gerümpfter Nase schnüffelnd, betraten wir das Wohnzimmer. Nick und Donald blieben angewidert stehen. Alle bildeten einen weiten Kreis um mich, Clare und Pem. Entsetzt sahen sie zu, wie wir sie hochzogen und ihren Sessel untersuchten.

«Diesen Tag hat Honora immer gefürchtet», sagte ich zu Clare und hatte das Gefühl, ich würde mich gleich übergeben.

«Das ist viel schlimmer als nur Urin», stimmte Clare zu. «Ich habe schon viele Windeln gewechselt, aber es kommt mir nicht richtig vor, daß ich meine Großmutter wickeln muß.»

«Pem!» riefen wir ihr ins Ohr und rissen sie aus ihrer totalen Reglosigkeit.

«Huh?» fragte sie verwirrt.

«Komm.» Wir führten sie ins Badezimmer. Inzwischen würgten Clare und ich wegen des Geruchs.

«Warum konnte das nicht vor dem Essen passieren?» fragte Clare.

«Verbrenn das», sagte Clare, als wir Pem die verschmierten Kleider ausgezogen hatten.

«Ich war das nicht, ich war das nicht», protestierte Pem. «Wer hat das dahin getan?»

«Du warst es – aber es macht nichts», sagte Clare.

«Du bist eine gottverdammte Lügnerin», sagte Pem. «Oh, ich werde dich zusammenschlagen.» Sie ballte die Faust und holte zum Schlag aus, aber ich packte ihre Hand.

«Komm, steig in die Wanne», sagte ich.

«Ich bin es so verdammt leid, die Titten meiner Großmutter zu sehen», zischte Clare zwischen den Zähnen.

«Halt den Mund – glaubst du, mir gefällt das?» sagte ich und bemühte mich, Pem zu stützen, während wir sie in die Wanne setzten.

«Halt du den Mund! Kann ich nicht mehr sagen, was ich denke?»

«Oh, ich erfriere!» schrie Pem.

Clare hatte einen Fuß in die Wanne gestellt, um sich abzustützen, während sie warmes Wasser auf Pems beschmutzten Rücken fließen ließ. «Das ist wirklich ekelhaft», sagte sie.

«Pem, wir geben dir einen Martini, wenn du herauskommst», sagte ich.

«Die Schwester sollte möglichst bald kommen. Kann sie morgen anfangen?»

«Montag», sagte ich. «Kannst du dir vorstellen, daß Mutter all das allein geschafft hat? Wie konnten wir das zulassen? Kein Wunder, daß sie –»

«Wenn du sagst: ‹Kein Wunder, daß sie einen Herzanfall bekam›, bringe ich dich um», sagte Clare und richtete sich auf, einen Fuß noch immer in der Wanne. Sie hielt den Brausekopf wie eine Waffe. «Wirklich. Wir hatten keine Ahnung, wie schlecht es um Pem stand, weil Mutter nicht wollte, daß wir es erfahren. Wenn du sie nicht bei der Badeszene ertappt hättest, hätten wir bis heute nichts davon gewußt. Wenn sie Hilfe gewollt hätte, hätte sie darum gebeten. Aber nein, nein! Honora und Pem, die geschlossene Gesellschaft.»

«Clare, du Scheusal», sagte ich. «Wenn du so darüber denkst, dann komm heraus und verschwinde aus dem Badezimmer. Ich kümmere mich um Pem.» Ich griff nach dem Schlauch.

Sie richtete den Wasserstrahl direkt in mein Gesicht. Das heiße Wasser ließ mich blinzeln, und ich streckte die Hand aus, um meine Schwester zu schlagen. Pem, entzückt über den Kampf, bespritzte uns mit schmutzigem Wasser.

«Selbstsüchtige Ziege!» kreischte Clare. «Alles willst du selbst machen.»

«Du bist bloß eifersüchtig, weil Honora mir und nicht dir von Mrs. Billings erzählt hat», schrie ich und kratzte sie. Sie riß an meinem Haar und drehte daran, bis ich aufschrie.

«Autsch», sagte Clare und bückte sich, um Pem abzuwehren. «Sie kneift mich in den Knöchel», erklärte sie, und mit vereinten Kräften versuchten wir, Pems klauenartigen Griff zu lösen.

«Was, zum Teufel –», sagte Nick und packte mich. Ich sah, daß Donald Clare faßte und sie rasch aus der Wanne hob.

«He, he», lachte Pem, als habe sie sich seit Monaten nicht mehr so amüsiert.

Nick und Donald prallten zurück, als sie die nackte Pem sahen.

«Was tun wir hier?» fragte Donald, aber er half, die Wanne mit sauberem Wasser zu füllen.

Als Pem gesäubert, gepudert und trocken war, legten wir sie ins Bett. Dann nahmen Clare, Donald, Nick und ich ein reinigendes Bad im Meer. Obwohl es September und die Luft regenfeucht war, war das Wasser so warm wie den ganzen Sommer über.

«Clare, es tut mir leid», sagte ich, atemlos vor Staunen über alles, was passiert war.

«Mir auch.» Wir küßten uns und tauchten eine Sekunde lang unter. «Ich glaube, ich bin einfach verrückt geworden. Es kam über mich, als wir Pem badeten. Ich bin einfach so traurig. Wegen Honora, und auch wegen Pem. Es ist einfach so traurig.»

«Ja, es ist traurig», sagte ich, und dann schwiegen wir alle vier und ließen uns in dieser regnerischen Septembernacht in der Bucht von Bennison Point treiben.

«Sie ist ein Tyrann», sagte Clare über die Pflegerin. Wir saßen an Honoras Küchentisch und tranken Kaffee, während oben die Pflegerin Pem anzog. Das lenkte mich von Nicks Arbeitsproblemen ab. Das heikle Angebot war, wie vorhergesagt, am Donnerstag abgeschlossen worden; Jean und nicht Nick hatte den Handel abgeschlossen und an dem Abschlußessen teilgenommen. Während Nick in New York war, die letzten Fragen des heiklen Angebots erledigte und an Konferenzen über ein neues Geschäft teilnahm, mußten Clare und ich die Pflegerin unterweisen.

«Ich verstehe, was du meinst», sagte ich und nickte. «Sie macht sich ganz schön breit, nicht?»

Verdrießlich betrachteten wir die Veränderungen, die sie in der Küche vorgenommen hatte: Fotos von ihrer Familie, uns vollkommen fremd, klebten am Kühlschrank. Kartons mit ihren bevorzugten Frühstücksflocken, Backwaren und Spaghetti stapelten sich auf den Arbeitsflächen. Als ich all meinen Mut zusammengenommen und sie gebeten hatte, diese Dinge unsichtbar unterzubringen, hatte sie gesagt, sie fühle sich zu Hause, wenn sie herumstünden. Am schlimmsten von allem war, daß sie Pem «Törtchen» nannte.

«Sie ist nicht einmal eine geprüfte Krankenschwester», sagte Clare. «Sie darf keine Injektionen geben, Medikamente verabreichen oder dergleichen.»

«Clare, Pem ist nicht krank. Sie braucht keine Medikamente.»

«Aber wir bezahlen all dieses Geld.»

«Denk an die Alternative –» Pem in einem Heim.

Wir hörten sie die Treppe herunterkommen. Loretta Bryant, groß, mit blondem Haarknoten und vorstehendem Unterkiefer, gekleidet in eine enganliegende seegrüne Uniform, trat vor Pem in die Küche. Pem folgte wie ein unwilliges Kind. Als sie mich und Clare erblickte, steckte sie hinter Lorettas Rücken die Zunge heraus.

«Guten Morgen, meine Damen», sang Loretta zur Melodie von «Good Night, Ladies».

«Guten Morgen», flöteten wir zurück und verbissen uns das Lachen.

«Wollen mal sehen. Heißer Haferbrei, Buttertoast, ein schöner Orangensaft – wie hört sich das an, Törtchen?»

Pem zuckte die Achseln und setzte sich an den Frühstückstisch. Weiße Salbe bedeckte den Schorf auf ihrem Kopf. Von ihrem unangenehmen Verhalten abgesehen kümmerte sich Loretta gut um unsere Großmutter.

Loretta wirtschaftete ein paar Minuten herum, ehe ich merkte, daß sie die Lippen zusammenkniff. Sie schaute mich dauernd an, als habe sie etwas zu sagen. Endlich blieb sie stehen, die Hände in die breiten Hüften gestemmt. «Ich verstehe, daß die Familie mit der Alten zusammensein will», sagte sie, «aber ich muß meine Arbeit tun.»

«Sie meinen, wir sind Ihnen im Weg?» fragte Clare.

Loretta nickte. «Verstehen Sie mich nicht falsch, aber ich habe zu arbeiten. Meine Arbeit besteht darin, dafür zu sorgen, daß Ihre Großmutter ihr Essen bekommt, und sie ißt besser, wenn Sie nicht im Zimmer sind.»

«Wir gehen schon», sagte ich, als ich Clares verärgerten Ausdruck bemerkte.

«Ein richtiger Eindringling», sagte Clare, als wir außer Hörweite waren.

«Das ist wirklich nicht lustig, aber es funktioniert. Ich bin froh, wenn Loretta für eine Weile die Zügel in die Hand nimmt.» Langsam hatte ich angefangen, meine Notizen für das Swift-Observatorium wieder vorzunehmen; Lorettas Anwesenheit machte es mir möglich, wieder zu arbeiten.

Clares Augen füllten sich mit Tränen. «Es macht mich ganz krank, wenn ich sehe, wie unwürdig sie Pem behandelt.»

«Ich weiß. Mich auch», sagte ich. Aber ich war so erleichtert, Hilfe zu haben, daß ich bereit war, das zu übersehen.

«Ich gehe besser nach Hause», sagte Clare. «Casey hat es im Augenblick ziemlich schwer in der Vorschule, und ich will ihm ein paar Erdnußbutterkekse backen.»

«Weißt du noch, wie Honora uns immer Kekse machte?» fragte ich.

Das ließ Clare innehalten; sie drehte sich um und fing mein Lächeln auf. Honora war für ihre Keksbäckerei nie berühmt gewesen. Clare lächelte zurück und ging dann aus der Tür.

Mein neuer Bericht trug den Titel «Tod in der Familie». Ich wollte in allen Aspekten untersuchen, wie der Tod sich auf die Hinterbliebenen auswirkte. Honoras Schreibtisch war jetzt mein Arbeitstisch. Ich fuhr mit den Fingern über seine glatte lackierte Oberfläche und wandte mich dann den Artikeln zu, die ich aus Zeitungen ausgeschnitten hatte. Ich hatte Berichte über Kriegswitwen, Waisenkinder, Eltern, deren Kinder jung starben, Erwachsene, die Geschwister verloren. Mein einziges Kriterium war eine enge und liebevolle Familienbeziehung. Wenn ich die Artikel las, mußte ich den Verlust spüren.

Lange saß ich da, den Telefonhörer in der Hand, aber ich konnte nicht wählen. Wie spontan hatte ich Mona Tuchman und Caroline Orne angerufen; wie anmaßend war ich mit Verlust und Leid umgegangen! Es war etwas gewesen, das untersucht werden mußte, seziert wie ein toter Frosch. Natürlich hatte ich Mitgefühl mit den Opfern empfunden, aber es war Mitgefühl einer milden, analytischen Art gewesen. Jetzt las ich immer wieder die Artikel über Menschen, deren geliebte Angehörige gestorben waren, und ich fühlte mich zu traurig, um sie anzurufen.

Impulsiv wählte ich Mona Tuchmans Nummer.

«Hallo?» sagte sie.

«Hi, hier spricht Georgie Swift», sagte ich.

«Ich habe von Ihrer Mutter gelesen. Tut mir leid», sagte sie.

«Ich habe an Sie gedacht», sagte ich. «Ich hatte Schuldgefühle, weil ich Sie nach Ihrem letzten Anruf nicht zurückgerufen habe.»

«Warum sollten Sie Schuldgefühle haben?» fragte sie scharf.

«Ich ... ich weiß nicht», sagte ich, von ihrem Ton eingeschüchtert.

«Sie haben keinerlei Verantwortung mir gegenüber», sagte sie freundlicher. «Ich habe diese Auszüge aus unserem Interview in der *Times* gelesen. Sie wissen schon, den Artikel über das Swift-Observatorium.»

«Ja, ich weiß.»

«Es gefiel mir, wie Sie mich dargestellt haben. Ich fand mich echt, erkannte mich wieder. Nicht wie bei einigen anderen Interviews. Die hatte ich gelesen und mich gefragt, wer die Person wohl sei.»

«Wir mochten uns», sagte ich. «Zu anderen Leuten, die ich interviewe, habe ich diesen Draht nicht.»

«Ist Untreue noch immer Ihr Thema?» fragte sie mit einem harten Lachen.

«Nein», sagte ich wahrheitsgemäß. «Wie geht es Ihnen? Was hat sich getan?»

«Dick und Celeste wollen's miteinander versuchen», sagte sie. «Das ist die große Neuigkeit. Ich, ich bin frei, solange ich in die Beratung gehe. Beratung hilft.»

«Das freut mich.»

«Die Kinder leben bei Dick. Ich habe meine Kinder verloren, aber im Augenblick habe ich nicht das Gefühl, daß ich sie verdiene.» Ihre Stimme klang bitter; ich fragte mich, ob die Beratung sie zwang, Bitterkeit zu empfinden, ehe sie ihr Freiheit gestattete. Kein Wunder, daß das Gericht ihr eine Gefängnisstrafe erspart hatte – die war gar nicht mehr nötig.

«Ich hoffe, Sie bekommen sie zurück.»

«Ja, nun – hören Sie, ich muß Schluß machen. Danke für Ihren Anruf.»

«Nichts zu danken», sagte ich. Keine von uns sprach davon, noch einmal zu telefonieren oder sich zu treffen, und ich legte auf und dachte an Honora und daran, wie sie nach Mona Tuchman gefragt hatte, als wir zum letztenmal allein gewesen waren.

Während der nächsten Stunde blätterte ich Zeitungsberichte durch und suchte nach möglichen Themen. Ich fand viele Kandidaten für «Tod in der Familie», konnte mich aber nicht überwinden, einen von ihnen anzurufen. Dann sah ich mich im Zimmer um: Pem auf dem Sofa, Honoras leerer Platz, Loretta, die eine Wolldecke häkelte, der Teakholztisch, an dem sich die Mackens und die Swifts und Pem Bennison jeden Abend ohne Honora zum Abendessen versammelten, und ich wußte, daß das Swift-Observatorium im Begriff war, seinen Blick heimwärts zu wenden.

KAPITEL ACHTZEHN

Als ich an diesem Abend das Wasserflugzeug zurückkommen hörte, ging ich nach draußen. Der Mond hing niedrig am Himmel und schien das Flugzeug von unten zu beleuchten. Loretta stand am Küchenfenster.

«Sie können ja sagen, was Sie wollen», sagte sie, «aber es ist nicht gut für alte Leute, spät zu essen.»

«Sie möchte mit der Familie essen», sagte ich, ohne das Flugzeug aus den Augen zu lassen.

«Man sollte ihr das Essen um fünf Uhr geben und dann noch ein Dessert oder eine Schale Haferbrei mit der Familie. Zehn Uhr abends! Das ist keine Essenszeit für eine neunzigjährige Frau.»

Ich argwöhnte, Lorettas wirkliches Problem sei, daß sie die Lammkeule erspäht hatte und es ihr nicht gefiel, so lange warten zu müssen, ehe man ihr eine Scheibe anbieten würde. Sie hatte schon seit Tagen über unsere Essensgewohnheiten gemurrt. Nick trat auf den steinernen Anlegesteg, und ich ging ihm entgegen.

«Was für ein Mond!» sagte er und gab mir einen Kuß. Ich erinnerte mich an den letzten Vollmond, an die Nacht, in der unsere Probleme an die Oberfläche getreten waren. Damals hatte Honora noch gelebt. Die Flut kommt, und die Flut geht. Waren wir da glücklicher? Wir nahmen uns Zeit auf dem Rückweg zum Haus.

«Kommen die Mackens heute nicht?» fragte Nick.

«Casey ist ein bißchen erkältet, und Clare meinte, sie sollten besser zu Hause bleiben.»

«Mir ist das ganz recht. Ich bin die Zusammengehörigkeitsszenen ein bißchen leid.»

«Mit der Zeit werden sie lästig», sagte ich ohne rechte Überzeugung.

«Wie geht's der Herbergsmutter heute?» fragte Nick. Er meinte Loretta, und ich lächelte.

«Aufgebracht über unsere Essenszeit.»

«Muß irgend jemand ungebührlich leiden, wenn es ein bißchen später wird?» fragte Nick und führte mich auf die Veranda. Wir setzten uns in die Schaukel.

«Was ist?» fragte ich.

«Ich möchte nach Hause», sagte er.

«Ist das nicht unser Zuhause? Wir sind doch praktisch zu Hause.»

«Warum können wir nicht in unser eigenes Haus ziehen?»

«Weil Pem an dieses Haus gewöhnt ist. Sie hat so viele Veränderungen durchgemacht – Honoras Tod, Lorettas Einzug. Stell dir nur vor, wie die Veränderungen in ihrem eigenen Kopf sie erschrecken müssen. Sie ist sehr verwirrt, und ich habe Angst, sie umzuquartieren.»

«Dann laß sie mit Loretta hierbleiben. Du und ich, wir sind ja direkt nebenan – wir sehen sie jeden Tag.»

Ich schüttelte den Kopf. «Ich glaube nicht –»

«Es ist nicht fair, ihr unseren Zeitplan zuzumuten. Darin stimme ich mit Loretta überein. Als Honora noch lebte, aß Pem jeden Abend um sieben Uhr. Heute wird sie um zehn essen, gestern war es Viertel nach neun, morgen könnte es Mitternacht sein.»

«Sie braucht die Familie um sich.»

«Georgie, sei nicht dickköpfig. Du weißt, daß ich recht habe.»

«Nein», sagte ich, aber der Gedanke, mit Nick allein nach Hause zu gehen, zog mich an wie ein Magnet.

«Wir bekommen ein Baby», sagte Nick lächelnd. Er legte seine Hand auf meinen Bauch. Ich fühlte, wie sein Daumen meinen Nabel umkreiste, der schon ein wenig vorstand. «Wenn ich am wenigsten damit rechne, fällt es mir plötzlich ein – du bekommst ein Kind von mir. Geht dir das auch manchmal so, wenn du es fast vergessen hast?»

«Im Augenblick gehört das nicht zu den Dingen, die ich vergesse», sagte ich und legte den Kopf auf Nicks Schulter.

Wir gingen ins Haus. Pems Gesicht hellte sich auf, als sie Nick sah.

«Wie wär's mit einem Martini?» fragte er.

«Aber einem guten!» sagte sie.

«Alte Leute sollten nicht trinken», sagte Loretta.

«Es ist kein richtiger Martini», versicherte ich ihr.

Nick, Pem und ich saßen am Eßtisch; Loretta zog es vor, allein in der Küche zu essen, eine Vorliebe, für die ich dankbar war. Pem hatte Honora seit der Beerdigung nicht mehr erwähnt. Als ich sie an diesem Abend über den Tisch hinweg ansah, wunderte ich mich über die Leichtigkeit, mit der sie die Veränderung hingenommen hatte. Vielleicht war sie dankbar, mit der Familie zusammenzusein, und fürchtete, irgendwelche starken Emotionen könnten ihre Situation gefährden. Vielleicht merkte sie es auch gar nicht.

«Hat Jean die ganze Anerkennung für das heikle Angebot eingeheimst?» fragte ich Nick.

Nick grinste. «Toll, daß du meinen Rat angenommen hast – statt dir Sorgen zu machen, daß sie hinter mir her ist, machst du dir Sorgen, daß sie hinter meinem Job her ist.»

«Es ist eine faire Frage», sagte ich.

«Nein, sie hat nicht die ganze Anerkennung eingeheimst. Ich habe das Geschäft zustande gebracht, und der Klient weiß von Honora. Alles in Ordnung, Georgie.»

«Es tut mir trotzdem leid.»

«Was?»

«Nun, ich weiß nicht – wie es zeitlich gelaufen ist. Du mußtest den Abschluß verpassen.»

«Der Zeitpunkt von Honoras Tod?» fragte er, und ich spürte, wie sich mir die Kehle zuschnürte. Er hielt meine Hand. «Dafür gab es keinen guten Zeitpunkt. Ich kann es noch immer nicht glauben. Tagsüber fällt es mir hin und wieder ein. Ich konzentriere mich auf meine Arbeit, und dann muß ich an Honora denken.»

Wir alle legten die Bestecke nieder, und Tränen liefen an Pems großer Nase entlang.

«Sie fehlt uns, Pem, nicht wahr?» sagte ich.

«Sie fehlt mir sehr, sehr», antwortete Pem.

Ich dachte an den natürlichen Ablauf der Dinge, daran, wie in Pems Familie die Menschen sehr alt wurden, dann starben, wie dann ihre Kinder sehr alt wurden und starben. Honora hatte diese Kette durchbrochen. Pem hatte ihre eigene Tochter überlebt. Vielleicht hatten Großdamons Gene einen Kurzschluß verursacht. Ich saß da und war traurig, weil ich nicht meine Mutter im Alter pflegen konnte und mich noch zu jung fühlte, meine Großmutter in ihrem Alter zu pflegen. Dann dachte ich an das Swift-Observatorium und daran, daß ich jedem in meiner Familie Gelegenheit geben wollte zu sprechen.

Ich eilte vom Eßtisch an Honoras Schreibtisch und kam mit meinem Tonbandgerät zurück.

«Ich möchte, daß ihr über Honora sprecht», erklärte ich Nick und Pem. «Ich werde keine Fragen stellen. Sprecht einfach in das Gerät und sagt, was euch in den Sinn kommt.»

«Was ist das für eine Maschine?» fragte Pem argwöhnisch.

«Ein Tonbandgerät.» War es möglich, daß sie noch nie eines gesehen hatte? Ich sagte ihr, sie solle «do, re, mi» in das Mikrophon singen, und dann spielte ich es ihr vor. «Das ist deine Stimme», sagte ich.

«Ist sie nicht», sagte Pem; sie wollte mir nicht glauben. Also sagte Nick ein paar Worte, dann sang ich «Jingle Bells», und wir spielten es zurück. Sie blieb ungläubig.

«Würdest du mir einen Gefallen tun?» fragte ich. «Auch wenn du mir nicht glaubst, würdest du ein bißchen sprechen?»

«Nein, nicht da hinein», sagte sie, die Arme vor der Brust gekreuzt. In diesem Augenblick kam Loretta zur Tür herein. Sie inspizierte Pems Teller.

«Das ist aber gar nicht artig, Törtchen», sagte sie und warf mir einen vielsagenden Blick zu. «Was habe ich Ihnen über Ihre Eßgewohnheiten gesagt? Kein alter Mensch kann so spät am Abend eine anständige Mahlzeit essen.»

«Vielleicht haben Sie recht», sagte ich. «Morgen können Sie ihr das Essen um sieben geben.»

«Um fünf.»

«Fünf Uhr ist gut», sagte Nick und packte mein Handgelenk. «Komm – gehen wir auf die Veranda, und ich spreche in dein Tonbandgerät.»

Ich ließ ihn allein gehen und blieb im Haus, um Loretta zu helfen, Pem zu Bett zu bringen. Wenn ich heute Nicks Band abspiele, höre ich die Wellen an die Felsen vor Honoras Haus schlagen. Die Flut war unter dem Vollmond gestiegen, daher hörten sich die Wellen ungewöhnlich voll und weich an. Der Wind raschelte in den Jalousien der Veranda, und fern in den Marschen sang ein Ziegenmelker.

NICHOLAS GABRIEL SYMONDS

«Wenn Leute heiraten, nimmt die Frau gewöhnlich den Namen des Mannes an. Aber als ich Georgie geheiratet hatte, hatte ich lange Zeit das Gefühl, ein Swift geworden zu sein. Die Swifts waren eine Familie von Frauen, starken Frauen, und sie waren aneinander und daran gewöhnt, ihren Willen durchzusetzen. Einmal hatte ich einen

Traum, sie seien Hexen und brauten in einem Kessel Zaubertränke, damit die Männer täten, was sie von ihnen wollten. In meinem Traum war Honora die Oberhexe, und das war sie im Leben auch. Aber es war so, daß der Zauber wirkte; ich liebte Georgie, und ich liebte die anderen Frauen in ihrer Familie, und am meisten von allem wollte ich, daß sie mich liebten.

Meine Mutter war eifersüchtig auf die Swifts. Sie war daran gewöhnt, daß wir Kinder in den Ferien nach Hause kamen und nicht einmal daran dachten, anderswo hinzugehen. Niemand machte je Frühlingsurlaub in Florida oder besuchte über Weihnachten eine Freundin. Doch nachdem ich Georgie kennengelernt hatte, wollte ich nie mehr nach Hause. Georgie meint, sie habe es heimlich so eingerichtet, daß wir Feiertage in Black Hall verbrachten, aber das entsprach genau meinen Wünschen. Es gibt hier einen Rhythmus, der einen verführt. Alle sind ängstlich, ob dieser Rhythmus ohne Honora weitergehen kann, und ich bin es auch. Deshalb kleben wir alle so aneinander und lassen einander nicht viel Ruhe oder Distanz. Ich frage mich, ob es zu einem Machtkampf zwischen Georgie und Clare kommen wird, weil alle so daran gewöhnt sind, daß es eine dominierende Swift gibt.

Georgie ist die Beobachterin. Sie wird eine wunderbare Mutter sein, aber ganz anders als Honora. Wir alle lieben Honora so sehr, und niemand will sagen, sie sei keine perfekte Mutter gewesen. Sie machte die Mädchen abhängig. Don und mich in gewisser Weise auch, aber das war unsere Entscheidung. Georgie sagt mir, als sie klein war, habe sie oben auf der Treppe gesessen und gelauscht, ob ihre Eltern einen Streit begannen. Ich fragte sie: ‹Du meinst, du hörtest sie streiten und hast gelauscht?› ‹Nein›, sagte sie, ‹ich wartete darauf, daß sie anfingen.› Das meine ich mit ‹abhängig›. In einer Weise wäre Georgies Wachsamkeit beinahe zwischen uns getreten. Als ich nach London flog, wußte ich nicht, was ich drei Wochen später zu Hause vorfinden würde; eine Zeitlang dachte ich, ich könnte nicht weiter hier leben. Ich wußte nur, daß Georgie sich ändern mußte. Ich konnte die Verdächtigungen und Bemerkungen nicht mehr ertragen, und ich habe das Gefühl, daß hinter vielen davon Honora stand. Ich konnte sie beinahe in Georgies Ohr flüstern hören: ‹Traue keinem Mann.›

Manchmal machen Don und ich im Flugzeug Witze und sagen, eines Tages werde dieser Ort ‹Macken Point› oder ‹Symonds Point› heißen, aber das wird er natürlich nicht. Wenn ich fünfundfünfzig

.. und in Pooles Eisenwarenladen gehe, wird der Bursche hinter der Theke sagen: ‹Da kommt Honoras Schwiegersohn.› Andererseits sagten sie von Honora: ‹Da kommt die Tochter von Damon Bennison.›

Damon muß eine willensstarke Persönlichkeit gewesen sein. Auf Fotos ist sein Profil noch ausgeprägter als das von Pem. Ich werde nie begreifen, wie er es geschafft hat, Pem und Honora jeden Sommer von dieser Halbinsel zu einem Besuch nach Irland zu locken. Obwohl ich eines sagen muß: Wenn eine von den Bennison- oder Swift-Frauen sich verliebt, dann meint sie es ernst. Deswegen wundere ich mich über Timothy. Jeder denkt, Honora sei seiner müde geworden oder über ihn hinausgewachsen, aber das werde ich nie glauben. Er hat ihr so weh getan, als er dieses Verhältnis hatte, daß sie ihm nie vergab und den Männern nie vergab.

Ich wünschte, Honora könnte unser Baby noch sehen. Georgie war so fröhlich und ausgelassen, als sie Namen vorschlug. Bennison und Letitia. Ist ihr je in den Sinn gekommen, daß ich vielleicht einen Namen aus der Familie der Symonds gewollt hätte? Sicher. Aber sie dachte, sie brächte ihre Namen mit solcher Gewißheit vor, daß ich sie sofort akzeptieren würde. Und das tat ich auch. Ich liebe die Namen ihrer Familie. Aber ich kenne Georgie, und sie wird darunter leiden. Sie wird Schuldgefühle haben, weil sie meint, mich überrumpelt zu haben. Ich sage dir jetzt, Georgie, daß das nicht nötig ist. Die Namen sind in Ordnung. Ich würde selbst Honora vorschlagen, nur kann es nie eine zweite Honora geben. Zumindest nicht auf dieser Landspitze.»

Pem steckte das Haus in Brand. Eines Morgens ließ ich Loretta allein zurück, damit sie das Frühstück machte und die Wäsche wusch, während ich schwimmen ging. Als ich zurückkam, war Pem allein in der Küche; der Toaster neben ihr stand in Flammen, und sie schüttelte den brennenden Ärmel ihres Morgenrocks.

«Ich brenne!» schrie sie, als sie mich sah. «Ooh, ooh, ich brenne!» Flammen züngelten an ihrem Ärmel entlang, und mit ihrem wilden Fuchteln entzündete sie die Voilevorhänge.

Ich warf sie zu Boden, rollte sie in den Teppich ein, dann schwang ich sie über meine Schulter und trug sie wie einen Sack Mehl nach draußen. «Hilfe, Feuer!» schrie ich. Honoras Rauchdetektoren schlugen überall an. Als ich Pem wieder aus dem Teppich rollte, brannte ihr Ärmel nicht mehr, aber ich roch versengte Haut und

Stoff. «Bleib da», befahl ich, und sie blieb still im Gras sitzen und betrachtete die brennende Küche.

Clare kam mit einem Gartenschlauch gerannt. «Ich habe die Feuerwehr angerufen», rief sie. «Sie sind unterwegs.»

«Loretta ist drinnen», sagte ich. Rauch quoll aus der Vordertür.

«Nein, sie ist in meinem Haus und wäscht. Sie sagte, Honoras Maschine sei nicht groß genug für Pems Laken.»

In der Ferne hörten wir die Sirenen. Clare richtete den Wasserstrahl auf das Küchenfenster; mit dem Daumen deckte sie die Düse teilweise ab und erhöhte so den Druck ein wenig. Ich starrte auf Honoras Haus, auf die silbrigen, vom Rauch schon schwarz gefleckten Schindeln, und versuchte, nicht zu weinen. Dann wandte ich mich Pem zu. Sie untersuchte ihren ausgestreckten Arm. Er war rot und hatte einige Blasen, war aber wunderbarerweise nicht ernsthaft verbrannt.

«Wir sollten ein bißchen Eis darauflegen», sagte sie und nahm von dem Feuer keine Notiz.

«Gute Idee», sagte ich. Der rote Feuerwehrwagen mit den Leitern hielt auf der Straße an, da er nicht durch Honoras Tor paßte. Die Männer in schwarzen Gummimänteln und Feuerwehrhelmen eilten mit dicken Schläuchen in die Einfahrt und richteten sie auf das Feuer.

«Wie hat es angefangen?» fragte einer der Feuerwehrleute, aber viele Ehejahre mit Rechtsanwälten hatten Clare und mich gelehrt, niemals allzu vorschnell Aussagen zu machen.

«Ein Elektrogerät», sagte ich einfach für den Fall, daß das Einfluß auf ihre Methoden der Feuerbekämpfung haben sollte.

«Können Sie das Haus retten?» flehte Clare.

«Wir werden unser Bestes tun.»

Nachbarn, vom Rauch und den Sirenen alarmiert, rannten mit Eimern und nassen Decken in den Garten. Sie breiteten die Decken über die Büsche. «Gott sei Dank weht kein Wind», sagte Mrs. Tobin. «Aber wenn er auffrischt, solltet ihr Mädchen eure Häuser mit Wasser besprengen, damit sie nicht Feuer fangen.»

Loretta stand am Rande der Menge. Clare und ich sahen sie gleichzeitig. Wir überließen Pem Mrs. Tobin und gingen hinüber zu Loretta.

«Wo zum Teufel waren Sie?» fragte ich.

«Ich bin nur fünf Minuten weggegangen, um die Wäsche in Mrs. Mackens Maschine zu stecken.» Sie duckte sich, und ich hatte fast

Mitleid mit ihr. «Ihre Großmutter hatte schon gefrühstückt, und ich hatte sie an einem sonnigen Plätzchen im Wohnzimmer gelassen, von wo sie Sie um diesen Felsen schwimmen sehen konnte.»

«Loretta, ich habe Ihnen gesagt, daß sie vergißt, ob sie schon gefrühstückt hat oder nicht – deshalb habe ich Sie engagiert, damit Sie auf sie aufpassen, wenn ich das Haus verlasse. Dank Ihnen hat Pem sich angezündet.»

Loretta sammelte Kraft und reckte energisch das Kinn.

«Entschuldigen Sie, Lady, aber geben Sie nicht mir die Schuld. Das ist der härteste Job, den ich jemals hatte, und ich habe einiges erlebt. Sie wollen ein Dienstmädchen, eine Köchin, einen Babysitter und eine Krankenschwester, alles in einer Person. Gestern nacht hat Ihre Großmutter ungefähr zum zwanzigsten Mal, seit ich in dieses Haus gekommen bin, ihr Bett beschmutzt, und ich habe nur die Laken herübergetragen, um sie bei Ihrer Schwester zu waschen. Sie können mir keine Schuld geben.»

«Es tut ihr leid. Es tut dir doch leid, Georgie?» fragte Clare.

Aber ich sah zu, wie Honoras Küche sich in ein verkohltes Skelett verwandelte. Die kräftigen Stützbalken waren jetzt geborsten und schwarz wie Holzkohle. Obwohl das Feuer gelöscht war, drangen noch immer Rauchwölkchen und -kringel durch Löcher, die einmal Wände gewesen waren. Ich dachte an die Vormittage, an denen Clare, Honora und ich in dieser Küche gesessen und uns gefragt hatten, ob das Flugzeug sicher in New York gelandet war. Ich dachte an die Familienmahlzeiten, die wir gekocht, an die Kuchen, die wir gebacken hatten. Ich dachte an Honoras Galerie von Kinderzeichnungen, die nun Asche waren.

«Es ist nur die Küche, Georgie», sagte Clare. «Es ist nicht das ganze Haus.» Sie drückte meine Hand.

«Loretta», sagte ich, «Sie sind entlassen.»

«Ich bin froh, daß ich den Job los bin!» sagte Loretta. Ein bißchen hysterisch, dachte ich. Es war mir klar, daß wir ihr mehr bezahlten als den üblichen Lohn. «Sie werden keinen finden, der das tut, was ich getan habe, nicht einmal, wenn Sie etliche Dollar mehr pro Stunde bezahlen. Und wer mir am meisten leid tut, ist Ihre Großmutter. Sie zwingen sie, zu unmöglichen Zeiten zu essen, und geben ihr Alkohol, obwohl sie ihn nicht verträgt. Vielleicht werde ich Sie sogar anzeigen.»

«Laß sie gehen», bat Clare, als ich Loretta folgen wollte. «Warum hast du sie rausgeworfen? Was machen wir jetzt mit Pem?»

«Zuallererst bringe ich sie zum Arzt. Dann kann sie in meinem Haus wohnen. Nick wollte sowieso wieder nach Hause ziehen.»

«Ich glaube, er meinte euch beide alleine, nicht die ganze Umgebung», sagte Clare. «Komm – ich fahre mit dir zu Dr. Cooke.»

Die Feuerwehrleute sagten, es seien beträchtliche Rauchschäden entstanden, aber das Haus würde stehenbleiben. Sie wollten noch warten, um sicherzugehen, daß das Feuer erloschen war. Dr. Cookes Praxis lag hoch auf einem Hügel mit Blick über Black Hall und die Mündung des Connecticut River. Ich wollte nicht nach Bennison Point schauen. Ich wollte die Rauchschwaden nicht sehen.

Dr. Cooke behandelte und bandagierte Pems Arm. Dann führte er eine komplette Untersuchung durch und erklärte sie für vollkommen gesund. «Es ist ein Jammer mit Ihrer Mutter», sagte er zu uns.

«Haben Sie nie Anzeichen für Herzprobleme bemerkt?» fragte Clare. Dr. Cooke war seit vielen Jahren Pems und Honoras Arzt gewesen.

«Das ist unerklärlich. Sie hatte ab und zu etwas erhöhten Blutdruck. Ich habe ihn nie behandelt, weil er sich immer wieder normalisierte.»

«Wirklich?» fragten wir. Sie hatte uns nie davon erzählt.

«Da Sie schon einmal hier sind, könnte ich Ihren auch überprüfen», schlug er vor, und obwohl weder Clare noch ich seine Patientinnen waren, nahmen wir sein Angebot bereitwillig an.

«Hmmm», sagte er, als er die Manschette von meinem Arm löste. «Ihrer ist eine Spur zu hoch.»

«O nein...»

«Sind Sie vielleicht zufällig schwanger? Weil hoher Blutdruck manchmal während der Schwangerschaft auftreten kann. Aber ich würde das von meinem Arzt überwachen lassen.»

«Das werde ich tun», versprach ich.

Auf dem Rückweg im Auto schwiegen Clare und ich.

«Kannst du glauben, daß Honora Bluthochdruck hatte und es keinem gesagt hat?» fragte sie nach einigen Meilen.

«Nein. Es macht mich ganz krank.»

«Ich werde dich selbst zum Arzt fahren», sagte sie.

«Dr. Cooke hat doch gesagt, daß das in der Schwangerschaft häufig vorkommt.»

«Trotzdem.»

«Ich verspreche, daß ich mich darum kümmern werde. Kannst du Pem und mich bei meinem Haus absetzen? Ich bin müde.»

«Das ist eindeutig normal in der Schwangerschaft. Der Wunsch, dauernd zu schlafen.» Sie sah mich an. «Es muß schrecklich gewesen sein, Pem so brennen zu sehen.»

«War es auch.» Ich konnte das Bild nicht loswerden, die Flammen, die aus ihrem Ärmel züngelten.

«Hör zu, du legst dich schlafen, und ich übernehme Pem. Ich nehme dein Tonbandgerät mit und spreche meinen Teil für das Swift-Observatorium.»

«Danke, Clare», sagte ich. Ich hatte sie schon tagelang darum gebeten, und jetzt war sie zum erstenmal einverstanden.

CLARE SWIFT MACKEN

«Georgie, das kommt mir so anonym vor, ganz allein zu sprechen. Daran sind wir nicht gewöhnt, oder? Immer ist jemand da. Weißt du noch, wie wir immer ein gemeinsames Zimmer haben wollten, obwohl wir einzelne Zimmer hätten haben können? Alle hielten uns für verrückt. Eugene und Casey würden sterben, wenn sie ein Zimmer teilen müßten.

Mutter ist also tot. Honora ist tot. Darüber soll ich reden. Du sagtest, du wolltest alle meine Reaktionen auf ihren Tod hören. Warum fühle ich nichts? Ich bin zu verlegen, um das zu machen. Sagen wir einfach, daß ich wirklich traurig bin.

Schauen wir mal. Eins kann ich dir sagen – du hast sie wirklich stolz gemacht. Sie liebte das Swift-Observatorium. Deshalb spreche ich diesen Bericht auf Band. Zur größeren Ehre von etwas, was Honora am Herzen lag, zur Erinnerung an sie. An manchem Morgen saßen wir am Küchentisch, alle drei, und du entschuldigtest dich und liefst nach Hause, um auf Nicks Anruf zu warten. Honora billigte das immer – sie fand, du seist eine beispielhafte Ehefrau. Aber früher oder später kamen wir immer auf deine Arbeit zu sprechen. Zuerst das Profil der Bucht, später das Observatorium. Sie sagte dann: ‹Schätzchen, warum finden wir eigentlich nicht so etwas Interessantes zu tun mit all unseren akademischen Titeln?› Sie hatte Angst, ich würde mich langweilen, was ich nie getan habe. Aber ich glaube, sie langweilte sich. Nachdem ‹Wetterfrau› nicht mehr gesendet wurde, war sie zu einer richtigen Stubenhockerin geworden; ich glaube, sie wünschte sich etwas mehr.

Sie versuchte mich dauernd zu überreden, ich sollte meine Arbeiten ausstellen oder in die biochemische Forschung gehen. Ständig gab sie mir Zeitungsausschnitte über Klassenkameradinnen von mir, die eine große Karriere gemacht hatten. Ihr Hauptargument war immer: ‹Donald wird dich interessanter finden, wenn du deine Karriere weiterverfolgst.› Sieh nur, wohin das Dad und sie gebracht hat!

Sie war allerdings fabelhaft, als ich Donald ertappt hatte. Gott, ich wünschte, ich könnte jetzt dein Gesicht sehen. Ja, Georgie, Donald hatte eine Affaire. Und auch noch eine schwerwiegende, nicht irgendein Küßchen eines Tages nach dem Mittagessen. Vor sechs Jahren hatte er ein halbes Jahr lang ein Verhältnis mit einer Frau aus seinem Büro. Sie waren ineinander verliebt. Sie wollten zusammen eine eigene Firma aufmachen. Mutter sagte zu mir: ‹Wirf ihn raus, du brauchst einen Bastard wie ihn nicht.› Und ich war auch dazu bereit. Ich habe mich immer gefragt, wieso du das nie gemerkt hast. Ich glaube, es lag daran, daß du meine Ehe nicht zerbrechen sehen wolltest. Du sahst mich weinen und fragtest mich, was los sei, und ich sagte, ich hätte meine Periode. In dem Jahr hatte ich meine Periode einundvierzigmal, und du hast nie etwas gemerkt. Mutter und ich haben dauernd darüber geredet. Nachdem ich Donald herausgeworfen hatte, wollte er wieder nach Hause kommen. Ich wollte das nicht zulassen. Aber Mutter führte ein langes Gespräch mit ihm und überzeugte mich, daß er es ernst meinte. Er wollte mich und die Jungen, und das war's. ‹Vergib, aber vergiß nie›, sagte Mutter. Zuerst dachte ich, es wäre unmöglich, aber ich stellte fest, daß das nicht stimmte.

«Ich weiß, wie du dich gefühlt haben mußt, als du heute Pem brennen sahst, weil ich Honora bei ihrem ersten Herzanfall gesehen habe. Du konntest wenigstens etwas tun – Pem in diesen Teppich rollen und die Flammen ersticken. Ich konnte nichts tun. Nur Honora ins Krankenhaus fahren. Ich hatte solche Angst, daß sie sterben würde. Ich saß im Warteraum, betete und wünschte mir, jemand sei bei mir. Ich fühlte mich schrecklich in diesem Wartezimmer. Du warst in New York und gabst diese Interviews, und ich war wütend auf dich. Ich dachte, Honora stürbe vor Stolz auf dich. Weil ihre letzte Handlung vor diesem Herzanfall darin bestand, auf der Suche nach fünfzig Exemplaren von deinem Interview durch die ganze Gegend zu fahren.

Ist es nicht eigenartig, daß wir wegen Pems Familie immer gedacht haben, wir würden hundert Jahre alt werden? Nenne mir einen, der jünger als mit neunzig gestorben ist. Ich hasse mich selbst dafür, aber ich hätte heute fast geweint, als der Arzt uns sagte, Pem sei bei bester Gesundheit. Was wird aus ihr? Ihr Geist ist schon gestorben. Was ist mit einer alten Frau, deren Körper ihren Geist überlebt hat? Niemand will sie. Ich nicht, und ich glaube, du auch nicht. Ich liebe sie, aber ich will sie nicht mehr.

Ich weiß nicht. Ich träume jede Nacht von Honora, und ich wünschte, sie würde mir eine Botschaft geben in bezug auf Pem. Sie weigert sich. Letzte Nacht kam sie aus dem Meer, in Seetang gehüllt. Sie sah schön aus. Sie glänzte förmlich. Der Seetang war braun und schimmernd. Eine andere Sorte Tang, ich weiß den Namen nicht mehr, war grün wie Kopfsalat. ‹Wir müssen ein Schwätzchen halten, mein Goldkind›, sagte sie. ‹Die Dinge haben sich verändert, oder hast du das nicht bemerkt?› Als ich aufwachte, fragte ich mich, ob sie versucht hatte, mir etwas über Pem zu sagen, aber das war nicht klar.

Sie war eine gute Mutter. *Ist* eine gute Mutter – nur weil sie tot ist, hört sie nicht auf, unsere Mutter zu sein. Aber ich sage dir, Georgie: Ich bin nicht sicher, ob sie billigen würde, was wir mit Pem zu tun versuchen. Sich um Pem zu kümmern war Honoras Aufgabe, und ich weiß nicht, ob sie wollen würde, daß wir es genauso machen wie sie.»

Nick und ich holten Pem in unser Haus, und er sagte mir, ich solle sie keine Minute allein lassen. Alle ihre Kleider und viele von unseren rochen nach Rauch. Jeden Tag hängte ich die Sachen auf die Leine, um sie im Wind zu lüften, aber der Geruch blieb haften.

«Laß uns nach Hause gehen», sagte sie dauernd, so oft, daß ich dachte, ich könnte sie schlagen.

«Wir *sind* zu Hause», antwortete ich dann mit zusammengebissenen Zähnen. «Honoras Haus hat gebrannt, weißt du noch?» Nie erinnerte ich sie daran, wie es begonnen hatte.

Die Avery-Stiftung schickte mir weiter Post zu, die zu meinen Interviews eingegangen war. Der Artikel in *Vanguard* war erschienen, zusammen mit dem Foto, das Mark von mir gemacht hatte. Der Redakteur hatte schließlich eine der Verkehrsszenen ausgewählt, bei denen ich auf einer Seite von einem Bus, auf der anderen von einem Taxi flankiert wurde. Da stand ich, kühl wie ein Fotomodell im Windkanal, und genoß den Augenblick.

An einem Wochenende kamen John und Helen auf dem Weg nach Watch Hill in Black Hall vorbei, und wir luden sie zum Mittagessen ein. Es war ein strahlender Tag. Die Averys und ich saßen auf der Veranda und beobachteten die Wellen, während Nick im Haus war und den Anruf eines Klienten entgegennahm. Ich war nervös; ich hatte ihnen noch nichts von meinen neuen Plänen für das Swift-Observatorium gesagt.

«Ein herrlicher Platz», sagte John. «Kein Wunder, daß Nick zu dieser verrückten Pendelei bereit ist.» Immer wieder glitt sein Blick zur Wohnzimmertür; wir konnten Nick mit dem Klienten sprechen hören. Perfektes Timing, dachte ich – da John hier war, war ich ausnahmsweise einmal froh, daß Nick zu Hause einen geschäftlichen Anruf bekam.

«Konnten Sie arbeiten, Georgie?» fragte Helen. «Oder ist es noch zu früh?»

«Nun, ich habe tatsächlich eine neue Idee», sagte ich und räusperte mich. «Ich weiß, daß Sie wünschen, ich solle reisen und mein Spektrum erweitern. Ich fürchte, daß ich genau das Gegenteil im Sinn habe – in gewisser Weise wende ich mich nach innen. Ich interviewe meine Familie.»

Helen schnappte nach Luft. «Das ist aber mutig!» sagte sie.

«Finden Sie?» fragte ich.

«Natürlich. Es ist viel schwieriger, die eigene Familie zu erforschen. Es ist eine Herausforderung, objektiv zu sein, und das müssen Sie sein.»

«Das stimmt», sagte ich und dachte an Clares Bandaufzeichnung. Ich wußte nicht, wie ich mich ihr nähern sollte; ihre Enthüllung über Donald schüchterte mich ein. Bei einem Menschen, der mir ferner stand, wie Mona oder Caroline, hätte ich nachgefragt. Bei Clare fühlte ich mich gelähmt.

«Sie müssen wissen, daß ich Ihr Arbeitsfeld gern größer gesehen hätte», sagte John. «Ich habe für eine Erhöhung Ihres Stipendiums gestimmt, damit Sie reisen können. Trotzdem interessiert mich Ihre Idee.»

«Wir vertrauen Ihrem Instinkt, Georgie», sagte Helen. «Greifen Sie Ihre Ideen auf, wo Sie sie finden.»

John neigte sich so offensichtlich der Tür zu und versuchte, Nick zu belauschen, daß ich lachte. John drehte den Kopf. «Das ist mein Klient, mit dem Nick da spricht. Mein Klient, und er ruft Nick Symonds an.»

«Irgendwann mußt du den Stab weitergeben», sagte Helen.

«Halt uns keinen Vortrag darüber, wie man mit Anstand altert», versetzte John so scharf, daß ich verblüfft war. Ich hatte es nie aus Johns Blickwinkel betrachtet, wie es sein mußte mit jungen Männern wie Nick, die sich in seine Arbeit, seine Klientel drängten. Helen saß sehr gerade, die Lippen zusammengepreßt.

Nick kam auf die Veranda. «Claude will wissen, ob dies die Black-Hall-Filiale von Hubbard und Starr ist. Er möchte Sie sprechen, John.»

John nickte und ging zum Telefon. Helen entspannte sich. «Ich muß lernen, wann ich den Mund halten muß», sagte sie. «Auf dem ganzen Weg nach Watch Hill wird er garantiert kein Wort mit mir reden.» Aber ich dachte an Nick und daran, daß er das Mittagessen rettete, indem er John ans Telefon gebeten hatte.

Clares Bandaufzeichnung ließ mich zögern. Als Beobachterin des Swift-Observatoriums mußte ich sie als Artefakt behandeln, als Beweisstück, als Gedanken eines Menschen, der in letzter Zeit einen Verlust erlitten hatte. Sie hatte frei gesprochen; ich betrachtete das als Einladung, weitere Fragen zu stellen, aber ich fürchtete mich davor. Was würde ich zu hören bekommen? Ich ging Clare das ganze Wochenende lang aus dem Weg, doch dann kam sie zu mir. Ich stand in der Küche und wusch Geschirr ab, als sie eintrat.

«Ich habe mein Innerstes vor dir ausgebreitet, und du zeigst mir die kalte Schulter? Ist das richtig?» fragte sie. «Keine Fragen? Nicht mal ein mitfühlendes Schulterklopfen?» Sie wirkte erschöpft und vielleicht drei Pfund schwerer, als sie am Freitag gewesen war.

«Ich wußte nicht, was ich sagen sollte», sagte ich.

«Gott, bin ich nervös», sagte Clare. Sie setzte sich an meinen Küchentisch. «Ich habe einen doppelten Rum getrunken, bevor ich die Nerven hatte, zu dir zu kommen. Was hältst du von dem, was ich dir erzählt habe?»

«Ich habe an Donald gedacht. Wie konnte er dir das antun?»

«Das haben wir nie herausgefunden. Sogar er weiß es nicht. Er sagt, er habe nie aufgehört, mich zu lieben – aber sie liebte er auch.»

«Stand es... schlecht zwischen euch, ehe das passierte?» fragte ich und wünschte mir, die Antwort wäre «ja».

«Nicht daß ich wüßte. Ein bißchen langweiliger als zu Anfang unserer Ehe. Es war ein großer Schock.»

«Ich habe nie davon gewußt. Ich ahnte es nicht einmal. Donald!»

«Ich war so unglücklich. Georgie, jetzt weißt du, warum ich so sauer auf dich werde, wenn du Nick dauernd Affairen unterstellst.

Warum Schwierigkeiten auf diese Weise herausfordern? Wenn du über diese Jean Snizort oder irgendeine andere imaginäre Geliebte redest, dann könnte ich dich manchmal ohrfeigen.»

«Ich nehme es dir nicht übel. Nick denkt genauso. Aber ich lerne, damit aufzuhören.» Ich sah zu, wie Clare die Salz- und Pfefferstreuer auf dem Tisch herumschob wie Eisläufer, die ihre Achterfiguren ziehen. «Und Honora war in dieser Zeit deine Stütze?»

«Und wie. Sie war fabelhaft.»

«Merkwürdig», sagte ich. «Als Nick nämlich ohne mich nach London flog, machte sie mich verrückt mit ihrer mütterlichen Sorge. Da habe ich mir wirklich mehr Privatsphäre gewünscht.»

Clare lachte. «Privatsphäre? In dieser Familie? Ich will ja nicht sagen, daß sie nicht existiert, aber... wir haben nie lange Geheimnisse voreinander. Schau mich an – ich lasse das Swift-Observatorium mein Tagebuch lesen.»

«Das Swift-Observatorium konnte sich nur schwer entscheiden, ob es das lesen sollte oder nicht», sagte ich und lächelte Clare zu. Dann beugte ich mich zu ihr und umarmte sie.

Eine neue Pflegerin kam, und alle mochten sie lieber als Loretta. Beth Wilton hatte schulterlanges rotes Haar und trug bunte Sweater über ihrer Uniform. Pem schien hypnotisiert von den Farben wie ein Kind, das in ein Kaleidoskop schaut. Beth zog Pem jeden Morgen an und überwachte dann ihr Frühstück. Sie sagte mir, sie würde Pem weder baden noch ihre Kleider waschen; das würde ich selbst machen oder eine andere Hilfskraft einstellen müssen.

«Das wird allmählich teuer», sagte Nick.

«Es ist Pems Geld», sagte ich. «Es sollte dazu verwendet werden, sie in ihrem eigenen Heim zu behalten.»

«Nur, daß dies unser Heim ist», sagte Nick, obwohl er im Prinzip mit mir übereinstimmte. Er machte sich Sorgen darüber, wieviel Zeit ich mit Pems Pflege zubrachte. «Geh mit Clare Babysachen einkaufen», sagte er eines Tages. Nur ihm zu Gefallen ging ich. Doch zu meiner Überraschung machte das Einkaufen Spaß, und Clare und ich gingen ausgiebig miteinander essen. Wir sprachen über Schwangerschaft, und sie erzählte mir von den Geburten von Eugene und Casey. Für ein paar Stunden vergaßen wir Pem.

Aber nicht lange. Oft traf ich Pem schlafend oder weinend an. Nie las sie oder sah fern; aus dem Fenster schaute sie selten.

«Ist es nicht herrlich draußen?» sagte ich eines Tages.

«Wir haben einen wunderbaren Blick aus unserem Haus», sagte sie und drückte die Nase an mein Fenster, obwohl der Blick bei mir im wesentlichen der gleiche war wie der von Honoras Haus aus. Ich hatte den Versuch aufgegeben, sie zur Aufzeichnung ihrer Gedanken zu bewegen. Sie hatte Angst vor dem Tonbandgerät. Sie haßte den Gedanken, eine Kunststoffbox könne ihre Stimme enthalten und dann herauslassen, wenn jemand auf einen Knopf drückte.

Eines Abends gelang es mir, Donald auf dem Flur festzuhalten. «Clare hat es mir erzählt», sagte ich.

«Sie hat mir gesagt, daß sie es dir erzählt hat», sagte er und hielt sich aufrechter, als bereite er sich auf einen Kampf vor.

«Liebst du sie?» fragte ich.

«Mehr als alles auf der Welt», sagte er. Ich trat beiseite, um ihn vorbeizulassen. Und Donald und ich erwähnten das Thema nie wieder.

Nach dem Essen bat Donald mich, ihm das Tonbandgerät zu bringen. «Laß nicht zu, daß er das tut», flehte Pem, die zusah, wie er das Mikrophon hob.

«Hier spricht Donald Macken aus Black Hall. Pem, willst du uns erzählen, welche drei Dampfer früher von Providence aus nach Newport fuhren?» Sie schüttelte den Kopf, einen Finger an die Lippen gepreßt. «Du weißt schon, die, die immer so voll waren, wenn man nicht bis neun Uhr da war?» Wieder schüttelte sie den Kopf. «Dann werde ich es dir sagen. Es war die *Nina*, die *Pinta* und die *Queen Elizabeth*.»

«Die *Santa Maria*», sagte Pem spöttisch.

«Aha!» sagte Donald. Als wir das Band abspielten, grinste Pem.

DONALD DESMOND MACKEN

«Pem hat immer gern Streiche gespielt, daher weiß sie es zu schätzen, wenn jemand ihr einen Streich spielt. Ich habe zwei kleine Söhne, und ich säße ganz schön in der Patsche, wenn sie auch nur halb soviel Unsinn machen würden wie früher ihre Großmutter. Das ist so traurig zu sehen; Pem war so auf Zack, als ich Clare heiratete. Nick hat sie nicht gekannt, als sie noch im Vollbesitz ihrer Kräfte war. Pem organisierte unsere Hochzeit. Sie plante alles, genau wie bei Honoras Hochzeit: wo die Zeremonie stattfand, wo der Empfang abgehalten wurde, wo man die Hochzeitstorte zu kaufen hatte, welches Silberbesteck bei Lux und Bond zu bestellen war.

Clare und ich kümmerten uns nicht darum. Wir wollten bloß heiraten.

Wahrscheinlich ist es die Alzheimersche Krankheit. Ich frage mich, warum niemand sich ernstlich bemüht hat, sie zu diagnostizieren. Wir haben den Zustand immer als Senilität bezeichnet. Vor allem Honora – es tat ihr schrecklich weh, als Pem störrisch und vergeßlich wurde, aber sie muß erleichtert gewesen sein, als sie zum Oberhaupt des Point aufstieg. Als ich in die Familie kam, stand sie wirklich unter Pems Pantoffel.

Honora. Die Abendessen ohne sie sind anders, nicht? Sie war komisch, wenn sie die Haustyrannin spielte, und sie wußte es. Sie spielte es aus. Sie wußte, wenn alle sie als Haustyrannin neckten, dann konnte sie uns ungestraft schikanieren. Diese Telefonanrufe von ihr noch vor der Morgendämmerung machten mich immer verrückt. Ihr wißt, daß sie sich Sorgen machte, aber sie wurde erst beherrschend, als Pems Kräfte nachließen. Ich glaube, daß Georgie dazu bestimmt ist, diese Rolle zu übernehmen.

Ich weiß noch, wie Georgie Nick zum erstenmal mit nach Hause brachte. Wahrscheinlich hatten sie sich in Washington kennengelernt, als er noch Jura studierte und sie für diesen Pfandleiher arbeitete. Sie pflegte sich die Hacken abzulaufen, um irgendeinen merkwürdigen Job zu bekommen, und Nick war der erste anständige Bursche, den sie mit nach Hause brachte. Natürlich sah ich in ihm sofort den Anwaltskollegen, jemanden, den um mich zu haben mich nicht stören würde. Einen Verbündeten in diesem Bennison-Haus. Schon an dem Abend, an dem wir ihn kennenlernten, sagte mir Clare, Georgie würde ihn heiraten. Ich fragte sie, ob Georgie das gesagt hätte, aber sie sagte nein, sie wisse das einfach. So sind eben diese Schwestern – ein Herz und eine Seele.

Nachdem sie geheiratet hatten, merkte ich, daß Honora ihn wirklich mochte. Sie setzte sich vor ihm in Szene, versuchte, ihn mit ihren Scherzen zum Lachen zu bringen oder… ich weiß nicht – ihn dazu zu bringen, daß er sie nach den alten Zeiten fragte, als sie großen Erfolg als Meteorologin hatte. Sie muß gedacht haben, ich sei eifersüchtig, denn eines Tages sagte sie zu mir: ‹Ich liebe euch beide wie Söhne, aber du wirst immer das Erste sein.› Das bedeutete mir viel, und ich habe nie gewußt warum.

Ich denke an Honora als stabilen Einfluß auf dem Point. Wir übrigen könnten das Boot ins Schwanken bringen, aber nicht Honora. Jeder von uns will sie auf seiner Seite haben. Stimmt das nicht? Wer würde ihr mißfallen wollen? Ich weiß noch, daß sie einmal sehr entsetzt über mich war, und ich konnte das nicht ertragen. Sie gab mir das Gefühl, ich brächte das Boot ins Schwanken und vielleicht zum Kentern, und sie sorgte dafür, daß ich mich hinsetzte und es wieder stabilisierte. Das ist alles. Sie mag es, daß die Dinge glatt ablaufen. Wenn ich irgend etwas von Honora an Eugene und Casey weitergeben könnte, dann wäre es das. Macht nur weiter und schaukelt das Boot, aber vorsichtig, und wißt, wann ihr euch hinsetzen müßt.»

KAPITEL NEUNZEHN

Es heißt, wenn jemand stirbt, könne er sein ganzes Leben binnen Minuten noch einmal durchleben. Ich fragte mich, ob Honora dazu Zeit gehabt hatte. Hatte sie in ihrem Bett gelegen und die Geister von Menschen und die Ereignisse vor ihrem inneren Auge vorüberziehen sehen? Oder war sie gestorben, ehe sie dazu Gelegenheit hatte? Hatten ihre Schmerzen lange gedauert? Statt meine Korrespondenz zu erledigen, brachte ich meine Zeit damit zu, mein eigenes Leben noch einmal zu durchleben, als könne ich einem plötzlichen Tod dadurch ein Schnippchen schlagen, daß ich meine Erinnerungen bereits an mir hatte vorüberziehen lassen. Eines Nachmittags, als ich an einer sonnigen Stelle auf dem Fußboden lag und gelbe Babyschuhe strickte, wurde mir plötzlich klar, was für ein Stubenhocker ich war. Früher war ich ein schüchternes Veilchen gewesen, das sich fürchtete, sein Zuhause zu verlassen, dann eine Rebellin, die die Welt nach, wie Donald gesagt hatte, merkwürdigen Jobs durchsuchte, und nun war ich wieder ein Stubenhocker.

Eine Zeitlang hatten Honora und ich uns dauernd gestritten. Sie war schockiert gewesen, als ich nicht auf ein College hatte gehen wollen.

«Meine Töchter haben aufs College zu gehen», hatte sie gesagt, als sei das so einfach und der Fall damit erledigt. Pflichtschuldigst akzeptierte ich und füllte Bewerbungsformulare aus. Ich ging zu Vorstellungsgesprächen, oft in Begleitung von Honora, die mir einschärfte, was ich zu sagen hatte, und mich hinterher ausfragte, um herauszufinden, wie ich wohl auf den Interviewer gewirkt hatte. Wir hatten viele angenehme Mittagessen miteinander in den Collegestädten von Massachusetts, New York und Vermont.

Nachdem ich im Frühjahr angenommen worden war, schrieb ich mich in Wellesley ein. Zum erstenmal in meinem Leben hatte ich Bänder mit meinem Namen, die ich innen in meine Kleider einbügelte. Ich wurde Kundin bei einem Wäschedienst, der jeden Montag meine schmutzigen Laken und Handtücher abholte und saubere brachte. Meine Mutter schenkte mir eine Dauerkarte für eine Reihe von Konzerten mit Gastorchestern. Sie und Pem fuhren mich im September nach Boston, und am zweiten Wochenende im Oktober war ich wieder zu Hause.

«Ich gehe nicht zurück», sagte ich. «Ich habe die Schule immer gehaßt, und das war, bevor du Tausende von Dollar pro Semester dafür bezahlt hast.»

«Das Geld spielt keine Rolle», sagte Honora. «Wir haben für deine Ausbildung gespart, seit du ein Baby warst.» Sie schnippte mit den Fingern, wahrscheinlich um den Drang zu bändigen, mich zu erwürgen. «Möchtest du zu einer Beratungsstelle gehen? Würde das helfen?»

«Ich möchte arbeiten.»

Sie heulte auf, als habe jemand eines ihrer Kinder ermordet; in gewisser Weise hatte das wohl auch jemand getan.

«Mutter, so schlimm ist das nicht. Nicht jeder geht aufs College.» Aber natürlich ging jeder; die einzigen Leute in meinem Alter, die nicht aufs College gingen, waren entweder schwer gestört oder Tellerwäscher.

«Du wirst nie einen guten Job bekommen. Und ich denke nicht an morgen – ich denke zehn Jahre weiter. Willst du dein Leben in einem Büro verschwenden, wo du tippst, was ein anderer diktiert hat? Willst du auf eine Heirat warten, auf irgendeinen Mann, der dich ernährt und von dir erwartet, daß du sein Essen kochst und seine Kinder bekommst? Georgie, du gehst auf die Tragödie deines Lebens zu.»

«Ich brauche keinen Collegeabschluß, um Erfolg zu haben.»

Ihr Atem ging schnell und flach. «Dann machst du es auf eigene Faust. Du wirst nicht auf meine Kosten zu Hause wohnen, während du dein Leben vergeudest.»

Das war ein leichter Schock, und ich nahm es als Kampfansage. «Gut. Willst du mich aus dem Haus werfen?»

«Ja. Schau zu, wie du allein zurechtkommst.»

Ich ging in mein Zimmer, um ein paar Sachen in meine Tasche zu stopfen und vor der Dunkelheit draußen zu sein. Honora warf eine Lampe nach mir. Dann sprang sie mich an und krallte sich auf meinem Rücken fest. «Geh runter, geh runter», kreischte ich, aber ich konnte sie nicht abschütteln.

«Nimmst du Drogen? Ist es irgendein Junge?» schrie sie.

Ich entwand mich ihrem Griff und rannte zur Vordertür hinaus, vorbei an Pem, die mir eine Handvoll Dollars zusteckte.

Ein halbes Jahr lang kam ich nicht nach Hause.

Ich besuchte Clare in Radcliffe, wo sie gleichzeitig ihren Abschluß in Biochemie und Kunst machte. «Dir ist natürlich klar, daß Mutter entsetzt ist bei dem Gedanken, eine ihrer Töchter könne wegen mangelnder Ausbildung etwas anderes als die Beste sein», sagte sie. «Sie behauptete, nur so könne man vermeiden, beherrscht zu werden.»

«Richtig. Niemand außer ihr hat das Recht, uns zu beherrschen.»

Clare lachte und machte sich dann wieder an ihren Laborbericht. Sie log, als Honora anrief, um zu fragen, ob sie mich gesehen habe. Am nächsten Morgen borgte sie mir hundert Dollar. Ich küßte sie und fuhr dann per Anhalter nach New Bedford, wo ich einen Job auf einem Muschelschiff bekam.

Ich fuhr mit Männern zur See und löste Muscheln aus den Schalen. Wir verbrachten eine Woche auf Georges Bank und fischten mit dem Schleppnetz. Es war der erniedrigendste Job, den ich finden konnte. Rückblickend frage ich mich, warum ich versuchte, mich zu bestrafen. Ich lag in meiner Koje und ertrug rüde Kommentare wie: «Wenn es nach Fisch riecht, iß es.» Sie nestelten an meinen Vorhängen; auf eine Weise, die mir jetzt Übelkeit verursacht, gefiel mir das irgendwie. Die Männer nannten mich ihr Maskottchen. Ich verliebte mich in einen bärtigen Seemann von einem anderen Muschelschiff und fuhr dann nicht mehr zur See, sondern blieb in seinem Haus und kochte für ihn. Genau, wie Honora vorhergesagt hatte.

Eines Tages traf ich Professor Arthur, einen Mann, den meine Eltern in Woods Hole gekannt hatten, als er lebende Köder im Hafen kaufte. Ich war so glücklich, ein vertrautes Gesicht zu sehen, daß ich ihm von meinen Lebensumständen erzählte. Er holte mich da heraus, ließ seine Elritzen auf der Theke liegen und brachte mich so schnell fort, als rette er das Opfer einer Entführung. Er nahm mich mit nach Woods Hole, wo ich bei ihm und seiner Frau wohnte und als Forschungsassistentin für Dr. Nage arbeitete. Wir studierten die Wellenhöhen im Bermuda-Dreieck. Auf einer unserer Kreuzfahrten in den Atlantik führten der magische Zauber von Gefahr und Geheimnis zu einer Romanze zwischen mir und Dr. Nage. Kurz danach floh ich aus Woods Hole.

Meine Suche nach, wie Donald sagt, «merkwürdigen Jobs»,

dauerte Jahre und führte mich nach Mad River Glen, wo ich als Liftwärterin arbeitete; nach Salem, Massachusetts, wo ich ein Kindertheater leitete; nach Ozone Park, New York, wo ich die Nachmittagsschicht in einer Suppenküche übernahm. Die Briefe, die ich nach Hause schrieb, konnten Honora davon überzeugen, daß interessante, wenn auch nicht gut bezahlte Jobs auch ohne Universitätsgrade zu haben waren. Ich entwickelte eine Liebe zur Beobachtung. Alle diese Jobs bereiteten mich auf das Swift-Observatorium vor, aber nur einer bereitete mich auf Nick vor.

Ich stand hinter der Theke der Brer-Rabbit-Pfandleihe auf der nördlichen Seite des Dupont Circle, umgeben von staubigen Astrolabien, Buchstützen aus Messing, einer Queen-Anne-Kommode, ledergebundenen Shelley-Bänden. Unter der Glastheke lagen goldene Taschenuhren, Diamantohrringe, Orden aus dem Zweiten Weltkrieg und antike Kameen. Mr. Big, wie der Besitzer sich selbst nannte, war zu einer Tasse Kaffee und einem Brötchen ausgegangen. Obwohl ich eingestellt worden war, um Staub zu wischen und das Telefon zu beantworten, überließ er mir manchmal den Laden und sagte mir, ich solle die Einlieferer «so lange wie möglich hinhalten». Diese Pfandleihe war ein Eldorado für einen Beobachter. Ich betrachtete die traurigen Gesichter von Leuten, die sich von Familienschätzen trennten, die gierigen Gesichter von Dieben, die Mr. Big ihre Waren brachten. Familien, deren Häuser ausgeraubt worden waren, kamen vorbei und fragten, ob kürzlich jemand eine Seth-Thomas-Standuhr oder ein Paar silberne Kerzenleuchter verkauft habe. Der Laden bewegte sich am Rande der Legalität; ich fühlte mich irgendwie mitschuldig, war aber zu fasziniert, um zu kündigen.

Eines Tages kam Nick herein. Er trug einen braunen Trenchcoat; seine schwarzen Augen blitzten. Er sah aus wie ein Privatdetektiv. Von dem Augenblick an, in dem er eintrat, taxierte er mit dem Blick die Waren.

«Kann ich Ihnen helfen?» fragte ich.

«Ja, bitte. Haben Sie Diamantohrringe? Ich möchte gern ein Geburtstagsgeschenk für eine Freundin kaufen.»

Ich fuhr mit dem Federwisch über die Glastheke. «Wenn Sie vielleicht einen Moment warten wollen, der Besitzer kommt gleich zurück.»

«Arbeiten Sie nicht hier?»

«Doch, aber ich mache nur sauber.» Er starrte mich zwischen den schwarzen Locken hindurch an, die ihm in die Stirn fielen. Falls er versuchte, mich abzuschätzen, sah er folgendes: blasses Gesicht, dunkles, zu einem Pagenkopf geschnittenes Haar, weiße Bluse mit Spitzenkragen. Mr. Big hatte mir kürzlich gesagt, ich solle aufhören, mich wie eine Bibliothekarin anzuziehen, aber das war nun einmal mein Stil, und ich hielt daran fest.

«Wann kommt er zurück?» fragte Nick und beugte sich vor.

«Ich weiß nicht», sagte ich und spürte seine Erregung.

«Dann haben wir nicht viel Zeit.» Er erklärte mir, die Wohnung seiner Freundin in Capitol Hill sei ausgeraubt worden, und er verbringe diesen Nachmittag fern von seinen unglaublich anstrengenden Jurastudien, um nach ihren Diamantohrringen zu suchen. Er beschrieb sie mir. Ich sagte ihm, ich sähe die Ware nie, bevor sie in den Glaskästen erscheine. «Sind sie vielleicht dabei?» fragte ich.

«Ich sehe sie nicht», sagte er. «Hören Sie, ich muß nach Hause, Zivilrecht lernen. Wenn Sie zufällig Diamantohrringe sehen, an denen kleine Perlen hängen, rufen Sie mich dann an?»

«Natürlich», sagte ich und dachte, wie verliebt er sein mußte, um seine wertvolle Zeit damit zuzubringen, hinter dem Tand seiner Freundin herzulaufen, und wie schlau es von ihm war, mich dafür als Wachhund einzusetzen.

Die Ohrringe tauchten am darauffolgenden Freitag auf. Ich rief die Nummer an, die er mir gegeben hatte. Halb hatte ich erwartet, ein Mädchen werde sich melden, aber es war Nick. «Sie sind hier», sagte ich.

«Komme sofort.»

Stunden vergingen. Mr. Big sagte mir, er gehe auf einen Tee mit Toast aus; in der Minute, in der er das Geschäft verließ, eilte Nick herein.

«Ich habe im Park gesessen und gewartet, bis er geht», erklärte Nick. Er hielt grinsend sein Strafrechtsbuch hoch und gab mir zu verstehen, daß sein Gehirn in der Wartezeit nicht müßig gewesen war. Ich zeigte ihm die Ohrringe, und er erkannte sie wieder.

«Der Kasten ist abgeschlossen», sagte ich. «Mr. Big hat den Schlüssel bei sich.»

«Scheiße. Ich kann es mir nicht leisten, sie zurückzukaufen. Was glauben Sie, wieviel sie kosten?» Wir versuchten, das kleine weiße Schildchen zu lesen. Mr. Big band immer solche Schildchen an die Schmuckstücke, aber er drehte sie mit der Aufschrift nach unten, so daß niemand sie lesen konnte.

«Ich werde das tun, was eine Frau tun muß, aber das bedeutet, daß ich meinen Job los bin», sagte ich. Ich zerschlug das Glas mit einer Buchstütze aus Messing, ergriff die Ohrringe und rannte durch die Hintertür hinaus, Nick dicht hinter mir. Wir nahmen die endlose Rolltreppe in die Metrostation Dupont Circle und mischten uns unter die Menge.

Nick strahlte vor Bewunderung. «Ich kann nicht glauben, daß Sie das getan haben. Es war fantastisch. Sie haben die Sache erledigt und das Glas zerbrochen, einfach so. Wie heißen Sie?»

«Georgie Swift.»

«Wieso haben Sie überhaupt für einen solchen Gauner gearbeitet?»

«Es war interessant», sagte ich und fragte mich, was ich jetzt machen würde. Ich konnte nicht dahin zurück, wo ich gewohnt hatte, weil Mr. Big die Adresse hatte. Ich hatte von den Knochenbrechermethoden von Gaunern seiner Art gehört.

«Ich möchte Sie gern zum Abendessen ausführen», sagte Nick. «Bitte – es ist das mindeste, was ich tun kann.»

Ich war so enttäuscht. Der große romantische Held, der sein Studium für seine große Liebe aufs Spiel setzt, lud mich ein, mit ihm essen zu gehen. Aber nicht zu enttäuscht, um anzunehmen. «Was ist mit Allie?» fragte ich.

«Sie hat heute zu tun. Tatsächlich ist sie gar nicht in der Stadt.»

«Oh. Okay», sagte ich.

Wir aßen im Foundry, einem Lokal am Kanal in Georgetown voller Hängepflanzen und hellem Holz, das jeder Jurastudent als das Restaurant schlechthin betrachtete. Ich trug dieselben Kleider, die ich den ganzen Tag getragen hatte, da ich nicht mehr in die Bude zurückkehren konnte, die ich mit zwei Kellnerinnen teilte. Nick hatte sich umgezogen und trug eine graue Tweedjacke und eine gelbe Wollkrawatte. Er schien nicht zu merken, wie meine Augen von einer Seite zur anderen huschten, immer in der Erwartung, Mr. Big oder seine Gefolgsleute zu sehen.

«Das war nett von Ihnen, daß Sie nach Allies Ohrringen gesucht haben», sagte ich.

«Sie wird sich freuen, sie wiederzubekommen.»

«Sind Sie schon lange zusammen?»

«Seit unserem zweiten Jahr im College.»

«Oh.» Ich rechnete nach – vier Jahre. Das mußte sehr ernst sein.

«Aber wir sind eigentlich nicht mehr ‹zusammen›. Wir mögen uns noch, aber wir sehen auch andere Leute. Tatsächlich...» Er erklärte, er liebe sie nicht mehr, habe aber Schuldgefühle, weil sein Studium sie veranlaßt habe, nach Washington zu ziehen. «Es war so schlimm für sie, als ihre Wohnung ausgeraubt wurde. Sie sagte, ich sei daran schuld, weil ich sie hergelockt hätte. Sie warf mir vor, ich hätte sie davon überzeugt, daß wir für den Rest unseres Lebens zusammenbleiben würden, und sie dann verlassen.»

«Haben Sie das getan?»

«Nein. Ich habe gedacht, wir würden heiraten – ich dachte, ich wollte das. Aber dann stellte ich fest, daß wir in der wirklichen Welt sehr viel verschiedener sind, als wir auf dem College waren. Sie liebt Parties jeden Abend, zieht gern elegante Kleider und Diamantohrringe an, lernt neue Leute kennen und tanzt bis Mitternacht. Sie langweilt sich sehr mit mir, weil ich ständig lernen muß.» Nick starrte intensiv auf einen wilden Philodendron, der direkt über meinem Kopf hing. «Das Traurige ist, daß ich gern studiere. Ich kann mir nicht vorstellen, daß ich plötzlich zum Partylöwen werde, wenn ich mit dem Studium fertig bin. Sie will mir dauernd einreden, ich würde mich verändern, im Moment seien meine Lebensumstände einengend, später würde ich die Dinge anders sehen. Aber ich glaube nicht, daß das so ist. Einmal habe ich ihr gesagt, daß ich lieber rede als tanze, und sie hat gelacht.»

«Aber wenn Sie mit ihr Schluß machen wollen, warum haben Sie dann nach ihren Ohrringen gesucht?»

«Sie sieht hübsch aus mit diesen Ohrringen. Sie liebt sie. Ich weiß nicht genau, warum.»

«Wo ist sie jetzt?»

«In New York. Sie sucht eine Wohnung.»

«Oh», sagte ich. Dann fragte er mich nach meinem Leben, und ich erzählte ihm von Honora, Pem, Clare und Donald, dann von meiner Serie merkwürdiger Jobs, und darüber mußte er lachen. Er bezahlte die Rechnung, und wir spazierten langsam am Kanal entlang. An einer dunklen Stelle unter einer Weide zeigte er auf das Wasser.

«Ich habe gerade einen Fisch springen sehen», sagte er. Ein paar Sekunden lang starrten wir in den Wirbel konzentrischer Kreise, und dann beugte er sich herunter, um mich zu küssen. Bei diesem Kuß verliebte ich mich in ihn. Wir schliefen in dieser Nacht zusammen, und mit wenigen und unvermeidlichen Ausnahmen haben wir seither jede Nacht zusammen geschlafen.

«Ich finde ihn fabelhaft», sagte Honora, als ich ihn zum erstenmal mitbrachte. Es war derselbe Abend, an dem ich ihn fragte, ob er mich heiraten wollte.

«Wie heißt er noch gleich?» fragte Pem, die bereits vergeßlich wurde.

«Nicholas Symonds.»

«Er hat einen erstklassigen Verstand», sagte Honora strahlend. «Ich habe noch nie einen Anwalt getroffen, der so wie er über Blakes Metaphysik reden kann.»

Ich lächelte; ich hatte Nick erzählt, daß Honora dafür bekannt war, Clares und meine Freunde mit Fragen nach Blakes Metaphysik zu testen. Donald hatte den Test nicht bestanden, aber Honora hatte ihn trotzdem mit offenen Armen aufgenommen.

«Hast du gesehen, wie er sein Essen verputzte?» fragte Pem. «Ich mag Jungen, die gern essen.»

Honora und Pem hatten Nick von Anfang an geliebt, und er hatte sie geliebt. Mit Honora konnte er über Blake reden, und ebenso leicht konnte er mit Pem über die Dampfer von Providence reden. Und mit mir konnte er über alles reden.

KAPITEL ZWANZIG

Eines Abends ging Pem aus ihrem Schlafzimmer zum Badezimmer, stolperte über eine Teppichkante und verstauchte sich den Fuß. Der nächste Tag war ein Samstag; Nick und ich fuhren sie zu Dr. Cooke. Der Arzt sah besorgt aus, als er die Bandage um ihren Fuß und um ihr blaues und schwarzes Bein wickelte. Er untersuchte ihren verbrannten Arm und erklärte ihn für geheilt. Dann bat er sie, sich ins Wartezimmer zu setzen, wo seine Krankenschwester sie beaufsichtigte, und unterhielt sich mit Nick und mir.

«Das kann so nicht weitergehen. Sie müssen das einsehen», sagte er. «Es ist an der Zeit, Pem in ein Pflegeheim zu bringen.»

«Nein», sagte ich.

«Doch», sagte Dr. Cooke. «Was kommt als nächstes? Wird sie es schaffen, sich selbst anzuzünden? Wird sie Sie so verrückt machen, daß Sie anfangen, sie zu hassen? Glauben Sie nicht, das könne nicht passieren – ich habe alte Leute gesehen, deren Familien sie immer geliebt haben und dann anfingen, sie schrecklich zu vernachlässigen, weil sie die Verantwortung einfach nicht mehr ertragen konnten.»

«Wir haben eine Pflegerin.»

«Eine Pflegerin muß nachts schlafen. In Pflegeheimen gibt es Schichtdienst, und es ist immer jemand da. Haben Sie sich schon einmal Sussex Gardens angesehen? Oder Steamboat Landing?» Er nannte zwei Pflegeheime an der gleichen Straße in Sussex, einer Strecke, die in meiner Familie nur als «Rekonvaleszentenpromenade» bezeichnet wurde. Immer humpelten dort alte Leute einher oder wurden in Rollstühlen geschoben.

«Nein, ich kann nicht sagen, daß ich diese Häuser je besichtigt hatte», sagte ich freundlich und sah Nick bittend an, damit er mir half. Er saß da, die Hände gefaltet, und schaute gerade vor sich hin. Ich entdeckte drei graue Haare hinter seinem Ohr.

«Georgie», sagte Dr. Cooke, «ich weiß, daß Ihre Mutter die Absicht hatte, Pem zu Hause zu behalten. Das war bewundernswert und verständlich. Sie waren Mutter und Tochter. Sie haben jahrelang zusammengelebt. Aber Sie und Nick sollten die Bürde nicht tragen. Sie gründen Ihre eigene Familie. Befreien Sie sich davon.»

«Ich will mich nicht befreien», sagte ich bitter und begann zu weinen. Mich befreien? Wovon? Wollte ich meine Großmutter loswerden, sie so tief vergraben wie Honora? Ich stellte mir vor, wie sie in einem Pflegeheim saß, umgeben von anderen alten Leuten, dem Summen der Klimaanlage, dem Gestank von Urin.

«Ich schon», sagte Nick ruhig.

Meine Augen blitzten ihn an: Verräter!

Dr. Cooke schrieb etwas auf einen Zettel. «Das sind die Namen und Adressen von drei guten Heimen. Beim ersten sitze ich im Vorstand, bei allen dreien gehöre ich zum ärztlichen Personal. Ich werde vorher anrufen und sagen, daß Sie zu einer Besichtigung kommen.»

«Sie vergeuden Ihre Zeit», sagte ich.

«Danke», sagte Nick.

Schweigend fuhren wir nach Hause. Pem saß auf dem Rücksitz und schaute aus dem Fenster. Hatte die Landschaft von Black Hall sich sehr verändert, seit sie und Großdamon das Grundstück gekauft hatten? Sie hatte uns von den Männern erzählt, die mit ihren Fuhrwerken Fisch, Eis und Gemüse geliefert hatten. Ich versuchte, mir unser Auto als Pferdekutsche vorzustellen. Es gelang mir nicht, und ich schaltete das Radio ein.

Beth hatte Pems Mittagessen bereitgestellt, als wir nach Hause kamen. Nick und ich nahmen Sandwiches mit nach draußen zu einem schattigen Platz in der Nähe des steinernen Steges. Seit wir bei Dr. Cooke gewesen waren, war ich böse auf Nick, aber jetzt legte ich meinen Kopf an seine Schulter. Auf der anderen Seite der Bucht stiegen die Mackens in ihr Segelboot. Wir hatten sie angerufen, um ihnen zu sagen, was Dr. Cooke meinte; sie waren einverstanden. Clare winkte uns zu, und Nick winkte zurück. Das Boot schaukelte, während alle ihre Plätze einnahmen. Das weiße Segel flatterte, füllte sich dann, und das Boot segelte nach Steuerbord davon.

«Du weißt, daß es das richtige ist», sagte Nick.

«Was? Dich zu lieben?» fragte ich und summte ein Lied von Carly Simon, um Zeit zu gewinnen.

«Ich meine, Pem in ein Pflegeheim zu bringen. Es ist nicht fair ihr gegenüber, sie bei uns zu behalten. Sie könnte sich ernstlich verletzen», sagte er und gab mir so Gelegenheit, nobel zu sein und gleichzeitig den wahren Grund zu verleugnen.

«Nick», sagte ich, «wenn wir sie in ein Pflegeheim bringen, tun wir das nicht zu ihrem Besten, sondern zu unserem.» Ich war so müde, daß ich kaum die Augen offenhalten konnte. Nick streckte die Beine aus, damit ich meinen Kopf in seinen Schoß legen konnte. Er deckte mich mit seinem Pullover zu. Ich schlief ein, träumte von schönen Dingen, von einem warmen Sommertag, erfüllt mit den Geräuschen spielender Kinder, von blauem Himmel und hellen Schönwetterwolken, von mir und Nick, wie wir unser Baby in einem weißen Kinderwagen um die Bucht schoben.

«Und das ist das Speisezimmer, und das das Fernsehzimmer», sagte der Verwalter von Steamboat Landing. «Jeden Nachmittag haben wir Veranstaltungen: Bingo, Reiseberichte mit Dias, Lesegruppen…»

«Ist es nicht grausam, ihnen Reiseberichte zu bieten, obwohl sie nie wieder reisen werden?» fragte ich und dachte an Orte, die Pem mit Großdamon besucht hatte: Irland, Rio de Janeiro, Paris, Kuba, Venedig.

«Einige durchleben ihre Erinnerungen gerne noch einmal», sagte der Verwalter. «Andere sehen gern Orte, an denen sie nie gewesen sind.»

«Oh», sagte ich. Alles glänzte hier, genau wie Honoras Krankenhauszimmer. Ich hörte Nick fragen, ob Pem die Wochenenden oder Feiertage bei der Familie verbringen könnte, ob sie ein Einzelzimmer bekommen würde und ob sie beim Essen auswählen könne. Die Antworten schienen vernünftig und positiv. Das Haus ging auf einen makellosen grünen Rasen hinaus. Es war weder besser noch schlimmer, als ich es mir vorgestellt hatte. Es roch nach Urin. Die Pflegerinnen waren reizend. Ich haßte es.

«Komm, laß uns gehen», sagte ich.

«Wir haben einen Platz frei; sie könnte sofort einziehen», sagte der Verwalter. «Die Plätze in Steamboat Landing sind sehr knapp, aber Dr. Cooke sagte, bei Ihrer Großmutter handele es sich um einen Notfall.» Der Verwalter war gedrungen und rundlich. Sein Gürtel umspannte seinen Körper exakt in der Mitte. Er lächelte glücklich. «Es ist eine schwere Entscheidung», sagte er in dem Wissen, daß wir sie weise treffen würden.

«Können wir es uns noch überlegen?» fragte Nick.

«Selbstverständlich», sagte der Verwalter und tat einen riesigen Schritt in die andere Richtung.

«Es ist gut», sagte ich.

«Wir haben die anderen noch nicht gesehen», sagte Nick.

«Ich kann mir keine anderen mehr ansehen. Unterschreib die Papiere und laß uns hier verschwinden», sagte ich und fragte mich, wie Pem in einem Pflegeheim würde leben können, wenn ich schon jetzt keine mehr sehen konnte.

«Sie können sie morgen nachmittag jederzeit bringen», sagte der Verwalter, nachdem Nick «ja» gesagt hatte. «Geben Sie uns eine Liste ihrer Vorlieben, und wir werden dafür sorgen, daß man sich um sie kümmert.»

Unsere Heimfahrt war düster. Es gab nichts zu sagen. Der Tag war klar, wie es nur ein Septembertag sein kann.

Hochzeitsglocken läuteten für ein Paar, das auf dem Gehsteig vor der Kapelle stand, in der Nick und ich getraut worden waren, aber ich hörte die Totenglocke und dachte an Honoras Beerdigung. Ich fühlte mich, als hätte ich gerade einen Termin vereinbart, um einen geliebten Hund einschläfern zu lassen.

«Was möchteste du zum Abendessen?» fragte Nick.

«Ist mir egal», sagte ich.

«Es soll ein besonderes Abendessen sein», sagte Nick. «Ich möchte, daß es das ist.»

«Nick, es ist zu traurig – laß uns nicht mehr Aufhebens darum machen als unbedingt nötig.»

Zu Hause rief ich Clare an, um ihr die Nachricht zu übermitteln und sie, Donald und die Jungen zum Abendessen einzuladen. Pem machte ein Nickerchen. Ich war froh, weil ich sie noch nicht wiedersehen wollte. Ich wünschte, ich könnte einschlafen, wieder aufwachen und von jemandem gesagt bekommen, alles sei geregelt. Nick bezahlte Beth. «Sie tun das Richtige», sagte sie, aber sie hatte Tränen in den Augen. «Wir mußten meine Großmutter in ein Heim geben», sagte sie. «Es fiel uns so schwer. Es war das Schlimmste, was wir je tun mußten. Es erfordert wirklichen Mut.»

Ihre Worte verhärteten mein Herz. Sie ließen die Galle in mir hochsteigen. Beth Wiltons Feststellung symbolisierte den Grund, warum Honora ihren Stolz darein gesetzt hatte, Pem zu Hause zu behalten. Niemand behauptet jemals, daß es leicht ist, einen alten Menschen in ein Heim zu schicken. Selbst dem, der nur darauf aus ist, sich von einer bettnässenden Mutter oder einem senilen Vater zu befreien, tut das Herz weh, wenn der Moment des Abschieds gekommen ist. Wir hatten das bei Tante Kats Sohn und bei Tante Gerts Töchtern gesehen. Bedeutete die Tatsache, daß sie ihre Eltern in Pflegeheime gebracht hatten, daß sie sie weniger liebten? Natürlich nicht. Bedeutete die Tatsache, daß Honora Pem zu Hause behalten hatte, daß sie sie mehr liebte? Honora hatte das geglaubt, und wir hatten es auch geglaubt.

Nick sagte, er würde heute abend das Essen zubereiten. Ich machte währenddessen einen Spaziergang weit auf die Halbinsel hinaus und setzte mich hin, die Füße ins Wasser getaucht. Die Sonne ging jeden Tag früher unter. Ich schaute über den Sund auf den Wasserturm von Plum Island. Er glühte einen Augenblick lang wie Feuer; dann sank die Sonne etwas tiefer, und der Turm war nur noch stumpfes Metall. Ich dachte daran, was Clare für das Swift-Observatorium gesagt hatte: Honora hätte nicht gewollt, daß wir uns so um Pem kümmerten, wie sie das getan hatte. Das stimmte. Ich wußte es. Sie würde Pem dem Pflegeheim opfern, damit Clare und ich nicht ihren Platz in Pems Zuneigung einnähmen. Ich saß da, schaute über das Wasser und zählte Honoras Manipulationen, ihre listigen Methoden, jeden von uns für sich zu behalten, so daß sie das Beste von uns bekam und die anderen in der Familie nur das, was übrigblieb. Gott, ich sehnte mich danach, sie zur Rede zu stellen. Wenn der Friedhof näher gewesen wäre, hätte ich gegen ihren Grabstein getreten.

«Hi», sagte Clare, und ich fuhr zusammen.

«Hi.»

«Nick hat mir gesagt, daß du hier draußen bist. Er und die Jungen spielen Frisbee, und Pem sitzt dabei.»

«Erzähl mir das nicht. Ich will nicht, daß der heutige Abend zu einem einzigen, schmerzlichen Abschied wird.»

«Glaubst du nicht, daß das unvermeidlich ist? Es ist sehr schwer.»

«Warte, bis du das Heim siehst. Es riecht förmlich nach Aufrichtigkeit. ‹Oh, wir werden uns so gut kümmern um ihre liebe – ach, wie heißt sie übrigens?›»

«Weiß sie, daß sie geht?» fragte Clare.

«Noch nicht. Ich will nicht, daß sie sich die ganze Nacht Gedanken macht. Ich werde es ihr morgen früh sagen. Nick hat sich den Tag frei genommen, um mir zu helfen.»

«Ich werde auch helfen. Ich muß sagen, es war ein ziemlicher Schock, als du mich heute anriefst. Ich wußte nicht einmal, daß Pem sich den Fuß verstaucht hatte. Du hättest mich anrufen sollen, ehe ihr zu Dr. Cooke fuhrt.»

«Nun, ich dachte nicht, daß eine so große Sache daraus werden würde. Er hat uns praktisch keine Wahl gelassen. Wir mußten das Heim besichtigen. Machen wir es richtig, Clare?»

«Ja», sagte sie. Dann lachte sie ein wenig, und ich lachte auch. «‹Machen wir es richtig?›» fragte sie mit dem Akzent von Providence, und ich wußte, daß sie eines der Kinder der Großtanten imitierte.

«Wird das nicht die totale Freiheit sein ohne sie?» fragte ich. «Stell dir nur all die schönen Sachen vor, die wir machen können – in Hartford einkaufen gehen, wenn wir Lust dazu haben, eine Dinnerparty planen, ohne uns Sorgen zu machen, ob Pem etwas Peinliches sagen wird...»

«Wie zu der Zeit, als Honora noch lebte», sagte Clare.

Damals war es wirklich vollkommen gewesen. Die Familie war zusammen, und Honora hatte die Verantwortung für Pem. Wir übrigen hatten uns einfach an ihrer Gesellschaft gefreut. Und ihre Gesellschaft, das wußte ich, war wesentlich leichter auszuhalten, wenn es sich nur um ein oder zwei Stunden am Tag handelte.

«Essen!» rief Nick mit seiner starken, vollen Stimme.

«Komm», sagte Clare, und Hand in Hand gingen wir nach Hause.

Kerzen flackerten in der Brise, die durch die offenen Fenster wehte. Eine Platte mit dem letzten Mais des Sommers stand auf dem Tisch. Vom Grill zog duftender Rauch herein. «Können wir bitte Licht machen?» fragte Pem und blickte betont zu der Lampe auf, die über dem Tisch hing.

«Wir haben Kerzen, Pem», sagte Nick.

«Ich sehe gern, was ich esse», sagte sie und nahm sich einen zweiten Maiskolben.

«Wir lieben Mais, nicht Euge?» sagte Casey und stieß seinen Bruder an.

«Ja.»

«Tante Georgie, können wir auf das Tonband sprechen?» fragte Casey. «Mami hat gesagt, du würdest uns lassen.»

«Entschuldigung», sagte Clare grinsend.

«Natürlich», sagte ich, obwohl ich vorher nicht daran gedacht hatte. Die Idee gab mir die Möglichkeit zu fliehen; ich konnte das Swift-Observatorium sein statt Georgiana. Ich konnte die Szene mit Abstand betrachten. Meine Augen konnten Pem kühl anschauen statt mit Tränen. Sie aß ihren Mais mit solchem Appetit, daß Butter über ihr Kinn lief. Würden sie ihr in Steamboat Landing Mais servieren? Würde er von hier sein, am gleichen Tag gepflückt? Ich sah mich am Tisch um. Nick hatte seinen Stuhl näher an Pems herangeschoben, um die Lücke zu füllen, wo Honoras Platz gewesen war. Bald würde Clare auf der anderen Seite weiterrücken müssen, um den Platz zu füllen, auf dem Pem jetzt saß. In einem Jahr konnten sie wieder auseinanderrücken, um Platz zu schaffen für den Hochstuhl des Babys. Ich mußte mich abwenden.

EUGENE SWIFT MACKEN & CLARENCE BENNISON MACKEN

«Wir haben so viele Vorfahren, die wir nicht kennen! Und wir sind es ziemlich leid, Geschichten über sie zu hören. Weil es doof ist, Geschichten über Leute zu hören, von denen man weiß, daß sie wirklich sind, die man aber nie kennenlernen wird. Unser Großvater, der im Meer ertrunken ist, und unser Ururgroßvater, der ein Indianer war, unsere Großmutter, die in China gelebt hat, als sie klein war. Sie war Daddys Mutter. Und wir besuchen niemand von Daddys Verwandten.

Am Sommeranfang haben wir einen Tintenfisch gesehen. Oma hat ihn auch gesehen. Er hatte acht Tentakel, die sich bewegten, und sie sagte, er würde uns nicht fressen. Wir vermissen Oma. Am Vierten Juli war sie immer ganz aus dem Häuschen. Das Feuerwerk war lang und rot.»

«Ich wurde im Land von Uncle Sam geboren, den guten alten USA.!» sang Pem, als der Vierte Juli erwähnt wurde.

«Pem liebt den Vierten Juli», sagte Donald.

«Vielleicht sollten wir den Tisch abräumen», sagte ich. «Vielen Dank, daß ihr eure Botschaft aufgezeichnet habt», sagte ich zu Eugene und Casey.

«Kommt das im Radio?» fragte Eugene.

«Nein», sagte ich.

«Wieso ist Pem die einzige, die nichts sagen will?» fragte Eugene.

«Gib mir das Ding», sagte Pem, und sie ergriff das Mikrophon. Sie starrte es lange und intensiv an, als sei es ein Hörnchen mit Eis, das sie essen wollte. Schließlich nahm Nick es in die Hand, und Pem begann zu sprechen.

«Ich werde euch die Geschichte meines Lebens erzählen. Ich wurde im Land von Uncle Sam geboren, den guten alten USA. Wir lebten in Providence, Rhode Island. Als ich klein war, arbeitete ich in der Strumpffabrik, und ich ging gern zu Tante Florence am Silver Lake. Sie hatte im Erdgeschoß eine große Küche mit Fenstern, die über die ganze Länge des Hauses gingen. Und eine Bank am Fenster! Wir zogen immer in der Küche unsere Schlittschuhe an und gingen dann direkt auf das Eis. Wie meine Tanten Schlittschuh laufen konnten! Meine Tanten konnten auf Schlittschuhen alles. Sie tanzten den Grapevine, sie tanzten Covered Bridge, sogar Wiener Walzer. Wir aßen im Schnee heißen Apfelkuchen. Und dann, wißt ihr, kaufte die Eisenbahngesellschaft Grand Trunk die ganzen Grundstücke draußen am See auf. Sie schütteten den See zu, aber sie verlegten dort nicht einmal Schienen. Das war eine Schande. Ich habe das nie vergessen. Meine Tanten hatten eine Küche im Erdgeschoß mit Fenstern, die über die ganze Länge des Hauses gingen...

Ich haßte die Schule, aber im Lesen gewann ich eine Medaille. Gert war eifersüchtig, und sie schlug mich, darum steckte ich ihr eine Bohne ins Ohr, und der Doktor mußte sie ihr aus der Nase wieder herausholen. Sie war eine langweilige Person. Alle Teilnehmer mußten vor den Direktoren aller Schulen von Providence etwas vorlesen, und ich war diejenige, die sie auswählten. Ich hatte damals Malaria und mußte mich alle paar Tage übergeben. Es ging mir nur besser, wenn ich meine Wange auf das kühle Gras legte. Ich war zu krank, um zur Schule zu gehen, aber ich mußte trotzdem gehen.

Meinen neunten Geburtstag feierte ich auf dem Schiff, das aus England kam. Nein, das war Mutter. Ich muß meinen neunten Geburtstag in Providence gefeiert haben. Als ich Damon heiratete, nahm er mich mit nach Connecticut. Alle sagten zu mir: ‹Oh, du wirst Connecticut nie mögen!› Aber das stimmte nicht! Jeder in Connecticut war nett zu mir! Wir hatten so reizende Nachbarn. Ich weiß nicht mehr, wer sie waren, aber sie waren reizend. Ich hatte eine Tochter, Honora. Ich erinnere mich an sie, ganz recht!

Eine unserer Nachbarinnen, Martha Tobin, war eine langweilige Person. Sie hatte alles Geld der Welt, und glaubt ihr, sie lud jemanden in ihr Haus ein? Sie kam immer zum Essen herüber. Sie war eine Schnorrerin. O Gott, jeden Abend um sieben Uhr sahen wir sie durchs Tor kommen. Honora wollte nie die Jalousien herunterlassen oder so tun, als wären wir nicht zu Hause. Martha Tobin war die eine Plage, und Pater Lavery war eine andere. Martha Tobin dachte immer, ihre Aussicht sei so großartig. Sie dachte, sie hätte die schönste Aussicht in Black Hall.

Wißt ihr, so viele Leute sagen zu mir: ‹Wo kann man von Ihrem Haus aus den Long Island Sund sehen?› Und dabei schauen sie direkt darauf! Es ist komisch.

So viele Leute sagen zu mir: ‹Was machen Sie mit Ihren Brauen?› Das ist komisch! Mein Haar wurde grau, als ich erst dreißig war, aber meine Brauen blieben dunkel. Sie glauben einem nicht; sie sagen, man sei ein Lügner. Ich bekam Honora, als ich erst siebenundzwanzig war. Honora war meine einzige Tochter. Und ihr seid ihre Töchter. Clare und Georgie. Georgie, Porgie, Pudding und Brei... he, he.

Honora war eine gute Tochter. Ich vermisse sie sehr, sehr. Wenn man eine Tochter hat, sagen einem viele Leute: ‹Oh, wünschten Sie sich keinen Sohn?› Aber das habe ich nie getan. Ich wollte nur Honora. Sie hatte glattes braunes Haar, und als sie noch sehr jung war, lernte sie Klavier spielen. Do, re, mi, fa, so, la, si, do... Sie konnte den Wiener Walzer und alle unsere Lieblingslieder spielen. Sie liebte die Schule. Manchmal fragte ich sie, ob sie Halsweh hätte, denn dann hätte sie zu Hause bleiben können, aber sie wollte immer gehen. Sie war ein sehr ordentliches Mädchen. Ihre Buchumschläge waren so sauber, wie man es sich nur denken kann. ABCDEFGHIJKLMNOP... P für Penitance!

Damon und ich waren sehr stolz, als sie die Wetterfrau wurde. Wir konnten sie auf unserem Apparat hier nicht sehen, darum fuhren wir nach Providence, wo wir den Sender von New Bedford empfangen konnten. ‹Wendy Swift›, das war ihr Bühnenname. Wendy Swift. Sie hatte zwei kleine Töchter, und diese kleinen Töchter seid ihr. Euer Großvater hätte am liebsten jeden verprügelt, der ihn fragte, ob wir wünschten, daß ihr Jungen wäret.

Ich kann nicht glauben, daß Damon fortgegangen ist, und ich kann nicht glauben, daß Honora fortgegangen ist. Jede Nacht bete ich für sie. Ich habe sie sehr, sehr lieb. Ich bin die alte Großmutter, allein mit ihren Enkelinnen und Enkeln und Urenkeln, und ich habe euch alle sehr, sehr lieb.»

KAPITEL EINUNDZWANZIG

P*em war alt.* Das war ihr einziges Problem. In dieser Nacht lag ich wach und ließ meinen Gedanken freien Lauf. Wenn nur Pem zehn Jahre jünger wäre. Wenn nur Honora noch lebte. Wir übrigen konnten bleiben, wie wir waren. Nick schlief neben mir. Sein ruhiger Atem war so rhythmisch wie die Wellen. Meine Hand glitt unter das weiße Laken und legte sich auf meinen Bauch. Ich fühlte mich wie eine Zauberin, bereit, mit dem Schicksal zu handeln: mein Baby dafür, daß es auf dem Point wieder so sein würde wie zu Beginn des Sommers.

Was, wenn Rumpelstilzchen mir im Juni erschienen wäre und gesagt hätte: «Gib mir dein Erstgeborenes, und dafür darfst du Pem und Honora behalten»? Ich stellte es mir vor, bucklig und mit einer Hakennase: eine verkleidete Pem. Mit dem Akzent von Providence und einem ledernen Wams, einem Spazierstock aus Fischbein und einem Sack voller Narrengold wartete es auf meine Antwort. Nachdem ich ihm nein gesagt hatte, ließ ich mich auf die andere Seite rollen und schlief ein.

Pem saß sehr still, als Clare und ich ihr sagten, sie müsse in Steamboat Landing wohnen.

«Du hast dich verletzt, Pem», sagte ich. «Dort können sie besser auf dich aufpassen.»

Mit zusammengebissenen Zähnen schüttelte sie den Kopf. Ihr Haar war stolz und wild, und als ich darunter ihre Kopfhaut sah, fühlte ich mich erleichtert, daß ich sie nicht mehr würde berühren müssen.

«Das stimmt», sagte Clare. «Und natürlich kannst du an den Wochenenden und in den Ferien nach Hause kommen. Du wirst dauernd unter Leuten sein – und eine Menge neue Freunde finden.»

«Dr. Cooke wird da sein. Du magst doch Dr. Cooke, nicht wahr?» fragte ich, aber Pem wollte nicht antworten. Sie schwieg beharrlich. Den ganzen Morgen saß sie auf dem Sofa und weigerte sich, Clare oder mir in die Augen zu sehen. Wir hatten sie verraten. Jedesmal, wenn ich an ihr vorbeikam, mußte ich ein Schluchzen unterdrücken, und so mied ich das Wohnzimmer.

Der Nachmittag war strahlend und windig; 21. September, der erste Herbsttag. Ich packte Pems Koffer, während Clare ihre Kleider mit Wäschetinte kennzeichnete. Ich hatte einen billigen Kunststoffkoffer genommen, den niemand vermißte, falls er gestohlen würde. Beth hatte mir gesagt, daß es in Pflegeheimen häufig Diebe gibt. Ich packte Pems Nachthemden, ihre Kleider, ihre Zahnbürste und einen Lippenstift ein. Bilder von Honora, Timothy, Clare, Donald, Eugene, Casey, Nick, mir, Großdamon und Pem bei ihrer Hochzeit, Großdamon in seiner Marineuniform, den Großtanten und -onkeln an einem Vierten Juli auf unserer Veranda und ein Familienfoto legte ich obenauf.

«Ich kann nicht mitfahren», sagte Clare, als es Zeit war abzufahren. Sie stand in meiner Küche, an den Kühlschrank gelehnt. Pem saß am Tisch; sie trug ihren Wintermantel, Lippenstift und Ohrringe aus Amethyst. Clares Augen richteten sich auf sie, und Tränen liefen über ihre Wangen. Ich umarmte meine Schwester.

«Ist schon gut», sagte ich ihr ins Ohr. «Du mußt nicht mit.» Ich konnte es mir leisten, großzügig zu sein; Nick war bei mir.

Nick kam in die Küche. Er trug einen Geschäftsanzug und frisch geputzte Schuhe. Vielleicht wollte er besonders respektabel aussehen, damit das Personal den Eindruck gewinnen würde, daß Pem verantwortungsbewußte Angehörige hatte, die nach ihr sahen. «Komm, Pem», sagte er und streckte die Hand aus. Sie ignorierte das.

«Pem, geh so nicht fort», schluchzte Clare. «Du weißt, daß wir dich lieben. Das ist schrecklich für uns –»

«Clare», warnte Nick. Wir hatten vereinbart, daß wir in Pems Gegenwart gefaßt bleiben würden; wir wollten sie nicht noch mehr verwirren. Aber Pem schien Clares Tränen nicht zu bemerken. Sie ging auf die Tür zu, den Kopf hoch erhoben. Sie schlurfte nicht. Sie bewegte sich, als werde sie von einem Luftstrom getragen.

«Nimm meinen Arm und sag Charlie zu mir», sagte Nick und schob seinen Arm unter meinen.

Als wir abfuhren, beobachtete ich Pem, um zu sehen, ob sie mit Blicken Abschied nahm von Honoras oder ihrem Haus, von der Bucht, den steinernen Torpfosten, aber sie tat es nicht. Sie starrte geradeaus vor sich hin. Die Fahrt nach Steamboat Landing war kurz; Nick versuchte, mich abzulenken, indem er über John Avery und ein heikles Angebot für Aktien irgendeines Filmstudios sprach. Es muß funktioniert haben, denn was mir von dieser Fahrt in Erinnerung geblieben ist, ist nicht Pem allein auf dem Rücksitz, sondern die Namen der Schauspieler, die in diesem Studio Filme drehten. Nick bog in die geschwungene Auffahrt des Heims ein.

«Ich möchte sie allein hineinbringen», sagte ich.

«Georgie, nein –», sagte Nick.

«Doch», sagte ich, und es war mir ernst.

Pem hielt meine Hand, als wir durch die Vordertür gingen. Eine lächelnde Krankenschwester begrüßte uns und reichte uns die Hand. Wie eine gute Gastgeberin nahm sie Pems Koffer und führte uns zu Pems Zimmer. Die Fenster gingen auf einen Garten mit Chrysanthemen und einer Sonnenuhr hinaus. Pems Zimmergenossin, eine alte Dame mit pechschwarzem Haar, schlummerte auf ihrem Bett.

«Oh, ein Jammer, daß Leslie schläft. Sie werden sich gut verstehen», sagte die Schwester. Dann ließ sie Pem und mich allein, damit wir uns einrichteten.

Wir sahen einander an. Pem ließ die Arme herunterhängen und schien verwirrter als sonst. Sie schüttelte leicht den Kopf. Pem war sechsundachtzig; dies konnte für die nächsten vierzehn Jahre ihr Zuhause sein. Ich mußte gehen. Ich konnte es nicht ertragen, auch nur eine Minute länger zu bleiben. Ich beugte mich vor, um Pem zu küssen, und sie schlang die Arme um meinen Hals. «Laß mich hier nicht allein», sagte sie, und ihre Stimme wurde zu einem Wimmern.

Nick stand vor dem Schwesternzimmer und gab der Oberschwester Instruktionen. «Bring mich hier weg», sagte ich. Er brach das Gespräch mitten im Satz ab, und wir rannten durch die doppelten Glastüren.

KAPITEL ZWEIUNDZWANZIG

Als Pem fort war, kamen die Mackens nicht mehr so häufig zum Abendessen. Wir alle empfanden Erleichterung, zu unserem früheren Leben zurückzukehren. Jeden Morgen trafen Clare und ich uns im Garten, um das Flugzeug starten zu sehen. Wir unterhielten uns ein paar Minuten, bis die Maschine in den Wolken verschwunden war, und trennten uns dann wieder. Wir hielten einen gewissen Abstand. Dies war Neuland, und wir beide mußten es erst kennenlernen. Jeden Tag rief ich in Steamboat Landing an, um mich nach Pem zu erkundigen; Dr. Cooke hatte vorgeschlagen, wir sollten sie etwa eine Woche lang allein lassen, damit sie sich besser eingewöhne. Clare brauchte Tage, bis sie mich nach Einzelheiten über das Heim fragte.

«Es ist so, wie man es sich vorstellt», sagte ich barsch.

«Ist es… wie eine Anstalt?»

«Clare, es *ist* eine Anstalt. Und es wirkt auch so. Immer ist jemand da, der die Fußböden wischt, im Aufzug spielt Musik, und Schulklassen besichtigen das Heim, um ihre wohltätigen Projekte zu planen.»

«Wie kann Pem das ertragen?» fragte Clare traurig.

Eines Nachmittags rief Nick an, um mir zu sagen, er habe noch spät eine Konferenz und werde die Nacht in der Stadt verbringen. Ich testete mich selbst: Fühlte ich mich getrieben, ihm nachzujagen, um jeden Preis die Nacht an seiner Seite zu verbringen? Nein, aber ich wollte mich nach Umstandskleidern umsehen, daher nahm ich den Zug nach New York. Ich machte ein paar Einkäufe, schaute mir in der Pierpont Morgan Library einige Kupferstiche von Rembrandt an und ging dann ins Gregory. Am Abend trafen Nick und ich uns zu einem späten Abendessen im Vinnie's.

«Ich bin froh, heute abend in New York zu sein», sagte Nick. «Auf dem Point ist es in diesen Tagen so traurig. Alle erinnern sich an Honora und Pem.»

«Ich weiß. Nick, heute bin ich auf der East Side durch die Dreißiger gegangen, und ich habe wieder darüber nachgedacht, in New York zu wohnen. Du bräuchtest nicht mehr zu pendeln. Wenn das Baby da ist, wird es dir schwerfallen, jeden Tag wegzufliegen.» Während ich sprach, dachte ich an Black Hall. Niemand hatte es erwähnt, aber wir würden Pems und Honoras Häuser verkaufen müssen. Die Dinge fielen auseinander.

«Ich denke, das Pendeln kann ich bewältigen. Ich möchte, daß das Baby auf Bennison Point aufwächst», sagte Nick.

«Clare und ich können es kaum ertragen, zusammenzusein», sagte ich. «Wir erinnern einander zu sehr an Mutter und Pem.»

«Es wird lange dauern, bis wir aufhören, sie zu vermissen.»

«Alles, was passiert ist, ist unnatürlich», sagte ich. «Keiner hat damit gerechnet, daß Honora jung sterben würde, und Pem hätte eigentlich ihr ganzes Leben auf Bennison Point verbringen sollen.»

«Ich weiß», sagte Nick. «Es ist uns allen schrecklich, daß sie in dem Heim ist.»

«Das Heim», sagte ich und schnaubte. Es war ein Platz zum Leben, aber kein Heim. Lustlos wickelten wir unsere Spaghetti auf; wir hinterließen beide volle Teller und kehrten ins Gregory zurück.

Am nächsten Tag rief ich Helen Avery an. «Haben Sie ein bißchen Zeit?» fragte ich. «Könnten Sie mit mir einen Spaziergang machen?»

«Aber gern», sagte sie.

Wir trafen uns an der Ecke West Tenth und Fifth Avenue und umarmten uns wie alte Freundinnen. Wir gingen südwärts in Richtung Washington Square.

«Wie geht's der Stiftung?» fragte ich.

«Nun ja, der Stiftung selbst bestens, aber einigen ihrer Mitglieder nicht so toll. Mir beispielsweise.»

«Warum? Was ist los?» fragte ich und spürte, wie ich mich ein wenig zurückzog. Ich wollte keine traurigen Neuigkeiten über jemanden hören, den ich mochte.

«Wahrscheinlich habe ich Depressionen. Jahrelang, seit mein Mann gestorben ist, habe ich all meine Energie in die Stiftung gesteckt. Die Stiftung und Tennis. Die einzigen Menschen, die ich ab und zu sehe, sind Verwandte. John und ich machen einander verrückt – zu gesellschaftlichen Anlässen gehen wir gemeinsam, und davon sind wir abhängig geworden. Statt andere Partner zu finden. Nach all diesen Jahren allein fange ich an, mir jemanden zu wünschen.» Sie zeigte mit dem Finger auf mich. «Und daran sind Sie schuld.»

«Ich?»

«Ja, der Tag, an dem John und ich in Ihrem Haus zu Mittag gegessen haben. Ich kann Ihnen nicht sagen, wie oft ich daran gedacht habe. Ich sah zu, wie Nick diese Tomaten in Scheiben schnitt – er konzentrierte sich und schnitt alle gleich dick. Ich dachte – Männer kümmerten sich nicht um solche Sachen! Dann sah ich, wie Sie in den Garten Ihrer Mutter gingen, um etwas Basilikum zu pflücken. Ich will sein wie sie, dachte ich. Glücklich mit jemandem.»

«O Helen», sagte ich. Und ich dachte: Wie wäre es, wenn Helen einen wundervollen Mann heiraten und nach Bennison Point ziehen würde, in Honoras Haus, damit wir es nicht verkaufen müßten? Ich dachte an Abendessen mit meinem Baby in einem Hochstuhl und Helen auf Honoras Platz, doch dann gebot ich mir Einhalt. Helen war nicht Honora, und ich konnte sie auch nicht dazu machen.

«Lange Zeit habe ich mich nicht um Männer gekümmert», sagte sie. «Ich dachte, ich hätte meine große Liebe gehabt. Ich hatte eine gute Ehe – das ist mehr, als die meisten Leute von sich sagen können. Sie lieben jemanden, er stirbt, und das tut schrecklich weh. Ich glaube, ich wollte das nicht noch einmal durchmachen.»

«Und jetzt wollen Sie es?»

«Das scheint es wert zu sein. Ich sehe Sie und Nick. Ich erinnere mich an diesen Nachmittag vor ein paar Monaten in meiner Wohnung, als ich Ihnen sagte, Sie quälten ihn. Ich werde nie den Ausdruck auf Ihrem Gesicht vergessen. Ich wäre am liebsten im Erdboden versunken, weil ich Ihnen das angetan hatte. Sie konnten den Gedanken nicht ertragen, Nick zu quälen.»

Ich lächelte, weil ich mich daran erinnerte, daß das, was Nick nicht ertragen konnte, der Gedanke war, diese unglaubliche Nähe könnte enden.

Wir standen neben dem Stanford White-Bogen. Helen nahm meinen Arm und führte mich zu einer freien Bank. «Es ist gefährlich, nicht?» fragte sie.

«Was?»

«Liebe», sagte sie.

Und ich saß da und dachte an die Gefahren: an Nick, der durch den Himmel flog und auf dem tiefen Meer landete, an den Abend, an dem er sich vorgestellt hatte, mit Jean zu schlafen, an meine Mutter, tot und in der Erde begraben, an mein Baby, das sie nie kennenlernen würde, an meine Großmutter, allein an einem Ort mit nackten Fußböden und dem Gestank des Alters, an meine Schwester und ihren Mann mit ihrer reparierten Ehe, und ich liebte sie alle so sehr, daß ich am liebsten ihre Namen geflüstert hätte.

Helen runzelte die Stirn und starrte einige Feuerschlucker an. «Was glauben Sie, wie die das machen?» fragte sie. «Warum steckt sich jemand einen brennenden Stab in die Kehle?»

«Das ist ein Geheimnis», sagte ich und dachte an andere Geheimnisse.

«Wünschen Sie sich einen Jungen oder ein Mädchen?» fragte Helen und wandte sich wieder mir zu.

«Es spielt keine Rolle», sagte ich, obwohl ich mir insgeheim ein Mädchen wünschte.

«Es muß wunderbar sein für Ihre Großmutter, sich auf ein neues Baby zu freuen.»

«Wissen Sie es denn nicht?» sagte ich und erzählte ihr von Pem.

«Oh, das ist schrecklich. Sie wollten sie doch zu Hause behalten.» Wir schwiegen einen Augenblick, und dann warf sie mir einen vielsagenden Blick zu. «Ich weiß, Sie haben Ihre Schwester Clare, und da müssen noch Onkel und Tanten von Nicks Seite sein, aber irgendwie möchte ich im Leben Ihres Babys eine Rolle spielen. Vielleicht als Tante ehrenhalber?»

Ich umarmte sie. «Danke», sagte ich. «Nick und ich fänden das sehr schön.»

«Das mit Ihrer Großmutter tut mir so leid, Georgie. Aber blicken Sie nach vorne. Bald werden Sie Ihr Baby haben.»

«Das wird ein wunderbarer Tag», sagte ich.

Paul Mendillo war in Urlaub, also bot man mir am nächsten Abend seinen Sitz im Flugzeug an. Nach Einbruch der Dunkelheit traf ich Donald, Nick und Grey Tobin am Pier in Battery Park. Alle drei Männer trugen Aktenmappen. Grey flog; ich saß neben ihm auf dem Platz des Kopiloten. Ich hörte zu, wie Grey über Funk mit der Flugkontrolle sprach; ich sah Wasserflugzeuge und Hubschrauber vorbeischwirren. Dann durften wir starten, und wir flogen nach Osten über New Yorks funkelndes Halsband aus Brücken und Highways. Mein Herz klopfte heftig vor Erregung, bis wir über den Long Island Sund flogen, den breiten, tiefen, dunklen Weg nach

Bennison Point, und mir wurde beklommen zumute. Trotz des Motorengeräuschs und Greys Stimme, die von einem wichtigen Kunden erzählte, der gerade Bankrott machte, konnte ich Donald und Nick seufzen hören. Die beiden traurigen Lichter von Bennison Point erschienen. Grey flog eine Kurve. Wir zogen einen Kreis und setzten dann mit einem leichten Platschen auf dem Wasser auf.

«Bis morgen, Jungs. Hoffentlich hat der Flug das Baby nicht zu arg durchgerüttelt, Georgie», rief Grey uns nach, als wir auf den steinernen Steg traten. Die Nacht war schwarz und mondlos, und zuerst bemerkten wir Clare nicht.

«Was ist los?» fragte Donald und blieb wie angewurzelt stehen.

«Wir müssen Pem da herausholen», sagte sie. «Ich kann es nicht eine Minute länger ertragen. Wir holen sie nach Hause.»

«Aber wir hatten beschlossen –», begann ich.

«Das ist mir egal», sagte sie, und ich fühlte Hoffnung aufsteigen. «Was zum Teufel machen wir? Wir sind vier Erwachsene im Vollbesitz ihrer Kräfte, und wir können nicht mit einer einzigen kranken kleinen Großmutter fertig werden.»

«Ich habe Papiere unterschrieben, um sie dort unterzubringen», sagte Nick. «Es könnte eine Weile dauern, das rückgängig zu machen.»

«Aber du willst es?» fragte ich und sah ihm in die Augen.

Er nickte, und seine Augen lächelten.

«Wir wollen es alle?» fragte ich.

Die Antwort war ja.

Wir stiegen in unseren Kombi, fuhren nach Steamboat Landing und gingen durch die Doppeltüren. Zu viert standen wir vor dem Schwesternzimmer. Irgendwo hinten im Gang lief ein Fernseher. Zwei alte Leute dösten in Rollstühlen vor sich hin; einer war festgebunden. Obwohl Nick und Donald ihre dunkelsten und geschäftsmäßigsten Anzüge trugen, betrachtete die Oberschwester uns mit Argwohn, als seien wir Räuber.

«Die Besuchszeit ist schon lange vorbei», sagte sie.

«Wir sind nicht zu Besuch gekommen, sondern um jemanden abzuholen», sagte Clare. Ich ließ Nick und Donald mit der Frau verhandeln und führte meine Schwester den gebohnerten Korridor entlang zu Pems Zimmer. Pem saß aufrecht auf einem Stuhl, den Kopf in eine Hand gestützt. Sie trug ihren rosa Pyjama und keinen Morgenrock. Ich dachte, sie müsse frieren.

«Pem», sagte ich und berührte ihre Schulter.

Sie sah auf, und ihr Ausdruck war so entzückt wie der von Honora an dem Abend, als ich sie nach ihrem ersten Herzanfall besuchte.

Clare warf Pems sämtliche Habseligkeiten in den schäbigen Koffer, der nicht gestohlen worden war. Ich half Pem, sich die Schuhe anzuziehen, und zog sie dann vom Stuhl hoch. Ich legte ihren Wintermantel um die Schultern.

«Wo gehen wir hin?» fragte sie und vertraute uns, als sei die vergangene Woche nie gewesen.

«Nach Hause natürlich», sagte ich. Und zu dritt gingen wir aus dem Zimmer, durch den Gang und mit Nick und Donald zur Tür hinaus. Wir ließen die Schwester stehen, die uns etwas nachschrie, und kehrten nie mehr zurück.

GEORGIANA AGASSIZ SWIFT

«Jetzt schreiben wir April. Ich konnte meinen Teil des Berichts nicht beisteuern, ehe ich nicht wußte, was passieren würde. Ich habe es versucht, aber letzten Herbst wäre die Geschichte über meine Familie noch unvollständig gewesen. Mein Bericht wird kurz sein. Ich bin das Swift-Observatorium. Ich habe die anderen die Geschichte erzählen lassen.

Wir mußten zwei Jahreszeiten abwarten, bis sich der Kreis geschlossen hatte. Am ersten Frühlingstag vor Mitternacht ging mein Fruchtwasser ab, aber Tia wurde erst am nächsten Tag geboren. Sie ist so schön. Ich starre in ihre tiefen blauen Augen und suche Spuren von Nick und mir, Honora, Pem, aber was ich sehe, ist Tia.

Ich erinnere mich an den Tag im letzten Sommer, an dem Clare sagte, eine von uns sollte eine Tochter haben, damit vier Generationen von Bennison-Frauen auf dem Point leben. Und obwohl Honora starb, ehe Tia geboren wurde, sehe ich uns so: als vier Generationen. Ich habe Verlust nie leicht hinnehmen können. Ich weiß, daß ich nie wieder mit meiner Mutter sprechen werde, aber ich denke jeden Tag an sie. Ich weiß, wie stolz sie auf Tia gewesen wäre, daß sie ihr die alten Geschichten erzählt hätte, wie glücklich sie gewesen wäre, eine Enkelin zu haben. Pem, Honora und ich sind alle Mütter von Töchtern.

Pem hat ihren einwöchigen Aufenthalt in Steamboat Landing nie erwähnt, und auch keiner von uns tut das. Es war richtig, sie nach Hause zu holen. Sie ist schwierig; in sechs Monaten haben vier Pflegerinnen gekündig. Wir bringen sie abwechselnd in Clares und mein Haus und teilen uns die Last. Pem ist verwirrt und scheint nie ganz genau zu wissen, wo sie ist, aber sie benimmt sich so, als sei sie glücklich unter uns. Sie hält Tia in den Armen. Manchmal nennt sie sie Honora, manchmal Georgie oder Clare. Als ich Pem sagte, das Baby hieße Letitia nach ihrer Mutter, lächelte sie lange, ehe sie es wieder vergaß.

Nick haßt es, jeden Morgen wegfliegen zu müssen, und ich hasse es auch. Tia und ich winken ihm vom Fenster aus nach; es ist noch nicht warm genug, um sie jeden Tag ins Freie zu bringen. ‹Vielleicht sollten wir zurück nach New York ziehen›, sagte Nick eines Abends vorige Woche, als er über Nacht in der Stadt bleiben mußte, aber gleich darauf nahm er es zurück. Bennison Point ist der Ort, an den wir gehören. Dies ist unser Zuhause.»

S. O., Bennison Point, Black Hall, Connecticut